너와 나만의 시간/내일

1991

차　례

너와 나만의 時間　11
내　일　205

〈해 설〉일상적 경험과 소설의 수법・권영민/261

너와 나만의 시간

너와 나만의 시간/차 례

링반데룽 · 11
모든 榮光은 · 21
이삭주이 · 49
너와 나만의 時間 · 59
한 벤치에서 · 71
안개구름끼다 · 83
할아버지가 있는 데쌍 · 101
손톱에 쓰다 · 123
내 故鄕 사람들 · 127
가랑비 · 143
송아지 · 149
그래도 우리끼리는 · 155
비 늘 · 169
달과 발과 · 195

링반데룽

친구가 공수병으로 오늘을 넘기기 어려울 것같다는 말을 듣고 달려간 것은 저녁때가 거의 다 되어서였다. 옆집 그림자로 친구가 있는 건넌방 쪽은 그늘져있었다.

친구의 부인이 반쯤 열어주는 미닫이 안에 누워있는 병인의 모습은 처참했다.

그것은 임종시의 숨채기라기보다는 일종의 경련이었다. 오륙 초석의 간격을 두고 병인은 이를 시리문 채 으윽으윽 느끼면서 고개를 뒤로 젖히는 것이었다. 시리문 위아랫니가 반쯤 드러나게 벌어진 입술은 까맣게 타있었다.

무엇보다도 보기에 안된 것은 눈이었다. 흰자위와 검은자위가 벌겋게 풀려 광채를 발하면서 줄곧 한곳을 바라보고 있는 것이다. 초점을 잡으려고 애쓰면서도 못 잡는 시선이었다.

"이젠 사람두 못 알아보는 것같애요."

친구의 부인이 나직이 떨리는 음성으로 말했다.

부인을 따라 아랫방으로 들어가 이야기를 들어보니, 병인의 발작은 어젯저녁부터 심해졌다는 것이다.

"통 뵈지 않길래 어디 먼 데루 등산 간 줄만 알구 있었는데요."

"앓기 시작한 지가 보름이 넘었어요."

한 보름 전부터 친구는 까닭없이 마음이 클클하고 모든게 귀찮은 증세가 생겨있었다는 것이다. 병원에 가 진찰을 받아보았으나 좀처럼 집증이 되지 않았다. 어떤 의사는 전신 과로라거니 어떤 의사는 또 요새 유행하는 노이로제의 초기 증상이라거니 하여 진단이 구구했다.

병인은 점점 더 기운을 잃어갔다. 그제 오후에는 어떤 의사의 왕진을 청해 왔었다. 여러날 동안 입맛을 잃어 친구의 얼굴에 병색이 나있었으나 그것이 무슨 병인지는 역시 집증되지가 않았다.

세세한 진찰을 끝마친 의사가 무어라 병명을 지적하지 못한 채 세숫대야에 손을 씻다가였다. 문득 환자가 지른 이상한 소리에 고개를 돌려 잠시 지켜보고 있던 의사가, 언제 개한테 물린 일은 없느냐고 했다.

환자도 얼른 생각나지 않는 모양이었다. 그러다가 자기 오른손을 내려다보며, 벌써 전에 강아지한테 손등을 한 번 물린 적이 있다고 했다.

서너 달쯤 전, 친구의 부인의 옛날 여학교 동창생에게서 강아지 한 마리를 얻어왔다. 그런데 언제나 사람의 몸에 찬찬 붙어다니던 이 강아지가 하루는 어디로 갔는지 뵈지 않다가 한 사날 뒤에야 돌아왔다. 반가운 생각에 친구가 밥을 가져다주었다. 그러나 강아지는 밥을 먹을 염을 않고 빠르르 달아나는 것이다. 이번에 나가면 아주 잃어버릴 것같아 뒤쫓아가 허리를 잡았다. 그랬더니 홀딱 돌아서며 손등을 물더라는 것이다. 대단한 상처도 아니었다. 그저 빨깃하니 피가 내돋칠 정도여서 머큐롬을 발랐다.

의사가, 그 강아지는 어떻게 됐느냐고 물었다.

도망가지 못하게 가둬뒀는데 어느날 다시 어디론가 나가서 돌아오지 않았다고 했다.

물린 상채기는 조그만 딱지가 앉았다가 곧 떨어져나간 뒤 지금은 그 흔적조차 알아볼 수 없었다. 그러나 병독은 석 달 동안이나 환자의 체내에 잠복해있다가 이날 의사가 손을 씻고 있는 대야의 물을 보고 처음으로 발작을 일으켰던 것이다.

"하찮은 강아지새끼 하나루 해서 이런 변을 당하게 됐죠."

친구의 부인은 허망한 듯이 하얗게 식은 얼굴을 수그리며,

"참말루 그 병이 고약하드면요. 꼭 미친개모양 되는가봐요. 엊져

녁부터 곁에 사람을 못오게 하잖아요. 막 물구 싶다구요. 집안사람들더러두 아예 방에 들어오지 말라는 거예요. 글쎄 어린것까지 곁에 오지 못하게 하지 뭡니까."
　부인은 말을 끊고 긴 숨을 몰아쉬고 나서,
"별의별 짓을 다 해봤죠. 쓸데없는 짓인 줄 뻔히 알면서두 하게 되드군요. 호랑이 뼈를 빻서 먹이면 그만이라구 해서 그걸 다 구해 왔었죠. 근데 글쎄 약을 넘겨야 말이죠."
　부인의 말소리는 몹시 피로해있었다.
"환자가 괴로워하는 걸 가족들이 보다못해 대야에 물을 떠다 환자 눈앞에 들여대서 갑작스런 경련을 일으키게 해가지구 죽게 하는 수두 있대요. 세상에 그런 끔찍스런 일이 어딨겠어요. 저 병에 걸린 사람한테 물리면 그 사람두 똑같은 병에 걸리구 만답니다, 참."
　병인을 건넌방에 혼자 내버려둔 까닭을 알 수 있었다.
"그런데 말씀예요, 한땐 눈앞에 뭣이 가리우는지 뭣이 뵈는지 손으루 자꾸 눈앞을 걷어내는 시늉을 하지 않겠어요? 왜 그러시냐구 해두 대답을 안해요."
　이 말을 듣자 좀전에 본 친구의 벌겋게 광채를 띤, 초점을 잡으려고 애쓰면서도 못 잡는 듯한 시선이 하나의 뜻을 지니고 가슴에 와 부딪쳤다. 〈링반데룽〉이란 말이 떠올랐던 것이다.

　친구는 올 이른봄 들어서면서부터 등산에 마음이 끌려들어갔다.
　곧 피켈이니 자일이니 텐트니 콤파스니 오만분의일 지도니 하는 등산에 관한 도구 일습을 사들이는 눈치더니 뒤이어 가까운 산악을 찾아나서기 시작하는 것이었다.
　이 친구의 성벽을 아는 사람들은 나이 서른넷이나 된 그가 이번에는 또 어떤 모양으로 등산에 미치는가를 바라보고 있을 수밖에 없었다.
　친구는 한때 술은 그다지 세지 못한 반면에 여자를 좋아한 일이 있었다. 이 친구가 술좌석같은 데서 어느새 자리를 떴는가 싶으면 한자리에 있어야 할 색시의 그림자도 같이 없어져버리곤 하는 것이었다. 언제부터인가 가까운 친구들 사이에서는 땅벌이라는 별명으로 불리어졌다.
 여섯살짜리 사내애 밑으로 다시 애가 없는 것도 실은 이 친구의 방종한 생활에서 온 소이일 거라고들 했다.
 이 친구가 본디부터 그렇게 여색을 좋아한 건 아니었다. 스물일곱에 결혼을 하기까지는 여자와 교제 한번 없었노라는 것이 노상 거짓말만은 아니라는 걸 친구들은 알고 있었다.
 원래 좀 괴벽한 데가 있는 친구였다. 고등학교 시절 성적이 불량했던 영어를 한 반년간 머리를 싸매고 공부하더니 대뜸 학년에서 최고 점수 획득자가 됐을 뿐 아니고, 전국 고등학교 영어 웅변대회에 출장하여 상까지 탄 일이 있었다.
 대학도 영문과를 택했다. 그런데 대학 삼년때 별안간 법률 서적을 사들이는 눈치더니 이듬해 고등고시에 응시하여 행정과 사법과 두 부문에 다 합격을 했다.
 졸업 후에는 중학교 영어 교사를 이년간, 그리고 모 법과대학 강사를 일년 반 하고는 교단에서 물러나고 말았다.
 그의 말에 의하면 도시 자신이 서지 않더라는 것이었다. 교단에서 한참 열심히 지껄이다가도 퍼뜩 지금 자기가 다루고 있는 교재를 정말 자기자신이 충분히 소화하고 있는가 하는 데에 생각이 미치게 되면 눈앞에 확 안개같은 게 끼면서 학생들의 얼굴이 뵈지 않게 되더라는 것이다.
 아마 그가 여색에 빠지기 시작한 것이 그 무렵부터 아닌가 한다.
 한 여자와 오래 관계를 맺는 것도 아니었다. 얼굴 생김새가 이쁜 여자거나 자기 취미에 맞는 여자를 고르는 것도 아닌 성싶었다. 그야말로 철저한 엽색 행위 그것이었다.
 그렇던 그가 등산에 열중해 여기저기 산악을 찾아다니기 시작한지 얼마 뒤의 일이었다.
 하루는 친구 몇이 다방에 모여앉아 한담을 하다가 등산 이야기가 화제에 올랐다.
 이때 그가 등산에 관한 서적에서 읽은 것이라고 하면서 얘기한 것이 링반데룽이란 것이었다.
 원래 등산이란 자연을 상대로 하는 것이니만치 예측하지 않았던 재난이 수반되는 법이어서, 등산자 자체가 원인이 된 조난은 그만 두고라도 난데없이 돌멩이가 굴러떨어진다든가 뜻않았던 바위가 붕괴한다든가 하는 위험이 없지않다.

그러나 무엇보다 무서운 것이 천기의 급변이다.

지금까지 새파라니 개였던 하늘에서 별안간 소낙비가 쏟아지면서 우뢰질을 하는 수가 있다. 그런 때 산정에서의 유일한 돌출물인 등산자가 벼락의 표적이 되기 쉬운 것이다.

그러나 역시 가장 빈번히 희생자를 내게 하는 것은 일기 급변으로 인한 세찬 눈보라와 짙은 안개다.

짙은 안개나 세찬 눈보라를 만났을 때 제일 안전한 방법은 이미 자리잡고 있던 데서 그냥 날씨가 호전되기를 기다리는 것이다. 그러나 일정 관계나 식량 사정으로 부득이 다음 목적지까지 가지 않으면 안될 경우가 생기는 수가 있다. 그때 보통 등산자는 자기가 목표한 곳을 향해 곧장 걸어가고 있다고 생각한다. 그러나 실은 자신도 모르는 착각에 의해 어떤 지점을 중심한 둘레를 빙빙 돌기가 일쑤인 것이다. 이것이 이른바 링반데룽이라는 것으로, 사람에 따라 왼편으로 돌기도 하고 오른편으로 돌기도 한다. 그리고 결국 세찬 눈보라나 짙은 안개 속에서 대개의 등산자는 이 환상방황을 하다가 종내는 조난을 당하게 마련인 것이다.

친구의 부인한테서, 병인이 눈앞에 뭣이 가리우는지 또는 뭣이 보이는지 손으로 눈앞을 걷어내는 헛손질을 하더라는 말을 듣고, 병인의 초점을 잡으려고 애쓰면서도 못 잡는 듯한 시선이 하나의 뜻을 지니고 가슴에 와 부딪쳤던 것은 지금 친구는 등산 아닌 자기 생활에서 일종의 링반데룽 상태를 느끼고 있는 것은 아닐까 하는 생각에서였다.

정말 친구 자신은 인생이라는 안개 속에서 무작정 앞으로 걸어가고 있다고 생각했는지 모르나 마침내 자기는 어떤 환상방황의 헛된 원을 그리고 있었다는 것을 느낀 것은 아닐까. 이미 교단생활에서, 여러 여자와의 관계에서, 그리고 등산에 몰입한 그 자체에서까지.

친구에 대한 이러한 생각은 설희와의 일로 번져나갔다.

처음으로 설희를 포옹하는 날, 그네는 자기가 처녀가 아니라는 것을 고백했다.

삼청공원 어느 노송나무 뒤에서였다. 그네의 목을 안고 그 입술에다 이쪽의 입술을 포개었다. 싸늘하던 그네의 입술이 차차 온기를 띠며 숨결이 뜨거워졌다고 느껴진 순간, 그네는 가만히 이쪽의 가슴을 밀치면서, 잠깐만, 하고 눈을 감은 채로 말하는 것이었다.

열세살 때 삼십이 넘은 어떤 남자한테 그일을 당했다는 것이다. 이웃에 사는 남자로 아내와 어린애가 셋이나 있는 사람이었다. 늘 귀여워해줘서 그네편에서도 정말 아저씨나처럼 따랐었다는 것이다.
"고함을 지를 수두 없었어요."

이런 고백을 한 뒤로 그네는 자취를 감추고 나타나지 않았다.

비로소 그네가 이쪽에게 있어 얼마나 소중한 존재였던가를 깨달았다. 그네가 어려서 당한 일은 한갓 어이없는 봉변에 지나지않는다. 그네에게는 조금도 책임지워질 성질의 것이 아니다. 자기는 그날 고백을 하고 나서도 그냥 잠시 눈을 감은 채로 있는 그네 입술에다 다시 이쪽의 입술을 포개고 힘껏 밀착시킴으로써 지난날 그네의 그 어이없는 봉변의 기억을 두 사람의 입술 사이에서 말살시켜버렸어야 했을 것이다.

한 반년쯤 뒤에 그네한테서 편지 한 장이 왔다. 좀 만나달라는 짧은 글발이었다.

오래간만에 만난 그네의 얼굴이 적잖이 수척해있었다.

뒷거리를 지향없이 걸으며 그네는 그동안 결혼을 했다가 실패하고 만 이야기를 들려주는 것이었다. 상대는 대학을 갓 나온 청년이었다고 했다.

무척 쾌활한 청년이어서 부부생활에 아무런 그늘이 없었다. 그런데 하루는 이 남편되는 청년이 무슨 말 끝엔가 대학 시절에 있었던 자기의 연애 이야기를 들려주는 것이었다. 그것은 하나의 엷은 연정교환이었다. 그 여자편에서도 지금은 결혼을 하여 애까지 하나 낳았다는 것이다. 이제 자기네도 애를 낳게 되면 피차 한번 합석을 해서 앞으로 가정끼리 왕래가 있도록 하자는 말도 했다. 그러면서 그네더러도 지난날의 로맨스를 피력하라는 것이었다. 그때 그네의 입에서 나온 것이 열세살 때의 이야기였다. 결혼하면서 지난날의 그 흉악한 과거는 혼자 가슴속에 묻어두리라고 마음먹고 있었던 것이 그만 이때 나와버린 것이다. 남자는 한참이나 말없이 허공에 시선을 주고 있더니, 미친개한테 물린 격이군, 하고 한마디 중얼거렸다. 그후부터 남자는 매일밤처럼 술이 취해 돌아오게 되었다. 돌아와서는, 지난날의 그 일은 네게 아무런 죄도 없다, 오히려 얼마든지 동정을 받아 마땅하다, 그러나 왜 그런지 그 고백을 듣고 나서부터는 남자로서의 욕구가 도무지 일어나지 않는다, 차라리 네가 지난날 누구와 정신적인 연애를 했다면 좀더 극진히 사랑해줌으로써 과거의 애정을 잊어버리게 할 수도 있었을 것이다. 이런 말을 뇌까리며 괴로워하곤 하는 것이었다.

"그렇게 쾌활하구 명랑하던 남자의 변한 모습을 차마 볼 수가 없었어요. 허지만 과거를 고백한 걸 후회하지는 않아요. 처음엔 일평생 숨겨두리라 맘먹었었지만 아무래두 애를 낳구 어쩌구 해서 부부의 관계가 복잡해지기 전에 고백하게 된 걸 다행하게 여겨요."

이날 어느 뒷거리에서 헤어진 후, 그네는 또다시 나타나지 않았다.

그러나 그처럼 홀연히 나타났다가 사라지긴 했으나 그네의 이번 출현이 이쪽에게 어떤 자각을 던져준 것만은 사실이었다.

평생 숨겨두리라고 결심했던 과거의 상처를 남편에게 실토함으로써 결혼생활을 파탄에로 몰아넣게 한 근본 원인은 무엇일까. 결국은 그네가 그 결혼생활에 만족하지 못했던 것이 아닐까. 그렇다면 무엇 때문에 그토록 쾌활한 청년과의 그늘없는 결혼생활이 만족스럽지 못했던가. 이런 것에 생각이 미치자 그네와 이쪽과의 사이에 이어진 애정의 실마리가 아직도 끊이지 않고 맥박치고 있음을 깨달아야만 했다.

그뒤 한 서너 달이 지난 어느날 그네로부터 또 간단한 글발이 하나 왔다. 저번처럼 잠깐 만나달라는 것이었다.

저번 만났을 때보다 더 초췌해있었다. 눈자위에는 가는 핏발마저 서있었다.

어두워가는 한강 모래톱을 거닐며 그네는 보고할 의무라도 있듯 그동안의 자기 생활을 또 들려주는 것이었다.
 그네는 두번째의 결혼생활을 한 것이었다. 이번의 상대는 파일럿이었다.
 상당히 높은 비행 시간수를 가진 의지력이 강한 청년으로, 그네가 첫결혼에 실패한 사실뿐 아니라 그네의 어렸을 적 봉변이며 첫 결혼 전에 이쪽과의 사이에 있었던 애정 관계까지 죄다 알고 결혼한 사람이었다.
 이 청년이 며칠 전 비행기 추락으로 죽고 만 것이다. 사고의 원인이 엔진 고장으로 돼있으나, 그네에게는 그렇게만 생각되지 않았다. 비행기를 타기 전날 밤, 남편이 한 말. 전에없이 침통한 낯빛을 하고서, 이즈음 나는 너를 품에 안고 있을 때에도 내가 완전히 너를 안고 있다는 느낌이 들지 않는다, 분명히 너는 몸은 내게 맡기고 있으면서도 마음속으로는 나 아닌 딴사람을 안고 있는 것이다, 그 사람이 대체 누구냐, 어려서 봉변을 당한 사내가 아니라는 건 안다, 그러면 첫번 결혼했던 남자냐, 그렇지 않으면 언젠가 서로 사랑한 일이 있었다는 그 사내냐, 어쩐지 난 점점 너를 내 마음대로 조종할 수 있다는 자신을 잃었노라고 하며, 밤늦게까지 잠을 이루지 못했던 것이다.
 "제 몸 속에는 남자를 파멸시키는 독소가 들어있는가봐요."
 그네는 그때 남편되는 청년의 말에 어떤 대꾸를 했는지는 말하지 않았다. 따라서 그네가 남편되는 청년의 품에 안겼을 때 마음으로는 남편 아닌 딴사람을 안곤 했다는 것이 사실인지 어쩐지는 알 수 없다. 그저 그것이 사실이라면 그네가 마음속으로 안곤 한 남자가 누구였으리라는 것만은 짐작할 수 있을 것같았다.
 저도모르게 그네의 어깨에 팔을 감고 입술을 찾았다. 그러나 그네는 어스름 속에 희게 뜬 얼굴을 냉엄히 가로저어 보이는 것이었다.
 돌아오는 자동차 안에서는 말이 없었다.
 차가 삼각지를 지나 남영동 근방에 이르렀을 때, 갑자기 앞 유리가 놀빛으로 물들여졌다. 운전수가, 또 불이 났군, 하고 웅얼거렸다.

얼마 가지 않아 교통차단으로 정차를 하지 않으면 안되었다.
놀빛 물이 점점 붉게 짙어가는 앞 유리로 눈을 주고 있던 그네가 불쑥 혼잣말처럼,
"지금 저 속에서는 재물이 타구, 혹시 사람이 죽어갈는지두 몰라요. 화재를 만난 당사자들은 어쩔줄을 몰라 허둥대겠죠. 그렇지만 당사자 아닌 제삼자는 마음껏 구경을 해두 좋아요. 마음 한구석으론 무섭구 안됐다구 생각하지만, 그런 생각이 들면 들수록 남의 일에는 더 흥미가 생기는 법예요. 조금두 꺼릴 것 없이 마음껏 구경해두 좋아요."
그리고는 차가 옆길로 돌아서 가려고 찻머리를 돌리는데 운전수에게 스톱을 시키고는 홀 내려버리는 것이었다.
종종걸음을 쳐 불이 난 쪽을 향해 골목을 뛰어들어가는 그네의 여윈 자태가 붉은 놀빛 화광에 비치어, 좀전에 철 지난 강변 냉기어린 어스름 속에서 흰 얼굴을 냉엄히 가로젓던 때와는 달리 한결 생기가 있어 보였다.
그러자 이때, 그네는 언제나 당사자요 이쪽은 제삼자적 방관자의 위치에 서있었던 게 아니냐는 생각이 불현듯 들었다. 분주히 요금을 치르고 그네가 사라진 골목을 쫓아들어갔으나 이미 그네의 그림자는 어디서도 찾아볼 수가 없었다.
그뒤로 다시 그네의 소식이 묘연하더니 두어 달쯤 지난 바로 어제 그네로부터 또 예와 같은 간단한 사연의 글발을 받았다.
그래 오늘 그네가 만나자는 다방을 찾아가는 길에 이곳 친구가 공수병에 걸려 위급하다는 말을 듣고 약속한 시간에서 여유를 두어 문병을 왔던 것이었다.

친구의 모습에서 설희의 영상으로 벋어나간 것은 다름아닌 이 설희와 자기 사이가 하나의 링반데룽 상태에 놓여있는 게 아닌가 하는 느낌이 들었기 때문이었다. 그러나 따지고보면 친구의 모습에서 어떤 환상방황의 상태를 연상하기 이전에 벌써 설희와 자기의 관계가 환상방황 상태에 놓여있었다는 의식이 어딘가 잠재해있었던 것은 아닐까. 오히려 그렇기 때문에 친구의 모습에서 링반데룽

이란 것을 상기해낸 것은 아닐까.

　사실 자기네 두 사람은 그동안 자신들도 모르는 사이에 환상방황을 하고 있었음이 틀림없는 것같았다.

　환상방황을 할 때 사람에 따라 왼편으로 돌기도 하고 오른편으로 돌기도 하는 것이다. 설희와 자기는 각각 어떤 방향으로 돌고 있는지는 알 바 없다.

　두 개의 원이 서로 접하는 기회는 그 두 개의 원이 갖고 있는 반경의 길이 여하에 따라 횟수가 결정되는 것이다. 외접이나 내접인 경우에는 한 번, 상접인 경우에는 두 번.

　설희와 이쪽의 원이 외접 또는 내접인지 혹은 상접인지는 몰라도 그동안 몇번 접점을 가졌던 것만은 사실이다.

　그러나 환상방황에서 가장 중요한 것은 무엇보다도 두 원이 접하는 시간인 것이다.

　그러고보면 번번이 설희가 지나간 후에야 이쪽이 그 접점에 도달하곤 한 것이었다.

　친구의 집을 나서기 전에 건넌방 미닫이를 조금 열고 들여다보았다.

　늦가을 엷은 저녁그늘이 내리기 시작한 속에 병인은 여전히 벌겋게 광채 띤 눈을 초점없는 한곳에 준 채 일정한 간격을 두고 경련을 되풀이하고 있었다. 그 간격이 아까보다 단축돼있어 보였다.

　이 방안의 일은 이미 자기로서 어쩔 수 없는 것이다. 아직 살아있는 친구건만 말 한마디 건네지 못한 채 조용히 미닫이를 닫아버리고 돌아서는 수밖에 없었다.

　그러면서 생각하는 것이었다. 이번만은 꼭 맞는 시간에 설희와 엇갈리지 않을 접점을 가져야 한다는 것을. 그것이 비록 그네의 말대로 이쪽의 어떤 파멸을 의미한다 할지라도.

1958 이월

모든 영광은

그날 나는 나가지 않는 원고와 씨름을 하고 난 뒤라, 심신이 약간 피로해있었다. 이런 피로도 나는 술로 풀곤 하는 것이 습관처럼 돼있었다.

늘 단골로 다니는 술집은 내가 사는 동네에 있는 조그마한 선술집으로, 저축은행 옆길을 남산 쪽으로 올라가다 퇴계로와 서울역 사이를 연결시키는 새로 난 큰길과 교차되는 바로 왼쪽 어름에 있었다. 주인아주머니가 원주서 왔다 하여 통칭 원주집이라 부르는 집이다.

물론 간판도 없다. 그저 앞 유리문에다 빨간 뻥끼로 약주, 소주, 빈대떡이란 글자가 씌어져있을 뿐이다. 그러나 실지로 들어가 보면 안주는 빈대떡뿐이 아니고, 철따라 조갯살이니 굴이니 꽃게니 낙지니 명태니 하는 해물이며 제육이며 돼지족발이며 간천엽 등의 육류도 있다. 까놓고 말해서 이러한 안주들은 이집 장맛이 좋지 않아 신통하지가 못하다. 하지만 어찌 술꾼이 안주에 구애될까보냐. 이집 술맛만은 그만인 것이다. 내가 알기에는 사변 전 내가 재직하고 있던 학교가 그 부근인 관계로 한동안 단골로 드나든 일이 있는 사직동 대머리영감네를 제하고는 이집 술맛을 당할 곳이 없다.

부산 피난지에서 환도해 오면서 이곳 남산 밑에다 거처를 정해놓고 발견한 것이 이 원주집이다. 여자들은 집을 볼 때 물 사정부터 본다지만 나는 집 근처에 어디 한잔 마실 만한 곳이 없는가부터 살핀다. 그때 처음 이 선술집을 찾아들어가 보고 나는 적이 만족했다. 술청 한옆에 묻혀있는 두 개의 큼직한 술독의 빛깔과 술청 안에 서려있는 독특한 기운으로써 이집이 이번 환도와 더불어 생긴 술집이 아니란 걸 느낀 때문이다. 주모더러 물어보니 과연 해방 직후부터 시작했다는 것이다. 이런 선술집은 오래되어 모든 것이 기름때가 묻고 술냄새가 배어있을수록 술꾼들의 마음을 푼더분하게 해준다. 사직동 대머리영감네 술맛이 좋고 그곳 분위기가 마치 옛 친구나 만난 것처럼 서먹서먹하지 않고 마음이 놓이는 것도 우연이 아니다. 그집은 해방 전부터 해오는 선술집인 것이다.

내가 사는 동네에는 그동안 선술집이 서너 군데 새로 생겼다. 그러나 나는 특별한 경우 외에는 거기 들르지 않는다. 특별한 경우란 밤늦어 원주집 빈지가 닫히고 불이 꺼졌을 때인 것이다. 아침에는 일찍 문을 열어 해장국까지 파는 대신 밤에는 꼭꼭 열시쯤 되면 새손님은 받지 않고 문을 닫아버린다. 나는 밤늦게 돌아오다가도 술 생각이 나면 이 원주집에 들르는 수가 있는데, 그런 때 이미 문이 닫히고 불이 아주 꺼져있으면 할수없이 다른 술집으로 가지만, 빈지 사이로 아직 불빛이 새어나오기만 해도 문을 열어달라고 한다. 맨처음에는 아무리 문을 두들겨도 모른 척하더니 이즈음와선 두어 번 두들기는 소리만 듣고도 나인 것을 알고 열어주게끔 돼있다. 대단한 특전이 아닐 수 없다. 내 뒤로 여하한 사람이 와서 아무리 사정을 해봤자 막무가내다. 이렇게 나한테만 특전을 베풀어주건만 주인아주머니는 조금도 그걸 내색해 보이는 법이 없다. 그저 묵묵히 내 잔에다 술을 따라줄 뿐인 것이다. 그것이 어딘가 구수한 맛을 풍겨주어 좋았다.

그날 내가 나가지 않는 원고와 씨름을 하다 원주집으로 내려간 것은 해거름 때쯤이었다.

이맘때부터 아주 어두울 때까지가 이집은 가장 바쁘다. 이집의 위치가 남대문시장과 가까운 탓에 그곳 노점 장사꾼들이 돌아가는 길에 한잔씩 걸치러 들르는 것이다. 술청 한쪽 벽을 따라 길게 붙여놓은 기름때가 낀 목로와 흙바닥에 마구 놓인 역시 기름때가 까맣게 낀 송판 탁자와 걸상이 모자라 여기저기 서서 돌아갈 만큼 붐벼댄다. 그리고는 한참 동안 북새통을 이룬다. 그러나 나는 그다지 시끄러움을 느끼지 않는 것이다. 그들은 그들대로 자기들만의 화제에 열중해있고, 이쪽은 이쪽대로의 세계에 잠겨있으면 그만이니까. 어떤 의미에서 나는 오히려 조용한 음식점에 들어갔을 때 더 안정성을 잃는 수가 있다. 피차 아무 상관도 없는 사이면서도 상대방의 본색을 탐지라도 하려는 듯한 눈초리를 받아야 하고 따라서 자연 거기에 신경이 쓰이기 때문에.

이날 나는 마침 때손이 되어 붐비고 떠들썩한 술청 한옆에 자리를 잡고 앉아 약주 두 사발을 마신 후 새로 술을 청해놓고 언제나처럼 가볍게 눈을 감았다.

이렇게 술잔을 앞에 놓고 있느라면 내 몸 속에서는 인제 내가 쓰려고 하는 작품의 어느 막혔던 대목이 강물 흐르듯이 자연스럽게 풀리고 거기 나오는 인물들은 하나하나 산 사람의 체온을 갖고 제각기의 생김새며 말투며 걸음걸이로 움직이는 것이다. 나는 이들과 함께 어떤 사건을 두고 같이 생각하기도 하고, 때로는 같이 웃고 노하기도 하고, 또는 서로 초조해하고 불안해하기도 한다. 이런 때 나는 얼마든지 마음이 풍성해지는 것이다. 그러나 이것을 일단 원고지에 옮기는 차례에 이르게 되면 나는 우울해지는 수밖에 없다. 가슴속에 키워온 이들 인물들이 내가 술잔을 앞에 놓고 대했을 때처럼은 살아 움직여주지 않는 것이다. 그들의 피부는 원고지 위에서 원고지 그것모양 체온을 잃어버리고, 그들의 심장에서 뛰고 있던 피는 한갓 냉각한 잉크로 변하여 헛되이 원고지를 적실 뿐인 것이다. 그뿐이 아니다. 강물처럼 자연스럽게 흐르던 작품의 전개는 마치 원고지칸이 커다란 제방이나 된 듯이 앞이 막혀버리는 것이다. 나는 나대로 그것들을 되살리기에 애써보는 것이다. 급기야는 불만스런 대로 눈 딱 감고 어느 잡지사나 출판사로 원고를 넘겨버리고 만다. 결국 나는 숲속에서 움이 트고 잎이 나고 꽃이 피었던 생화를 한낱 조화로 만들어버리고 말곤 하는 것이다.

이날도 나는 지금 쓰고 있는 작품의 인물들이 생기를 띠고 움직여주기를 기다리며 눈을 감고 있는 판인데 누가, 실례합니다, 하는 나지막한 말소리와 함께 곁에 와 서는 기척이 났다. 나는 눈을 떴으나 그쪽은 쳐다보지도 않고 한옆으로 죄어앉은 뒤 내 술잔을

옮겨놓고는 다시 눈을 감으려 하자 곁에 와 선 사내가,
"피곤하신 모양이군요."
하는 것이다.
 나는 감으려던 눈을 도로 떠 사내 쪽을 쳐다보았다. 검정 작업복을 입은 삼십대의 사내가 햇볕에 그을은 갸름한 얼굴에 흰 앞니가 드러나는 미소를 짓고 있다. 몸차림으로 보아 시장 장사꾼이라는 건 짐작이 갔으나, 내가 아는 사람은 아니었다. 그러나 나는 곧 내가 한번쯤 어디서 인사를 한 사람이면 몰라보기가 일쑤라는 것을 깨닫고, 기연미연하게나마 고개를 끄덕여 답례를 해보이고는 시선을 돌려버렸다.
 나는 본의아닌 오해를 받는 수가 있었다. 가끔 통성까지 한 사람을 다음에 만났을 때 상대방은 알아보고 인사를 하는데 이쪽은 통 기억이 나지 않아 어름거릴 때가 있는 것이다. 그것을 상대방이 눈치 못 챌 리가 없다. 기분이 좋지 않을 것이다. 길을 가다가도 그렇다. 나는 본디 안정이 무디기도 하지만 지나가는 사람의 얼굴을 잘 보지 않는 습성이 있다. 상대방이 볼 때는 이쪽이 부러 못 본 체하고 지나치는 줄 아는 모양이다. 그래서 건방지다고 욕을 하는 사람이 있다는 말을 전해들은 일도 있다.
 그러나 이날 원주집에서 만난 사내가 전에 한번도 상대해본 사람이 아니라는 게 밝혀졌다. 자기 술잔을 내 술잔 옆에 내려놓은 사내가,
"안직 인산 없습니다마는 항상 선생님을 먼발치루 뵙군 하지요,"
한 것이다.
 이것으로 나는 한번이나마 인사를 한 사람을 몰라보았다는 비난은 모면한 셈이다. 그러나 나는 이 사내의 말을 듣자 적잖이 불쾌했다. 말투가 온공치 않아서가 아니다. 말씨는 어디까지나 나지막하고 조심성스러웠다. 그저 그동안 나도모르는 새 내 술 먹는 모양을 그가 바라보곤 했다는 사실이 내심 불쾌했던 것이다.
 나는 이 불쾌감을 상대방에게 알려주고 싶었다. 그것을 무슨 말로 표시할까 하다가 앞에 놓인 술잔을 거칠게 들어 단숨에 들이켜고는 사내에게는 일별도 주지 않고 벌떡 일어나 그곳을 나와버리고

말았다. 이렇게 함으로써 지금까지 그가 취한 행위가 옳지 못하다는 것을 깨닫게 하는 동시에 앞으로는 다시 남의 술 먹는 분위기에 간섭치 못하도록 방패막이를 했던 것이다.

나와 그와의 첫 대면은 이렇게 탐탁하지가 못했다. 지난해 가을도 느지막한 십일월 하순께의 일이었다.

그로부터 나는 어쩐지 원주집에 들를 때마다 공연히 마음을 쓰지 않으면 안되었다. 혹시 그 사내가 어느 한구석에서 이쪽을 바라보고 있지나 않은가. 또 곁으로 와 무슨 말을 붙이지나 않으려는가. 나는 술집에 혼자 들어간 이상 혼자이고 싶었다. 이런 때 아는 사람을 만나는 것도 그리 달갑지가 않다. 그것이 더구나 알지도 못하는 사람한테 내 분위기가 침범당한다는 것은 허용될 수 없는 일이었다.

되도록 나는 시장패들이 들이밀리는 시각을 피해서 원주집에 들르기로 했다. 그러나 술이란 저녁때 출출할 때가 제일 당기는 법이다. 집에 있는 날은 저녁그늘이 내리기 시작하면 절로 발길이 원주집으로 향해지는 것이었다. 그러니 자연 시장패들이 들이밀리는 시각과 맞먹게 마련이요, 그러니 또 나는 전에없이 그 사내의 거동에 대해 신경을 써야만 했다.

그 사내는 거의 날마다 시장이 파하면 이집에 들르는 성싶어 내가 간 날은 못 본 적이 없었다. 나는 그 사내와 상면하기를 꺼려 부러 목로상 앞에 벽을 향하고 앉아 술을 마시는 것이었는데, 그러다가 고개를 돌리면 한창 떠들어대는 술꾼들 틈에 그가 끼어있곤 했다. 그는 언제나 같은 시장패들과 어울려 떠들어대는 법이 없이 혼자 술잔을 앞에 놓고 있었다. 그러다가 내 시선과 마주치기라도 하면 제편에서 얼른 눈을 아래로 떨구며 생각난 듯이 자기 잔을 들어 입으로 가져가곤 하는 것이었다. 그러는 그의 표정이나 동작에는 내가 그를 처음 만난 날 그에게 표시한 불쾌의 빛을 그가 충분히 깨달은 것이 분명해서 다시는 나와 가까이하려는 기색은 전혀 보이지 않았다. 다행이 아닐 수 없었다.

그러나 차차 나는 이 사내와 나 사이에 이상한 관계가 맺어져감을 느끼지 않으면 안됐다. 그날도 나는 목로상에 벽을 향해 앉았다가 부지중에 고개를 돌려 뒤를 돌아다보았다. 붐벼대는 술청 한귀퉁이에 끼어앉은 그의 옆모습이 보였다. 그는 지금 한 손에 잔을 들고 자기 눈 높이만큼의 앞을 바라보고 있었다. 그것은 금방 그런 자세를 취한 것이 아니요, 좀전부터 계속해 그러고 있는 몸가짐 같았다. 그리고 이 자세는 오늘 비로소 그에게 지어진 것이 아니요, 이미 오래 전부터 몸에 밸 대로 밴 것으로 느껴졌다. 실상 그는 지금 눈앞의 것을 바라보고 있는 게 아니다. 눈은 밖으로 향해 열려있으나 시선은 자기 내부를 들여다보고 있는 것이다. 옆으로 보이는 그의 뽀족하니 날이 선 코끝과 며칠 동안 면도를 하지 않아 까칠하니 수염이 돋친 빠른 하관은 주위의 소란과는 상관없이 자기만의 세계에 잠겨있는 몸가짐이었다. 그것은 어딘가 고달프고 외로운 사람의 모습이었다.

 이런 일이 있은 뒤로 나는 그를 지금까지와는 다른 눈으로 바라보게 되었다. 물론 그는 언제나 술청에서 같은 자세만을 취하고 있는 것은 아니었다. 하지만 그가 혼자 묵묵히 술잔을 기울인다거나 어쩌다 나와 시선이 마주치면 떨구어버리는 고개에서 풍겨오는 것은 피로와 고독의 그늘이라는 걸 나는 놓치지 않았다. 그러는 동안 나는 원주집에 들를 적마다 내편에서 자진해서 그의 모습을 찾아보게끔 됐다. 그런데 묘한 것은 대개 내가 첫번 눈을 준 곳에 그는 앉아있거나 서있곤 하는 것이었다. 그것은 마치 왁작거리는 술청 안에서 그가 자리잡고 있는 부분만이 항상 고요함을 지니고 있어서 그리로 눈을 주기만 하면 되는 것과도 같았다. 사실 그가 자리잡고 있는 부분은 그만큼 쓸쓸한 그늘이 달무리처럼 서려있는 것이었다. 그리고 이 달무리의 한 가닥이 나 있는 데까지 번져와 내 둘레를 에워싸는 듯함을 나는 느꼈다. 하지만 나는 그때까지도 그와 직접 인간적인 교섭을 갖고 싶다는 마음은 일지 않고 있었다.

 그러한 어느날, 우리 두 사람은 접근해질 기회가 뜻하지 않았던 때 오고야 말았다. 그날밤 나는 출판사를 경영하는 원형을 만나 거리에서 한잔석 마신 후 헤어져 돌아오는 길에 한잔 더하고 싶은 생각이 나 원주집에를 들렀다. 이미 빈지는 닫혔으나 불빛이 보이기에 문을 열어달래가지고 안으로 들어섰다. 그랬더니 다른 손님이라 곤 하나 없는 술청에 그가 혼자 앉아있는 것이 아닌가. 나는 그를 보는 순간, 그는 나처럼 다른 데서 한잔 마시고 단골손님이란 특대를 받아 들어온 게 아니고, 언제나처럼 저녁시간에 와서 지금까지 앉아있다는 걸 짐작할 수 있었다. 대개 늦어서 들렀을 때는 선 채로 간단히 한두 잔 마시는 것이 상례인데, 그는 지금 앞에다 큰 술 주전자를 놓고 있는 것이다. 그리고 첫눈에도 눈이 상당히 취해있어 보였다.

내가 선 채로 주인아주머니가 따라주는 잔을 받고 있느라니까 그는 꽤나 큰 목소리로,

"아주머니, 어서 여기 반 되만 더 주슈,"

하는 것이다.

오십이 가까운 이집 주인아주머니는 본래가 말수가 적은 편이지만 이날은 특히 퉁명스런 낯으로 아무 대꾸도 하지 않았다. 아마 술이 취했으니 더 줄 수 없다는데 자꾸만 조르는가 보았다.

"아주머니, 내가 사년째 단골루 댕기지만 어디 실수헙디까. 안심허시구 반 되만 더 주슈."

그래도 주인아주머니가 아무런 반응을 보이지 않자 좀 사이를 두어 이번에는 내게,

"저, 선생님, 실례올시다마는 잠깐 저와 상대해주실 수 없습니까. 그래야 아주머니가 술을 좀 줄 것같군요."

나는 못 들은 척했다. 이날밤의 그는 처음 내가 그를 만났을 때의 그 나지막하고도 조심성스럽던 언성이나 그뒤에 그가 이 술청에서 차지하곤 하던 쓸쓸한 자세와는 달리, 오히려 질이 나쁜 술꾼의 언동 그대로를 나타내고 있어 어떤 새로운 반감까지 일으키게 했다. 지금까지 내가 그에게서 느껴오던 것은 일종 내 자신의 환각이었던가. 문득 나는 그의 술 취한 꼴을 확인해두고 싶어졌다. 그러고 나서 그의 존재를 내 의식 속에서 완전히 제거해버리리라 마음먹었다.

그러나 내가 그에게로 고개를 돌린 순간, 나는 내 판단이 너무 조급했다는 걸 깨닫지 않으면 안되었다. 먼저 나는 거기에 어느때

보다도 큰 피로와 고독의 달무리가 그를 둘러싸고 있는 것을 보아
야만 했다. 그 커다란 고독의 달무리 속에서 그는 지금 한 손에 술
주전자를 들고 술기운으로 해서 풀린 눈망울을 이리 향하고 앉았는
것이다. 그러자 이 피로와 고독의 달무리가 삽시간에 그 테두리를
넓혀 나 있는 데까지 와 에워싸버리고 말았다. 나는 그만 나도모르
는 새 이 달무리 중심으로 끌려들어가듯이 술잔을 든 채 그가 앉았
는 데로 걸어가고 있었다. 그리고 그와 마주앉아 그의 손에서 주전
자를 옮겨받아가지고 주인아주머니에게 술을 가져오라고 손짓을
했던 것이다.
"전 오늘 술이 좀 취했습니다."
 술주전자가 오자 그는 손수 자기 잔에 술을 따라 단숨에 들이켜
고 나서,
"선생님, 전 가끔 내 자신이 술한테 먹혀버렸으면 할 때가 있지
요. 허지만 그런 땔수록 술이 취해지지 않는군요."
 그는 다시 잔에 술을 가득 부어 들었으나 입으로 가져가지는 않
고 중도에서 멈추었다. 그리고는 그 자세대로 꼼짝않고 있는 것이
었다. 여기서 그는 언제인가처럼 자기자신 속으로 침잠해 들어가버
린 것같았다. 술기운에 풀리고 핏발 선 눈망울은 뜨고 있으나 무엇
을 보고 있는 눈은 아니었다. 앞에 앉은 나도 그의 눈에는 들어오
지 않음에 틀림없었다. 술이 들어갈수록 창백해지는 체질인 듯 뾰
족하니 날이 선 코끝이 해쓱해지면서 그 콧날개 양 옆으로 땀방울
이 송송 내돋치기 시작했다.
 그러자 그는 무슨 괴로움에서 벗어나려는 사람처럼 온몸을 한번
비틀고는 핏발 선 눈에 물기까지 떠올리면서 불쑥,
"저, 선생님, 사람을 죽이는 데는 무기만 필요한 게 아닙니다. 이
손가락 하나면 족하죠."
 그는 들고 있던 잔을 내려놓고 그 손 둘째손가락 하나를 곧게 펴
보이며,
"이 손가락 하나루 얼마든지 사람을 죽일 수가 있습니다. 어느 급
소를 찔러서가 아닙니다. 먼발치루 그저 뒤통수를 가리키는 것으루
충분합니다. 충분하다마다요."

이렇게 밑도끝도없는 말을 내뱉고는 다시 술잔을 들어 단숨에 벌컥벌컥 들이켠 후 훌쩍 자리를 떴다. 그리고는 과히 비틀거리는 걸음걸이도 아니게 주인아주머니한테로 가더니 셈을 치르고 혼자 먼저 그곳을 나가버리는 것이었다.

작가의식이란 할 수 없는 것이다. 이때부터 나는 이 사내와 좀더 접근할 기회를 얻어 그를 알고 싶은 충동을 금할 길이 없었다. 정작 알아놓고 보면 대단치 않은 것일지 모르나 하여튼 한번 캐어보고 싶었다.

이튿날 나는 네시쯤 집을 나섰다. 대책 그가 어떤 장사를 하고 있는지도 알아둘 겸, 될 수 있으면 오늘은 딴 음식점으로 가 그와 단둘이 이야기할 수 있는 기회를 만들어볼 예정이었다.

남대문시장 쪽을 향해 걸어가며 나는 지금 내가 찾아가는 사내의 본바탕이 무엇일까 하는 것을 생각해보았다. 암만해도 본디부터의 장사치는 아니고 중도에 전업을 한 사람같이만 여겨졌다. 비록 햇볕에 그을려 살갗이 검붉어졌으나 그 갸름한 얼굴 밑바닥에는 장사치의 그것이 아닌 어떤 교양의 빛이 깔려있는 것으로 생각됐다. 그렇다면 그의 심상치 않아 보이는 과거도 그가 장사꾼으로 나서기 전의 생활과 관련된 것이 아닐까. 그러나 그의 먼젓 직업이 무엇이었을까 하는 것은 좀처럼 추측되지 않았다.

남대문시장으로 굽어드는 어귀에서 주위를 한번 둘러본 나는 주춤 걸음을 멈추지 않을 수 없었다. 무턱대고 그를 찾아나선 것이 무모한 짓이 아닌가 하는 생각이 든 것이었다. 얼핏 눈앞에 뵈는 한도에서만도 북적거리는 인파 속에 누가 누구인지 알아보기가 어렵거늘 하물며 이 시장 전체에서 그를 찾아내기란 거의 불가능에 가까운 일일 것같았다.

한데 이날 운수가 좋았다. 찾아나선 김에 좌우간 시장을 한바퀴 돌아보고 가리라고 사람들 틈을 헤치고 들어가는 내 눈에 지금 맞은 편 쪽에서 장사꾼 하나가 팔에다 미군용 겨울 내의며 점퍼며 바지며 와이셔츠 등을 한 아름 안고 이리 오는 것이 보였다. 바로 그 사내인 것이다. 본시 안정이 무더서 길가에서 아는 사람을 만나도 모르고 지나쳐버리기가 일쑤인 내가 그 법석거리는 인파 속에서 대번 그를 알아본 걸 보면 이날 나는 엔간히 그를 찾기에 골똘해있었던 게 분명했다. 그렇다고 하더라도 그것은 다분히 우연의 소치였다. 한 자리에 자리잡고 앉았는 장사꾼이라도 찾아내기 수월치 않을 텐데 시장을 싸돌아다니며 물건을 파는 그를 더구나 이렇게 시장 초입에서 만날 수 있었다는 것은 정말 요행이 아닐 수 없었다. 술청이 아닌 바깥 대기 속에서 보는 그의 얼굴은 덜 피로하고 덜 쓸쓸해 보였다. 나는 쉽사리 그를 찾아낸 기쁜 마음으로 사람들 새를 뚫고 그에게로 가까이 갔다. 그도 나를 알아본 듯했다. 그러나 다음 순간 그는 슬쩍 외면해버리고 마는 것이었다. 그뿐만 아니고 내가 무어라고 말을 붙이기도 전에 그는 등을 이리 돌리고 오던 길을 되걷기 시작하는 것이었다. 확실히 나와 만난 것을 달갑게 여기지 않는 눈치였다.

　이렇게 되면 나는 좀더 집요해질밖에 없었다. 그는 어젯밤 술이 취해서 내게 한 말을 후회하고 있는지 모른다. 그러면 그럴수록 그가 어떤 인간이며 그의 과거가 어떤 것인가를 천착해보고 싶어졌다.

　나는 발길을 돌려 저축은행 옆에 있는 어떤 다방으로 들어가 시간을 보내기로 했다. 그러다가 시장패들이 원주집에 모여들 때보다도 더 시간을 늦잡아가지고 그곳으로 갔다. 내가 먼저 가 앉아있다가는 그 사내가 나를 보고 돌아갈 우려가 없지않다는 생각이 들었던 것이다.

　시장패들이 한창 떠들어대는 술청 한옆에 끼어앉았는 그의 모양이 보였다. 나는 벽에 붙은 목로로 가 앉아 기회를 엿보기로 했다. 우선 시장패들이 얼마큼 없어진 뒤에 그의 곁으로 갈 참이었다. 그래 술잔을 받아 서서히 마시고 있느라니까, 누가 곁에 와 서는 기척이 났다. 보지 않아도 그라는 걸 알 수 있었다. 나는 말없이 그에게 자리를 내주었다.

　그도 아무말 없이 들고 온 잔을 내려놓고 내 곁에 앉았다. 그리고 두 사람이 잠잠히 각각 자기 잔을 비우고 났을 때 비로소 그가 입을 열었다. 나는 그가 내 옆자리에 와 앉는 것을 보고 그가 무슨 말이고 먼저 꺼내리라는 것을 예기하고 있었던 것이다.
"참 어젯밤엔 실례가 많았습니다. 그리구 아까 시장에서두 실례를 했구요. 시장에선 누구를 만나건 전 모른 척해버리지요. 아무리 옛날에 친했던 사람이라두 말입니다. 제가 시장에서 상대하는 사람은 같은 장사꾼끼리 아니면 손님뿐입니다."

그는 조용조용 이렇게 말하고 나서 새로 부은 잔을 들어 두어 모금 마시고는,

"그런데 선생님, 제가 보기엔 선생님께서두 혼자 약줄 잡숫는 습관을 가지신 것같든데요. 실례지만 제가 선생님의 약주 잡수시는 걸 눈여겨 본 건 벌써 오래 전입니다. 어떤 때는 피로하신 것처럼 눈을 감구 계시기두 허구, 어떤 때는 무엇이 못마땅하신 것처럼 눈살을 찌푸리시구 고개를 젓기두 허시구, 또 어떤 땐 좋으신 기색으루 고개를 끄덕끄덕 허시드군요. 떠들어내는 주위엔 조금두 개의치 않으시구선. 그런데 늘 혼자이신데두 어쩌면 그렇게 여럿이 같이 계시는 것처럼 보이는지 알 수가 없어요."

나는 소리없이 웃으며 고개를 끄덕여주었다. 내가 고개를 끄덕이는 걸 보자 그는 이어서,

"저, 선생님, 제 생각같애선 선생님께서 글 쓰시는 분같은데……"

나는 내가 작가라는 걸 알리지 않기로 하고 있다. 어쩌다 사람들이 자기의 경력이야기가 소설감이 되니 들어보라는 수가 있다. 내가 소설을 쓴다는 것을 아는 그 사람은 내게 조금이라도 소설다운 이야기를 해 들리려는 선입감에서 지금까지 자기가 읽거나 들은 소설을 무어론가 본따가지고 지난날의 자기 경력담을 가미시키는 경향이 있는 것이다. 그렇게 되면 그 사람의 이야기는 내게 아무런 흥미도 주지 못하고 만다. 그것을 나는 이 사내한테 염려했다. 이 날 나는 이 사내를 이 사내 그대로 알고 싶었던 것이다. 그러기 위해서는 내가 작가라는 것을 알리지 않는 편이 좋았다.

그러나 이왕 이렇게 된 바에는 할 수 없었다. 나는 나대로 그의 사람을 보는 눈이라든가 말하는 품으로 미루어 여태까지 궁금했던 것을 물어보았다.

"노형께서두 지금은 장사를 허구 계신 것같지만 전엔 정신노동을

하신 분같은데?"
했더니 사내는 솔직히,
"네, 전엔 학교 선생이었습니다. 인천에 있는 어떤 중학교였죠."
그러면서 사내의 눈에 어떤 쓸쓸한 기운이 깔리기 시작하며,
"사실 저는 이렇게 선생님과 서루 이애길 주구받는 처지가 되리라구는 생각지 않았습니다. 그런데 얼마 전입니다. 아마 선생님께서두 기억허구 계시겠죠. 저녁때 여길 들르니까 마침 선생님 옆자리가 좀 비어있드군요. 그래 선생님 곁으루 갔던 것입니다. 가까이가 보니까 그날 선생님은 퍽 피로해 뵈었어요. 그래서 저도모르게 말을 건넸었던 거죠. 뭐라구 할까요, 선생님의 그 피로해 뵈는 모습에 제가 끌려들어갔다구나 할까요. 그랬드니 선생님은 불쾌한 얼굴을 허시구는 한마디 대꾸두 없이 나가버리구 마시드군요. 그때 깨달았지요. 제가 주책없는 짓을 했구나 하구요. 자기 분위기를 다른 사람한테 침범당하면 기분 좋은 일이 아니니까요. 다시는 선생님께 실례가 되지 않두룩 조심허기루 했죠. 헌데 어젯밤 또 선생님께 실례를 허구 말았으니…… 술이 엔간히 취해있긴 했었지만 지금까지 제가 술이 취했어두 그런 일은 없었습니다. 그러구보면 자신두 모르는 새 저는 선생님을 가까이허구 싶었든 모양예요. 허지만 어젯밤 몇마디 지껄이다 보니 내가 또 실수를 하는구나 하는 생각이 들드군요. 그래서 먼저 자리를 뜨구 말았지요. 오늘 아침 생각엔 다시는 여길 오지 말구 어디구 장솔 옮겨야겠다구 생각했었죠. 선생님 볼 낯이 있어야죠. 그랬는데 아까 선생님이 시장엘 나오시질 않았어요? 그때 저는 외면을 하면서두 선생님의 얼굴 표정을 보았지요. 선생님이 절 찾아나오셨다는 걸 알았어요. 그러기 땜에 제가 오늘 여기 올 수 있었습니다. 자, 선생님, 드시지요. 혼자 이렇게 떠들어대는 것 용서하십쇼."
그는 자기가 말 많아진 게 안된 듯싶었던지 한동안 술잔만 기울였다. 나는 작가의식을 떠나 그 인간이 좋아지기 시작했다. 무엇보다도 솔직한 게 마음에 들었던 것이다. 술잔을 그에게 건네었다. 그는 받은 잔을 잠시 바라보며 무엇을 생각는 눈치다가 한 모금 입축임을 하고는,

"선생님은 어젯밤 제 말을 듣구 수상하게 여기셨겠죠. 괴상한 소리 했으니까요. 이왕 꺼내논 얘기니 숨김없이 말씀드리겠습니다. 들어주십시요."

나는 잠자코 담배를 붙여물었다.

"6·25 때 저는 같은 학교에 있던 동료 한 사람을 죽인 일이 있습니다. 죽는 현장은 보지 못했지만 죽었음에 틀림없습니다. 그 사람과 저는 같은 규율부를 맡아보구 있었든 관계루 꽤 가까이 지내는 사이였죠. 학생들 단속이나 처벌 문제에 대해서두 우리는 거의 의견 대립이 없었습니다. 이 사람을 나는 1·4 후퇴를 얼마 앞두지 않은 어느날 부역자라는 이유루 파출소 순경에게 밀고를 했던 것입니다. 이 사람이 인공때 소위 교책이란 걸 지냈거든요. 정말루 그 사상에 공명을 했었는지 일시적 보신책이었는지는 모릅니다. 하여튼 해방 후 혼란기에 그처럼 창궐했던 좌익 학생 단속에 열성적이었든 사람이 인공이 되자 교책이란 지위에서 일을 보게 됐든 것입니다. 이 사람이 교책이 돼가지구 어떠한 나쁜 짓을 했는지는 모릅니다. 나는 인민군이 들어오자 몸을 숨기구 학교에는 나가지 않았으니까요. 9·28 후에 학교에 나갔더니 이 사람의 비행이 한두 가지가 아니라구 야단들이드군요. 허지만 그런 때의 비평이란 자칫하면 과장되기 쉬운 법이라 어느 정도 그걸 믿어 좋을지는 모르죠. 그러나 저만은 분명히 이 사람한테 피해를 입었습니다. 적어두 그당시는 그렇게 생각했습니다.

인민군이 들어오자 전 학교에는 나가지 않구 장사를 시작했죠. 생계를 위해서 헐 수 없었습니다. 더구나 그때 제 집사람이 산욕열루 누워있었거든요. 옷가지를 주워팔아 장사 밑천을 삼았습니다. 그래두 이럭저럭 굶지는 않구 끼니를 이어나갔죠. 그런데 하루는 장사를 마치고 배다리시장에서 보리쌀 몇 되를 사갖구 집으루 돌아오는 길에서예요. 누가 쫓아와 팔을 잡기에 보니 내무서원이 아니겠어요? 그자의 말이 잠깐 물어볼 얘기가 있으니 서루 가자구요. 그때 어떤 사람의 뒷모양이 제 눈에 들어왔어요. 저쪽 골목으루 돌아서는 그 남자의 뒤통수가 틀림없이 사변 전까지 저와 테이블을 나란히허구 앉았든 그사람이 아니겠어요? 저는 그사람한테 밀고를 당했든 것입니다. 그게 팔월 하순께였죠. 그리구 그날부터 저는 유치장에 갇힌 채 유엔군이 인천에 상륙할 때까지 나오지 못허구 말았습니다.

별반 심문다운 심문을 받아보지두 못했죠. 그저 하루에 몇차례씩 큰 방에 끌려나가 공식적인 설교만 들었습니다. 전 몇번인가 집에 아내가 앓아 누웠다는 사정 얘기를 해봤지만 소용없었습니다. 그러다가 누구의 입에선가 유엔군이 인천 상륙작전을 개시했다는 소문이 유치장에 퍼진 날 밤, 저희들은 밖으루 끌려나가 대를 지어가지구 인천을 떠났습니다. 밤새두룩 뒤에서는 퐁소리와 폭격소리가 끊이지 않드군요. 제가 그 대열에서 탈출한 것은 사리원 근방에섭니다.

그렇게 해서 집에 돌아와 보니 집안꼴이 어떻게 됐는 줄 아십니까. 집사람은 누구 하나 돌봐주는 사람두 없이 죽구 말았던 것입니다. 옆집 사람이 하두 여러날 사람소리가 들리지 않길래 와 봤드니 아내는 벌써 송장이 되어 썩는 냄새를 피우고 있드래지 뭡니까. 그래 동네사람들이 내다 묻었다는 거예요. 물론 그때 갓난애두 어미와 같이 죽어있었지요.

눈에서 불이 일드군요. 그담음으루 나를 밀고한 사람을 찾아갔죠. 빈 집에 아무두 없었습니다. 필시 가족을 데리구 이북으루 갔구나 했습니다. 그런데 말씀예요……

1·4 후퇴를 얼마 앞두지 않은 어느날이었어요. 이 남은 목숨을 살리기 위해서는 하는 수없이 남하를 해야 한다는 생각에 부둣가루 나가는 길에서입니다. 언뜻 앞서 가는 사람의 뒤통수가 눈에 들어오지 않겠어요? 오랫동안 머리를 깎지 않아 머리털이 덥수룩한 사내였습니다. 이 사람의 뒤통수를 보는 순간 나는 가슴이 울렁거렸습니다. 틀림없이 그자였던 것입니다. 나는 곧 길가 파출소 순경한테루 달려가 그자의 뒤통수를 똑바루 가리켰습니다. 몇 달 전에 그자가 내 뒤통수를 향해 그렇게 했을지두 모르는 그대루 말입니다. 그저 그때와 다른 것은 그자가 내 뒤통수를 가리켜 보인 것은 인공의 내무서원이구, 내가 그자의 뒤통수를 가리켜 보인 것은 대한민국 순경이란 것뿐입니다. 저는 그자의 뒤통수를 가리킨 손을 거두

어가지구 거기 골목으루 들어섰습니다. 이때 그자두 순경한테 붙들려 돌아서면서 내 뒷모양을 보았는지 어쨌는지는 모릅니다."
 그는 여기서 앞에 놓인 잔을 들어 다시 두어 모금 마시고 나서 말을 이었다.
 "저는 제가 한 처사에 대해 조금두 가책을 받지 않았습니다. 응당 해야 할 일을 했다는 생각이었습니다. 그리구 비명에 죽은 거와 다름없는 아내와 어린 핏덩어리에 대한 면목두 어느 정도 섰다구 생각했습니다. 그랬는데 말입니다, 거제도까지 피난을 갔다가 휴전협정이 되어 다시 인천으루 돌아와서입니다. 학교가 시작되자 저는 다시 학교일을 보았지요.
 하루는 오전 공부가 끝나구 점심 시간 때인데 웬 여자 하나가 저를 찾아왔습니다. 저는 처음 그 여자가 누구라는 걸 알아보지 못했습니다. 말을 들어가는 도중에야 그 여자가 1·4 후퇴 때 내가 밀고한 그자의 부인이라는 걸 알았습니다. 물론 사변 전에는 몇번 본 일두 있는 여잡니다. 그런데 전혀 몰라볼 만큼 그 여자는 변해있었습니다. 입구 있는 옷주제두 말이 아니었지요. 등에 업혀있는 서너살 난 계집애와 옆에 따라온 대여섯살 난 사내애두 꼭 거지꼴이었습니다. 그 여자의 말이 남편되는 사람이 9·28 후에는 근신하기 위해 몸을 숨기구 있다가 1·4 후퇴 때 남하할 길을 알아본다구 집을 나간 채 영 돌아오지 않는다는 것이었습니다. 할수없이 여자 혼자서 애들을 데리구 대구까지 걸어 내려가 간신히 품팔이와 시장에서 뜨내기 장수루 연명해 왔다는 거에요. 그러면서 남편의 행방을 수소문해봤으나 통 알 수 없었다구요. 혹시 감옥에라두 붙들려 들어갔나 하구 여기저기 알아봤지만 그런 곳에두 없드라구요. 이래저래 고향에나 와 살려구 올라온 김에 혹시나 학교에서는 남편의 행방을 알까 해서 왔다는 겁니다. 그리구 지금은 배다리시장에서 광주리장사를 해서 겨우 애들 굶어죽이지나 않는 형편이라구요. 저는 여인의 말을 듣구 약간 놀랐습니다. 저는 제가 밀고한 사내가 그동안 놓여났거나 기껏해야 지금 감옥살이를 하구 있을 줄만 알구 있었던 것입니다. 그것이 1·4 후퇴 때 직결처분을 받았음에 틀림없다는 생각이 들었던 것입니다. 그러나 저는 곧 단정할 수 있었습니다. 내가 맛본 쓰라림을 너희들두 맛봐야 한다구요. 그래 저는 그 여자에게 그런 일을 학교에서 알 리가 없다구 해버렸죠. 그 여자는 고개를 숙이구 돌아서 교무실을 나갔습니다.
　무심코 저는 교정을 내다보았습니다. 유리창 밖으루 지금 정문을 향해 걸어가구 있는 여인이 보였습니다. 그러자 저는 흠칫 하구 의자에서 일어섰습니다. 지금 어머니 곁에 붙어서 타박타박 걸어가구 있는 사내애의 뒤통수 모양이 어쩌면 제가 밀고한 그 사내와 그렇게 같습니까. 그날 저는 하숙집에서 싸준 점심밥을 제대루 목구멍에 넘길 수가 없었습니다. 그리구 그때부터 지난날 동료가 앉았든 옆자리에서 수시루 이 뒤통수의 환영을 봐야만 했습니다. 그러면서 저는 이런 생각이 듦을 어찌할 수 없었지요. 내가 가리킨 뒤통수는 그 사내의 것이 틀림없다. 그러나 내 뒤통수를 가리킨 사람이 꼭 그 사람이었다구 단정할 수는 없지 않느냐. 저는 제 옆자리에 수시루 나타나는 뒤통수의 환영을 감당하지 못해 마침내 한 열흘 뒤 학교를 그만두구 말았습니다.
　그길루 배다리시장으루 달려갔지요. 마침 그 여자가 시장 한귀퉁이에 앉아 과자나부랭이를 팔구 있는 것을 찾아냈습니다. 영양실조에 떨어진 두 애가 엄마 양쪽 무릎을 베구 쓰러져 잠이 들어있었습니다. 저는 그 노오랗게 뜬 두 애의 얼굴을 바루 바라보지두 못허구 그 여자에게 남편이야기를 해주었습니다. 그 여자는 제 이야기가 끝나기두 전에 그 자리에 까무러치구 말드군요. 저는 그때 눈앞에 쓰러진 세 사람의 무게보다두 더 큰 것이 제 가슴에 와 실리는 것을 느꼈습니다. 그리구 앞으룬 이 무게를 제가 달게 지니구 살아야 한다는 걸 느꼈습니다."
　여기서 그는 잠시 말을 끊었다. 그리고는 잔에 남은 술을 다 마셔버렸다.
　"그날밤으루 저는 그 여자와 어린것을 데리구 서울루 올라왔습니다. 그때부터 지금의 생활이 시작됐지요. 제가 이렇게 시장 장사를 택한 것은, 잠깐 동안이지만 6·25 때 경험으루 봐서 이것을 하면 어떻게든 살아나갈 수 있다는 생각이 들었기 때문이기두 헙니다마는 더 큰 이유는 이참에 아주 장사꾼이 돼서 지난날 교육자였다는 걸 잊어버리구 영 다른 내가 되구 싶었기 때문입니다. 그리구 저녁때 이렇게 술을 한잔 하면서 과거를 되살리군 했답니다.
　그런데 선생님, 세월의 힘이 뭔지 모르겠습니다만 얼마 전부터 제 지난날의 악몽과 같은 기억이 흐려져가는 것이었습니다. 그리구는 그대신 새로운 잡념이 생기기 시작하는 게 아니겠어요? 오늘 저녁은 선생님께 모든걸 죄다 털어놓구 얘기허기루 작정했으니 숨김없이 말씀드리겠습니다. 이건 선생님이 글을 쓰시는 분이라구 해서 말씀드리는 게 아니구 어딘가 선생님에겐 저와 통하는 데가 있어 보이기 때문이에요. 여럿이 같이 계신 것처럼 보이지만 실상은 외로우신 게 아닌가 하는 점같은 게 말입니다. 아마 이게 선생님께 제 얘길 모주리 하게 된 동길 겝니다.
　그런데 지금 말씀드린 새로운 잡념이란 다른 게 아닙니다. 제 몸 속에 숨어있는 남성이란 놈이 머리를 들기 시작한 것입니다. 그동안 저는 한방에 같이 기거하면서두 제가 남성이란 입장에서 친구 부인을 바라본 적은 없었습니다. 그저 제가 앞으루 부양해야 할 사람의 하나루만 보아왔습니다. 그러든 것이 얼마 전부터 이 친구부인이 제 눈에 한 사람의 여성으루 비치기 시작한 것입니다. 저는 제 자신을 채찍질하기에 힘썼습니다. 술을 마시면서두 제 자신에게, 너는 이 손가락으루 가리킨 사내의 뒤통수를 잊어서는 안된다구 타이르군 했습니다. 그래두 잡념이 사라지지 않을 땐 제 자신이 술한테 먹혀버려 아주 정신을 잃어버리려구 노력했습니다. 어젯밤두 그런 셈으루 술을 마셨던 것입니다. 그럼 따루 살면서 생활비나 대주면 그만 아니냐구 하시겠죠? 허지만 그게 제게 있어선 간단치가 않습니다. 처음엔 그들 세 식구를 몸 가까이 데리구 있으면서 가슴에 와 실리는 세 사람의 무게보다두 더 큰 것을 실감하며 자신을 괴롭히려 했던 건데 그게 요즘와선 또 다른 뜻에서 헤어져 살 수가 없습니다. 이런 놈입니다, 선생님. 데데한 놈이죠?"
　그는 약간 핏발이 선 눈을 들어 나를 바라보았다.
　나는 이 자학하는 사내에게 다른 말은 말고 한마디 해주고 싶었다. 숫제 그 여인과 부부가 돼버리는 게 어떠냐고. 그러나 그 말이 지금의 이 사내에게 별 효과를 줄 것같지 않아 잠자코 말았다.

시장패들도 거의 다 돌아가고 술청 안이 좀 조용해져있었다. 그 속에서 우리는 술잔을 주고받았다. 나는 그를 오랫동안 사귀어온 사람이나처럼 마음속으로 어떤 친밀감을 느꼈다. 그가 예의 눈을 밖을 향해 뜬 채 시선은 자기 안을 들여다보는 자세를 취하고 있을 때는 나는 그가 거기서 벗어나 술잔을 들 때까지 담배를 피워물고 기다리곤 했다.

이날밤 그는 상당히 취기가 돈 뒤에도 어젯밤처럼 언성이 높아지 거나 하지는 않았다. 물론 그는 이날밤도 술한테 자신이 먹혀버리 기를 바라고 있는지는 몰랐다. 그러나 나는 이 사내에게 술을 그만 두자고 하거나 그렇다고 술잔을 자주 건네거나 하지도 않았다. 이 렇게 우리는 열한시 가까이까지 있다가 자연스럽게 같이 자리를 일 어나 그곳을 나왔다.

다음에 내가 그를 만난 것은 삼사일 뒤이었다.

이날은 거리에 나갔다 여덟시쯤 돌아오는 길에 원주집애를 들렀 더니 몇 안되는 손님 속에 그가 앉아있었다. 그는 나를 기다리고 나 있었던 듯이 반색을 하며 맞아주었다. 나는 무언가 기쁨을 감추 지 못해하는 언제나와는 좀 다른 그의 태도에 잠시 어리둥절했으나 잠자코 그의 앞으로 가 앉았다.

"선생님께 알려드릴 일이 있습니다."

순간 나는 저번에 나 혼잣속으로 바랐던 결혼문제가 실현된 거나 아닌가 하여 귀가 솔깃해졌다. 그러나 그의 이야기는 엉뚱한 것이 었다.

"부끄러운 얘기지만 그저께밤 저 양동이란 델 갔었습니다. 선생님 두 소문에 들어 아시죠, 양동이 어떤 곳이란 걸? 제가 그런 곳에 발을 들여놓긴 이번이 생전처음입니다."

그는 멋적은 듯 한번 어설픈 웃음을 웃고는,

"그렇게라두 해서 제 몸속에 꿈틀거리는 남성을 쏟아버리지 않구 는 못배길 심정이었지요. 그런데 말씀이에요, 웬일인지 저는 종내 남자행위를 못허구 말았습니다. 제 자신의 것이 말을 들어줘야죠. 어린 여자가 웃으면서 묻드군요. 나이가 얼만데 벌써 그렇게 됐느냐구요. 그런데 선생님, 저는 이때처럼 가슴속이 후련해진 적은 근래에 없습니다. 나는 불능자가 됐다, 다시는 그 여자와 한집에 산 대두 딴 생각을 말아야 한다, 이렇게 자신에게 일렀죠. 저는 개운한 마음으루 그곳을 나왔습니다. 이젠 좀 괴로워하지 않구 살게 될려나봅니다. 그런데 선생님께 한 가지 더 말씀드릴 게 있습니다. 앞으룬 선생님의 약주 잡수시는 분위기를 깨뜨리지 않기루 작정했습니다. 그러니 선생님두 저를 알기 이전으루 돌아가주십시요. 여기서 절 보시드래두 모른 척하십시요. 그런대두 전 조금두 나뻬 생각지 않겠습니다. 오늘은 일전 말씀드린 얘기와 관련두 있구 제 자신 그젯밤 일이 다행스러워서 이렇게 선생님께 알려드리는 겁니다. 그럼 지금부터라두 선생님은 선생님대루 약줄 드십시요. 그럼 실례하겠습니다."

　나는 알 수 있었다. 이 가엾도록 착한 사내는 요 며칠 동안 내가 여기 들르지 않은 것을 자기가 성가시게 굴어서인 줄로 생각하고 있는 것이다. 그러나 나는 구태여 변명할 필요도 없고 하여 잠자코 말았다.

　그는 잔을 들고 다른 자리로 갔다.

　좀 이따 그곳을 나오면서 보니 그는 내게 나갈 때 인사하는 번거로움마저 주지 않기 위함인 듯 등을 이리 돌려대고 저쪽을 향해 앉아있는 것이었다.

　이런 일이 있은 지 사오일 후에 나는 실로 뜻하지 않았던 시각에 뜻하지 않았던 장소에서 그를 만났다.

　내가 살고 있는 집이 바로 남산 밑이라 나는 철따라 남산에 아침 산책을 가곤 했다. 이른 봄철부터 신록이 우거질 때까지와 선들바람이 나자부터 첫겨울이 되기까지의 두 절기에.

　산책 코스는 간단했다. 어두컴컴할 때 남산 광장까지 올라가 거기서 남산동으로 통하는 길로 접어든다. 그리고 후암동으로 빠지는 굴 앞을 지나 휘엇이 굽은 길을 얼마 내려오느라면 오른편에 원천대 약수터라는 팻말이 서있는 곳에 이른다. 여기까지 오면 날이 훤히 밝는다. 거기서 나는 약수터로 올라가 그 물을 몇 모금 마시고 같은 길을 되돌아오는 것이다.

그날 내가 아침산책을 나선 것도 어둑어둑한 새벽이었다. 십이월 열홀께의 차가운 공기가 코끝에 시렸다. 이제 아침산책을 그만둘 때도 된 것이다.

남산 광장에서 남산동으로 통하는 길을 접어들었다. 산 위에서는 언제나 다름없이 누군가의 웅변 연습하는 소리가 들렸다. 그런데 후암동으로 빠지는 굴 앞에 이르러서였다. 컴컴한 굴 안에서 지금 웅변 연습자의 한창 흥분한 어조와는 다른 또 하나의 소리가 귓전을 때렸다. 우우 우우 하고 무슨 숨가쁜 신음소리와도 같고 환희의 절정에서 절로 새어나오는 환성같기도 했다. 컴컴한 굴속이라 무서운 생각도 없지않았으나 그 지르는 소리가 하도 절실해서 그냥 지나칠 도리가 없었다. 조심조심 가까이 가 보았더니 그것이 다른 사람 아닌 원주집에서 만나곤 하는 그 사내인 것이었다.

그도 어둠속에서 나라는 것을 알아보자 놀라는 눈치였다. 나는 그에게 무슨 일이 생겼느냐고 물었다. 그는 아무 대답도 없이 한참 서있더니 앞서서 굴 밖으로 나서는 것이었다. 나도 그 이상 더 묻지 않고 그 뒤를 따랐다.

광장을 엇질러 수많은 돌층계가 있는 데까지 왔을 때는 주위가 포도빛으로 밝아오고 있었다. 사내는 돌층계에 발을 내딛다 말고 나를 돌아다보았다.

"저 선생님, 제겐 또 변동이 생겼습니다. 지금 막 양동서 돌아오는 걸음에 이렇게 남산까지 올라왔습니다."

사내는 천천히 돌층계를 내려가기 시작하며,

"나라는 인간은 참말루 구원받지 못할 인간인 것같습니다. 처음 양동엘 다녀왔을 때는 제가 불능자가 된 걸 얼마나 만족스럽게 느꼈는지 모릅니다. 선생님께두 그때 제 심정을 말씀드렸죠 왜. 그런데 며칠이 못 돼서 제가 이 나이에 불능자가 됐다는 게 그렇게 못 견디겠지 뭡니까. 그래서 지난밤 기어쿠 다시 거길 찾아간 거랍니다.

이번엔 나이든 여잘 일부러 골라가지구는 긴밤 작정을 했죠. 그래서 그랬는지 어쨌는진 모르지만 하여튼 저는 겨우 남성을 회복할 수 있었습니다. 저는 긴밤 값을 치렀으면서 곧 일어나 옷을 도루 주워입었습니다. 왜그런지 그대루 자리에 누워있을 수가 없었어요.

일어나 앉아서 머리를 벽에 기댔을 땝니다. 신문지 바른 담벼락에 큰 바가지 두 개가 매달려있는 게 눈에 띄었습니다. 한 통을 탁 쪽같이 생긴 바가진데 그 바가지 껍질이 호박처럼 파아랗지 않겠어요? 저는 여자에게 웬 박이 저러냐구 물었지요. 모른다는 것이었습니다. 허긴 모른다는 게 당연하드군요. 그날그날 손님이 생기는 대루 아무 집에나 빈 방이 있으면 방세를 내구 손님과 같이 들어가는 모양이니까요. 저는 바가지를 못에서 내려가지구 들여다 봤습니다. 자세히 보니까 제 껍질이 아니잖아요. 뺑끼칠을 한 것이었습니다. 저는 그 바가지를 붙안구 앉아서 주머니칼루 그 뺑끼를 긁어내기 시작했지요. 동기두 목적두 저자신 모릅니다. 저는 그저 한 군데두 뺑끼 자국을 남기지 않으리라는 생각만으루 찬찬히 긁어나갔습니다. 여자는 잠깐 수상한 눈으루 바라보구 있다가 곧 잠이 들어버리드군요. 저는 새벽까지 걸려 뺑끼를 죄다 벳겨냈습니다. 그리구는 도루 제자리에 걸어놓구 잠든 여자를 놔둔 채 그냥 나와서는 그길루 여길 왔죠. 곧장 집으루 돌아갈 수가 없었습니다. 오늘 아침 동대문시장에 가서 물건을 좀 가져올 것이 있는데 그거나 가져다놓구 나중에 들어갈 참입니다.

지금 저는 뭐가뭔지 모르겠습니다. 기뻐해야 할 일인 것같기두 허구 슬퍼해야 할 일인 것같기두 허구."

일단 이야기를 시작하면 잇달아 자기가 하고 싶은 말을 다 하고야 마는 그가 이날도 이렇게 한꺼번에 지난밤의 일을 실토하는 것이었다.

나는 이 아직도 서로 통성을 하지 않아 이름조차 모르는 사내의 숨김없는 이야기를 듣는 동안, 이토록 고민을 하고 있는 그가 안타까우면서도 어떤 인간적인 친밀감이 느껴졌다. 다시한번 그의 얼굴을 바라보았다. 그 자신의 말대로 여전히 기쁘지도 슬프지도 않은 그런 얼굴빛이었다. 그러나 그 얼굴빛 안쪽에 마치 막혔던 지하수가 바위틈을 적시며 번져 나오듯이 그의 숨죽였던 생명의 한 줄기가 밀폐된 육체의 틈바구니를 비집고 숨쉬기 시작했다는 걸 나는 알

모든 영광은 41

아보았다.
 동대문시장까지 갔다 와야 한다는 그와 나는 남대문 지하도 어귀에서 헤어졌다.

 그로부터 한 보름 동안 나는 그를 만나지 못했다.
 그즈음 원형이 경영하는 출판사에서 내 단편집을 내기로 되어 그 교정 본 걸 전하러 거리로 나갔다가는 이래저래 친구들과 어울려 밤늦게야 돌아오곤 했다. 그러다가 교정도 얼추 끝나고 하여 오래간만에 원주집에를 들렀더니 그 사내는 와있지 않았다.
 다음날은 그해 들어 첫눈이 내렸다. 첫눈치고는 꽤 큰 눈송이가 아침부터 쉴새없이 내리다가 저녁녘에 가서야 좀 뜸해졌다. 나는 집에서 입고 있던 점퍼 위에 외투만 걸치고 원주집으로 내려갔다.
 술청에는 별로 손님이 없었다. 시장 노점들이 눈 때문에 쉰 듯싶어 시장패들도 뵈지 않았다. 만 손님도 두셋밖에 없는 가운데 그가 앉아있었다.
 나는 그를 보자 놀랐다. 그의 얼굴이 이상해진 것이었다. 왼쪽 입꼬리가 삐뚤어져있었다. 오똑하니 날이 선 코끝과 빠른 턱 사이에서 중심을 잃고 한편으로 삐뚤어진 입의 위치가 그의 갸름한 얼굴 전체의 균형을 마구 헝클어놓고 있었다.
 나는 언젠가 그가 나더러 앞으로는 자기를 알기 이전으로 돌아가 조용히 나대로의 분위기를 즐기라고 한 일이 있음에도 불구하고 그의 앞으로 가 마주앉으며 어째서 그렇게 됐느냐고 묻지 않을 수 없었다.
 "술이 취해가지구 찬 데서 잔 탓입니다."
 그는 이렇게 말하면서 입가에 쓴웃음을 띠올렸다. 그것이 삐뚤어진 입을 한층 더 일그러뜨려 보기 흉하게 만들었다.
 "언제부터 그렇게 되셨죠?"
 "나흘째 됩니다."
 "아직 방에 불을 안 때시는군요?"
 "아니지요. 온돌이 아니구 이층 마루방입니다. 연탄 난로는 벌써부터 피워오지만 어디……"

내 눈앞에는 애들과 여인을 난로 가까이, 그리고 그는 되도록 멀리 떨어진 곳에 혼자 웅크리고 자는 모습이 언뜻 떠올랐다.
"병원엔 가 보셨나요?"
"네, 매일 가서 주살 맞습니다."
"술이 좋지 않을걸요."
"압니다. 그러나 어쩝니까. 오늘부터 이렇게 또 마시기 시작했습니다."

저번에 이 사내를 남산에서 만났을 때 나는 그의 슬픔도 기쁨도 아닌 얼굴빛에서 그러나 숨죽였던 생명의 한 가닥이 새로 숨쉬기 시작했다는 걸 느낀 일이 있었는데, 그때 나는 이 사내의 이야기를 소재로 하여 소설을 쓴다면 이 새로 숨돌린 생명의 줄기로 인해 그가 다시금 괴로워해야 한다는 걸 생각한 일이 있었다. 하지만 그 괴로움의 한 결과가 이런 얼굴의 변모로 나타나리라는 것은 상상 못했던 것이었다.

"입이 그렇게 된 이튿날 저녁입니다. 그러니까 바루 그저께 저녁이군요. 그날은 술두 안먹구 곧장 집으루 들어갔지요. 그랬드니 애들 엄마가 이걸 만들었다가 끼워주지 않겠어요?"

검정물 들인 군대용 외투 주머니에서 조그만 나무 갈고쟁이 하나를 꺼내어 손바닥 위에 올려놓아 보이며,
"입이 이렇게 된 데는 뽕나무가 좋다구요. 그래서 오류동까지 가서 꺾어 왔다나요."

그는 여기서 갈고쟁이를 삐뚤어진 입꼬리에 물리고 한끝에 맨 노끈 올가미를 귀에 걸었다. 그리고는 좀 어색한 웃음을 입가에 지어 보였다. 그러나 그 웃음은 좀전과 달리 그리 흉협지 않게 제자리에 지어졌다.

갈고쟁이를 벗겨 다시 손바닥 위에 올려놓으며 그는,
"이걸 내게 끼워주구 나서 애들 엄마는 이렇게 말하드군요. 그동안 내가 없었든들 자기나 애들은 어떻게 됐을께 모른다구요. 남편이 살아있었대두 그 이상은 못했을 거라구요. 그리구는 허는 말이 이제는 애들두 크구 해서 하루종일 그것들헌테 매이지 않아두 되니 어떻게든 자기가 움직여서 생계를 이어보겠다는 거예요. 한마디루

모든 영광은 43

말해서 따루 나가 살겠다는 거죠. 저는 잠자쿠 듣구만 있었습니다. 애들 엄마는 이 이상 더 내게 고생을 시킬 수 없다는 말두 하드군요. 자기는 나 때문에 남편 생각두 완전히 잊어버렸다구요. 그리구 끝으루 나더러 언제까지나 이대루 살 수 없지 않느냐구요. 부끄러운 말이지만 나는 그동안에두 양동엘 한번 더 갔었지요. 물론 애들 엄마가 거기 대해선 조금두 내색을 해보이지 않았습니다. 그렇지만 여자의 직감으루 그걸 눈치채지 못했을 리 없지요. 그리구선 내 귀에 끼워준 이 갈고쟁이 끈이 좀 늦다고 하면서 다시 매주지 않겠어요? 그 손이 어쩐지 떨리는 걸루 느껴졌습니다."

여기까지 말하고 나서 그는 소중한 물건이나 간수하듯이 갈고쟁이를 외투 주머니에 집어넣더니,

"그날밤입니다. 애들 엄마가 내 자리는 난로 옆에 깔구 자기는 내 자리루 갔습니다. 그럴 필요가 없다구 해두 막무가내예요. 저는 술 먹지 않은 말똥말똥한 정신으루 새벽녘까지 잠을 이루지 못했습니다. 이젠 남편 생각을 잊었노라는 말이 머릿속에서 맴돌드군요. 그리구 저더러 이대루만 살 수 없지 않느냐구 한 말두요. 저는 어두운 속에서 애들 엄마가 누워있는 쪽을 바라봤습니다. 이불을 머리 위까지 뒤집어쓰구 있었습니다. 저는 문득 난로에서 필요 이상으루 멀리 떨어져있는 그 자리가 내가 아니면 애들 엄마의 자리가 돼야만 할 까닭이 무엇인가 하는 생각이 들었습니다. 그러자 애들 엄마가 앞으루 따루 나가 살겠노라던 말이 머리를 치드군요. 저는 대번 그래서는 안된다구 생각했습니다. 그렇지만 어떻게 해결을 지어야 할는지 저 자신은 알 수가 없어요. 그래서 이렇게 다시 술만 마시구 앉았는 거죠."

그는 여기서 예의 자기자신 속으로 침잠해들어가는 얼굴빛이 되면서 술잔을 들어 입으로 가져가는 것이었다.

나는 삐뚤어진 그의 입술을 똑바로 바라보지도 못한 채 언제인가 이 사내에게 하려다 그만둔 말을 부지중에 입 밖에 내고야 말았다.

"노형, 나같으면 결혼을 해버리구 말겠수."

그는 약간 술기운으로 해서 찬물을 끼얹은 듯이 된 눈을 내게 주며,

"결혼요? 누구와 말입니까?"
"상대가 여럿되는 것두 아니지 않수?"
　그러자 그의 눈은 곧 다시 자기자신 속으로 침잠해들어갔다.
　더 그에게 무슨 말을 해야 좋을지 몰라 잠잠히 나도 술만 마셨다.
　이렇게 얼마 동안 두 사람이 말없이 술잔만을 상대하고 있는데 손님 하나이 술청으로 들어서면서, 어 첫눈이 대단한데, 하며 머리와 어깨의 눈을 털어내는 것이었다. 저녁때 좀 뜸했던 눈이 다시 내리는 모양이었다.
　이때 잠잠히 자기자신 속에 침잠해있다가는 생각난 듯이 술잔을 입으로 가져가곤 하던 그가 고개를 들어 손님 쪽을 바라보며 혼잣말처럼,
"눈이란 좋은 거지. 아무리 맞아두 싫지 않으니."
　나두 덩달아,
"나두 눈을 퍽 좋아하지요. 눈이 내리는 날 밤이면 고향 생각이 납니다. 우리 고향에선 한번 내린 눈이 조상눈이 돼 봄철에 가서야 녹는 수가 있어요. 그래 온갖 풀의 새움이 눈 밑에서 싹텄다가 눈이 녹는 대루 고개를 들지요. 그런데 참……"
　예기치 않았던 한 생각이 머리에 떠올랐다.
"내 친구 중에 이런 사람이 하나 있었어요. 해방 전 얘깁니다마는 같은 직장에 있는 여자를 좋아하면서두 어떻게 프로포즈해야 할지 몰라 끙끙 앓구만 있었죠. 여자두 내 친굴 좋아하는 눈치였으니 더 죽을 일 아니겠어요. 그런데 어느 눈이 펑펑 내리는 날 친구가 퇴근을 하구 돌아가는 길에 그 여자가 앞에 가는 걸 보았대요. 걸음을 빨리해서 그 여자 곁에까지 가긴 했는데 말이 나와야죠. 그대루 둘은 약속했던 사람들처럼 그냥 눈을 맞으며 무작정 걸어 돌아다녔답니다. 말두 없이 말예요. 그런데 어느틈에 보니까 둘은 손을 잡구 있드래지 뭡니까. 그 후에 이 두 사람은 결혼을 했습니다. 그 친구의 말이 자기네 두 사람이 결혼을 하게 된 건 눈의 공덕이라구 늘 얘기허드군요."
　나는 이 말 끝에 앞에 앉은 사내를 향해,

"노형두 이 눈 오는 날 밤을 기념하두룩 하면 어떻습니까?"
하고 말았다.
　나는 좀전에 이 사내에게 무슨 말을 더 해야 좋을지 몰라 그저 술만 마시고 있었지만 그러면서도 나는 혼자 생각하고 있었던 것이다. 이 사내는 그 여자와 부부가 될 그럴 만한 어떤 계기를 찾고 있다. 그 계기라는 것이 이 사내에게는 외부에서 오지 않는 한, 그것을 만들 가능성이 희박하다. 그것은 마치 어떤 나무가 적당한 곳에 가지를 내지 못할 경우에 원예사가 그곳에다 어떤 자극을 줌으로써 소기의 목적을 이룰 수 있는 것과도 같다. 이런 생각을 하고 있던 참에 새로 들어온 한 손님으로 해서 눈이야기가 나오고, 그 눈이야기 끝에 나는 금방 만들어낸 싱거빠진 얘기로써 이 사내를 다시 결혼이야기로 끌어왔던 것이다.
　사내는 잠시 의아스런 눈으로 나를 건너다보았다. 보통때는 자기의 이야기를 조용히 들어줄 뿐 별반 말대꾸나 의견을 삽입하지 않던 내가 이런 말을 하니 좀 이상하게 여겨지는 모양이었다.
　나는 말이 나온 김에 계속해서,
"속담에두 쇠뿔은 단김에 빼랬다구, 자 결정을 지으슈."
　그리고 나는 어지간히 술기운이 돌아있었으나 조금도 농담이 섞이지 않은 어조로,
"그동안 맺은 인연으루 내가 후행을 서드리죠,"
했다.
　그는 삐뚤어진 입꼬리를 일그러쳐며 미소를 떠올렸다.
　나는 이번에는 그 일그러진 얼굴을 똑바로 바라보며 말했다.
"이미 노형네 둘이는 형식적으루 부부가 된 거나 마찬가지라구 봅니다. 누가 몇 해석 한방에 같이 산 남녀를 부부가 아니라구 생각하겠습니까. 나야 노형의 말을 그대루 믿습니다마는…… 하여튼 이제 남은 것은 형식을 실제화하는 절차뿐입니다."
　이 말이 얼마큼의 타당성을 가진 논리인지는 몰라도 그것이 그에게 어떤 반응을 일으킨 것만은 사실이었다. 그는 내 말이 떨어지자 목에 걸린 무엇을 넘겨 버리듯이 마른침을 한번 삼켰던 것이다. 내가 만일 이 사내 이야기를 소설로 쓴다면 그 결말을 결혼으로 끝마

치지는 않았을는지 모른다. 그러나 나는 이 사내를 내 소설의 주인
공으로서가 아니라 현실의 한 인간으로 대하고 싶었다.
　나는 틈새를 주지 않았다.
　"가, 일어나슈. 오늘은 축하하는 의미루 내가 술값을 내지요. 내
일은 노형이 한턱 내슈."
　한팔을 잡아 일으키는 그의 몸 중량이 그다지 거북스럽지 않은
것으로 미루어 그도 억지로 일어서는 것은 아니라는 걸 알고 마음
이 놓였다.
　밖은 함박눈이 내리고 있었다. 나는 외투깃을 세웠다. 그도 따라
외투깃을 세우더니 주머니에서 예의 갈고쟁이를 꺼내어 입에다 끼
웠다.
　우리는 퇴계로와 서울역 사이에 뚫린 길을 잡아 서울역 쪽으로 걸
었다. 약간 바람이 있어 눈이 흩날리며 얼굴에 와 부딪쳤다. 그것
이 싫지 않았다.
　오가는 자동차의 헤드라이트에 비치어 눈송이들이 제각기 파닥거
리는 모습을 드러냈다가는 다시 어둠속에 묻혀 희끗거리는 무수한
점이 되어 내렸다.
　옆에서 걷던 그가 불쑥,
　"저 선생님, 선생님은 눈을 어떻게 생각하십니까?"
　그게 무슨 말인지 몰라 그에게로 고개를 돌렸다. 갈고쟁이 때문
에 말소리에 헛김이 섞인 음성이었다. 그러나 내가 몰라해한 것은
음성 탓이 아니고 그 말뜻이었다.
　"선생님은 눈과 비를 볼 때 어느 쪽이 남성이구 어느 것이 여성이
라구 생각하십니까? 전 비는 남성이구 눈은 여성이라구 보는데요.
눈이란 그 빛깔이나 모양이 여성적이거든요. 눈보라나 눈사태가 있
긴 하지만 홍수에 비기면 아무래두 여성적이지요."
　이걸로 나는 그가 지금 약간 긴장해있는 자기자신을 감춰보련다
는 것을 알 수 있었다. 전부터 눈이 여성적이고 비는 남성적이란
걸 생각하고 있었다느니보다는 지금 그런 것을 생각해냈음에 틀림
없었다. 그가 이런 말을 할 정도로 긴장해있다는 것을 나는 도리어
다행스럽게 여겼다.

모든 영광은　47

이렇게 눈 속을 걸어가다 남대문 쪽과 남산 쪽을 이어놓은 다리 좀 못미친 곳에 이르러 그는 발걸음을 멈추었다. 보니 왼편쪽에 콘크리트 이층집이 서있고, 그 창고처럼 생긴 이층 한끝에 전등불이 켜져있었다. 이곳에 그가 살고 있는 것이다.
　그는 걸음을 멈추고 어둠속에서 나를 향해 미소를 지어 보였다. 갈고쟁이로 해서 그리 일그러지지 않은 미소를. 그러면서도 나더러 좀 올라가자는 말은 않는 것이다. 나는 이 사내의 마음이 또 변하지나 않았나 하고 그를 지켜보았다. 그가 그것을 눈치챈 듯 다시 미소를 짓더니 염려 말라는 뜻으로 고개를 크게 끄덕여 보였다. 그러고 나서 그는 돌아서 머리와 어깨의 눈을 털어내며 계단에 발을 올려놓았다. 계단이 끝난 곳에 출입문이 있는 듯 방안의 불빛이 문틈으로 새어나오고 있었다. 나는 나대로 그의 방까지 올라가려고 생각했던 것도 아니었다. 여기까지 그를 바래다준 것만으로도 후행의 소임을 다한 것으로 느끼며 그의 뒷모양을 바라보고 있었다.
　그는 꽤 가파른 계단을 천천히 올라가기 시작했다. 내가 막 발길을 돌리려는데 그가 계단 위에서 걸음을 멈추는 것이었다. 거기 계단에는 눈이 소복이 쌓여있었다. 그는 무엇을 생각했는지 허리를 굽혀 두 손으로 눈을 움켜가지고 얼굴을 문지르기 시작하는 것이었다. 이 동작이 끝나자 그는 이번에는 또 바지 앞을 헤치더니 다시금 두 손으로 눈을 움켜다 문지르기 시작하는 것이었다.
　나는 계단 위의 이 광경을 바라보는 동안 갑자기 어떤 아지못할 즐거움이 가슴에 충만해옴을 느꼈다. 그리고 나는 이 가슴에 충만해진 즐거움을 전신에 골고루 퍼치기라도 하려는 듯이 몸을 몇번이고 전후 좌우로 흔들었다. 그러면서 혼잣속으로 중얼거렸다. 모든 영광은 술에게, 그리고 모든 영광은 오늘밤 이렇게 파닥거리며 그러나 결국은 조용히 내려쌓이는 눈에게, 그리고 다시 모든 영광은 지금 새로운 생활을 향해 어두운 계단 위에서 저렇듯 자기 신체의 한 부분을 닦달질하고 있는 저 가엾도록 착한 한 사람의 사내에게.

1958 오월

이삭주이

순 네

순네는 말이 적었다. 열다섯살에 그의 집 애보개로 와서도 얼마를 두고 안 것이 이 애의 고향이 충주라는 것, 어려서 어머니를 여의고 열한살 때 부산 피난지에서 아버지마저 병정으로 나간 뒤 영 소식이 없다는 정도였다. 말투로 보아 이 애의 아버지가 군인으로 나간 것은 뽑혀간 것이 아니고 자원 입대한 것같았다. 홀아비로서 생계가 막연한 나머지 그랬는지도 모를 일이었다.

그뒤 이 애는 부산서와 환도 후 서울서 도합 열 몇번이나 자리를 옮기면서 애보개 아니면 부엌데기 노릇을 했다는 것이다.

그의 집에서 애보는 아이를 구한다는 말을 듣고 동네 아주머니 하나가 이 애를 데리고 왔을 때 우선 보고 놀란 것은 그 손이었다. 얼굴은 동그마니 예쁘고 눈매도 고운 편인데 손은 막일을 하는 남자 손 이상으로 크고 거친 게 말이 아니었다.

손뿐 아니고 발은 또 발대로 온전치가 못했다. 겨울이 되어 날씨가 쌀쌀해지자 발잔등이 벌겋게 부어오르기 시작했다. 동상을 입은 것이다. 양말같은 것도 신지 못했다. 신으면 도리어 근지럽고 거북스럽다고 했다. 밤에 잘 때도 발만은 이불 밖에 내놓고 잤다.

아내가 동상에 좋다는 법을 알아가지고 와서 뜨거운 물과 찬물에 번갈아 담그는 치료를 했다. 이렇게 한 보름 동안 함으로써 동상 증세가 퍽 가셔졌는데, 그 치료를 할 때 아내가 손을 댈 수 없을 만큼 뜨거운 물에도 이 애는 이렇단 말 한마디 없이 담그곤 했다. 혹시 뜨거움을 못 느끼도록 감각이 마비되지 않았나 했으나 그렇지는 않았다. 발을 담글 때 눈을 한번 꽉 감곤 하는 것이었다. 결국 참는 것이 분명했다.

워낙 애보기란 수월치가 않은 일이다. 더구나 그의 어린것이 보채는 편이어서 업어줘야만 울음을 그쳤다. 젖먹일 때를 내놓고는 아침부터 밤늦게까지 줄곧 업어야 하는 날이 많았다. 그렇건만 이 애는 얼굴 한번 찡그리는 법이 없었다.

그저 이 애에게 흠이 있다면 동작이 굼뜨고 센스가 여린 점이었다. 어린것이 오줌이나 똥을 쌌을 듯해도 갈아줄 생각을 않고 그냥 업고만 있는 것이다. 혹은 어린것을 업은 채 방같은 것을 쓸다가 애가 울어도 좀 얼려놓고 보는 것이 아니고 그냥 하던 일만 계속하는 것이다.

이런 모양을 보고 아내는 그더러 저런 애니까 그동안 열 몇군데나 옮겨다녔지 뭐냐고 하면서도 이쪽 몸 좀 편케 해주는 걸 생각해서 눌러봐주는 수밖에 없다고 했다.

이래저래 삼년 동안을 같이 살았다. 그동안 어린애도 크고 다음 애도 생기지 않고 하여 애보개는 소용없게 됐으나 그냥 식모삼아 데리고 있었다. 나이를 몇 살 더 먹었건만 여전히 동작이 굼뜨고 센스가 무딘 것엔 변함없었다.

이 순네가 열아홉살 되던 해 겨울이었다. 순네가 봐주던 어린것이 갑자기 급성폐렴을 앓다 죽고 말았다.

그런데 그때 순네는 눈물 한방울 흘리지 않는 것이었다. 그는 아연하지 않을 수 없었다. 아무리 감정이 무디고 정이 없는 성미라 하더라도 삼년 남아 자기 등에서 자란 애가 죽었는데 이처럼 무감동할 수가 있을까. 그러나 이 애에게서 눈길을 돌리려던 그는 문득 이 애가 두 주먹을 꽉 그러쥐고 가늘게 떨고 있음을 발견했다. 그리고 그때부터 빨갛게 충혈된 눈이 며칠을 두고 그대로 가시지 않음을 보았다.

이듬해 봄, 벚꽃이 질 무렵에 웬 청년 하나이 그를 찾아왔다. 내의를 물었더니 자기는 어떤 주유소에 근무하는 사람인데 순네와 결혼할 의사가 있어 왔다는 것이었다. 너무나 당돌한 말에 얼떨떨했으나 그 청년의 눈치로 보아 순네가 저자라도 보러 나갔을 때 벌써 여러번 만난 사이란 걸 알 수 있었다. 그리고 두 사람 사이에는 이미 무슨 약속이라도 돼있을지 몰라 안방으로 들어가 순네에게 그 뜻을 물어보았다. 그러나 그네는 종시 고개를 푹 숙인 채 아무말도 하지 않았다. 그래 이 애의 의사표시가 있을 때까지 기다리는 도리밖에 없다고 밖으로 나오려는데 아내가, 여보 하고 다급히 부르는 것이다. 돌아다보니 푹 숙인 순네의 귀밑이 비로소 붉게 물들어있고, 그네의 손이 아내의 치맛귀를 잡고 있는 것이었다.

한두 번 더 만나본 결과 청년이 좀 신경질스러운 데는 있으나 그만하면 착실해 보여 순네와 성혼을 시켜주었다.

그동안 순네에게는 얼마큼의 돈이 저축되어 있었다. 그네 앞으로 월급을 저금해두었던 것이다. 그 돈이 한 구만여환 됐다.

아내는 이 월급 외에 옷 서너 벌과 머릿장 하나를 따로 해주었다.

그런데 순네는 자기네 셋방 얻을 때 보탠다고 삼만환만 찾아가고 저금통장은 그냥 아내에게 맡겨두었다.

결혼한 지 두어 달쯤 지난 뒤, 남편이 자동차 운전 공부를 하게 됐다고 하면서 이만환을 가져갔다.

그리고는 통 집에 오지를 않아 아내편에서 궁금하여 몇번 순네를 찾아가 보았다. 그때마다 아내가 돌아와서는, 그 앤 아무말 않지만 목덜미에 푸른 멍이 들어있다기도 하고 팔목이 퉁퉁 부어있다기도 하면서, 남편한테 매를 맞곤 하는 모양이라고 했다. 그들 부부는 어서 남편되는 사람이 그 애의 좋은 점을 알아보게 됐으면 하고 바랐다.

겨울에 들어 또 순네한테 다녀온 아내는, 요즘도 매를 맞는 게 분명하더라고 하면서 그 애더러 다음에 남편이 매질을 하거든 잠자코 맞고 있지 말고 집으로 달려오라고 일렀다는 것이었다. 아내의 말이 그 애가 지금 태중이라는 것이다.

하루는 뜻않았던 순네 남편이 집에 들렀다. 요번에 운전수 면허를 받아 어느 운수회사에 취직이 됐다는 것이었다. 청년은 얼굴을 약간 물들이며 내년엔 식구가 하나 늘 테니 열심히 일을 해야겠다는 말도 했다. 이런 얘기를 들으며 그들 부부는 순네네도 이제 발이 맞아가는가보다고 기쁨을 금치 못했다.

그리고 올봄 들어 신록이 물들기 시작한 어느날이었다. 오래간만에 순네가 왔다. 그의 눈에도 만삭이 가까운 배를 알아볼 수가 있었다.

이날 순네가 온 것은 목적이 있어서였다. 아내더러 지난날 죽은 애가 입던 옷들을 줄 수 없겠느냐는 것이다.

아내나 그는 어리둥절할밖에 없었다. 죽은 애의 옷가지가 남았을 리 없었다. 어린것이 죽은 뒤 아내가 그네더러 그것들을 불태워버리라고 이른 일이 있는 것이었다.

순네는 조용히 일어나 무거운 몸으로 다락으로 올라가더니 어디서 꺼내오는 건지 조그만 보퉁이 하나를 들고 내려왔다. 그리고는 보자기를 끌르고 그 속에서 틀림없는 지난날 죽은 애의 옷이며 기저귀를 하나하나 꺼내놓는 것이었다.

그러자 그들 부부가 미처 죽은 애의 모습을 머리에 떠올리기도 전에, 지금 고개를 떨구고 있어 그 얼굴 표정은 알 수 없으나 어린것의 옷이며 기저귀를 만지고 있는 순네의 손이 지난날 두 주먹을 꽉 그러쥐고 떤 듯이 가늘게 떨고 있음을 볼 수 있었다.

사 진

동란 때 일이다.

동부전선 최전방에 배치된 어느 부대의 소대장은 담대하고 기민하기로 이름이 있었다.

소대장이면서도 자진해서 척후를 나가곤 했다. 언제나 혼자서였다. 그리고 그가 척후를 나간 날 밤에는 거의 빼놓지 않고 전리품을 갖고 돌아왔다. 상대방의 척후병을 찔러 죽인 후 갖고 있던 무기와 함께 웃저고리를 벗겨가지고 오는 것이었다.

그리고는 전우들 앞에 그것들을 내보이는 것이다. 빼앗아온 무기

따위는 그리 대단할 것 없었다. 그저 벗겨가지고 온 상대방의 웃저고리를 펴놓고 자기가 찌른 칼자국이 심장에서 몇 치나 떨어졌나를 재어보이면서 혹시 주머니 속에서 잎담배라도 나올라치면 그것을 말아서 전우들과 같이 나눠피우는 걸로 한 재미를 삼았다.

어떤날 밤 그가 또 척후를 나가게 되었다. 이날 밤은 산에 눈이 내렸다. 그런데 밤이 깊도록 돌아오지 않는 것이었다. 전우들이 말없이 모여앉아 그를 기다리다 못해 자리에 누우려고 하는데 그가 돌아왔다.

온통 눈투성이가 되어 들어선 그는,
"오늘밤은 굉장히 센 놈하구 붙었었어. 허지만 봐. 아마 어느때보담 젤 정통을 찔렀을걸."

사실 벗겨가지고 온 웃저고리에 나있는 칼자국은 가장 심장 가까이에 찔려져있었다.

남모를 회심의 미소를 한번 입가에 떠올린 그는 주머니를 뒤지기 시작했다. 별반 눈에 띄는 것이 들어있지 않았다. 잎담배도 없었다. 그게 좀 싱거웠다.

그러는데 안주머니를 뒤지던 그의 손이 사진 한 장을 집어냈다. 그것은 노오랗게 변색될 대로 변색이 된 조고만 사진이었다. 전우들을 향해 웃으면서, 이건 또 뭐냐고 집어던지려던 그의 손이 딱 한자리에 멈춰졌다.

순간, 그의 얼굴은 지금까지의 그답지 않게 흙빛으로 굳어져갔다. 그 노오랗게 변색될 대로 변색이 된 사진 속에는 다른 사람 아닌 바로 그 자신의 얼굴이 랜턴 불빛 속에 이쪽을 마주보고 있는 것이었다.

새 털

혜경에게는 나면서부터 고질이 있었다. 심장판막장애증이란 병이었다.

어머니가 처음 이 병명을 알기는 혜경이 첫돌을 얼마 앞두고 설사를 몹시 하여 의사한테 보였을 때였다. 의사는 진찰중에 이 병을 발견하고 그 병명을 말했으나 어머니는 얼른 그것이 무슨 병인지를 몰랐다. 다만 의사의 표정으로 그게 예삿병이 아니란 걸 짐작했을 뿐. 의사가 간단히 그 병에 대한 설명을 해주었다. 심장판막에 고장이 생겨 완전히 열렸다 닫혔다 하지 못하기 때문에 심장의 피가 잘 나가지도 못하고 거꾸로 흐르기도 한다는 것이다. 의사의 말이 앞으로 특히 폐렴과 홍역에 조심하라고 했다.

사실 여섯살에 홍역을 하며 몇번인가 새파랗게 죽었다가 피어났다. 그리고는 별 탈 없이 커가다가 국민학교 오학년 때 보건시간 도중 졸도를 한 일이 있었다. 의사가, 이런 상태라면 앞으로 결혼도 힘들 거라고 했다. 디기탈리스를 복용하며 두 달 동안을 꼬박 자리에 누워 치료하고 나서야 몸의 부종이 내렸다.

여학교에 입학한 후로는 애초부터 체육시간에는 빠졌다. 아마 혜경이 음악에 취미를 붙이게 된 것이 이 체육시간에 혼자 빈 교실에 남아 음악책을 더듬은 데서 오지 않았는가 생각된다.

축음기를 사들이고 레코드를 모으기 시작했다. 주로 가곡이었다. 그중에서도 슈베르트의 〈겨울 나그네〉를 가장 좋아했다.

혜경에게 다시 부종이 온 것은 첫 경도가 있었을 때였다. 하는수 없이 그날밤 어머니는 혜경에게 자세한 병 이야길 해주었다. 여태까지 어머니는 그걸 숨겨왔던 것이다.

이야기 끝에 어머니는 혜경에게 앞으로 혼자 살 생각을 해야 한다는 말까지 했다. 그러는 어머니는 참으려고 해도 걷잡을 새 없이 눈물을 흘렸다. 하지만 혜경은 별로 충격을 받는 것같은 기색이 없었다. 그런 나이기도 했다. 오히려 생리적으로 처음 온 경도에 더 놀라는 눈치였다.

어머니는 점점 커가는 혜경을 심상한 눈으로 바라볼 수가 없었다. 다행히 혜경은 조금도 우울해하는 빛이 없이 항상 명랑한 낯을 하고 있었다. 틈만 있으면 축음기 곁에 붙어있었다.

사변 때 남편이 포탄 파편에 맞아 죽었을 때도 어머니는 혜경이 있는 데선 될수록 슬픔을 감추었다. 혜경에게 미칠 영향을 염려해서였다. 살림만 해도 요행 집이 컸던 까닭에 방 세를 놓아 그것으로 이럭저럭 꾸려나가는 형편이었으나 혜경에게만은 그리 군색한 기미를 보이지 않도록 힘썼다.
　이런 어머니 심정을 혜경도 알아차린 것이리라. 대학 입학 때는 그렇게 좋아하던 음악을 버리고 어머니 말을 좇아 가사과의 의상학을 택했다. 어머니의 계획은 장차 혜경 혼자서 독립생활을 할 수 있게끔 디자이너로 만들 작정이었다. 이러한 어머니의 뜻을 그대로 좇았던 것이다.
　본디 어머니한테는 아무런 비밀도 없는 혜경이었다. 그날 생긴 일을 저녁 후에 죄다 어머니에게 이야기해 들려주곤 했다. 학교에서 있은 일, 동무네 집에서 놀고 온 날은 거기서 먹은 반찬 가짓수까지 이야기했다. 어머니는 그게 어떤 하잘것없는 이야기건 혜경의 얘기를 듣는 게 한 즐거움이었다.
　혜경은 남자들이 자기를 뒤쫓아오곤 했을 때도 그것을 어머니에게 살살이 보고하기에 바빴다.
　혜경의 얘기를 들어보면 뒤쫓아오는 남자의 타입도 여러 가지인 모양이었다. 고등학교 이학년 때 처음으로 혜경을 쫓아온 남학생은 일분간만 자기 얘기를 들어달라더란 것이다. 그때 혜경은 어머니에게 그 일분간만 하면서 떨던 남학생의 흉내를 해보이면서 재미나했다. 그러나 어머니가 보기에는 혜경 자신이 더 떨었을 거라고 속으로 웃었다. 언젠가는 학교에 오가는 버스에 날마다 혜경이 오기를 기다렸다가 그림자처럼 타고 내리는 남자가 있다고 했다. 그러면서도 말 한마디 걸지 않는다는 것이다. 그래 어머니는 그런 남자일수록 음흉한 법이니 파출소에라도 알려야 되겠다고 했다. 그랬더니 혜경은 아무렇지도 않은 듯이, 쫓아다닐 대로 쫓아다녀보라지, 하고 코웃음을 치는 것이었다. 이런 얘기를 들을 때마다 어머니는 남자에 대한 혜경의 무관심을 얼마나 고맙게 여겼는지 모른다.
　이렇게 구김살 없이 밝고 맑은 편이던 혜경의 성품이 대학 졸업을 반년밖에 앞두지 않은 요즈음 와서 변해버린 것이었다.
　혜경의 입에서는 통 남자 얘기가 자취를 감추고 말았다. 늦게 돌아오는 날도 그저 오늘은 어떤 동무네 집에 들렀노라는 외마디 대답뿐이었다. 그처럼 좋아하던 레코드도 들으려 하지 않았다. 그러면서도 곧잘 멍해있는 때가 많았다.
 어머니는 가히 짐작할 수 있을 것같았다. 스물셋이란 혜경의 나이를 생각할 때 절로 가슴이 아팠다.
 그러한 어느 일요일날 아침이었다. 그날은 혜경이 동무들과 같이 산놀이를 가게 됐다고 했다. 어머니는 방을 나서려는 혜경에게, 그럼 몸조심해 다녀오라고 했다. 이 말을 하고 나서 어머니는 자기 음성이 어쩐지 처량하다는 걸 느꼈다. 사실 그때 어머니는 혜경이 산에 가서도 건강한 친구들처럼 마음놓고 놀지도 못할 가련한 신세라는 걸 생각하고 있었던 것이다. 그러나 방문을 열려고 하던 혜경이 문득 고개를 이리 돌렸다. 그리고는 어머니 얼굴에서 무엇을 발견했는지 와락 달려와 어머니 무릎에 고개를 묻더니 울음을 터뜨리는 것이었다. 그리고 흐느낌 사이사이 사연 이야기를 했다.
 얼마 전부터 혜경은 어떤 남자를 좋아하게 되었던 것이다. 친구의 먼 오빠뻘되는 청년이었다. 처음 이 청년과 단둘이 어떤 다방에서 만나고 온 날 저녁 혜경은 웬일인지 어머니에게 그 이야기를 못하고 말았다. 그뒤로 가끔 둘이는 영화구경도 가고 음악 좋은 다방을 찾아가 음악도 듣고 같이 식사를 하기도 했다. 이 청년과 같이 있는 동안은 그저 즐거웠다. 그럴수록 혜경은 이 청년과의 일을 어머니한테 말할 수가 없었다. 저녁에 늦어지는 때는 친구네 집에서 놀다 온다고 거짓말을 할 수밖에 없었다. 이러한 혜경에게 정말 수심이 생기기는 서너 주일 전부터였다. 하루는 청년한테 오는 일요일날 교외로 소풍을 가자는 권유를 받았다. 그때 비로소 혜경은 자기자신이 돌이켜보였다. 그 교외라는 것이 암만해도 시내 극장이나 다방과는 다를 것같았다. 가을하늘 아래 어느 들판이나 산속에서 단둘이가 됐을 때, 그 분위기를 자기가 어떻게 감당할 것인가 하는 생각에 막막해졌다. 하는수없이 다음 일요일엔 집에서 할 일이 있어 외출할 수가 없노라고 해버렸다. 그러면서 혜경은 당장 청년에게 자기는 성한 사람이 아니란 걸 알려야 한다는 생각이 들었으나 차마 자기 입으로는 그 말을 할 수가 없었다. 다음 주일 청년은 또 똑같은 권유를 해왔다. 그때도 혜경은 공교롭게 그날은 또 손님이 오시기로 되어 집에 있어야겠다고 했다. 이렇게 청년에게 하는 거짓말이 어머니한테 할 때와는 달리 자기자신이 처음으로 가엾어 보였다. 그래 며칠 전에 청년이 다시금 오는 일요일에도 시간을 낼 수 없겠느냐고 했을 때 그날은 좋다고 하고 말았다. 일이 돼가는 데까지 가보리라는 심정이었다. 그 바로 약속한 일요일이 오늘이라는 것이다.

이 이야기를 들으며 어머니도 혜경의 등을 쓸며 소리없이 울었다. 그러나 곧 어머니는 옷을 갈아입고 집을 나서지 않으면 안되었다. 혜경을 기다리고 있을 청년을 만나기 위해서였다.

한 시간쯤 뒤에 집에 돌아와 보니 혜경은 없고 열려져있는 축음기엔 레코드 한 장이 끼워져있었다.

그날밤 혜경은 종시 집에 돌아오지 않고 말았다. 어머니는 뜬눈으로 밤을 새우고 날이 새자마자 혜경의 친구 집을 아는 대로 모조리 찾아다녔으나 행방을 알 수가 없었다.

사흘째 되는 날 혜경에게서 편지가 왔다. 어머니는 마치 혜경의 부고나 받은 듯이 눈앞이 캄캄했다. 한참 후에야 가까스로 마음을 진정시켜가지고 겉봉을 뜯었다.

《그날 저는 어머니가 나가신 뒤에 눈물도 닦지 않은 채 오래간만에 축음기 앞으로 갔습니다. 그리고 〈겨울 나그네〉 중에서 아무거나 한 장 뽑아 올려놓았습니다. 그러나 한 판이 다 끝나기까지 그게 무슨 곡인지를 알지 못했습니다. 다시 틀었습니다. 이번에는 그것이 〈겨울 나그네〉 중의 〈홍수〉라는 것을 알았으나 여전히 마음이 산란해 중간중간의 귀절만 귀에 들어올 뿐이었습니다. 같은 판을 또다시 틀었습니다. 그제야 처음부터 끝까지 들을 수 있을 만큼 마음이 가라앉아 있었습니다. 이때처럼 그 템포 느린 곡 속에 제 자신이 완전히 젖어들어가보기는 처음입니다. 저는 집을 나섰습니다.

여자가 한 남자를 사랑할 자격이 없을 때 이세상에 남아있을 필요가 없다고 생각했습니다. 아무런 흥분도 없이 몇 군데 약방에서 수면제를 사 모을 수 있었습니다. 식료품가게에 들러 쥬스도 한 병 샀습니다.

무어 죽을 장소를 가릴 필요는 없었습니다. 그저 시내 아닌 교외 어느 한적한 곳에서 혼자 누워 잠들고 싶었습니다. 시외버스 정류장으로 나가 아무 차에나 올랐습니다. 그리고 차가 어느 산굽이에 정차했을 때 내려버렸습니다. 여기 어디면 제가 죽을 수 있는 장소가 있을 것같은 생각이 들었던 것입니다.

정말 한적한 곳이었습니다. 산 중턱까지 올라갔습니다. 그랬더니 저만치에 햇볕바른 곳이 보였습니다. 가을철이라 이왕이면 따뜻한 잔디 위에 눕고 싶었습니다.

그런데 그 햇볕바른 곳을 향해 몇발자국 옮기지 않아서입니다. 거기 소나무 밑에 흐트러져있는 흰 새털이 눈에 띄었습니다. 무심결에 그 하나를 집어들었습니다. 거기에는 피가 묻어있었습니다. 아마 이 피가 저로 하여금 그 새털을 집어들게 했는지 모릅니다. 털로 보아 작은 새였다는 걸 알 수 있었습니다. 아무래도 저보다 큰 짐승에게 잡혀먹혔음에 틀림없었습니다.

어머니, 그런데 웬일일까요. 이 피묻은 작은 새털을 하나하나 주어모으는 동안 왜그런지 저는 죽고 싶다던 마음이 사그라져감을 느꼈습니다. 그리고 홀연히 살고 싶다는 생각이 가슴 한구석에서 머리를 들고 일어남을 느꼈습니다. 이것은 어머니를 위해서도 아니고, 그날 어머니가 만나보았을 그 사람 때문도 아닙니다. 그저 살고 싶어졌던 것입니다. 그것이 제게 어떤 기쁨이나 슬픔을 가져다 주는 것은 아니었습니다. 그렇다고 그러한 제 자신이 가엾게 여겨지지도 않았습니다.

지금 제가 있는 곳은 알려드리지 않기로 하겠습니다. 그저 시외버스로 한 시간쯤밖에 걸리지 않는 교외 어느 조그마한 촌락에 있다는 것만 알고 계세요. 이렇게 제가 있는 곳을 알려드리지 않는 것은 어머니께서 공연히 저 있는 데로 달려오실 수고를 덜어드리기 위해서만은 아닙니다. 지금 저는 이삼일 동안만 더 이 살고 싶다는 느낌을 혼자 조용히 지니고 있고 싶은 것입니다.》

1958 오월

너와 나만의 시간

벌써 이틀째다.
한결같이 눈에 뵈는 것은 굴곡진 산봉우리와 계곡의 연속이었다. 그 속에는 아무것도 움직이고 있는 것이라곤 없는 성싶었다. 바람도 없었다.
주대위의 몸은 양쪽에서 부축을 받고도 자꾸만 아래로 늘어지기 시작했다. 마냥 그것은 두 사람의 어깨에 매달려 끌려가는 셈이나 다름없었다. 허벅다리에 관통상을 입고 있는 것이다. 요행 동맥과 신경은 건드리지 않아 우선 압박대로 지혈을 시켜놓고 간신히 적의 포위망을 빠져나왔던 것인데, 오늘 아침부터는 그것이 부패작용이라도 일으켰는지 마구 저리고 쑤셔댔다.
어디까지 가면 된다는 한정된 길도 아니었다. 그저 무턱대고 남쪽으로만 걸음을 옮기고 있는 것이었다. 부상자에게 있어 일정한 거리감이 가져다주는 영향력이란 대단하다는 걸 주대위는 알고 있었다. 어떤 전투에서 한 병사가 하복부에 관통상을 입고도 그 구멍 뚫린 하복부에다 제 옷섶을 틀어막아가며, 반 시간 남아 걸려야 하는 진지까지 돌아와서야 고꾸라진 일이 있었다. 그런 치명상을 입고도 그 병사가 진지까지 돌아올 수 있었던 것은 다름아닌 어디까지만 가면 진지가 된다는 일정한 목적지가 있었기 때문이었다.
그 정해진 목적지가 지금 자기네에겐 없는 것이다. 그러나 주대위는 자기를 부축하고 걷는 현중위와 김일등병에게 자기는 더 걸을 수가 없으니 여기 남겨놓고 먼저들 가라는 말을 하지 못했다. 혼자

처진다는 것은 그대로 죽음을 의미했다.

 김일등병이 업자고 했을 때도 주대위는 잠자코 업히었다.
 올해 김일등병은 열아홉살밖에 안됐으나 농촌 출신이라, 업고 걷는 거리도 상당했다.
 현중위가 대번해서 업을 차례가 되었다.
 그는 업기 전에 슬쩍 주대위의 허리께를 바라봤다. 거기에는 권총이 매달려있었다. 그들 세 사람은 이미 배낭이며 철모며 총이며 웃저고리를 벗어버린 지 오래였다. 남은 무기라곤 주대위의 허리에 찬 권총뿐이었다.
 주대위는 현중위의 눈길이 무엇을 의미하는지 짐작이 갔다. 그리고 그의 심중을 헤아릴 수도 있을 것같았다. 혼자 힘으로 걸을 수 없게 됐을 때부터 이미 자기의 몸뚱어리는 두 사람에게 거치장스러운 짐밖에 되지 않았던 것이다. 하지만 두 사람은 차마 상사인 자기를 그냥 내버려두고 갈 수는 없었던 것이다. 결국은 이쪽이 그걸 알아차리고 권총으로 자결할 것을 기다리고 있는 것이다.
 그러나 주대위는 현중위의 시선을 모른 체했다. 그리고 조금이라도 몸을 가볍게 하기 위해 군복바지와 군화마저 벗어버리고 그의 등에 업혔다.
 현중위는 김일등병만큼 못했으나, 그래도 같은 학도병 출신인 주대위보다는 체구도 크고 힘도 세어 꽤 잘 업어냈다.
 이러한 그들이 이틀 동안에 먹은 거라곤 더덕과 칡뿌리, 그리고 어쩌다 찾아낸 샘물로 겨우 갈증을 면한 것밖엔 없었다. 게다가 첫여름 햇볕은 불길이었다.
 업은 사람의 얼굴에서는 찝찔한 땀줄기가 마구 눈과 입으로 기어들었다. 그렇건만 손으로 훔쳐내지도 못하고, 그저 눈을 꾹꾹 감아 땀을 몰아내거나 입을 푸푸거리며 고개를 흔들어 떨구어버리는 수밖에 없었다.
 점차로 업은 사람의 걷는 거리가 줄어들고, 교대가 잦아갔다.
 주대위는 자기의 가슴과 업은 사람의 등이 젖은 셔츠를 격해 서로 미끈거리는 상쾌하지 못한 촉감에서 그러나 자신이 살아있다는 실감을 느꼈다.

　주대위를 다시 바꿔 업은 현중위는 땀을 철철 흘리며 걷는 동안, 벌써 몇번젠가 눈앞에 떠올랐던 것이 다시금 나타났다.
　그는 그젯밤 적의 꽹과리와 날라리 소리를 듣기 전 잠속에서 꿈을 꾸었던 것이었다.
　누렇게 뜬 하늘 한복판에 황달 든 태양이 타고 있었다. 그리고 그 밑으로 누렇게 뜬 불모의 황야가 하늘과 맞닿은 데까지 한없이 펼쳐져있었다. 그 한가운데 그는 땀을 철철 흘리며 서있었다. 풀썩거리는 누런 흙이 걷어올린 정강이 한 중턱까지 올라와 있었다.
　그는 신경을 쓰지 않으면 안되었다. 그 양쪽 정강이에는 그가 마음 속으로 아껴오는 것이 있었다. 입대하기 전날 사랑하는 사람이 그의 걷어올린 다리를 보고 정강이털이 길어 우습다면서 장난스럽게 양쪽 정강이털 중에 제일 긴 것이 자기 것이니 잘 간직하라고 했던 것이다. 그것이 지금 누렇게 뜬 흙먼지 속에 잠겨버리려고 하는 것이다.
　그러나 그는 그것에만 마음을 쓸 수는 없었다.
　바로 눈앞에 풀썩거리는 흙바닥에 개미 구멍이 하나 나있었다. 그는 누구에게 명령받은 것도 아니면서 이 개미 구멍을 지키고 있어야 한다고 생각하고 있었다.
　개미 구멍으로는 언제부터인지 흙빛과 같은 누런 개미떼가 연달아 기어나오고 있었다. 그리고 거기 같은 빛깔을 한 커다란 왕개미 한 마리가 구멍 입구에 서서 조그만 개미들이 나오는 족족 주둥이로 목을 잘라버리는 것이었다. 삽시간에 개미의 시체가 가득 쌓였다. 그러나 그것은 개미의 시체가 아니고, 그대로 누렇게 뜬 흙으로 화해버리는 것이었다. 그러고보면 이 한없이 넓은 불모의 황야도 이렇게 하나하나 목을 잘리운 개미떼의 시체로 이루어졌는지 모른다는 생각이 들었다. 여전히 누렇게 뜬 하늘에는 황달 든 태양이 타고 있고, 그 밑에 그는 오도가도 못하고 개미 구멍을 지키고 서 있어야만 했다.
　현중위는 자기 등을 짓누르고 있는 주대위의 중량을 자꾸만 느꼈다. 이 달갑지 않은 중량을 제거해버리는 길은 하나밖에 없었다.

주대위 자신이 어서 삶에 대한 미련을 단념해버리면 되는 것이다. 그렇지 않았다가는 세 사람이 이름도 모르는 산중에서 몰죽음을 당하는 도리밖에 없는 것이다.
 그는 목이 탔다.
 한 댓새 전, 오래간만에 사랑하는 사람으로부터 받은 편지를 그는 생각했다.
 그 속에는 이런 귀절이 씌어있었다. 《제 입술꽃은 언제까지나 시들지 않을 거예요. 당신이 제게 마련해준 지난날의 즐거운 기억이 쉴새없이 거기 물을 주고 있으니까요.》
 언제인가 그는 긴 입맞춤 끝에 그네의 귀에다 속삭인 일이 있었다. 그대의 입술은 외이파리 꽃이 아니고 수없이 많은 이파리를 지닌 여러겹 꽃이요, 아무리 파헤쳐도 끝이 없소, 라고.
 그리고 그 편지 속에는 여지껏과 다른 것이 하나 있었다. 지금까지는 씻자를 붙여서 호칭해오던 것이 당신이란 말로 변한 것이다. 그것은 자기 두 사람의 사이가 더 결합됐음을 뜻했다.
 그는 편지를 읽고 새삼스럽게 정강이를 내려다보며, 자기에게 부어져있는 한 사람의 여인의 웃음머금은 맑은 눈길을 느꼈다.
 지금도 그는 주대위를 업고 훗훗 달아오는 입안의 갈증을 지난날 사랑하는 사람의 입술이 남겨준 촉감으로 축여가며, 자기에게 부어진 그네의 웃음머금은 맑은 눈길을 되살렸다. 그 눈길을 따라 걷는 동안, 그의 땀에 젖은 눈도 적이 맑게 빛나는 것이었다.

 어느 능선굽이에 이르렀다.
 김일등병이 대번해서 업을 차례였다.
 지형상으로 보아 앞에 가로놓인 계곡을 내려가 앞산으로 질러 올라가면 잠깐이요, 그렇지 않으면 꾸불꾸불 굽이진 능선을 상당히 돌아가지 않으면 안되게 된 곳이었다.
 현중위는 계곡을 내려가 곧장 가자고 했다. 누구든지 그렇게 보는 것이 타당할 것이었다. 더우기나 그들은 단 몇 걸음의 단축이나마 염두에 두지 않으면 안될 처지에 있는 것이었다.
 김일등병의 의견은 그러나 그렇지가 않았다. 계곡을 내려갔다가 나무숲속에서 방향이라도 잃게 되면 고생은 고생대로 하고 길만 더 더디게 되기 쉽다는 것이다.
 일른 결정이 지어지지 않고 있을 때 주대위가 한마디 했다.
 ─현중위, 김일병의 말대루 하지.
 퍼뜩 현중위의 눈이 주대위의 허리에 매달려있는 권총으로 갔다. 그러는 그의 눈앞에는 또다시 꿈의 장면이 나타났다.
 한결같이 누렇게 뜬 하늘에는 황달 든 태양이 타고 있고, 그 밑으로 한없이 넓게 깔려있는 불모의 황야. 그 한가운데 그는 땀을 철철 흘리며 서있었다. 바로 앞에 누렇게 뜬 메마른 흙바닥에 개미 구멍이 있어, 누런빛을 한 조고만 개미떼가 연달아 기어나오고, 그것을 구멍 입구에 같은 빛깔의 왕개미가 대기하고 서서 자꾸만 목을 잘라내고 있는 것이다. 마치 그것은 왕개미가 기계적으로 주둥이를 놀리고 있는데 거기 꼭맞는 속도로 작은 개미떼들이 기어나와 목을 들이미는 것과도 같았다. 그리고 목잘린 개미떼들은 그대로 누렇게 뜬 흙으로 화해버리고 마는 것이었다. 거기 따라 점점 흙이 높아지면서 그의 정강이털이 거의 묻히게 돼있었다.
 초조할밖에 없었다. 하지만 그는 그곳에 서있을 수밖에 없는 것이었다.
 그러다가 문득 그는 개미 구멍 한옆에 따로 뚫려져있는 샛구멍을 하나 발견했다. 이것만은 꿈속에서는 전혀 없었던, 지금 그 자신이 의식적으로 뚫어놓은 구멍이었다. 그런데도 어리석은 개미떼들은 그냥 본래의 구멍으로만 나오면서 목을 무수히 잘리우고 있는 것이었다.
 현중위는 주대위를 업지도 않은 몸이건만 전신에 비지땀을 흘렸다.

 해거름때 세 사람은 구렁이 한 마리를 잡아 구워서 나눠 먹었다.
 다 먹고 난 현중위가 뒤라도 마려운 듯이 자리를 떴다.
 그런 지 좀만에 주대위가 김일등병에게 말했다.
 ─자네두 여길 떠나게.
 김일등병은 그게 무슨 말이냐는 듯이 주대위를 쳐다봤다.
 ─현중윈 갔어, 기다리다 못해.
 ─기다리다 못해 가다뇨?

―내가 자살하길 기다리다 못해 떠났어.
사실 현중위는 돌아오지 않았다.
주대위는 김일등병의 시선을 마주 바라보기를 피하면서,
―자네두 어서 여길 떠나게.
김일등병은 잠시 주춤거리다가 서산에 비낀 붉은 놀을 한번 바라보고는 말없이 주대위에게 등을 돌려댔다.

혼자 업고 걷는 길이라 도무지 앞으로 나가지지가 않았다. 조금 가서는 쉬고 조금 가서는 쉬고 했다.
밤이 되자 두 사람은 아무데고 드러누웠다.
짐스럽다고 맨먼저 버리고 온 배낭 속에 들었을 건빵이 눈앞에 어른거렸으나 실상 그들은 이미 배고픈 줄도 몰랐다.
그들은 현중위의 일을 생각했다. 지금 어디쯤 갔을까. 김일등병은 자기네를 버리고 간 그가 원망스러웠다. 한편 주대위는 한시바삐 그가 아군 진지를 찾아 구원병이라도 보내줬으면 하는 바람을 가져보는 것이었다. 물론 두 사람은 서로 입 밖에 내어서는 말하지 않았다.
김일등병이 잠든 뒤에도 주대위는 눈을 붙이지 못했다. 이제와선 상처의 아픔도 별로 느껴지지 않았다. 그저 일단 잠들었다가는 영 깨어나지 못할 것만 같은 생각이 드는 것이었다.
그러다가 어떻게 그 여자의 생각을 머리에 떠올리게 됐는지는 모른다.
서너 달 전, 그가 어느 고지 탈환 작전에 공훈을 세웠다 하여 며칠 동안의 특별 휴가를 받았을 때, 부산에 갔던 길에 하룻밤 몸을 산 일이 있는 여자였다.
이 여자의 말이 1·4 후퇴 무렵 서울 어떤 술집에 있었을 땐데 어느날 어스름녘 외국군인 세 녀석에게 쫓겨 들어오는 한 소녀를 뒷문으로 빠져나가게 한 후, 대신 그 일을 당한 일이 있었다는 것이다. 어느놈이 어느놈인지도 구별 못하는 새, 그만 정신을 잃었다가 들창이 희끄무레 밝아올 녘에야 깨어났노라고 했다. 그런데 뜻밖에도 그 소녀를 오늘 거리에서 만났는데, 이쪽이 미처 알아보지도 못하는 것을 소녀편에서 먼저 반기더라는 것이다. 자기와같은 여자를 아무 거리낌없이 대해주는 것이 여간 고맙지가 않더라고 했다. 더구나 무어든 도와주고 싶다는 말에는 송구스럽기까지 하더라는 것이다.

주대위는 이 일종 미담같은 이야기를 듣는 동안, 그네의 심중을 한번 꼬집어주고 싶은 충동을 받았다. 그럼 그 송구스럽구 고마운 맛을 다시 보기 위해선 앞으루 또 그런 경울 당하면 들창이 희끄무레 밝아올 때까지 정신을 잃을 수 있단 말이지?

그네는 어둠속에서 담배를 붙여물더니, 글쎄요 그런 일이란 하려구 해서 되는 건 아녜요, 그때 난 나두모르게 그 소녈 대신했던 것뿐예요, 사람이란 뜻않았던 일에 부닥치면 뒤에 생각해서 어떻게 자기가 그런 일을 했는지두 모를 일을 하는 수가 있잖어요, 그때 내가 그 소녈 대신한 것두 그거예요, 혹시 다음에 같은 경울 당한다구 해두 내가 어떻게 할는지는 나 자신두 몰라요, 경우에 따라서는 그렇게 할 거구, 경우에 따라서는 또 그렇게 하지 않을 거구.

주대위의 머리에 이 여자와 주고받은 마지막 대화가 떠올랐던 것이다.

생각해보면 그동안 자기도 거듭하는 격전 속에서 이 여자의 말과 같은 행동을 해왔던 것이다. 언제나 예측할 수 없는 상황 속에서 예기치 않았던 행동을 하곤 했던 것이다.

그러자 그의 머릿속에는 새로운 생각 하나가 스치고 지나갔.

지난날 자기가 그 여자에게 비꼬임조로, 다시 그런 경우를 당하면 또 누군가를 위해서 대신하겠느냐고 했을 때의 자기 마음 한구석에서는 앞으로 그네가 같은 경우를 당하면 다시금 누군가를 위해서 대신하는 것도 무방하다는 생각을 했던 것은 아닐까. 그리고 그 생각 속에는 그네가 그런 경우에는 으레 그래주기를 바라는 마음이 은근히 깃들어있었던 것은 아닐까.

그러나 지금 죽음을 앞두고 어느 능선 어둠속에 누워있는 주대위에게는 어떠한 경우일지라도 그네에게 그것을 바랄 아무런 권한도 자기에게는 부여돼있지 않다는 걸 느끼지 않으면 안되었다. 그와 마찬가지로 여태까지 자기가 싸움터에서 겪은 온갖 상황에 대해서

너와 나만의 시간 65

도 제삼자인 누가 있어, 그건 응당 그랬어야만 한다고 감히 주장해서는 안된다는 생각이었다.
그는 문득 누구에게라없이 한번 대들어 따지고 싶은 심정이었다. 그러나 지금 그를 둘러싸고 있는 것은 한없이 두꺼운 어둠뿐이었다.
이윽고 그도 잠속에 빠져들어가고 말았다.

날이 밝자 또 걸었다. 어제보다도 쉬는 도수가 잦아갔다.
김일등병도 군복바지와 군화마저 벗어버렸다. 맨발로 산길을 걷기가 힘든다는 걸 모르는 바 아니었다. 하지만 우선 신발이 천근만근 무겁게 여겨져 견딜 수가 없는 것이었다.
여기저기 발바닥이 터져 피가 내배었다. 그렇다고 돌부리 아닌 고운 땅만 골라 밟을 수만도 없었다.
한결같이 눈에 뵈는 것은 인가 아닌 산봉우리와 계곡의 움직임 없는 굴곡뿐이요, 귀에는 그처럼 갈망하고 있는 아군의 풋소리 대신 한없이 먼데까지 퍼져나간 고즈넉함과 김일등병의 몰아쉬는 거칠은 숨소리뿐이었다.
그래도 주대위는 온 신경을 귀로 모으고 있었다. 어떤 색다른 소리나마 놓치지 않으려는 것이다.
한번은 주대위가 저리 가 물을 마시고 가자고 했다. 김일등병은 어디 물이 있는가 싶었다. 그러나 주대위가 말하는 데로 가 보니, 바위틈에서 샘물이 흐르고 있었다.
하루종일 걸은 것이 겨우 십릿길도 못 되었다. 그동안 두 사람은 산개구리 몇 마리를 잡아 날로 먹었을 뿐이었다.
김일등병의 무릎은 굽어지고 허리는 앞으로 숙여져 거의 기는 시늉이었다.
주대위는 김일등병의 허리가 앞으로 숙는 각도에 따라 그만큼 자기의 생에 대한 희망도 꺾여들어감을 느껴야만 했다.

저녁때쯤 어느 능선을 돌아가느라니까 앞에서 까마귀 한 마리가 펄럭 하고 날아올랐다. 깎은 듯한 낭떠러지가 가로놓여있는 것이었다.
 발길을 돌리며 김일등병은 무심코 아래를 내려다보았다. 거기에 까마귀 두세 마리가 앉아 무엇인가 열심히 쪼고 있었다.
 사람의 시체였다. 그리고 첫눈에 그것은 현중위의 시체라는 걸 알 수 있었다. 어젯저녁 두 사람을 버리고 떠났을 때와 똑같이 위는 셔츠바람이요, 아래는 군복바지에 군화를 신고 있었다.
 까마귀란 놈이 시체 얼굴에 붙어서 무엇인가 쪼고 있는 것이었다. 그러다가 이쪽을 보고는 날아갈 기미를 보이다가도 그저 까욱까욱 몇번 울 뿐, 다시 쪼기를 계속하는 것이었다.
 시체 얼굴에는 이미 눈알은 없어져 떼꾼하니 검은 구멍이 나있었다.
 두 사람은 이쪽으로 와 아무데나 쓰러지듯이 드러누웠다. 현중위의 시체를 보자 마지막 남았던 기운마저 빠져버리고 만 것이었다.
 잠시 후에 김일등병은 무엇을 생각했는지 일어나 허청거리며 벼랑 쪽으로 가더니 돌을 집어던지기 시작했다. 그때마다 까마귀가 펄럭 하고 시체를 떠나는 것이었으나, 곧 못마땅한 듯이 까욱까욱 하며 다시 내려앉는 것이었다.
 김일등병은 도로 와 쓰러지듯이 드러누워버렸다.
 옆에 누워있는 주대위를 돌아다보았다. 그는 눈을 감은 채 번듯이 누워있었다.
 김일등병은 전에 치열한 싸움터에서는 오히려 잊게 마련이었던 죽음이란 것을 몸 가까이 느꼈다. 내일쯤은 까마귀가 자기네의 눈알도 파먹으리라. 그러자 그는 옆에 누워있는 주대위가 먼저 죽어 까마귀에게 눈알을 파먹히우는 걸 보느니보다는 차라리 자기편이 먼저 죽어 모든것을 모르고 지나기를 바랐다.
 그는 문득 울고 싶어졌다. 그러나 그럴 기운조차 지금 그에겐 없었다.

 저도모르게 혼곤히 잠속에 끌려들어갔던 김일등병은 주대위가 무어라 부르는 소리에 눈을 떴다. 하늘에 별이 총총 나있었다.
 ─저 소릴 좀 듣게.

주대위가 누운 채 쇠진한 목안의 소리로,
―폿소릴세.
김일등병은 정신이 번쩍 들어 상반신을 일으키며 귀를 기울였다. 과연 먼 우뢰소리같은 포성이 은은히 들려오는 것이다.
―어느편 폽니까?
―아군의 포야. 백 오십오 미리의……
이 주대위의 감별이면 틀림없는 것이다. 그래 얼마나 먼 거리냐고 물으려는데 주대위편에서,
―그렇지만 너무 멀어. 사십리는 실히 되겠어.
그렇다면 아무리 아군의 포라 해도 소용이 없다.
김일등병은 도로 자리에 누워버렸다.
주대위는 지금 자기는 각각으로 죽어가고 있다고 느꼈다. 이상스레 맑은 정신으로 그게 느껴졌다. 그러다가 그는 드디어 지금까지 피해오던 어떤 상념과 정면으로 부딪쳤다. 그것은 권총을 사용해야 한다는 생각이었다. 아무래도 죽을 자기가 진작 자결을 했던들 모든 문제는 해결됐을 게 아닌가. 첫째 현중위가 밤길을 서두르다가 벼랑에 떨어져 죽지 않았는지 모른다. 아무튼 이제라도 자결을 해버려야 한다. 그러면 아무리 지친 김일등병이라 하더라도 혼잣몸이니 어떻게든 아군 진지까지 도달할 가망이 전혀 없는 것도 아니다.
그는 김일등병을 향해,
―폿소리 나는 방향은 동남쪽이다. 바로 우리가 누워있는 발 쪽 벼랑을 왼쪽으루 돌아 내려가면 된다!
있는힘을 다해 명령조로 말했다. 그리고 무거운 손을 움직여 허리에서 권총을 슬그머니 빼었다.

그때, 바로 그때 주대위의 귀에 은은한 폿소리 사이로 또 다른 하나의 소리가 들려온 것이었다.
처음에는 그도 의심스러운 듯이 귀를 기울이고 있다가,
―저 소리가 무슨 소리지?
김일등병이 고개만을 들고 잠시 귀를 기울이듯 하더니,

—무슨 소리 말입니까?
—지금은 안 들리는군.
  거기에 그쳤던 소리가 바람을 탄 듯이 다시 들려왔다.
—저 소리 말야. 이 머리 쪽에서 들려오는……
  그래도 김일등병의 귀에는 아무것도 들리지 않았다.
—개 짖는 소리같애.
  개 짖는 소리라는 말에 김일등병은 지친 몸을 벌떡 일으켜 머리 쪽으로 무릎걸음을 쳐나갔다. 개 짖는 소리가 들린다면 그리 멀지 않은 곳에 인가가 있음에 틀림없었다.
—그 등성이를 넘어가면 된다!
  그러나 김일등병의 귀에는 여전히 아무것도 들리지 않았다. 그는 누웠던 자리로 도로 뒷걸음질을 쳤다.
  주대위는 김일등병에게 무엇인가 주고 싶었다. 그리고 그것을 자기자신도 받고 싶었다.
  김일등병이 드러누우며 혼잣소리로,
—내일쯤은 까마귀떼가 더 많이 몰려들겠지. 눈알이 붙어있는 것두 오늘밤뿐야.
  이 말이 채 끝나기도 전에 갑자기 권총소리가 그의 귓전을 때렸다.
  깜짝 놀라 돌아다보니 어둠속에 주대위가 권총을 이리 겨눈 채 목속에 잠긴 음성치고는 또렷하게,
—날 업어!
하는 것이다.
  김일등병은 무슨 영문인지 몰라 하면서도 하라는 대로 일어나 등을 돌려대는 수밖에 없었다.
—자, 걸어라!
  김일등병은 자기 오른쪽 귀 뒤에 권총 끝이 와닿음을 느꼈다.
  등성이를 넘어 컴컴한 나무숲으로 들어섰다.
—좀 서!
  업힌 주대위가 잠시 귀를 기울이고 나서,
—왼쪽으루 가!

좀 후에 그는 다시,
―잠깐만.
그리고는,
―앞으루!
 이렇게, 왼쪽으로, 오른쪽으로, 앞으로, 하는 주대위의 말대로 죽을힘을 다해 걸음을 옮겨놓는 동안에도 김일등병의 귀에는 아무 것도 들리지 않았다. 혹시 주대위가 죽음을 앞두고 허깨비소리를 듣고 그러는 게 아닐까. 그렇다면 하필 자기네 두 사람은 마지막에 이러다가 죽을 필요는 무언가. 어젯저녁부터 혼자 업고 오느라고 갖은 고역을 다 겪으면서도 느끼지 못했던 원망이 주대위를 향해 거듭 복받쳐오름을 어찌할 수가 없었다.
 하지만 걷지 않을 수 없었다. 오른쪽 귀 뒤에 감촉되는 권총 끝이 떠나지 않는 것이다. 그것은 마치 권총이 비틀거리는 걸음이나마 옮겨놓게 하는 거나 다름없었다.
 산밑에 이르렀다.
―오른쪽으루!
―그대루 똑바루!
 그제야 김일등병의 귀에도 무슨 소리가 들렸다. 그것이 점점 개 짖는 소리로 확실해졌다. 그러나 그것이 얼마만한 거리에서인지는 짐작이 안되었다.
 목에서는 단내가 나고, 간신히 옮겨놓는 걸음은 한껏 깊은 데로 무한정 빠져들어가는 것만 같았다. 그저 그자리에 주저앉고 싶은 생각뿐이었다. 그럴건만 쉬어 갈 수도 없는 노릇이었다. 귀 뒤에 와닿은 권총 끝이 더 세게 밀고 있는 것이었다.
 아무것도 뵈는 게 없었다. 어떻게 걸음을 떼어놓고 있는지조차 깨닫지 못하고 있었다. 그러는데 저쪽 어둠속에 자리잡은 초가집같은 검은 그림자와 그 앞에 서있는 사람의 그림자, 그리고 거기서 짖고 있는 개의 모양이 몽롱해진 눈에 어렴풋이 들어왔다고 느낀 순간과 동시에 귀 뒤에 와 밀고 있던 권총 끝이 별안간 물러나면서 업힌 주대위의 몸뚱이가 무겁게 탁 내려앉음을 느꼈다.

1958 칠월

한 벤치에서

　이 시합에 그가 참패를 당하고 말리라는 것이 거의 확실시되자 웬일인지 그네는 마음이 차차 가라앉아갔다.
　한국 프로 권투 밴텀급 타이틀 매치였다.
　이태 동안 챔피언을 보유하고 있는 그는 훅이 센 것으로 이미 정평이 나있었고, 도전자는 스트레이트 펀치가 장기여서 사람들의 주목을 끌었다.
　제 1 라운드는 탐색전으로 끝나고 2, 3 라운드에도 별다른 주먹의 교환은 없었다.
　그런데도 두 선수의 어깨는 땀으로 번들거렸다.
　4 라운드가 시작된 지 2 분이 못 되어서였다.
　갑자기 관중들이, 와아, 하는 탄성을 지르며 상반신을 일으켰다. 그의 훅이 상대편의 왼쪽 관자놀이를 친 것이다.
　상대편은 두 팔을 느리운 채 맥없이 무릎을 꿇는 자세가 되더니 그대로 주저앉아버렸다.
　흥분된 관중들의 박수소리가 솟아올랐다.
　레퍼리의 카운트가 시작됐다. 원, 투…… 일정한 간격을 두고 오르내리는 심판의 손만이 긴장된 공기를 가르고 있었다.
　그대로 KO 가 되는 줄만 알았다.
　그는 과거 이년간에 TKO 까지 합쳐 다섯 번이나 내리 KO 승을 한 전적을 갖고 있는 것이다.
　그런데 카운트 식스에 쓰러졌던 상대편이 일어났다.

관중석 여기저기서, 힘내라, 하는 상대편 선수 성원의 소리가 올랐다.
라운드가 끝나갈 무렵이었다.
그가 이번에는 레프트 훅을 시도했다. 그러나 한 대에 상대편을 녹 다운시키려는 욕심이 앞서 훅이 좀 길어졌다.
그러자 상대편은 더킹하면서 강한 보디블로로 응수했다.
그는 윗몸을 꺾으며 로프를 잡을 듯이 비틀거렸다.
스탠드의 관중들은, 와아, 하며 모두 몸을 앞으로 내밀었다. 다운되는가 싶어서였다.
이때 공이 울렸다.
그네는 온몸이 굳어져 눈을 꼭 감았다가 공이 울리는 소리를 듣고야 눈을 떠 링 쪽을 바라보았다. 그리고 그가 예사롭게 자기 코너로 가 세컨드가 내미는 의자에 걸터앉으며 그네 쪽으로 잠깐 시선을 던지는 걸 보고야 숨을 한번 길게 내쉬었다.
어쨌든 4라운드에선 그의 득점이 우세했다고 할 수 있었다.
그러나 다음 두 라운드에서 그는 결정적인 타격을 받고야 말았던 것이다.
5라운드가 시작되자 한참 시소 게임이 계속됐다. 링에서는 글러브와 사람의 육체가 부딪는 음향만이 들렸다.
한번은 그가 친 오른쪽 공격을 상대편이 막으며 지른 펀치에 왼쪽 안면을 꽤 세게 맞았다. 그의 입에서는 마우드피스가 튀어나와 매트 위에 떨어지고, 연이어 코피가 입술을 타고 흘러내렸다.
종내 상대편의 레프트 스트레이트를 오른쪽 턱에 맞고 다운이 되었다.
관중들이 일제히, 와아, 하고 스탠드에서 엉덩이를 들고 링 위를 주시했다.
도전자가 챔피언을 다운시켰다는 것이 관중들을 열광시킨 요소가 됐다. 더우기 도전자가 그보다 키가 작다는 데 동정까지 가는 모양이었다.
카운트 파이브에 그는 일어났다.
관중들 속에서, 한 대만 더 앵겨라, 하는 소리가 올랐다.

이런 가운데 그네만이 숨도 크게 못 쉬면서 차마 링 쪽을 정시할 수 없는 심정에 잠겨있었다.

다시금 그가 상대편의 어퍼키트를 맞고 다운이 됐다. 역시 카운트 파이브에 일어났다.

어쩐 일인지 이번 라운드의 시간이 그네에게는 무한정으로 긴 것 같이만 느껴졌다.

겨우 공이 울렸다.

세컨드 두 사람 중 한 사람은 의자를 들고 링에 들어와 그를 앉힌 뒤 벨트라인을 잡고 호흡을 조절시키고, 한 사람은 링 밖에서 물수건으로 그의 코피를 닦아주고 양치질을 시켰다. 그가 배앝는 물에는 핏물이 들어 벌겠다.

양치질을 시킨 세컨드가 그의 얼굴에 와셀린을 발라주면서 무엇인가 그의 귀에 수근거리는 게 보였다. 작전이라도 일러주는 것이리라.

그러나 그는 그 말을 듣는지 어쩐지 마냥 멍해있는 것만 같았다.

그네는 자기가 그의 곁에 있다면 숫제 여기서 기권해버리기를 권하고 싶었다.

쉬는 시간은 또 왜 그리 짧은가. 그네는 호각소리와 함께 확성기에서 울려나오는 세컨드아우트라는 소리에 가슴이 철렁했다. 조금만이라도 더 쉬게 했으면. 그러나 곧 공이 울렸다.

6라운드에서 그는 기울어진 전세를 만회하지 못했다. 그의 초조해 뵈는 스윙은 언제나 부정확했다. 그와 반대로 상대편의 공격은 집요하면서도 항상 펀치가 정확했다.

분명히 그는 기진해있었다.

다시 그의 입에서는 마우드피스가 튀어나와 떨어지고, 코피는 입술과 턱을 적시었다. 그러다가 상대편이 오른쪽을 공격하는 체하면서 친 레프트 스트레이트에 턱을 맞아 다시금 다운이 됐다. 이번에는 카운트 세븐에야 일어났다.

관중들 속에서, 세다, 하는 탄성이 튀어나왔다. 이번에야말로 녹다운이 된 줄만 알았던 그가 다시 일어난 데 대한 찬사였다. 그러나 그것도 필경은 관중들 자신의 흥분과 쾌감을 좀더 연장시켜보려는 속셈에서 온 것에 지나지않았다. 관중들 속에서는 뒤이어, 한 대만 더 보기좋게 앵겨라, 하는 소리가 올랐던 것이다.
그는 일어나 기계적으로 복스 자세를 취했다.
그러나 이미 싸움은 판결이 난 셈이었다.
이렇게 승패가 결정난 거나 다름없이 되자 그네는 어쩐 일인지 좀전과는 달리 마음속이 잔잔히 가라앉아옴을 느꼈다. 그리고 그러한 자신에 적이 놀랐다.
관중들의 흥분해 떠드는 소리도 이젠 그네의 가슴을 울렁거리게 하지 않았다. 피를 입에 물고 서있는 그의 모습을 그네는 외면하거나 눈을 감는 일없이 오히려 조용한 마음으로 지켜볼 수가 있었다.
그네는 그저 마지막으로 그가 평생에 남을 상처만 입지 않기를 바랐다.
레퍼리의 복스 선언과 함께 상대편이 다가오자 그는 발을 매트에 붙인 채 약간 상체를 둔하게 움직였다.
싸워볼 겨를도 없었다. 상대편 선수의 레프트 잽에 뒤이은 라이트 스트레이트 펀치에 턱을 맞은 그는 허물어지듯이 앞으로 쏠리며 두 팔로 상대편 목을 안아버렸다. 그리고 상대편이 뒤로 물러서자 그대로 쓰러졌다.
관중들의 흥분된 긴장 속에 카운트가 끝나고 레퍼리가 상대편 선수의 오른쪽 팔을 쳐들었다.
세컨드 두 사람이 올라와 그를 양쪽에서 부축해가지고 내려갔다.
그네는 문득 제발로 걸을 힘도 없이 두 사내에게 끌려내려가다시피 하는 그의 느른해진 뒷모습을 바라보며, 전에 이 똑같은 장소에서 어떤 상대를 때려눕히고 레퍼리에게 오른쪽 팔을 높이 들리웠을 때의 그에게서보다 웬일인지 어떤 친밀감을 느꼈다. 그네는 그러한 자신에 다시한번 놀랐다.
그네는 총총히 그곳을 나와 출입구에서 좀 떨어진 곳에 비켜서서 그를 기다렸다.
핸드백에서 콤팩트를 꺼내어 얼굴을 매만졌다.
전에 처음으로 시합을 구경왔을 때, 그네는 오늘처럼 출입구에서 그를 기다린 일이 있었다. 그날은 처음 보는 권투시합의 격렬한 인상이 몸에서 가셔지지 않아 미처 콤팩트같은 것을 꺼내어 얼굴을 매만질 여유조차 못 가졌었다. 한참만에야 그가 몇 사람의 사내와 같이 나왔었다. 그중의 두 사람은 시합 때 쉬는 시간마다 그에게 호흡을 조절시키고, 양치질을 시키고, 수건으로 땀을 닦아주던 사내였다. 그들이 세컨드라고 불리운다는 것을 뒤에야 알았다. 그는 밖에서 그네가 기다리고 있다는 걸 잊은 듯이 사내들과 같이 을지로 6가 쪽으로 사라진 것이었다. 다음날 그는 그네를 만나, 어제는 같은 구락부 친구들과 어울리느라 그리 됐노라고 했다. 그리고 그후로는 시합이 있는 당일은 서로 만나지 않는 것이 한 상례처럼 돼버렸다. 그게 어딘가 서운하곤 했으나 할 수 없었다.

그러나 오늘만은 그가 누구와 동행을 한대도 따라가 자리를 같이 해야 한다고 그네는 마음먹었다.

한참 후에 그가 목에 타월을 걸치고 한손에 백을 들고서 나왔다. 세컨드 보던 두 사내와 동행이었다.

세 사람은 한길로 나서서 헤어졌다. 두 사내가 어디로 같이 가자는 것을 그가 그만두겠다는 모양이었다. 두 사내는 을지로 6가 방면으로, 그는 묵정동 넘어가는 길로 접어든 것이다.

그의 걸음걸이는 그리 상심한 사람같지는 않았다. 그렇건만 어딘가 빈 구석이 나있는 것같이 보였다.

그네는 그 빈 자리를 메꾸기라도 하려는 듯이 걸음을 재촉하여 그의 곁으로 갔다.

그도 미리 그것을 예기했던 거나처럼 그네 쪽을 돌아보지도 않았다.

둘이는 말없이 나란히 서서 묵정동을 지나 필동을 거쳐 퇴계로로 나섰다. 서로 아무말없이 걷는 게 이런 때는 더 둘의 마음을 친밀하게 해주는 것같았다.

퇴계로 로터리 근처에 이르자 한 음식점으로 그가 먼저 들어섰다. 그네도 따라 들어갔다. 자연스러웠다.

술이 세지 못한 그가 약주 두 잔을 마시고도 또 한 잔을 청하는 것이다.

그 잔을 그네가 끌어다 단숨에 마셨다. 마시고 나서도 여태 없었던 이 자기의 돌발스런 행동이 조금도 부자연스럽게 느껴지지 않았다.
그가 비로소 입을 열었다.
"오늘 5 라운드 쉬는 시간엔 거기 얼굴이 뵈지 않든데."
그리고 부어오른 얼굴에 웃음을 띠우고 그네를 건너다보는 것이다.
그네는 그 웃음이 너무 좋아 코끝이 찡해지면서 눈물이 핑 돌았다. 그것을 그에게 보이지 않기 위해 그네는 얼른 손수건을 꺼내어 입에 가져다대고 코부터 문질렀다. 지금 마신 술이 묻은 입술을 닦는 척하면서.
이년 전, 그가 타이틀 도전자로서 출전했던 날도 그는 그네에게 웃음 띤 얼굴을 해보였다. 바로 요 앞 다방에서였다.
그날 그는 지금까지의 다른 시합 때처럼 그네더러 구경을 오지 말라고 했다. 질지도 모르는 자기의 꼴을 그네에게 보이기 싫다는 것이었다. 오랜 시간 다방에서 기다리는 그네 앞에 그는 오늘처럼 목에다 타월을 걸치고 한 손에 백을 들고 나타났다. 그리고 말없이 얼굴에 웃음을 띠웠다. 그걸로 그네는 그가 시합에 이겼다는 것을 알고 축하의 뜻으로 같이 웃음을 띠웠다. 그러나 그는 자리에 앉지도 않고 같이 왔던 사람들과 어디론가 가버렸다.
그후로는 시합 때 그네가 구경 오는 것을 그는 굳이 막으려 하지 않았다.
처음으로 그네가 시합 구경을 갔던 날부터 지금까지 여러 시합에서 챔피언의 위치를 지켜오는 동안, 시합 당일은 서로 만나지 않는게 상례처럼 돼있었으나 다음날 만나면 그는 으레 어제는 그네가 어디 앉았었다든가 무슨 빛깔의 옷을 입었었다든가 하는 것을 말하곤 했다.
그처럼 시합 때 마음의 여유를 지니곤 하던 그가 오늘은 5 라운드 뒤 쉬는 시간엔 그네의 얼굴이 눈에 들어오지 않더라는 것이다.
그러나 그가 그처럼 시합에 패했기 때문에 도리어 오늘은 시합 당일인데도 자기네 두 사람은 이렇게 마주앉아있게 되지 않았는가.

삼년 전, 그네가 처음으로 그를 알게 됐을 때 이미 그는 대학 상과에 적을 두고 있으면서 권투에 열중해있었다. 취미에서라고 했다. 그것이 이년 전 한국 타이틀전에서 챔피언이 된 뒤로는 장차 세계를 겨냥하고 나아가겠노라고 할 만큼 돼버렸다.

그네는 그러한 그의 생각을 순순히 받아들였다.

그런데 얼마 전 어느 다방에서였다.

마주앉았던 그가 다방문을 밀고 들어서는 어떤 중년 사내 두 사람을 보자 후딱 자리를 일어나 그들 앞으로 가더니 정중히 인사를 하는 것이다.

다시 자리로 돌아온 그가 그네에게 속삭였다.

"저분들을 좀 자세히 봐. 실례되지 않게끔."

그네는 비스듬히 마주바라뵈는 두 중년 사내를 무심한 듯한 눈길로 더듬어보았다. 그리고 적잖이 놀라운 눈길을 그에게로 돌리며 나직이 물었다.

"얼굴이 왜 저래?"

좀전에 그들이 다방을 들어설 때도 첫눈에 예사얼굴이 아니라는 걸 느꼈었지만, 한쪽 중년 사내의 귀바퀴가 무엇에 뜯기고 남은 듯이 오그라들어 뒤로 찰딱 붙었고, 허리가 무너앉은 코도 한켠으로 오그라져있는 것이다.

"한때 이름을 날렸던 복서들이야."

다른 한 사내의 얼굴은 그토록은 흉하지 않았지만 역시 얼굴 전체의 균형이 일그러져있었다.

"권투선수는 모두 저렇게 되나?"

"모두 다 그렇게 되는 건 아니지만 오래 한 사람은 제 얼굴이 아니야. 아무튼 저런 분들이 없었든들 오늘날 이만한 권투라두 우리나라에 존재하지 못했을 거야. 난 저런 분들의 얼굴이 숭하게만 보이질 않아."

그로부터 그네는 길거리에서 얼굴에 이상한 흠집이라도 난 사람을 보면 혹 이 사람도 과거에 권투선수는 아니었나 하는 생각을 하게 되곤 했다. 결코 좋은 기분은 아니었다.

이 좋지 않은 기분 속에는 자기가 사랑하는 그도 언젠가는 그런

추한 얼굴 모습이 되지 않을까 하는 걱정이 섞여있었다. 그리고 그 것은 서로의 애정이 깊어갈수록 더해갔다.
한번은 둘이 교외로 소풍을 나가서였다.
곁에 앉았던 그가 두 주먹을 쥐고 권투 폼을 잡는 것이었다. 저도모르게 취한 포즈였으리라. 곧잘 그네와 단둘이 됐을 때는 이런 모션을 쓰곤 하는 것이다.
그러나 그네는 일전 다방에서 그 중년 사내들을 보고 나서부터 마음에 어떤 동요를 일으키고 있던 참이라 불쑥,
"대체 누굴 더 좋아하죠?"
해버렸다.
그는 권투 폼의 동작을 멈추며 그네 쪽을 돌아보았다.
"대체 권투와 나와 어느편을 더 좋아하냔 말예요."
"어디 그게 비교가 돼?"
"솔직하게 말해봐요. 나보담은 권투를 더 좋아하죠?"
"요 깍쟁이가!"
그는 와락 그네를 안았다. 그 팔에 힘이 주어졌다. 숨이 막히는 황홀감 속에서도 그네는 지금 자기의 등을 싸안고 있는 그의 팔도 일종의 트레이닝을 하고 있는 셈은 아닐까 하는 생각이 듦을 어찌할 수가 없었다.
이러한 그가 오늘 시합에 참패해가지고 바로 자기 앞에 앉아있는 것이다.
그네는 생각했다. 이참에 그는 그 무시무시한 권투를 멀리할 것이고, 내년에 졸업하면 어디고 취직을 해야 할 것이고, 그렇게 되면 둘이는 결혼하여 한 가정을 이룰 수 있을 것이라고. 이만한 타산은 조금도 지나친 욕심같지는 않았다.
그래서 그가 평생에 남을 상처도 입지 않고 그저 좀 부어오른 얼굴에 웃음을 띠우고 건너다보았을 때, 그네는 눈물이 핑 돌 만큼 행복을 느낄 수 있었던 것이다. 그리고 그네는 삼년간 사귀어온 그를 이때처럼 자기가 사랑한 적은 없다고 느꼈다.
"제 얼굴이 빨갛죠?"
그가 고개를 끄덕였다.

"그렇지만 술 때문은 아녜요.."

둘이는 음식점을 나와 남산으로 올라가는 길로 접어들었다.

퇴계로길을 좀더 가다가 왼쪽 골목으로 들어가면 그의 집이었다. 그러나 그들은 헤어지지 않았다.

두 사람은 별로 말을 주고받지 않았다. 그렇건만 그네는 어느때보다도 자기는 그와 가까운 위치에 있다는 걸 느꼈다.

의논한 것도 아니었다. 남산 위까지 올라간 두 사람은 광장 안쪽에 있는 벤치에 가 앉았다. 그가 세계 챔피언을 겨냥하고 나아가겠다고 말한 자리였다.

그날밤도 오늘과 같이 하늘에 달이 떠있었다.

다른 것은 그날밤엔 그가 약간 들뜬 음성으로, 레퍼리가 오른쪽 팔을 올려 승리를 알릴 때 팔만 아니고 몸 전체가 위로 솟구쳐오르는 것같다는 말을 했었는데, 오늘은 패자로서 그네 곁에 앉아있는 점이었다.

그렇지만 웬일인지 그네는 오늘밤의 그가 더 좋았다. 그동안 그네는 그의 승리를 같이 기뻐했던 것은 사실이나 오늘밤처럼 그가 자기 가까이 느껴지기는 이번이 처음인 것이다. 이따 내려갈 때는 자기편에서 그를 먼저 안아주리라 마음먹었다.

그가 슬며시 눈을 감으며 벤치 등에 머리를 얹었다.

그네는 바특이 다가앉아 그의 머리를 자기 어깨에 기대게 했다.

눈을 감은 채 그는,

"챔피언이 된 다음에두 난 주욱 이겨만 온 셈이지. 판정승은 말구라두, KO가 세 번, TKO가 두 번, 이런 식으루 이겼지."

그네도 보아서 알고 있었다. 세 번 KO시킨 중에 두 번은 세째 라운드에서고, 한 번은 네째 라운드에서 KO된 상대편 선수가 좀처럼 깨어나지를 않아 그쪽 세컨드들이 올라와 맞들어 내려갔다. 그리고 두 번 TKO시킨 중에 한 번은 상대편의 눈두덩이 찢어져 레퍼리가 TKO를 선언했고, 한 번은 상대편이 연거푸 두 차례 다운이 되니까 그쪽 치프 세컨드가 흰수건을 링 위로 던짐으로써 역시 TKO로 이겼던 것이다.

그러나 지금 그네는 마음속으로 속삭이는 것이다. 정말 그때마다 당신은 장했어요. 얼마나 자랑스러웠는지 몰라요. 하지만, 오늘은 오늘대로 시합에 진 당신이 더 좋아요. 어쩌면 어느 때보다도 젤 좋은 것같애요.』
그가 다시 입을 열었다.
"아까 말이지, 치프 세컨드 보는 사람이 5라운드 끝에 나더러 기권해버림 어떠냐구 하잖겠어."
"저두 곁에 있었음 그렇게 권했을 거예요."
그가 기댔던 고개를 들더니 그네 쪽을 바라봤다.
못마땅해하거나 나무라는 눈길은 아니었다. 그저 바로 곁에 앉았는 그네에게 준 눈이 한껏 먼 것을 바라보는 시선인 것이다.
잠시 후에 그는 조용히 다시 눈을 감고 고개를 벤치 등에 기대면서,
"실은 나두 그때 오늘 시합엔 승산이 없다는 걸 깨달았어. 허지만 계속하지 않을 수 없었어. 중도에 기권한다는 게 비겁해 배서가 아니야. 그저 나두모르게 계속하지 않을 수 없었어. 그게 권투의 매력인지두 모르지."
"정말 나중까지 잘 싸웠어요. 졌대두 부끄러울 게 없어요. 오늘 시합에 진 걸 전 조금두 섭섭히 생각지 않아요. 이건 위로의 말이 아녜요."
"시합에야 이기느니밖에. 허지만 진다는 것두 또 그것대루의 맛이 없잖아 있어."
"그 심정을 이해할 수 있을 것같애요."
그가 고개를 벤치 등에 기댄 채 눈만을 천천히 떴다. 그리고 눈이 향해진 방향에다 시선을 준 채로,
"이해할 수 있을까, 그때의 내 심정을. 나두 그동안 여러 차례 상대방 선수를 때려 마지막엔 내 목을 와 쓸어안게 만들어두 봤지. 그걸 난 오늘 첨으루 상대방 목을 쓸어안어 봤어. 적의를 품은 채, 아니야 적의구 뭐구 아무 의식두 없이 그저 몸 전체를 상대방한테 내맡길 때의 그 기분을 아마 다른 사람은 모를 거야."
그리고 조용히 그네 쪽으로 고개를 돌리는 것이다.
역시 바로 곁에 앉았는 그네를 사뭇 먼 것으로 바라보는 시선이

었다.

　말할 수 없는 어떤 거리감같은 것이 가슴에 와 안겼다. 그러나 그네는 마음을 가다듬고, 그의 시선과 자기의 시선이 초점을 맞출 수 있도록 애쓰면서 속으로 뇌는 것이다. 지금 당신은 피로해있어요. 이따 날이 저물거던 내가 한번 고이 안아줄게요. 지금 당신은 내가 필요해요.

　그런데 그의 시선은 여전히 그네와의 초점을 맞추지 않은 채,
"그때의 기분은 어떤 포옹보담두 황홀했어."

　그네는 비로소 그와 이렇게 한 벤치 위에 자리를 같이하고 있으면서도 자기는 혼자라는 것을 느꼈다.

　아까 링 위에 쓰러진 그를 보고 전에없이 맛보았던 친밀감이며, 음식점과 이리 오는 길에서 자기네 두 사람 사이는 다시없이 가까워진 걸로 느꼈던 것은 결국 자기 혼자만의 허실한 바람에 지나지 않았던 것인가.

　갑자기 그네는 지금의 자기자신이 무척 초라해 보였다.

　그가 먼 시선을 거두어 자기 무릎 쪽으로 가져가며,
"인제 가서 목욕이나 하구 오늘밤은 좀 쉬구서 낼부팀은 또 트레이닝을 시작해야지,"
했을 때, 그네는 이 기회를 놓칠세라 자신을 격려하여 먼저 벤치에서 몸을 일으켰다.

　그리고 자신에게나 타이르듯이 중얼거렸다.
"나두 가서 좀 쉬어야지. 나두 가서 좀 푹 쉬어야지."

1958 시월

안개구름끼다

 부산 피난 시절, 나는 자갈치시장 쪽 부둣가에 있는 선술집에를 단골로 다녔다. 전복 한 마리를 썰어 달래서 초고추장에 찍어먹으면서 약주 두 잔을 마시는 것이 상례가 돼있었다. 한잔 더 마시고 싶어도 호주머니가 말을 듣지 않는 것이었다.
 그날 저녁에도 나는 그 술집에 가있었다. 이날은 경우가 좀 달랐다. 참으로 오래간만에 고료를 받아 주머니에 돈이 좀 있었던 것이다. 여느때보다 두 잔을 더 마셨다. 그리고 심부름하는 계집애에게 셈을 물었더니 한 잔 값을 덜 부르는 것이다. 오늘은 넉 잔을 마셨다고 하니까, 계집애가 살짝 고개를 돌려 뒤에 주인아주머니가 없는 것을 보고는, 석 잔 값만 내라는 것이다. 단골사람이라 한 잔 값을 감해주는 것이 기특했다. 셈을 치르고 밖으로 나서니 어느새 짧은 겨울 저녁해가 밤으로 바뀌어 안개까지 끼어있었다. 앞바다쪽으로부터 비린내 섞인 눅눅하고도 찬 밤기운이 몰려와 몸을 휩쌌다. 이 한국 남단의 대단치 않은 겨울 촉각이 주책없이 피난민의 심신을 스산스럽게 하는 것이었다.
 나는 돌축대로 가 바다를 향해 소변을 보았다. 앞 방파제 끝에 등대불이 켜졌다 꺼졌다 하고 있었다. 안개 속이라 실제의 거리보다 멀어 보였다. 부산역 바다 쪽에서 부우우 부우우 하고 뱃고동이 울려왔다. 약간 취기가 돈 나는, 이자식아, 난 아무데도 떠날 데가 없는 사람이다, 그, 사람의 가슴속을 흔들어놓는 소릴랑 작작 울려라. 그러다가 나는 갑자기 거기 그러고 서있는 나 자신이 다시없이 처량해 보였다. 그 어린 계집애가 술 한 잔 값을 감해주었겠다? 열너덧살쯤 돼 보이니까 내 딸년 푼수밖에 되지 않는다. 다른 의미가 있을 리 없다. 그저 보아하니 술은 좋아하는 모양인데 주머니 형편이 허락지 않아 늘 두 잔 정도밖에 못 마시곤 하는 내가 그 소녀에게는 동정스러웠던 것이리라. 단골손님이라 해서 덤으로 한 잔을 더 준 건 아니다. 그건 계집애가 뒤에 주인아주머니가 있나 없나 살핀 걸 보아도 알 수 있다. 그것을 나는 비위좋게 나 좋도록만 해석했던 것이다. 아무리 아쉬운 피난살이라 하더라도 그런 소녀애에게까지 동정을 받아야 하는 나 자신이 처량해 보여 견딜 수가 없었다. 아랫단추를 채우고 도로 그 술집으로 들어갔다.

좀전과 똑같이 넉 잔을 마셨다. 이번에는 얼마냐고 묻지 않고 내 편에서 계산해서 내주었다. 나는 이미 엔간히 취해있었다. 술이란 변덕스러운 물건이기도 해서 내가 처음 월남하여 약주를 마셨을 때는 배만 부르고 숨만 찰 뿐, 취기는 돌지 않아 싱겁기 짝이없던 것이 어느새 소주 분량과 거의 맞잡이되게만 마셔도 얼벌벌해지곤 했다. 그러던 것이 피난살이에 속이 허해진 탓인지 이즈음은 부쩍 더 주량이 줄어들어있었다.

그러나 이날 두번째 돈을 치르고 난 나는 앉은 자리에서 그냥 더 술을 청해 마시기 시작했다. 지금 주머니 속에 들어있는 돈으로는 몇 가지 요긴히 써야 할 데가 있었다. 우선 쌀 얼마큼과 연탄 몇 덩어리, 그리고 오늘 저녁에는 애들에게 과자 한 봉지라도 사가지고 들어갈 참이었다. 큰놈과 둘쨋놈은 꼭두새벽에 서면 양키부대에 가서 잔물건을 사다가 목판장사에게 넘기는 장사를 하고 있다. 두 애가 다루는 물건 중에는 그들의 구미를 당길 만한 것이 태반이었다. 여러 종류의 초컬릿, 드롭스, 캔디. 더구나 한창 군것질을 잘 할 이제 열두세살짜리들인 것이다. 하지만 그들은 자기네 상품에 입을 댈 엄두도 못내고 있다. 실은 이날 고료를 받은 작품이란 것도 이 애들을 중심한 궁상스런 피난생활 얘기를 쓴 것이었다. 오늘 저녁에는 그들을 위해 국산 막과자라도 한 봉지 사들고 들어가리라. 그랬던 것이 나는 그만 이렇게 무턱대고 술만 마시고 있는 것이다.

나는 나도모르는 새 술집 계집애에게 쓸데없는 말을 던지고 있었다. 상당히 취한 증거였다. 고향이 어디냐고 물으니 시골서 왔노라고 한다. 시골 어디냐고 하니까 한번 들어서는 알 수 없는 동네 이름을 댄다. 부모가 계시냐고 했더니 계신다고 한다. 아버지가 약주 잘 잡숫지? 했더니 그 말에는 대답지 않고 한번 힐끗 쳐다만 본다. 내 다 알지, 너희 아버지는 별루 허는 일 없이 밤낮 술만 자시구, 그래서 마지막에는 널 이런 데루 보내지 않을 수 없게 됐지, 내 다 안다, 그래 너는 그 아버지를 원망하구 있지? 그렇지, 원망할 건 원망해야지, 그러나 말이다, 너희 아버지두 널 생각허구 있다, 지금두 술은 끊지 않았지, 별루 하는 일 없이 예전대루, 아니 예전보담 더 많이 마시지, 헌데 말이다, **술을 먹을 적마다 네 생각**을 하거든, 네가 집에 있을 땐 걸핏하면 너더러 외상 술 더 받아오지 않는다구 야단을 치구 매질꺼지 하던 아버지가 지금은 그애가 낯설은 곳에 가서 잘 있기나 한지, 어디가 아파 누워있지나 않은지 하구 말이야.

물론 계집애는 내 주절대는 말을 귀담아 듣고 있지 않았다. 그럴 틈도 없었다. 주인아주머니와 함께 손님들 술심부름하느라고 왔다 갔다 해야만 했다. 나는 또 술을 청했다. 그리고 술을 따르러 온 계집애에게 연신 지껄여댔다. 네가 날 동정하는 심정두 안다, 술 좋아하는 날 보구 네 아버지 생각을 한 거지? 네가 집에 있었을 땐 그렇게 밉구 싫던 아버지가 이제와선 가엾은 아버지루 변허구, 그리구 보구 싶기꺼지 허지?

계집애는 술을 따르면서 새삼스럽게 내 얼굴을 빤히 쳐다본다. 여느때는 약주 두 잔을 마시고는 곱다랗게 돌아가곤 하던 내가 이날은 넉 잔씩이나 들이켜고 일단 나갔다가 되돌아 와 그냥 마구 술을 먹어대는 것도 수상하지만, 무엇보다도 전에는 조용하던 사람이 이렇게 종잡을 수 없는 말을 주절대는 게 이상스러웠던 모양이다. 그러나 나는 가만있지 않았다. 얘, 너 그런 눈으루 날 보지 마라, 그 누굴 가엾이 여기는 눈으루 날 보지 말란 말이다, 대체 네가 뭐라구 날 동정허구 어쩌구 하는 거냐, 우리 집에는 너또래의 사내놈이 있다만 그놈들의 눈이 생각나 못견디겠다. 이쯤 되면 완전히 주정으로 변하고 만 것이었다.
 술집을 나왔을 때는 밤도 어지간히 깊어있었다. 안개는 더 짙게 깔려, 취한 눈에 등대불이 뽀오얗게 멀어만 보였다. 그러나 등대 이자식아, 아무리 안개가 짙구 풍랑이 세드라두 내 배는 결쿠 길을 잃거나 파선은 않는다, 봐라, 내 호주머니는 아까보다 이렇게 가벼워지구 기분두 이렇게 가볍구 명랑하다, 쓸데없는 짐을 싣지 않은 가벼운 배는 좀처럼 파선을 않는 법이다, 좀더 몸을 가볍게 해볼까. 나는 돌축대로 가 등대 쪽을 향해 오줌을 깔겼다.
 그리고는 적잖이 비틀거리는 다리를 끌고 집으로 향했다. 얼마전에 종내 그 부민동 변호사 집에서 쫓겨나다시피 하여 지금은 부산역전 어떤 이층 한 칸을 세로 얻어 들어있는 것이다. 아래층과 이층 사이에 올렸다 내렸다 하는 네모난 뚜껑문이 달린, 예전에는 광으로나 쓰였을 방이었다. 지금 나는 그 이층 마룻바닥에 즐비하게 누워있을 가족들에게 돌아가야 하는 것이다. 그러나 내 마음은 조금도 무겁지 않았다. 이래서 술이란 좋은 것이다. 애놈들에게 과자봉지를 사들고 들어가지 못하는 것도 마음에 걸리지 않았다. 그까짓 궁상스런 피난살이 얘길 써서 받은 돈으루 과자같은 것을 사먹었다가는 너희들 배탈나기 쉽다, 그깟놈의 돈으룬 이 애비가 술이나 마셔서 삭여버려야 한다. 나는 오른쪽에 바다를 끼고 허청거리는 걸음을 옮기면서 혼자 주절거렸다.
 시청 앞에 이르자 나는 또 영도다리 쪽을 향해 떠벌려댔다. 이 음흉한 자식아, 어쩌자구 넌 하루에 몇번씩 그 덜된 몸뚱이 한쪽을 쳐들군 하는 거냐, 그래 내 안다, 언제구 날 곯리려는 거지? 사태가 급해져서 영도루 건너가야만 할 때 말이다, 내 처자들만 건너가자마자, 아니 내가 먼저 건너가자마자 심술궂게 그 다리 한켠을 쳐들어버리겠단 거지? 평양서 피난 온 내 친구 한 사람두 그런 일이 있었다, 대동강 선창까지 나와 보니 어제까지 성했던 다리 한가운데가 끊겨있더란다, 할수없이 처자는 거기 남겨두고 자기만 혼자 능라도 쪽 좁은 살얼음진 데를 헤엄쳐 건너왔다는 거다, 그래 네놈도 우리 가족에게 그 맛을 뵈야겠단 말이지? 이자식아, 그런 흉곌랑 버려라, 전쟁고아는 이만하면 족하다, 평양은 그만두구 지금 한국 남단의 항구 이 부산거리에만두 부모와 고향을 잃은 애가 지천으루 깔려있다, 그래두 부족하냐?

 이것은 서른일곱이라는 좋이 낫살이나 든 사내가 피난 지역에서 하룻저녁 연출한 부끄러운 행장기의 한 토막이다.

 요 며칠동안 나는 원인 모를 열로 자리에 누워 앓았다. 열에 뜬 머리에 아무 연관성도 없는 생각들이 마구 떠올랐다 사라지곤 했다. 그중의 하나가 이 피난 시절에 있었던 어느날 밤의 일이었다. 그날 밤 내 어처구니없는 주정을 받은 소녀는 그후 얼마 되지 않아 그 술집에서 뵈지 않게 되었다. 주인아주머니의 말이 부친이 와서 데려갔다는 것이다. 이렇게 내 생활 주변을 스치고 지나간 애들이 꽤 많은 가운데, 지난 여름에 만난 〈파쪽〉이라는 소년이 또하나 있다.
 젊은 언어학자 정군을 통해서 안 애다.
 정군은 그즈음 그가 적을 두고 있는 학교가 방학때라 가끔 집에 놀러 와서는 장시간 한담을 나누고 가곤 했다. 자연 그가 수년래 연구 수집해오는 은어에 대한 것이 화제의 중심이 되곤 했다.
 이미 정군은 특수사회에서만 사용되고 있는 은어문자에 관한 연구 논문을 모 국문학회 기관지에 발표하여 학계의 주목을 끈 바 있었다. 나도 그것을 흥미있게 읽고 이것저것 암시받은 점도 적지 않았다. 이러한 그가 장차 은어사전까지 만들 계획을 갖고 매음굴, 아편굴, 형무소, 화장터, 문둥이, 백정, 절간 등 특수사회에서 쓰이고 있는 은어를 모으고 있는 중, 첫 정리로 주력하고 있는 매음굴 것만 해도 벌써 2천 단어가 넘는 것이다. 그중에서 정군은 적잖은 은어에 대해서 해설을 해주었는데 내게 여러가지로 흥미를 갖게 하는 것들이었다.
 이날도 저녁때가 가까워 정군이 집에 들렀다. 그는 이삼일내로 대구, 부산, 광주, 군산 방면으로 은어 수집 행각을 떠날 예정이라고 하면서,
 "선생님 오늘 저녁 바쁘시지 않으면 어디 한번 그 세계를 구경해 보시지 않겠습니까. 최근 제 수집의 소스가 돼있는 펨프애가 하나 내자동에 있어요. 오늘 그앨 만나러 갈까 하는데 같이 가보시지 않

안개구름끼다 87

겠습니까?"
 나는 호기심이 일어 같이 동행하기로 했다.
 밖으로 나가, 술을 할 줄 모르는 정군은 식사를 하고 나는 밥 대신 약간의 술을 마시면서 날이 저물기를 기다리는 동안, 그 펨프소년에 관한 이야기를 정군으로부터 간단히 듣게 되었다.
 흔히 있는 대로 이 소년 역시 동란 때 가족을 몽땅 잃고 아홉살에 〈외뿌리〉 신세가 된 애다. 아주 똑똑한 애로 지금 명자라는 창녀와 〈양배추쌈〉이 돼있다. 양배추쌈이란 창녀와 펨프소년이 의남매와 같은 관계를 맺었을 때 하는 말이다. 양배추쌈이 고소하고 달다는 데서 온 것이다. 둘의 사이에는 계획이 있었다. 명자의 빚만 갚게 되면 어디든 딴 곳으로 가서 서로 의지하며 살 생각이었다.
 날이 어두워 정군과 나는 음식점을 나와 효자동행 버스를 탔다.
 적선동에서 내려 금천교시장을 향해 들어가다가 내자아파트 앞에서 왼쪽으로 꺾이어 걷느라니 골목 모퉁이마다 열서너너덧 된 애녀석들과 허주레하니 차린 여인이 섰다가 다가오면서, 이쁜 색시 있어요, 가세요, 한다. 이 정도는 날이 저문 뒤 역전 부근만 걸어도 얼마든지 당하는 일이라, 나는 무관심만 표시하면서 정군을 따라갔다.
 한 전선주 곁에서 정군이 걸음을 멈추더니,
 "이제 그앨 만나거든 미리 뒤통수를 좀 자세히 보십쇼,"
하고는 거기 다가오는 어떤 펨프소년에게,
 "파쪽 어딨니?"
한다.
 다가오던 애가 힐끔 내 쪽을 쳐다보고는 슬금슬금 저쪽으로 달아나버린다. 또 한 애가 다가오며 이쁜 색시가 있으니 가자고 하다가 정군이 파쪽 어디 있느냐고 묻자 그만 더 초근초근하게 굴지 않고 저쪽으로 가버리고 만다.
 "선생님 잠깐 여기 계십쇼."
 정군이 혼자 거기 골목 안으로 들어갔다.
 담배를 피워물고 혼자 구멍가게 옆으로 가 섰느라니까, 한 애가 와서 예쁜 색시가 있으니 가자고 조르다가 물러나면 다른 한 녀석

이 또 와서 그러고 하더니, 한번은 애녀석 하나가 조그만 손아귀에
쥐었던 것을 내밀어 보이며, 근사한 색시가 있으니 가자는 것이다.
옆 구멍가게에서 새어나오는 희미한 전등빛에 분명히는 보이지 않으
나, 그것이 여자의 어떤 부분을 찍은 사진이라는 것만은 알 수 있
었다. 이른바 〈호밀장수〉인 것이다. 전에 정군이 내게 설명해준 말
에 의하면 호밀의 생긴 모양과 여자의 그것을 결부시켜 그런 사진
을 갖고 다니는 펨프를 호밀장수라고 한다는 것이다. 혹시나 하고,
"너 파쭉이란 애 어디 있는지 모르니?"
했더니, 그애도 힐끔 내 얼굴을 치어다보고는 저리로 가버리고 만
다.
　좀만에 정군이 돌아왔다. 그의 말이, 지금 아는 펨프애를 만나
물어봤더니 파쭉이 어제부터 여기 뵈지 않는다고 하더라는 것이다.
　결국 이날은 파쭉을 만나지 못하고 돌아오고 말았다.
　돌아오면서 나는 정군에게,
"어째서 파쭉이 어됬냐구 물으면 모두 피해버리지?"
"네, 그건 선생님을 무슨 조사라두 하러 나온 사람인 줄 아는 모
양이죠. 손님을 마구 끄는 듯하면서두 경계심이 대단합니다. 그래
서 이런 곳 수집은 힘이 들죠."

　이틀인가 뒤였다. 저녁때 술이 좀 취하여 집에 돌아와 막 밥상을
받으려는데 정군으로부터 전화가 왔다. 잠시 거리로 나올 수 없겠
느냐는 것이다.
"지금 우연히 파쭉을 만났는데요, 선생님이 이 앨 한번 보셨으면
좋겠습니다."
　대체 무슨 일이길래 그러나 하고, 정군이 가르쳐준 다방으로 나
가보기로 했다. 종로 2가에 있는 허술한 다방이었다.
　다방 한구석에 정군과 마주앉아있는 소년은 열대여섯살쯤 나 보
이는 애였다. 상고머리에 요트 무늬가 있는 반소매 남방셔츠를 입
고 있었다. 그리고 까만 눈썹과 눈동자에 조그맣고도 도톰한 입술
이 첫눈에 다감한 소년으로 보였다. 그러나 거기에는 무언가 이쪽
을 반발시켜 마지않는 싸늘한 기운이 깃들어있는 얼굴이었다.

정군이 나를 나오라고 한 것은 이 소년의 신상에 일어난 사연을 내게 들려주고 싶어서였다는 걸 나는 알아차렸다. 내가 레지에게 소다수를 시키자 정군은 파쪽소년에게,
"그래 그 명자라는 여자가 도망간 게 언제라구?"
"그그제 새벽이에요. 친구들하구 같이 세상모르게 잠이 들어있는데 주인아주머니가 떠들구 법석거리는 바람에 모두 깨었어요. 긴 밤 손님이 돌아간다기에 대문 열쇠 내주구 나서 아무래두 꺼림칙해서 나가봤드니 명자가 뵈지 않드래는 거에요."
"그 돈두 갖구 갔겠군."
파쪽은 고개를 끄덕이고 나서,
"내가 병신이었죠, 근데두 꼰대(포주)는 명자하구 나하구 짜구 한 짓이라구 날 들볶지 뭐에요."
"그날밤 긴밤을 자구 간 손님허구 배가 맞아 도망간 건 아냐?"
"아네요. 그날밤 첨으루 왔던 손님인걸요."
내가 한마디,
"그럼 다른 데루 옮아앉은 건가?"
"것두 아네요. 고향으루 갈 거에요."
명자가 고향으로 가리라고 파쪽이 믿는 데는 그럴 만한 이유가 있었다. 언젠가 명자는 파쪽에게 자기가 서울에 온 것은 식모살이라도 해서 시집갈 밑천이나마 벌어볼까 했다가 이꼴이 돼버렸노라는 말을 한 적이 있었다. 그래서 고향과의 편지 거래는 앞 행길 모퉁이에 있는 음식점 주소로 하곤 했다. 그 심부름을 파쪽이 했다. 명자는 고향에서 온 편지를 읽고 나선 꼭꼭 성냥불에 태워 없앴다. 도망가기 전전날 고향서 오래간만에 편지가 왔다. 이번 역시 다 읽고는 성냥불에 태워버렸다. 도망간 뒤에 생각해보니 이번 편지를 받아 읽던 명자의 얼굴빛이 어쩐지 기운없던 것이 떠올랐다. 아무래도 그 편지를 받고 고향으로 갔음에 틀림없다고 생각했다. 고향주소는 파쪽만이 알고 있었다. 경북 안동땅 어디. 그러나 꼰대에게 그것을 말하지 않았다. 말하지 않더라도 서울역을 비롯해서 버스정류장을 감시할 것은 뻔한 노릇이기 때문이었다. 사실 꼰대는 파쪽을 앞세우고 서울역 부근을 꼬박 이틀 동안 지켰다. 그런데 허사였

다. 그제야 파쪽은 깨달았다. 파쪽 자기가 고향 주소를 알고 있는 것을 명자편에서 모를 리 없으니까 일단 이쪽에서 고향으로 찾으러 다녀온 뒤에 내려가려고 마음먹고 있음이 분명하다고 생각했다. 어제부터는 명자가 내자동으로 오기 전에 있었던 곳과, 그밖에 숨었을 듯한 데를 뒤지기 시작했다는 것이다.

"아직두 꼭 서울에 숨어있을 거예요. 내 무슨 일이 있어두 꼭 찾아내구야 말겠어요. 서울서 못 찾음 그땐 시굴까지 가볼 테예요."

이렇게 말하는 동안도 파쪽소년은 잔혹하리만큼 무표정 그대로였다.

잠시 후에 정군이 그 명자라는 여자가 그렇게까지 되기에는 그만한 사정이 있어서 그랬을 것이니 이쪽에서 모든것을 잊어버리고 마는 것이 어떠냐고 하니까,

"아녜요. 꼭 찾아내구야 말걸요. 그동안 내 마음을 속여온 게 분해요. 까짓 맽겼든 돈 갖구 간 건 문제두 아녜요."

그리고는 자리를 뜨려는 기색을 보였다.

그러자 정군이 나더러, 자기는 일전에 말한 대로 은어수집차 내일 아침 대구로 내려가게 됐다고 하면서, 군산까지 들러오려면 한 열흘은 걸릴 예정이니 그동안 파쪽소년과 만나고 싶은 생각이 있으면 직접 연락을 갖도록 하는 게 어떻겠느냐고 했다.

나는 수첩에서 종이 한 장을 찢어내어 거기에다 몇번 걸려가며, ㄱㅓ 좋ㅇ ㅎ종 앟을종 ㅁㄹㄴㅡㄴ 언ㅈㅔㄷㅏ 슿한번ㅁㅏㄴ?
하고 써서 파쪽소년 앞으로 내밀었다.
《너 나 좋아하지 않을지 모르나 언제 다시한번 만날까?》

그런데 종이쪽지를 파쪽 앞으로 내민 순간, 나는 내가 이런 은어문자까지 알고 있다는 것이 도리어 이 소년에게 어떤 경계심을 품게 하여 역효과를 나타내지는 않을까 하고 후회를 했다. 기실 나는 이 소년의 다감해 보이면서도 말할 수 없이 냉혹한 기운이 깃들어 있는 얼굴 표정이 한편 반발심을 일으키게 하는 것이었으나, 내심 어딘지 모르게 끌리는 데가 있어 다시한번 만나서 명자와의 일을 들어보고 싶기도 했던 것이다.

정군부터가 내 은어문자 사용에, 아니 선생님이 어떻게, 하고 자

못 놀라는 눈치였다. 그런데 파쪽소년은 내가 오늘 그를 만난 이래 처음 보는 미소같은 것을 도톰한 입술가에 떠올리며,
"꼭 〈쨔브〉같으시군요. 진짜 난 선생님의 그 눈이 싫어요. 나한테서 뭘 자꾸 캐내려구 하는 것같애서요. 그치만 좋아요."
그리고는 내 만년필을 옮겨받아가지고 종이쪽지 한옆에다 이렇게 쓰는 것이었다.
 9ø‐ㅇㄷ넝ﾉ
《내일 낮 4 이 다방 오라》
이렇게 내일 4시에 여기서 다시 만나기로 하고 파쪽소년이 다방을 나가자 정군은 나더러,
"언제 그렇게 은어문자를 알아두셨습니까?"
하고 궁금한 듯 물었다.
"자네가 발표한 연구 논문에서 조금 배워뒀었지, 재미있길래. 그런데 이자 그놈 참 야무진데."
"그렇죠? 선생님 그애 머리 뒤통술 보셨나요? 뒤통수가 파밀처럼 동그스름허구 매끈하게 생기지 않았습니까. 그래서 파쪽이란 별명이 붙은 거죠. 그런 앤 페니스가 이쁘게 생겼다나요. 결국 거칠은 성생활에 불감증이 된 창녀들이 그런 펨프 애들을 상대루 일종의 자위를 얻는 거죠. 그런데 파쪽하구 명자 사이는 양배추쌈치구두 이만저만한 양배추쌈이 아니었어요. 긴밤 손님이 있는 밤만 빼놓구는 언제나 둘이는 한 이불 안에서 잔대요. 그러면서두 아무일두 없대나요. 첨에 전 그소릴 곧이듣지 않았죠. 그 세계에선 열두어살만 되면 벌써 다 어떻게 된다는 걸 알구 있었으니까요. 그래 웃어줬드니 그애 말이 자긴 가만있지 않을 때가 많았다구요. 자긴 이미 열세살 때 그짓을 해봤다나요. 그런데 명자편에서 그러지 말구 지내자구 하더라는 거예요."
"나쁜 병이라두 있어서 옮겨줄까봐 그런가?"
"아뇨. 그런 병 없대요. 내자동에 와서 일년 반, 그전 다른 데서 일년 남짓 이렇게 삼년 가까이 그런 곳에 있으면서두 명자에겐 병이 없다는 거예요. 손님에게 꼭꼭 기굴 사용케 한다구요. 손님에 따라 마다구 할 적엔 제편에서 병이 있는 척 꾸며가지구 굳이 기굴 사용

케 한대요."
"대단한 여자로군."
"한번은 이런 일까지 있었대요. 그날 밤에두 긴밤 손님이 있어서 그애가 다른 여자 방에서 잤대나요. 다음날 명자가 그걸 알구선 그 여자한테 달려가서, 개만두 못한 년이라구 막 끄댕일 끄들구 싸웠다지 뭡니까. 그리구 그애더런 당장 목욕을 하구 오래는 거구요. 그러구 나서두 며칠 동안은 그앨 이불 속에 들어오지 못하게 하더라는 거예요. 그 다음부턴 긴밤 손님이 있어두 남자 친구들하구 잔다구요. 이렇게 진짜 오누이같이 지냈죠. 그래서 그앤 자기가 번 돈을 모두 명자에게 맡겨둔다드군요. 전에 말씀드린 대루 장차 어디 딴곳으루 가서 서루 의지하구 살 계획이었었거든요. 그랬는데 그 돈꺼정 갖구 도망을 쳤다는 거예요. 선생님, 한번 그애 애길 소재루 해서 작품을 쓰실 의향은 없으신가요? 실은 그제저녁 선생님을 내자동으루 모시구 갔던 건 그저 그런 곳 분위기나 알아두시라는 생각에서였지만, 오늘 그앨 만나 잠깐 얘길 들어보니 선생님이 옆에 계셨으면 무슨 참고가 되실 것같애서 나오시라구 한 겁니다."
내가 그저, 글쎄, 하고 내키지 않는 말을 했더니 정군은 자기가 그곳 생활 내용은 은어를 통해 얼마든지 제공해주겠노라 하면서,
"아마 파쪽이 오늘밤 안으루 그 명자라는 창녈 찾아내구야 말 겝니다. 낼 선생님과 네시에 만나자구 한 것두 그런 자신이 있기에 한 거죠. 그렇지만 말이죠, 그걸루 소설을 쓰신다면 이렇게 하면 어떻습니까? 명자를 아주 도망시켜서 영 못 찾게 합니다. 물론 명자는 어떤 부득이한 사정이 있겠지만 결국 파쪽과의 정의를 저버린 셈이 되지요. 그런데 명자는 어딜 가나 파쪽을 못 잊어 합니다. 그래 언제나 화분에다 파 한뿌리를 심어놓구 가꿉니다. 그리구 왜 파는 묘한 꽃을 피우지 않습니까? 그걸 바라보면서 파쪽을 생각하게 합니다. 아하하, 아주 유치한 게 돼버렸군요."
본시 소박하고 순수한 낭만성을 지니고 있는 정군은 내 창작 의욕을 북돋우기 위한 듯 이런 말까지 해주는 것이었다.

다음날 나는 약속한 시간에 다방으로 나갔다. 파쪽소년도 제시간

에 왔다. 아직 명자를 찾지 못했다는 것이다. 그는 어제와 같이 무표정한 얼굴로 간단히 이 말만 하고, 내가 무어든 시원한 것을 한 잔 마시라고 해도 굳이 사양하고는 그대로 돌아서 나가는 것이었다.
 집으로 돌아와 찬 물수건으로 땀을 훔치고 있는데 정군한테서 전화가 왔다. 아침 차로 떠난다더니 어떻게 됐느냐고 하니까, 함께 가기로 됐던 안내인이 사정이 있어서 내일 아침에야 떠나게 됐다고 하면서 지금 금방 다방에 들러보았는데 안 계시길래 전화를 걸었노라는 것이다.
 파쪽이 여태 명자를 못 찾았다고 하더라는 말을 하니,
 "그래요? 어제 형세룬 꼭 찾아낼 것같던데요. 그래 고향으루 찾아내려가겠답디까?"
 그런 말도 없이 못 찾았다는 얘기만 하고 곧 가버렸다고 하니까,
 "음, 그럼 알겠습니다. 안개구름…… 했군요."
 안개구름 다음 말귀가 분명치 않아,
 "안개구름이 어쨌다구?"
 "〈안개구름꼈다〉라는 말이 있습니다. 창녀가 도망을 가지 않습니까. 그걸 깡패나 펨프가 붙들었을 때 육체관계를 하구선 놔줍니다. 그걸 안개구름꼈다구 하지요. 안개구름끼듯이 모든걸 우물쩍해버리구 만다는 데서 왔죠. 안개구름끼는 행위는 형편에 따라 아무데서나 하는가부드군요."
 "안개구름끼다, 거 참 그럴 듯한 말이군."
 "그럴 듯하죠?"
 그리고 정군은 저들의 세계에는 보통사람이 상상도 못할 별의별 일이 많다고 하면서,
 "그런데 말입니다, 파쪽과 명자라는 창녀가 필시 안개구름꼈다를 한 모양인데, 선생님이 혹시 작품을 쓰신다면 보통처럼 육체관계까지는 시키지 말구 이렇게 하는 게 어떻습니까? 파쪽이 명자를 붙들어가지구 어느 장소루 갑니다. 참, 그게 자하문 밖 어디쯤이래두 좋죠. 제가 자하문 밖에 살아봐서 알지만 그곳에 자주 안개가 끼구, 그 안개가 여간 아름답지 않습니다. 파쪽이 명잘 붙든 날 저녁

에두 안개가 끼게 합니다. 그래 둘이서 안개낀 언덕에 앉아 얘길 시킵니다. 명자가 파쪽에게 아무말 없이 도망을 친 데는 그럴 만한 어쩔수없는 사정이 있습니다. 그 사정 얘길 파쪽은 말없이 듣구, 나중엔 말없이 명자를 다시 도망시켜 줍니다. 어떻습니까? 이렇게 되면 쎈칠까요?"
 정군은 여기서도 내 창작 의욕을 돋우려는 듯이 이렇게 말하고는 웃었다. 나도 따라 웃었다. 우리들의 웃음은 소설은 어쩌됐건 파쪽과 명자 사이가 그렇게 돼주었으면 하는 바람이 섞여있었다.

 방안에 가만히 앉아있어도 잔등에 땀이 끈적거려 집필은커녕 책 한장 읽을 도리가 없는 팔월달 한고비 더위라, 작년처럼 모래찜질이나 하리라 하고 한강에를 나갔다.
 한때는 나도 꽤 헤엄을 잘 치는 편이었다. 그것이 작년에 한강에 나와 보고 형편없이 서툴러진 데 스스로 놀란 일이 있었는데, 그게 올해에는 더 심해서 깊은 물속에는 겁부터 앞서 들어가볼 엄두도 내지 못했다. 몸이 무거워진 것이다. 이는 다른 원인보다도 술탓이라는 걸 나는 알고 있다. 그래서 새삼스럽게 앞으로는 술을 좀 삼가야겠다는 생각까지 해보는 것이었다.
 물에 들어가 더위만을 씻고 나와서는 주로 모래판에 누워 모래찜질을 했다. 첫날은 잠깐, 다음날은 좀 길게, 그 다음날은 또 좀 길게, 이렇게 모래찜질을 시작한 지도 한 주일 남짓 되어 피부도 한꺼풀 벗은 뒤라 이제는 웬만한 햇볕에는 마음놓고 쬐어도 괜찮을 만큼 된 어느날 오후, 나는 뜻밖에 이 한강 모래톱에서 파쪽을 만났다.
 좀전부터 나는 두어 간쯤 떨어진 곳에 한 여원 소년이 길게 엎드러있는 걸 보아 알고 있었다. 전신이 막 새빨갛게 익어있어서, 네 녀석 오늘밤 잠 다 갔다, 하고 속으로 쏜웃음을 웃었던 것이다. 그린데 이 애가 사이다를 사들고 와 고개를 젖히며 마시는데 보니 어디서 본 듯한 얼굴이었다. 그리고 그 얼굴이 파쪽소년의 이름을 생각해내게 했을 때는 그애 편에서도 사이다병에 입을 댄 채 무심코 나를 바라보고 있는 것이었다. 둘이의 시선이 마주치자 그는 대번

나를 알아본 눈치였으나, 그냥 고개를 젖히고 사이다를 몇 모금 더 마시고 나서야 일어나 이쪽으로 오며,
"혼자 오셨어요?"
하는 것이다.
 소년의 얼굴은 물론 눈속까지 빨갛게 익어있었다. 그래서 그런지 싸늘하니 무표정하던 얼굴빛에 화기가 져 보였다.
 그는 내 곁에 두 다리를 뻗치고 앉더니,
"정선생님은 아직 안 돌아오셨죠?"
한다.
"아마 오늘낼 돌아올걸."
 그러면서 나는 가까이서 보는 이 애의 육체가 너무 빈약함에 놀랐다. 자라는 애란 원래 살이 안 붙는 법이지만 옷을 입었을 때보다 너무나도 틀렸다. 양 어깨 밑이 폭 패이고 갈비뼈도 하나하나 드러난 데다가 배꼽 위는 가죽이 말려서 깊숙한 주름이 여러 개 생겨있었다. 거기에 가느다란 팔과, 종지뼈가 불툭 나온, 역시 가느다란 다리가 몸 전체와는 불균형스럽게 길어만 보였다.
 나는 이러한 소년의 몸을 훑어보고 나서,
"오늘 처음 강에 나온 모양이로군, 그렇게 단번에 태우믄 나중에 쓰라려서 견디나,"
하고 주의를 하였더니 소년이 그 말에는 대답지 않고,
"오늘 새벽에 명자가 죽었어요,"
한다.
 빨갛게 익은 얼굴빛과는 달리 음성만은 여전히 싸늘했다.
 기어코 붙들리고야 말았구나 하고 있는데,
"선생님과 만났던 그 다음다음날이에요……"
 점심때가 좀 지나 적선동 뒷거리를 지나다 배가 고파 길가에 있는 중국 음식점에를 들어갔다. 짜장면을 시켜놓고 있느라니까 저쪽 카운터 뒤에서 젊은 뽀이 둘이 무어라 수군대다가 파쪽의 시선과 마주치자 뚝 그쳐버리는 것이었다. 그중의 하나는 파쪽이 알 치였다. 명자한테 두서너 번 놀러 온 일이 있는 것이다. 파쪽은 옳구나 했다. 짜장면이 날려오자 젓가락을 홱 내동댕이치고 나서 그치 앞

으로 갔다. 그리고는 다짜고짜, 명잘 내놔라, 그렇잖음 〈다구리놓겠다〉고 소릴 질렀다. 이런 때는 우선 공갈을 때리고 봐야 하는 것이다. 그랬더니 그치가 쩔끔 물러나면서 고개를 설레설레 젓는 것이었다. 파쪽은 잡은참 안으로 들어갔다. 뒤에서 그치가 안쪽을 향해 무어라 중국말로 몇마디 고함치는 소리가 들렸다. 명자는 맨 안쪽 골방에 있었다. 문을 열어 젖히니 중국 뽀이 하나가 파쪽의 옆을 빠져 나갔다.

명자가 앞가슴을 풀어헤친 채 부시시 일어나 앉았다.

파쪽은 방에 들어가 선 채로, 명자는 제자리에 고개를 숙인 채, 둘이는 한참이나 말이 없었다. 그러다가 명자가 먼저,

"니한테는 쏙여왔지만 나는 남편이 있다. 저번 마지막 편지에 군대 나갔든 남편이 돌아왔다카는기 앙이가."

그리고 잠시 사이를 두어,

"나는 무신 짓이라도 해서 집에 갈라꼬 했다. 니한테 암말 않고 나온 거는 잘못이지만 니가 내 간 곳을 알고도 주인한테 모르는 체 하기가 거북할 것같애서 그랬다. 그르나 나와서 생각하니 니가 더 거북하드래도 알리고 올 거로. 근데 니 모은 돈꺼정 갖고 나오다니. 내 무신 욕심에 또 그랬을꼬. 자다가도 모를 일이꼬."

명자는 좀전에 베고 누웠던 보자기 속을 뒤지더니 손수건에 싼 것을 꺼내어 파쪽 앞으로 밀어놓는 것이었다. 파쪽은 모든것을 알 수 있었고, 이제 자기만 물러가면 그만이라 싶었다. 발끝으로 손수건에 싼 것을 도로 명자 앞으로 밀었다. 그러자 명자는 무엇을 생각했는지 파쪽을 한번 쳐다보고는 치마를 걷어올리면서 보자기를 베고 번듯이 드러누워 죽은 듯이 움직이지 않는 것이다. 안개구름 꼈다를 하자는 것이다. 멍하니 서있는 파쪽의 두 다리가 갑자기 후들후들 떨리기 시작했다. 거기 더 오래 서있을 수 없었다. 그곳을 뛰쳐나와 마구 달렸다.

"눈 위에 쓰러져있던 누나가 생각났어요."

1·4 후퇴 때 파쪽은 살아남은 누이와 단둘이 밤중에 눈덮인 들판을 걷고 있었다. 저만치 앞에 그리고 저만치 뒤에 같은 피난민들이 몸을 움츠리고 무거운 걸음들을 옮기고 있었다. 거기에 난데없이

뒤가 환해지면서 접차 한 대가 바로 옆에 와 멎더니 살갗 다른 군인 둘이 내렸다. 그리고는 한 자가 누이의 손목을 잡고 길 아래로 끌었다. 누이가 악을 쓰며 요동을 쳤다. 옆에 있던 다른 한 자가 누이의 가슴에 겨눴던 권총을 파쪽의 이마로 옮겨다 댔다. 누이가 주위를 둘러보고는 잠잠히 끌러 내려갔다. 한참만에 누이가 내려간 곳에서 총소리가 들렸다. 낯선 군인 둘이 돌아와 접차를 타고 어디론가 가버렸다. 그제야 파쪽은 누이가 있는 데로 달려 내려갔다. 아랫도리를 헝클이고 번듯이 누운 채 누이는 움직이지 않았다. 그저 몸에서 흘러나온 검은 액체가 흰 눈 위에 번지어나가고 있었다. 파쪽은 더럭 겁이 나 마구 달렸다. 저만치 앞에서 그리고 저만치 뒤에서 같은 피난민들이 묵묵히 무거운 걸음들을 옮기고 있었다.

"그때의 누나같은 꼴을 하구서…… 어쩌자는 건지 아시겠죠? 꼰대한테 달려가서 명자 있는 델 알렸죠. 집으루 끌어다놓구 꼰대가 막 치구 밟구 하드군요. 그치만 명자가 죽는 소릴 치는 걸 듣구두 난 내가 한 일을 조금두 잘못했다구 생각지 않았어요."

전과 같이 파쪽은 손님을 끌어다주고, 명자는 그 손님을 받고, 손님이 돌아간 뒤에는 둘이 한방에서 잤다. 그러나 한이불 속은 아니었다. 파쪽은 꼰대가 명자를 감시하라고 해서 한방에서 자는 것뿐이었다. 밤마다 명자는 잠을 제대로 이루지 못하는 눈치였다. 닷새가 못되어 명자는 밤중에 앓는 소리를 했다. 여지껏 안 걸렸던 좋지 못한 병까지 옮은 것이었다. 그러나 파쪽은 모른 체했다.

"근데 오늘 새벽예요. 이상한 소리가 나서 일어나 보니까 명자가 막 몸을 뒤틀구 야단 아녜요? 쥐약을 먹었대요. 날더러 죄꼬만 소리루 다리를 좀 쳐들어 달라구 애원하는 거예요. 〈비행기과자〉를 해서 어서 죽구 싶다는 거죠. 해달라는 대루 해줬죠. 아주 죽은 걸 보구 나서 꼰대한테 알렸어요. 꼰대가, 그년이 몇 만환짜린데 한방에 자면서두 죽는 걸 몰랐느냐구 내 뺨을 막 갈기드군요. 아프지두 않구 되레 씨원했어요. 그리구 나서 이리루 나왔죠."

여기까지 거의 무감동한 어조로 이야기하고 난 파쪽은,

"작년 여름에두 명자가 나더러 몸이 약하니 한강에 나가서 몸을 좀 태우라구 그렇게 성활했는데두 한 번두 못 나왔죠. 올해는 좀

태워야겠어요. 자, 그럼 물속에 한번 들어갔다 나오겠어요. 이것 잡수세요."

그는 손에 들고 있던 사이다병을 내게 건네더니 일어섰다. 그리고는 여윈 등의 어깨뼈를 크게 움직이며 물을 향해 달려가는 것이었다.

나는 정군의 말이 생각나 그의 뒤통수를 바라보았다. 그럴싸라 해서 그런지 목덜미로 흐르는 뒤통수의 선이 고와 보이었다.

그가 준 사이다로 목을 축였다. 사이다가 미지근했다. 두어 모금 마시고 나서 강물 쪽을 보았으나 옥작거리는 사람들 속에 지금 그 소년이 어디쯤 있는지 알아볼 수가 없었다.

1958 십일월

할아버지가 있는 데쌍

　실은 한 칠팔년 전부터 선조의 한 분을 작품화해보려는 생각을 해오면서도 오늘날까지 그걸 이루지 못하고 있다. 그 선조란 내 육대 방조로, 생각할 염念자 할아버지 조祖자, 즉 세상에서 말하는 황고집의 손자되시는 분이다.
　내가 염조 선조의 생애를 작품화해보고 싶어진 데는 한마디로 말해서 그분이 내게 가깝게 느껴지기 때문인 것이다.
　세칭 황고집으로 불리우는 조선은 물론 인물도 훨씬 커서 가히 현인급에 드실 어른이시다. 세인들은 당신을 고집이란 말에서 꼽재기란 말로 와전시켜가지고 여러가지 우스갯말을 조작해놓고 좋아하지만 내 생각으로는 우리 민족의 메마른 일상생활에 어떤 웃음과 해학을 가져다줄 수 있었다는 것만도 이 선조가 베푼 은덕의 하나가 아닌가 한다.
　한 사년 전 어느날 저녁, 몇몇 친구가 김동리의 백씨 범부선생을 모시고 약주를 나눈 일이 있었다. 그때 무슨 이야기 끝엔가 이 선조가 화제에 오르게 되었는데 그러자 범부선생이, 황집암이야말로 우리나라 경제면을 미리 통찰하신 분이다, 누가 담 너머로 생선을 던지니까 밥도둑이 왔다고 도로 집어던진 데는 지대한 교훈이 품겨져있는 것이다, 세상에 공것이란 없는 법이다, 누가 거저 준다고 태평스럽게 넓죽넓죽 받아만 먹다가는 나중에 코다칠 날이 있는 것이다, 하는 말을 하여 좌중을 조용하게 한 적이 있다. 이렇듯 아는 이만은 집암공의 일화나 행적에서 어떤 뜻을 찾아내고 있는 것이다.

아마 그자리에선가 싶다. 내가 이 선조의 손이 되시는 염자조자 조선의 이야기를 작품으로 쓰고 싶지만 족보조차 수중에 없는 형편이라 손을 못 대고 있노라는 말을 했더니, 곁에 앉았던 동리가 자기에게 〈逸士遺事〉라는 책이 있는데 거기에 황고집편이 있더라고 하면서 혹 참고가 되겠으면 가져다주겠노라고 했다. 이튿날 김형이 다방으로 그 책을 가져다주었다. 옛날식으로 실밥이 곁에 드러나게 제본한 책으로 총 페이지수 234면. 발행날짜 1922년 십일월 10일. 편자 嵩陽山人 張志淵. 내제에 吳世昌. 이른바 고사와 일사, 그리고 행실이 뛰어났던 부녀들의 사적을 간단히 적은 책자다.

이 책자에 의하면 서두에「黃固執은平壤人이니名은順承이오」하고는 잠깐 가문에 대한 설명이 있은 뒤「順承의性이硬直ᄒᆞ야言必信ᄒᆞ며行必果ᄒᆞ야無所回撓故로時人이名之曰固執이라ᄒᆞ야無少長男女히咸稱黃固執일시公이欣然不以介意ᄒᆞ고因自號曰執庵이라ᄒᆞ더라」당신의 성품이 굳세고 곧으셔서 말씀한 바에 반드시 신의가 있고 한번 무엇을 행하시면 끝까지 실행하여 조금도 굽히는 일이 없는지라 세상 사람들이 모두 황고집이라 부르게 되자 당신은 조금도 개의치 않고 오히려 이로써 호를 삼아 집암이라 했던 것이다. 그만큼 당신은 초탈한 성품의 소유자이시기도 했던 것이다.

먼저 당신을 생각할 때 내 머리를 떠나지 않는 것은 효성이 지극하셨다는 점이다. 그래 당신의 부모나 조선을 받드는 마음은 곧 다른 사람의 조선에 대해서도 무관심할 수가 없었다. 「其所居宅舍要路에架橋者一以舊壙灰로築之ᄒᆞᆫ듸公이以爲墓物을不可踐踏이라ᄒᆞ야每避橋涉水行ᄒᆞ더니一日은夜歸홀시有盜伺橋傍ᄒᆞ야欲却搶衣服이라가見其捨橋徒涉ᄒᆞ고盜相縮舌曰此固執也로다屛息俟其過라」비록 주인 없는 옛무덤의 광중 흙을 파다 만든 다리라 할지라도 차마 발로 밟고 다닐 수 없다 하여 번번이 발을 뽑고 냇물을 건너셨다. 당신의 고집은 이런 데서 비롯했던 것이다. 어떤날 밤 그 다릿목을 지키던 도둑까지도 당신이 발을 뽑고 건너는 것을 보고 이는 황고집이 틀림 없다고 숨도 제대로 못 쉬었던 것이다.

당신의 효심의 발로가 낳은 일화가 허다한 가운데 이런 일도 있었다. 당신께서 한번은 평양서 북으로 한 칠십리 상거한 마람이란 곳에 있는 선영에 가셨다가 밤늦게 나귀를 타고 돌아오시다였다. 평양 근교에 이르러 도둑을 만나 타고 오시던 나귀를 빼앗겼다. 그 때 당신은 나귀에서 끌려내리우자 손에 들고 있던 채찍까지 도둑에게 내주며 이르기를, 이 나귀는 사나워서 다루기에 힘이 드니 말을 안 듣거든 이것으로 달래어라, 네 도둑의 몸이라 나귀에게 채여 몸이 상하기로서 무어 대단할 것이 있겠냐마는 네 부모로서 볼 때 역시 너는 다시없이 소중한 몸이 아니겠느냐, 그를 생각해서 그러노라, 하셨다. 이 말을 들은 도둑은 당신의 발앞에 엎드려 참회의 눈물을 흘리며 한참 동안 일어날 줄을 몰라했다. 이날밤 이렇게 당신이 도둑을 감복시킨 곳이라 하여 지금도 평양 근교 북촌을 가리켜 〈감복〉이란 말이 전음된 〈감북이〉라 부르고 있다.

조상에 대한 당신의 성심은 극진하여 「每有祭祀면 必躬買祭品호되 雖廉價라도 不與之爭은 爲其奉先也라」 제사때마다 당신이 손수 제품을 살 뿐 아니라 상인이 부른 값을 깎지 않으셨다. 이를 기화로 하여 장사치들이 제사때는 부러 비싸게 팔곤 했으나 당신은 일체 값을 깎는 법이 없으셨다. 전하는 말에 당신은 제사가 있기 한 달 전부터 목욕재계를 한 후 부정한 것을 만지지 않기 위해 소변을 볼 때도 갈고리를 사용했다고 한다. 그런데 이 불초 후손은 제사나 차례를 지내지 않고 있다. 그리고 반드시 제사나 차례를 지내야만 조상을 위하는 길이라고도 생각지 않고 있다. 그러나 다른 조상은 그만두고라도 부모나 자기가 친히 뵈온 일이 있는 조부모의 생신과 기신만이 기억해뒀다가 그 하루를 기념하는 일은 필요하지 않을까. 살림 형편에 따라 집안식구들끼리 국밥을 나누어도 좋다. 그렇지 못할 경우에는 자기 혼자라도 무방하다. 단 일분간이든 몇초 동안이든 부모나 조부모의 모습을 가슴에 다시 살려본다는 것은 있어서 좋은 일이 아닐까. 그런데 이렇게 말하는 나 자신이 그것마저 실행 못하고 있다. 한식이나 추석 때 조부모의 산소에 성묘를 못하는 것은 38선이 막혀 할 수 없다는 핑계가 설지 모르나 생신과 기신마저 까맣게 잊어버리고 그냥 지나치기가 일쑤이니 변명의 여지가 없는 것이다. 이러한 나는 집암공의 조선을 위한 성심이 문득 머리를 스칠 때마다 참괴의 염을 금치 못하곤 한다.

할아버지가 있는 데쌍 103

물론 당신의 행장 중에는 현대인으로 도저히 흉내낼 수 없는, 그리고 흉내낼 필요조차 없는 것이 있기도 하다. 「嘗因事上京城이라가 聞京中友人死ᄒᆞ고同件이要偕行ᄒᆞ되不聽曰吾ㅡ今行은非爲友哀也니奚可因便而吊之리오ᄒᆞ고遂還鄕이라後에專行來吊ᄒᆞ니 其所行이多類是也라」 서울과 평양 사이 오백오십리. 나귀 편으로 한쪽 길만도 한 주일은 실히 걸리는 도정. 그곳을 올라오셨다가 친구가 세상을 떠났다는 말을 듣고 이번에 당신이 상경한 것은 그 친구를 문상하기 위한 것이 아니니 어찌 곁들여서 조상할 수가 있으리오 하고 평양까지 내려가셨다가 다시 조문만을 위하여 상경하셨다는 것이다. 오늘날과 같이 분망한 세상에서는 말할 것도 없고 그당시에 있어서도 이는 분명히 한갓 기행에 지나지않는 웃음거리밖에 되지 않았으리라. 그러나 이 또한 나에게는 적잖은 교훈이 되는 것이다. 간혹 범연한 사이가 아닌 친구의 집에 대사가 있어 통지를 받곤 한다. 전차나 버스를 이용하면 불과 이삼십 분도 걸리지 않을 거리다. 그리고 그만한 시간을 내지 못할 만큼 바쁜 내 생활도 아니다. 저녁마다 친구들과 술타령을 하거나 공기 불순한 다방에 앉아 잡담으로 몇 시간이고 보낸다. 결국 성의가 부족한 것이다. 그러다가 길거리나 다방에서 그 친구를 만날라치면, 오늘쯤 꼭 찾아가 보려던 참이라고 속에도 없는 말을 지껄여버리는 것이다. 언제고 이러한 나 자신에게서만이라도 벗어날 수 없는 것일까.

당신은 또 절조있는 분이시었다. 「或因官府邀請ᄒᆞ야赴宴會면ㅡ不顧眄妓樂일시或欲試之ᄒᆞ야强使沉酣이라도亦不能也러라」 당신께서는 약주를 잡숫되 절도가 있으셨고 곁의 기녀일랑 거들떠보지도 않으셨다. 이야말로 이 불초 후손에 대한 직접 훈계가 아닐 수 없다. 워낙 나는 술을 좋아하여 몸을 돌보지 않고 마신다. 곁에 이쁜 색시라도 있어 술을 따라주면 더 마시게 마련이다. 본시 건망증이 있기도 하지만 들고 나갔던 우산을 잃어버리기 일쑤요, 쓰고 나갔던 모자를 어디 벗어 놓았는지 모를 때가 많다. 애당초 집암공 선조의 흉내는 못내더라도 앞으로는 들고 나갔던 물건이나 잃어버리지 않도록 힘써야겠다.

당신은 또 근면하신 어른이었다. 「嘗耘田이라가投害虫於鄰田ᄒᆞ되

田主怒之어늘曰何反投我田고我投爾投라도但勿令傷稼而已니何必殺之之爲리오」 당신이 몸소 들로 나가 김을 매야 할 만큼 살림이 궁핍하지는 않으셨다. 당시의 선비들모양 여름철에는 바람 잘 통하는 사랑에 죽침을 높이 괴어 베고 누워서 한가로이 부채질이나 하고 계시지 않고 친히 들로 나가 김을 매시고 벌레를 잡아주셨던 것이다. 그런데 다음이 재미있다. 당신이 김을 매시다가 벌레를 잡아 옆밭으로 던졌더니 그 밭 주인이 이를 보고 노하거늘 당신께서 가로되, 어째서 그 벌레를 도로 이리 던지지 않는고, 내가 던지고 그대가 던져서라도 낟알포기만 상하지 않으면 그만이니 하필 벌레를 죽여 무엇하리오. 얼핏 생각하면 당신께서 옆밭 주인이 없는 줄 알고 그리 벌레를 던졌다가 발각되어 궁한 나머지 그런 소피스틱한 답변을 한 것처럼 보기 쉽다. 그렇지만 천만에! 당신의 성격이나 행적으로 미루어 곁에 보는 사람이 없다고 해서 그런 좀된 일을 하셨다고는 도저히 생각키 곤란한 것이다. 그보다는 옆밭 주인이 있는 줄 알고, 아니 있기 때문에 일부러 그랬을 것이라고 봄이 옳을 것이다. 아마 그 밭 주인은 어지간히 게을러서 자기 밭의 김도 잘 안 매고 벌레도 잡아주지 않았던 것이리라. 그래 그에게 은근히 자극을 주기 위한 뜻에서 부러 하신 일임에 틀림없는 것이다. 그리고 여기서 한 가지 또 엿볼 수 있는 것은 그처럼 근엄한 사생활 속에서도 당신은 이렇듯 유머를 간직하고 계셨다는 점이다.

당신께서 옆밭 주인이 없는 줄 알고 벌레를 던졌다가 들켜 궤변을 농했다고 볼 수 없는 증거가 여기 있다. 본디 당신께서는 자신의 실수나 미급됨이 발견됐을 경우에는 그것이 아무리 수하사람과의 사이에 된 일이라 하더라도 즉각에 그것을 고칠 만큼 겸허하신 어른이시었던 것이다. 필시 그때 옆밭 주인에게 어떤 교훈을 주기 위한 행위가 아니고 당신의 실수였던들 곧 그 사람에게 사과하고도 남을 만한 아량까지 가지고 계셨으리라고 본다. 「嘗爲子娶婦ᄒ야新歸于家라明朝에禮當拜舅姑홀시公이早起整衣冠ᄒ고入內堂ᄒ야上堂坐良久의新婦尙不出이어늘公이訝之ᄒ야呼婢問新婦梳洗未아對曰未明에已梳了니이다然則何不出見我오對曰將待老爺一朝謁祠堂然後에出謁이로소이다公이悚然驚歎曰然ᄒ다是哉言乎여曰拜祠堂은固禮어늘但吾所

未能行者니 始自今日로吾且行之호리라ㅎ고卽具上服ㅎ고就拜家廟然後에 新婦―方出謁ㅎ니 公이喜曰新婦―能敎我以禮ㅎ니 眞我家婦也라自是로益敬重其婦러라」 새며느리에게까지 당신의 미급됨을 솔직히 시인할 수 있었음에랴. 한편 당신의 며느님 또한 신행한 첫날 아침 감히 시아버님께 예의범절의 절차를 진언할 수 있었다는 것은 가위 그 시아버님에 그 며느님이라 하겠도다.

당신은 또 노력가이시어서 만년에 이르러서도 독서를 게을리하지 않으셨다. 「晩又好讀書ㅎ야講究經義ㅎ야頗有自得於心而律己甚嚴ㅎ고齊家有法이라其子孫이甚蕃衍ㅎ야受學於家庭ㅎ야亦多乃祖之風ㅎ더라」 늙마에 심심파적으로 하는 독서가 아니었다. 항상 경서의 뜻을 강구하여 마음에 새겨 얻은 바를 가지고 당신의 일상생활의 엄준한 벼리로 삼았던 것이다. 자연 집안을 다스림에 법도가 설 수밖에 없었다. 그래서 그 자손이 번성하여 가정에서 배움의 길을 닦아 이 선조가 남긴 가풍을 좇는 이가 많다는 말이 나오게 된 것이다.

당신이 남긴 가훈은 고향에 있을 때 병풍으로 만들어둔 일도 있었지만 불민 부덕한 이 불초 후손은 그 가훈 중 어느것 하나 제대로 지키지 못함은 물론, 그 문면조차도 전부 잊어버리고 만 것이다. 참괴스럽기 짝이없다 할 것이다.

당신께서 춘추 얼마에 세상을 떠나셨는지도 족보를 못 가진 나로서는 상고할 길이 없다. 하지만 무엇에 연유한 일인지는 몰라도 당신은 적어도 팔순은 수하였으리라는 생각이 드는 것이다. 당신을 생각할 때마다 거의 모발이 없는 후두에 조그마한 상투가 올려져 있고 구레나룻만은 성성히 드리워져있는 모습이 떠오르곤 하는 것이다. 크지 않은 키에 용모도 세칭 고집이라는 말이 연상시키는 억세고 굳은 선이 아니고 동그스름하고 부드럽게 윤곽지어진 얼굴은 혈색이 좋고 미간에는 주름살 하나 없는 팔순 노인. 언제 안색을 변해가지고 누구를 호되게 꾸짖어본 일도 없을 성싶은 온화한 용자이신 것이다. 따라서 〈일사유사〉에도 「外史氏曰我鮮人이遇有膠固執拗者ㅎ면必詆之以黃固執이라ㅎ니其名이迨遍於一國ㅎ야遂作閭巷之常談矣라」 했듯이 후세의 별의별 고집쟁이 이야기, 별의별 꼽재기 이야기, 심지어는 별의별 사람들이 제멋대로 조작해낸 잡스러운 이야기까지 모두 당신의 소행으로 뒤집어씌우더라도 탓하지 않고 그냥 흔연히 받아들일 수 있는 너그럽고 깊은 마음씨를 지니셨던 것이다. 그러면서 저녁에 사랑방에서 등잔을 돋우고 독서를 하실 때같은 때는 아무도 발소리를 내고 그 근처를 지나가지 못할 만큼 근엄하신 데가 있었던 것이다. 역시 보통사람으로서는 미치지 못할 현인의 경지에 이르렀던 어른으로 보는 것은 편협된 나 혼자만의 해석일까.

이 집암공에 비겨 손자되는 염자조자 선조께서는 또다른 성격의 소유자이시었다. 몹시 태강하시었던 어른, 그래서 태강즉절이라는 말대로 당신의 수를 다하시지 못했던 분이신 것이다. 끝내 당신으로서도 어찌할 도리가 없었던 한 인간으로서의 이 결함된 성격이 왜그런지 내게는 도리어 가깝게 느껴지는 것이다. 그리고 그것이 이 선조를 한번 작품화시켜보리라는 불손한 생각까지 일으키게 했던 것이지만 아직 내게 당신의 인간상을 부각시켜놓을 만한 역량이 구비돼있지 못함을 어찌하리오. 더구나 고향에라도 갈 수 있는 몸이라면 족보와 문집 그리고 족장 어른들한테서 참고될 말씀도 들을 수 있으련만 현재로는 그것도 안되고, 게다가 어려서 들은 당신에 관한 이야기도 미련한 이 불초 후손은 거의 다 잊어버리다시피 했으니 이제와서 후회한들 또한 무엇하리오.

〈일사유사〉에도 이 선조에 대해서는 집암공편 끝에 짤막이 「至其孫念祖ㅎ야以文學으로稱이러니沈相某一少時에嘗受業于念祖홀시以其父同名으로請改之어늘念祖不聽ㅎ고責之曰焉有以其父之同名으로求改長者之名乎아沈이銜이라因此辭去러니後에沈이按察于平安監營ㅎ야搆念祖以罪而杖殺之ㅎ니西人이以此寃之云이러라」고만 적혀있을 따름이다.

워낙 탁월한 시인은 나뭇잎 하나 움직이는 자세를 보고도 인생을 읊을 수도 있는 것이고, 유능한 작가라면 우연히 버스 안에서 마주 앉게 된 사람 하나를 관찰함으로써 한편의 소설을 만들어낼 수도 있는 것이다. 비록 내 천학 비재라 하더라도 〈일사유사〉에 기록된 부분만 가지고서도 상상력만 동원시키면 어줍잖은 작품을 얽어놓을 자신이 전혀 없는 것은 아니다. 그러나 될 수 있는 한, 많은 자료를 수집해가지고 그것을 밑바탕으로 하고 싶었던 것이다. 이는 내 선조에 관한 것이라 신중을 기하려는 뜻도 없지않으나 그보다도 무릇 실명을 내세우는 작품이란 우선 사실에 입각해야 한다는 당연한 상식에서다.

그런데 실은 위에 인용한 〈일사유사〉의 기록부터가 내가 알고 있는 사실과는 틀려 나를 어리둥절하게 만들고 있다. 위의 기록에서는 심상 모라는 사람이 일찍이 염조 선조한테 학업을 배울 때 그 이름이 자기 아버지의 것과 같다 하여 이를 고치기를 청하므로 염조 조선이 듣지 않고 책망하여 가로되, 어찌 네 아버지의 이름과 같다 하여 웃어른의 이름을 고치라고 하느냐 한즉, 심 아무개가 대단히 못마땅히 여겨 당신의 밑을 떠나더니 후에 안찰사로서 평양 감영에 와 죄를 꾸며가지고 염조 선조를 장살했다는 것으로 되어있는데, 내가 지난날 어른들한테 들은 이야기는 그렇지가 않은 것이다. 일찍이 염조 선조께서 서울 공부를 가셨을 때 일이라는 것이다. 같은 서숙에 심 아무개라는 소년이 있었다. 이 애 아버지의 이름이 염자 조자였던 것이다. 하루는 이 애가 염조 조선에게 말했다. 네 이름을 부를 때마다 꼭 내 가친의 함자를 부르는 것같으니 그 이름을 고쳐라. 심 아무개의 그후 행위로 보아 그렇게 명령조로 나왔으리라는 것은 상상키 어렵지 않다. 한편 염조 조선의 대꾸는 더 과격했을 것이다. 뭣이 어째? 이 시러베자식놈아, 이래 봬도 내 이름은 우리 할아버지께서 지어주신 이름이다, 숫제 네 애비 이름을 갈아라. 당신께서 이런 대꾸쯤 했으리라는 것도 역시 당신의 그후의 처신을 종합해보면 추측이 가는 것이다. 이에 심 아무개가 어디 두고보자고 앙심을 품게 됐으리라는 것도 이해하기 어렵지 않다. 그것을 심 아무개가 염조 조선 밑에서 글을 배우는 몸으로 자기 가친의 이름과 스승의 이름이 같다고 해서 이를 고치라고 했다는 것은 아무리 생각해도 사리에 맞지 않는 것이다. 대체 군사부일체라고 해서 스승 생각하기를 어버이처럼 여겼던 사상이 풍미했던 시대에 더구나 심상 모라고 해서 나중에 재상까지 지낼 수 있은 가문에 태어난 사람이 무엄하게 자기 스승을 향해 그런 망령된 언사를 할 수 있었을까. 또 한가지, 내가 알기에는 염조 선조께서 서울에다 서숙을 세웠을 리 없었다는 것이다. 어디라고 그 당시 서북 사람으로서 서울에다 서숙을 세우고 양반집 자제를 가르칠 수 있었겠는가. 당신께서 서생들을 가르치셨다면 평양에서일 것이고, 그것도 외성 자택 사랑에서 찾아오는 청소년에 한해서이었을 것이다. 그렇다면 그 문생들의 거의 전부가 관서지방 청소년이었을 것이다. 그러나 내 문견이 옅은 탓인지는 몰라도 관서지방 출신의 심씨로서 그당시 재상을 지낸 사람이 있다는 말을 일찍이 들은 바 없다. 결국 그 심 아무개라는 사람이 염조 선조 밑에서 수학을 한 일이 있다면 먼 타지방에서 찾아왔던 것이 틀림없는데 그처럼 당신을 흠모하여 멀리 찾아왔던 서생이 어떻게 존경하는 스승더러 감히 함자를 고치라는 발언을 했을까보냐. 암만해도 염조 조선과 심 아무개는 사제지간이 아니고 동학지간이었다는 데 더 신빙성이 있다고 보아야 할 것이다.

　그리고 〈일사유사〉에는 심 아무개가 후에 안찰사로서 평양에 왔을 때 염조 조선에게 죄를 얽어씌워 장살했다고만 씌어있는데, 그 꾸며낸 죄목에 대해서도 지난날 어른한테 들은 게 있다. 염조 선조를 조정에 역심을 품고 있는 모반자로 몰았던 것이다. 그 증거로 당신이 지은 시 한 구절을 들고 있는 것이다. 〈일사유사〉에도 「至其孫念祖ᄒ야以文學으로稱이러니」 했듯이 염조 선조께서는 시문에 능하셨던 모양으로 당신의 문집도 남아있으나 위에서도 말한 바와 같이 지금 내 수중에 없어 살필 길이 없음이 안타깝다. 우둔한 이 후손은 소위 죄목에 걸린 그 시조차 전부 외지 못하고 있지만 그중에서 특히 심 아무개가 불궤의 뜻을 품었다고 지적했다는 구절만은 기억하고 있다. 당신이 송도를 지나면서 읊은 시의 한 구절인 것이다. 不忍醒過滿月臺 차마 맑은 정신으론 만월대 앞을 지나기 힘들고나. 그래 이 구절이 어쨌단 말인가. 그러나 이제나그제나 모함하려고 들면 무엇을 가지고도 트집을 잡게 마련인 것이다. 더구나 재상이요 안찰사라는 특수 권력을 가진 층에서는 하찮은 일을 가지고도 수월히 남을 해칠 수 있는 것이다. 어쨌든 위의 시구를 가지고 이는 고려조를 상기껏 추모하여 조정에 역심을 품은 표시라고 단정을 내렸던 것이다. 이렇게 당신께서 고려조를 추모한다는 말을 억지로나마 가져다 붙일 수 있는 근거가 없는 것도 아니다.〈일사유사〉에도 제안 황씨는 「高麗時에 封齊安君ᄒᆞ야 貫于黃州라가 後에 徙居平壤之仁賢里ᄒᆞ야 族姓이 甚繁ᄒᆞ니 世所稱外城黃氏者一爲關右名族이라」 하였듯이 고려조에 제안군으로 봉함을 받았던 것이다. 그러나 고려조에서 이미 삼백여년이 지난, 그리고 이조도 말엽 가까이 된 그즈음에 시 한 구절을 가지고 상기껏 고려조를 추모하여 조정에 역심을 품었다고 단죄를 내렸다면 그것은 지나친 억지가 아닐까 한다. 하여튼 염조 선조께서는 이렇게 되어 장형을 받아 돌아가셨던 것이다.

당신이 장형을 받아 세상을 떠난 날에 생긴 이야기도 전해져 내려오는 게 있다. 당신이 곤장에 맞아 운명하는 순간 심 아무개도 피를 토하고 죽었다는 것이다. 장살을 하라고 명해놓긴 했으나 심 아무개도 마음이 편할 리가 없었으리라. 그 이유는 어떠했든 한 친구였던 사람을 죽이지 않으면 안되었다는 것은 마음 괴로운 일이었으리라. 그래 그것을 잊기 위해 심 아무개는 대동강에 화방을 띄우고 주연을 베풀었던 것이다. 그러다가 염조 조선이 장형으로 돌아가시는 바로 그 시각에 심 아무개도, 황염조가 내 머리를 친다, 하고 소리를 지르면서 그 자리에 피를 토하고 고꾸라졌다는 것이다. 심리학적 견지로 보아 전혀 있을 수 없는 현상은 아니다. 암만해도 자기 처사가 옳지 못하다는 생각에 잠겼다가 급작스런 심장마비라도 일으킬 수 있는 것이다. 혹은 본디 혈압이 높다가 우연히 같은 시각에 뇌일혈같은 것을 일으켰는지도 모를 일이다.

염조 선조께서는 아드님 세 분을 두었었다. 맏아드님의 이름은 산이 높고 클 장嶈, 둘째아드님은 산 불끈 솟을 숭崧, 세째아드님은 산 형체 융崳. 염조 선조가 돌아가신 뒤 사람들의 입에 숭능 두 사발이 장 한 사발만 못하다는 말이 오르내렸으니 말하자면 둘째아드님과 세째아드님 둘이 맏아드님 하나를 당하지 못한다는 뜻이다. 이런 말이 나오게 된 연유가 있었다. 원래 성품이 태강하신 염조 선조께서 대인관계에 있어 늘 상대방의 기분을 상하게 하는 일이 빈번하였으리라는 것은 짐작키 어렵지 않다. 집암공께서는 전무후무한 고집이시면서도 궁극적인 의미에서 거기에는 인간의 도리라든가 심정에 어떤 미묘한 조화를 이루고 계셨지만, 염조 선조에 있어서는 그것이 그냥 폭발되곤 했던 것이다. 그때마다 상대방을 찾아다니며 뒤를 풀어주곤 한 사람이 맏아드님되는 장이었다. 그런데 이 맏아드님이 조세하여 당신이 장형을 맞아 무고하게 세상을 떠나실 때는 곁에 없었던 것이다. 혹시 맏아드님 장만 살아있었던들 그런 참변은 당하지 않았을는지도 모른다고 사람들은 생각했던 것이다.

  대인관계에 있어서 실수를 저지르신 이야기 가운데 내가 들어 기억하고 있는 게 하나 있다. 언젠가 당신께서 서울 올라가셔서 어느 대관댁에 들렀을 때 일이다. 마침 그곳 주인이 누구와 사랑에서 바둑을 두고 있는데 아까부터 어떤 선비 하나가 저만치 꿇어엎디어 성천 부사자리가 비었습니다, 하는 것이다. 그러나 주인은 바둑에 정신이 팔려 들은 척도 않는 것이다. 염조 선조께서 보다못해, 알았네, 하여 그 선비를 돌려보냈다. 나중 주인에게 그 말을 했더니, 황공이 그렇게 말해 보냈으면 할 수 없지, 하고 그 사람을 성천 부사로 임명했다. 그런 지 얼마 후였다. 당신께서 고향에 내려와 무슨 일로 성천 방면으로 가시게 되었다. 그 도중에 성천 부사 행차와 만나게 되었던 것이다. 취타를 불고 치고, 앞에 선 군노사령이 어령쉬이 쳇가라 물렛가라 하며 한길에 사람의 그림자도 얼씬 못하게 하는 판이었다. 거기에 당신께서는 나귀를 타신 채 그냥 가던 길만 재촉하여 행차 앞으로 다가들어갔던 것이다. 군노사령이 가만있을 리 없었다. 당신을 나귀에서 막 잡아 끌어내렸다. 그제야 사인교 위에서 부사가 누구라는 걸 알아보고 황급히 내려와, 외성 황선생이 아니시냐고, 미처 몰라 뵈어 죄송스럽다고 정중한 사과를 했다. 그만하면 부사로서 당신에게 대한 예의는 섰다고 볼 수 있다. 그러나 당신은 다짜고짜, 그래 눈은 뒀다 뭣에 쓰자는 거냐고, 쥐고 있던 담뱃대로 부사의 한쪽 눈을 찔렀던 것이다. 그만 부사는 그날 일수가 사나웠다고 하면서 행차를 돌려버렸다. 이렇듯 염조 조선은 지나치게 성벽이 거셌던 것이다. 아마 당신으로서도 어쩌지 못한 숙명적인 성벽이 아니었을까 한다. 집암공의 남기신 가훈을 깡그리 잊어버린 이 불초 후손과는 달리, 당신께서는 할아버님의 교훈을 친히 받아 그것을 실천하기에 애썼을 것이다. 그러고도 종내 그 성벽을 고치시지 못한 그것은 하나의 고질이 아니었을까. 모르긴 해도 당신의 맏아드님 장이 오래 살아서 당신의 뒤를 풀어주었다 해도 끝내는 별도리가 없었으리라고 본다. 그러나 나는 도리어 이러한 당신의 결함있는 성격이 어쩐지 더 내게 가깝게 느껴지는 것이다. 실은 당신을 작품화해보고 싶은 생각을 일으켰던 것도 여기에 있는 것이다.

그러나 아직 나는 당신을 작품화시킬 만한 자료 수집도 전혀 못하고 있다. 게으른 탓이다. 그러다가 요즘 문득 이 선조의 생애를 다시 좀 알아보고 싶은 생각이 나, 그 한 방도로서 우선 심 아무개라는 사람의 정체를 한번 조사해볼 마음이 생겼다.

아직껏 우리나라 사람의 손으로 된 인명사전이 없는지라 손 가까이 있는 모 출판사의 백과사전을 뒤적여 보았다. 그러나 처음부터 나는 이 백과사전이라는 것에 그다지 큰 기대를 가지고 있지 않았다. 묘한 백과사전이어서 다른 부분은 몰라도 인명에 있어서는 이제 겨우 이십 안팎의 여배우들은 사진까지 넣어 수록돼있으면서, 그리고 심지어 나같은 사람의 것까지 들어있으면서 응당 수록돼야 할 이는 빠져있는 것이다. 그 한 예가 집암공이다. 그분이 내 선조의 한분이라 해서 이런 말을 한다는 이지러진 억측은 말라. 거기 실린 이쁜 여배우의 장래는 내 측량할 바 아니나, 나 자신만을 두고보더라도 사후에 내 이름이 남기를 집암공이 이백오십년이 지난 오늘까지 남듯 할는지가 심히 의심스러운 것이다. 모르긴몰라도 집암공의 행적과 그 이름은 길이 우리 민족과 더불어 남을 것이다.

그저 내가 백과사전이란 것의 〈심〉자 항을 펼쳐놓고 얻은 지식이 있다. 그것은 청송 심씨 가문에서 이조시대에 대관고직을 지낸 인물이 그처럼 많다는 것을 비로소 알았다는 점이다. 이조 건국공신으로부터 이조 말엽 가까이 이르기까지 다른 벼슬은 말고 상신으로 이름이 있는 인물만도 무려 열두 명이 되는 것이다. 그러나 내가 찾고자 하는 심염조는 눈에 띄지 않았다. 나는 슬그머니 조바심이 났다. 백과사전에는 누구의 아들이란 것까지는 기록돼있지 않기 때문에 그 많은 상신 가운데 어느 사람이 심염조의 아들인지를 알 수가 없는 것이다.

월탄선생에게 전화로 용건을 말하고 참고될 만한 문헌이 없겠느냐고 문의해보았다. 고맙게도 친히 찾아보아 알려주겠다는 것이다. 그날 오후로 선생한테서 전화가 왔다. 선생께서, 심상규, 코끼리 상象자 별 규奎자라는 것을 알려주었을 때 나는 가슴이 확해옴을 느끼면서 미처 대꾸를 못했다. 실은 아침에 백과사전을 들쳐보았을 때 그 많은 심씨 재상 중에 연대로 보아 혹시 이 사람이 아닌가 해보았으나 그 경력이 하도 어마어마해서 설마 이런 인물은 아닐 거라고 생각했던 그 사람인 것이다. 월탄선생은 계속해서, 그 심씨가 몇 임금을 섬긴 대단한 인물이라는 것, 무슨 벼슬을 거쳐 무슨 벼슬까지 지냈다는 것, 그리고 그의 아버지되는 沈念祖씨는 무슨 벼슬을 지냈다는 것 등을 알려주었으나 하나하나 머리에 들어오지는 않았다. 그만큼 흥분해있었는지 모른다.

다음날 선생댁을 방문하기로 하고 전화를 끊은 뒤 다시 백과사전을 들쳐보았다. 틀림없는 그 사람이었다. 「沈象奎 1756—1838 이조 순조(純祖)때의 상신(相臣). 자는 치교(穉敎) 호는 두실(斗室)과 이하(彛下). 청송(靑松)사람. 정조(正祖) 13년(1789)에 문과에 급제한 후 34년(1810)에 영의정(領議政)이 되었다. 삼조(三朝:正祖・純祖・憲宗)에 역임(歷任)하여 공로를 세웠으며 독서인으로서 시와 문을 잘하였고 척독(尺牘)을 잘하였다. 저서:《두실문고(斗室文稿)》14권.」

재상치고도 뛰어난 인물인 것이다. 염조 선조를 장살한 심 아무개가 재상이라는 것은 알고 있었지만 이러한 인물일 줄은 미처 생각지 못했던 일이었다. 그래 이런 인물이 염조 선조를 무고히 죽일 수 있었을까. 하기는 재상직에쯤 앉게 되면 사람 죽이기를 항다반으로 여기던 시대이긴 하다. 그러나 심씨가 삼조에 걸쳐 공로를 세운 명신일뿐더러 독서인으로서 시와 문을 잘하여 문집 열네권까지 남겼다는 데서 오는 것일까, 아무래도 사람이 바뀐 것같은 생각이 드는 것이었다. 그러나 모든 일에 신중하신 월탄선생의 조사에 착오가 있을 리 없을 것이고, 또 같은 심씨 가문에 재상 아들을 둔 심염조가 둘 있을 리 만무하니 이 심상규가 바로 그 사람임에 틀림없는 것이다.

이 인물로 정해놓고 볼 때 역시 염조 선조와 그는 사제지간이 아니고 동학지간이었다는 것이 분명해졌다. 염자조자는 내 육대 방조라 한대를 삼십년으로 보고 삼륙 십팔 백팔십년 전 출생으로 계산하면 오히려 심상규씨 편이 이십여세나 위가 되는 것이다. 그리고 나는 여기서 지난날 어른들한테 들은 이야기 중에 정정하지 않으면 안될 부분이 있음을 알았다. 염조 선조가 심한 장형을 받아 돌아가시는 순간 심 아무개(이제는 심상규)도 대동강에서, 황염조가 내 머리를 친다, 하고 그자리에 피를 토하고 죽었다는 것은 허설이 돼버린 것이다. 심씨가 여든셋이나 살았다는 것이 이를 증명하고 있다. 아마 그러한 허설이 생기게 된 이유는 짐작할 수 있다. 〈일사유사〉에도 「西人이以此寃之云이러라」했듯이 염조 선조가 원통한 누명을 쓰고 세상을 떠난 것을 억울히 여겨 주위의 사람들이 지어낸 이야기였던 것이다.

이튿날 월탄선생댁을 방문하여 일정시대에 출판된 일본말 〈조선인명사전〉을 보니 심상규의 출생이 영종 병술년으로 돼있다. 그렇다면 서기 1766년생으로 내가 본 우리나라 백과사전과는 꼭 십년이 늦는 것이다. 어느쪽이 정확한 것일까. 하여튼 심상규씨가 여든셋에 세상을 떠났건 일흔셋에 떠났건 천명을 다했다고 보아야 할 것이니 그가 대동강에서 불의의 죽음을 했다는 설은 성립되지 않는다. 그리고 그의 출생을 1766년으로 보아 십년 늦잡더라도 염조 조선과 동학지간이었다는 것에는 변동이 없다.

〈조선인명사전〉에서 본 심상규의 내력은 상당히 상세했다. 그가 헌종의 호위대장이었었다는 것, 그리고 장서가여서 여러가지 진서를 모은 것이 그 수에 있어 국내 으뜸이었다는 것, 그리고 그의 용모와 성품에 대해서도 언급이 돼있었다. 용모는 단정하고 엄정하며 지조와 행실은 굳고 확실하여 정기의 빛이 미간에서 발했었다는 것이다. 그리고 무슨 일이든 불가하다고 생각한 일에 부닥치면 이에 임하기를 제왕과 같은 위력으로써 하고, 무엇을 결정함에 있어 그 당시의 의론에 붙이기는 하되 단연 자기의 소신을 굽히지 않았다는 것이다. 나는 이 부분을 읽으면서 나도모르게 등골이 서늘해짐을 느꼈다. 그것은 심씨의 생긴 용모라든가 성품 자체가 무섭고 두려워서가 아니고 그것들이 그대로 어쩌면 염조 선조의 것과 같을 수 있을까 하는 생각이 퍼뜩 머리를 스쳐갔기 때문이었다.

심염조를 〈조선인명사전〉에서 찾아보니 정승 벼슬은 못했어도 참의를 지낸 이력을 갖고 있었다. 이왕 펼쳤던 김에 집암공과 염조 선조를 찾아보았더니 염조 선조의 기록은 없고, 집암공은 〈일사유사〉의 것과 대의에 있어 거의 같았다.

월탄선생은 여러가지로 역사적 고찰을 해주면서 심상규씨가 염자 조자 우리 선조에게 무슨 죄를 씌워 죽였다면 혹시 홍경래란과 관련이 없는지 모르겠다는 것이다. 그리고 연대를 꼽아 홍경래란이 일어난 것이 서기 1811년이니 심씨의 세도가 한창 드높아갈 즈음이라 무슨 일이든 능히 했으리라는 것이다. 일리가 있는 말씀이다. 선생은 일제시대에 나온 역시 일본말 〈조선사〉 중의 몇 권을 서가에서 뽑아 그 색인을 손수 찾아주면서 심상규의 사적을 조사해보라는 것이다. 〈조선사〉에는 좀더 자세히 심씨의 내력과 치적이 적혀있었다. 호조판서로 있다가 홍경래란 때에는 병조판서까지 겸했다는 사실도 있었다. 그 뒤에 우의정을 거쳐 영의정이 되었던 것이다. 이러한 남달리 뛰어난 정치적 경력을 더듬어가면서도 내 머리를 떠나지 않는 것은 좀전에 〈조선인명사전〉에 기록된 심씨의 풍모와 성격이었다. 용모는 단정하고 엄정하며 지조와 행실은 굳고 견실하여 정기의 빛이 미간에서 발했다는 것, 무슨 불가하다고 생각하는 일에 부닥치면 이에 임하기를 제왕과 같은 위력으로써 하고, 무엇을 결정함에 있어 그당시의 의론에 붙이기는 하되 단연 자기의 소신을 굽히지 않았다는 것.

며칠 동안 나는 심상규씨와 염조 선조의 인간적 관계를 모색해 보았다. 양쪽 문집을 상고해보면 이외의 것이 발견되지 않을까 하는 생각이 없지않았다. 그러나 그것이 불가능한 지금 우선 나는 내나름대로의 해석을 붙여보는 수밖에 없었다. 그리고 현재 나는 이것을 그대로 믿고 싶은 것이다.

심씨와 염조 선조는 소년 시절에 이름을 가지고 티격이 있었으나 그것으로 인해 아주 우정이 갈라진 건 아니었다. 그후 장성하기까지 여러가지 일에 곧잘 충돌을 일으키면서도 친구의 의만은 끊어지지 않고 이어져있었다. 염조 조선이 상경하게 되면 유하는 곳도 심씨댁이었다. 언젠가 성천 부사를 임명하게 된 것도 심씨댁에서 있었던 일인 것이다. 그때도 심씨는 염조 조선의 처사에 못마땅한 생각이 들었다. 미간에 정기를 발하는 눈으로 염조 조선을 바라보았다. 염조 조선의 눈과 마주쳤다. 그러자 심씨는 언제나처럼 자기가 바라보고 있는 것은 염조 조선이 아니고 바로 자기자신이라는 걸 느껴야만 했다.

  홍경래란이 끝날 무렵 심씨가 안찰사로 평양감영에 내려왔다. 그때 감영으로부터 심씨에게 민정 보고가 있었다. 거기에 염조 조선이 나라에 역심을 품고 있다는 말이 들어있었던 것이다. 홍경래가 아니라도 그당시 서북 사람들은 중앙정치에 대해 불평과 불만을 품고 있었다. 서북 사람에 대한 대우차별이 너무 심했던 것이다. 그저 이 불만과 불평을 표면에 나타내지 못할 뿐인 것이었다. 그러나 염조 선조는 성격상 참지 못하고 마구 관헌의 비위에 거슬리는 언동을 했다. 그러던 중 성천 부사 행차시에 담뱃대로 눈을 찌른 사건이 한층 관헌의 분개심을 돋구어놓았던 것이다. 이에 감영에서는 당신을 모반자로 몰고 그 증거의 하나로서 위에 말한 시 구절을 제시했던 것이다. 그러면 그때 심씨의 태도는 어떠했던가. 그는 감영의 보고를 받자 미간을 한번 번쩍 빛내고는 즉시 염조 선조의 장살을 명했던 것이다. 그러고 나서 비로소 그는 오랫동안 미루어오던 일에 오늘에야 종지부를 찍었다는 홀가분함을 느꼈던 것이다. 물론 그는 감영의 보고를 믿지 않았다. 그렇다고 지난날 염조라는 이름으로 해서 한때 품었던 앙심같은 것도 개입돼있지 않았다. 단지 이때 그의 머릿속에 꽉 차 있었던 것은 황염조에게서 자기자신의 모습이 그대로 보이는 데 대한 혐오뿐이었다. 황염조가 조정에 등용되었더라면 현재의 자기가 되었을 것이고, 자기가 야인으로 있었으면 지금의 황염조가 되었을 이 똑같은 두 사람. 그는 염조 선조의 존재가 다시없이 아껴지면서도 또한 그지없이 싫은 것이었다. 없애버려라! 이렇게 단안을 내린 그는 자기 처사가 마음에 걸려 대동강에다 화방을 띄우고 예기와 더불어 술을 마시며 그일을 잊으려고 할 필요는 없었다. 오히려 장형받는 광경을 대상에 앉아

지켜보고 있었다. 염조 조선의 몸에서 살이 찢기고 뼈가 으스러지고 그리고 절로 새어나오는 신음소리. 그러나 심상규씨는 아무 마음의 동요도 일으키지 않고 조용히 앉아 지켜보고 있었다. 그러는 그는 눈앞에 숨지는 염조 조선에게 속했던 모든것이 **남김없이** 자기에게로 옮겨져 온전히 하나로 합쳐짐을 느꼈다.

 이상하게도 염조 선조를 생각할 때마다 머리에 떠오르는 것은 내 친조부의 임종이다. 나는 스물아홉에 처음으로 인간의 깨끗한 임종을 보았던 것이다. 그즈음 나는 평양에서 소개하여 고향에 나가있었다.
 고희에 셋을 더 잡수셨던 할아버지께서 노환으로 자리에 누워 계신 동안, 당신은 한번도 가족을 괴롭히지 않으셨다. 첫째 당신께서 사용하시던 이부자리가 언제나 소정했다. 노환으로 눕게 되면 대개 자신도 모르게 대소변을 자리에 흘리게 마련이건만 당신께서는 요강에 대소변을 받아내기는 했으나 오줌 한방울 요 위에 떨어뜨리는 법이 없으셨다. 노쇠하셨던 탓인지 소피보시는 시간이 길긴했다. 요강에 부딪는 오줌소리는 들리지를 않고 그저 요강 밑에 미리 부어넣어 둔 맑은 물에 떨어지는 약한 오줌방울소리가 끊일락이을락 한참석 시간이 걸리는 것이었다. 그러다가 분명히 소피가 다 끝나신 뒤에도 곧 요강을 치우지 못하게 하셨다. 부축은 받으신다 해도 쇠약해진 몸으로 요강을 끼고 앉았기에 힘드실 것이 틀림없으시 건만 오줌 한방울이라도 한테 흘리지 않으시려는 배려에서인 것이다.
 불초 손은 일찍이 졸작 〈기러기〉와 〈황노인〉 등 몇 작품에서 이 할아버지의 편모를 데포메이션하여 그린 일이 있지마는 어디까지나 의지가 굳고 곧으신 어른이었다.
 할아버지께서는 별로 웃는 낯을 해보이시는 일이 없으셨다. 더구나 파안대소하시는 걸 본 일은 한 번도 없다. 그대신 노하시는 것은 여러번 보았다. 당신이 옳지 못하다고 생각하시는 일에 부닥치면 당장 칼로 베듯이 단정을 내리시곤 했다. 집안사람과 다른 사람과의 사이에 무슨 일이 있었을 때에도 당신께서 집안사람의 잘못이라고 생각될 경우에는 그자리에서 이쪽을 꾸짖어버리는 것이다. 그중에서도 당신이 가장 노하실 때는 둘째작은아버지를 매로 다스릴 때였다. 둘째작은아버지는 한때 난봉을 피워 집안 물건을 이것저것 집어내가곤 했다. 그때마다 할아버지께서는 삼십이 넘은 장성한 아들을 말로 타이르는 법 없이 대뜸 몽둥이로 후려치곤 하셨다. 곁에서 보기에도 너무 지나치시지 않나 할 정도였다. 당신께서도 과했다는 생각이 드시는지 이런 일이 있은 후에는 며칠 동안 사랑방에서 담배만 피우시는 것이었다. 그러나 다음번에도 역시 몽둥이부터 집어드시는 것이었다. 아마 당신께서도 어쩔 수 없는 성격의 한 부분이 아니었을까.

이러한 당신이 얼굴에 웃음을 띠울 때가 있었다. 학생 시절에 방학마다 내가 시골 나가서 하는 절을 받으시면서다. 햇볕에 그을려 구릿빛을 한 긴 편이신 얼굴에 항상 머리는 바특이 깎으시고 약간 깊은 눈과 보기 좋으시게 솟은 콧마루, 윗수염은 입술 끝에서 자르시고 구레나룻만 기르셨던 할아버지. 이 할아버지께서 내 절을 받으시며 웃음을 띠우실 때는 위아랫수염이 가만히 벙글며 그 사이로 하나하나 떨어져있는 성기고도 잔 이가 드러나보이는 것이었다. 나는 할아버지의 이 웃음띤 입 모습을 바라볼 적마다 이상한 감정에 사로잡히곤 했다. 누구와 별반 의논성있게 말씀을 주고받는 일이 없으신, 어느편인가 하면 좀처럼 가까이하기 힘들어 뵈는 할아버지께서 이렇게 웃음을 띨 때의 입 모습만은 그대로 갓난애의 웃음에서나 볼 수 있는 티없이 맑고 부드러운 느낌을 주는 것이었다. 그러나 이런 할아버지의 미소도 내가 장성하면서부터는 볼 수 없게 되었다. 내 절을 그저, 응 지금 나오냐, 하는 한마디 말씀으로 받으시곤 하는 것이었다. 그러던 것이 내 가족이 시골로 소개를 나가게 되자 오래간만에 지난날의 그 웃음띤 모습을 볼 수가 있었다. 내 어린것들(증손자)을 보시고 그 웃음을 띠우신 것이다. 흰 수염 속에서 웃음띤 모습은 한층 더 티없이 맑고 부드러우셨다.

내가 고향으로 소개를 나갔을 때 이미 당신께서는 칠순이 지났으나 아직도 정정하신 편이었다. 얼굴도 햇볕에 그을은 구릿빛 그대로요, 크신 키이건만 허리도 굽지 않으시고 자태가 바르셨다. 그러나 옆으로 보는 몸 전체가 현저히 얇어지신 것이 눈에 띄었다.

직접 경작은 않으시지만 농사철에는 거의 날마다 논밭을 한바퀴 돌아보시는 것도 예나 다름없으셨다. 그런 때 언제나 뒷짐지고 걸으시는 한손에는 호미나 낫, 다른 한손에는 장죽이 들리어져있는 것도 옛날과 마찬가지였다. 젊으셨을 시절에는 약주 잡수시는 양도 어지간하셨다지만 노후에는 피치 못할 경우에만 한두 잔 드실 뿐, 약주를 가까이하시지 않으셨다. 그대신 장죽만은 항상 손에서 놓으시는 일이 없으셨다.

그런데 이 할아버지께서 한평생 늘 돌보신 것이 있었다. 마을에서 북쪽으로 서너 마장 떨어진 곳에 있는 선산이었다. 이곳은 주위의 어느 산보다도 소나무가 우거져 항상 청청했다. 큰 것은 기와집 대들보감이 넉넉하고 작은 것도 초가집 기둥이 될 만한 나무가 수두룩했다. 이것은 할아버지 당대에 키운 것이나 다름없었다. 거름이 되게끔 풀을 일체 못 베게 하는 것은 물론, 가랑잎도 긁지 못하게 했다. 송충이가 끓어 부근의 산이 빨갛게 돼도 우리 선산만은 변함없이 푸르렀다. 당신께서 줄곧 송충이를 잡아주기 때문이었다. 그 송충이 잡아주는 법이 또 보통과 달라서 흔히 집게같은 것으로 잡게 마련이나 당신께서는 마치 익은 오디나 딸기를 따듯이 직접 손가락으로 집어서 죽이는 것이다. 그러고도 면역이 되어 그런지 한번도 송충이옴을 옮은 적이 없으셨다. 이렇게 한 뒤에 남아있는 송충이를 잡는 법이 또 따로 있었다. 나무밑동에다 납죽한 돌을 몇개씩 놓아두는 것이다. 열 나무 스무 나무도 아니요, 천여주나 되는 나무라 알맞은 돌이 근처에 그렇게 많이 있을 리가 없었다. 그것을 당신이 손수 먼 데까지 가서 주워오시는 것이었다. 가을철이 되어 날이 추워지면 새끼 송충이들이 겨울을 나려 나무줄기를 타고 내려와 이 돌 밑으로 들어간다. 그것을 겨울에 가서 일일이 돌을 들추어 잡아 없애는 것이다.

나무를 굵게 만들기 위해서도 마음을 쓰셔서 함부로 가지를 치지 못하게 하셨다. 그리고 나무줄기를 곧바로 잡는 방법도 쓰셨다. 내가 고향으로 소개나간 지 얼마 안되어 당신께서 하루는 내게 톱을 들려가지고 선산으로 올라간 일이 있었다. 학생물림인 내가 그런 작업에 적당하리라고 생각하셨던 것은 아닐 게다. 그저 장손인 나에게 그러한 상식을 알려주고 싶은 심정에였으리라. 산에 이르자 당신은 마치 살아 서있는 사람들이나 바라보듯이 소나무들을 한번 둘러보시고 나서, 나무줄기를 바로잡으려면 굽은 쪽에 붙은 가지를 잘라줘야 한다고 하시면서 내게 톱질을 시키시는 것이었다. 서투른 톱질로 다 자른 걸 보시더니 당신께서는 나릇이 흰 고개를 조용히 가로저으시며, 그렇게 잘라서는 안된다는 것이다. 나무 몸뚱이의 살이 묻어날 만큼 바투 잘라야 한다는 것이다. 그래야 나중에 나무가 자라면 흠자리가 가리워져 미끈해진다는 것이다. 이날 나는 거기 휘엇이 굽은 나무 하나를 가리키며 당신께 물어보았다. 저 나무는 어째서 바로 잡아주지 않고 그냥 내버려두시느냐고, 당신께서는 마치 아는 사람이나 쳐다보듯이 그 나무를 바라보시면서 이런 말씀을 하셨다. 나무에 따라서는 바로잡을 수 없는 게 있다, 휘어진 나무를 바로잡을 때는 굽은 쪽 가지를 잘라주되 그와 반대되는 쪽에도 가지가 있어야만 효과가 있다. 그렇지 못한 나무는 생긴 대로 그냥 내버려두는 수밖에 없다. 여기서 당신께서는 잠시 말을 끊고 무엇을 생각하시는 듯하더니 다시 이으셨다. 곧은 나무만이 소용되는 게 아니다, 굽은 나무는 굽은 나무대로 키워서 들보같은 재목으로 쓰면 되는 거다.

당신은 이 선산에다 당신이 사후에 묻힐 자리까지 미리 정해놓고 계셨다. 첫할머니 무덤 옆이었다. 당신께서는 생전에 세번이나 상배를 하셨던 것이다. 첫째할머니는 내 아버지와 고모 한 분을 낳으신 후 돌아가시고, 둘째할머니는 작은아버지 셋에 고모 한 분을, 세째할머니는 고모 한 분만 낳으시고 역시 먼저 세상을 떠나셨던 것이다. 이렇게 할아버지께서는 결혼 생활이 순탄치 못했다고 볼 수 있다.

돌아가시는 날 아침에도 당신께서는 분명한 의식으로 요강을 찾으셨다. 여느때보다 시간이 더 걸렸다. 다 끝나신 뒤에도 여느때보다 더 오래 요강을 물리지 않으셨다. 오줌 한방울도 자리에 떨어뜨리지 않으시려는 것이다. 그리고는 더운 물수건으로 온몸을 닦아달라고 하셨다. 물수건이 살없는 뼈마디에 걸리곤 했다. 그것이 안되어 대충 훔치러 해도 샅샅이 닦아내라는 것이다. 뒤에 생각하니 당신께서는 이때 이미 다가온 죽음을 예감하셨던 성싶다. 점심때쯤 의식을 잃으셔 조금씩 베개를 높이 괴어드리고 물솜으로 입술을 축여드리는 가운데 조용히 밥이 잦듯이 숨을 거두셨다. 유언이란 한 말씀도 없으셨다. 애초부터 유언같은 것은 할 필요가 없다고 생각하셨던 것이리라. 나도 이후에 내 마지막날을 이처럼 끝마칠 수 있기를 바랐다.

이튿날 아버지와 맏삼촌과 나는 미리 할아버지께서 정해놓으신 묫자리의 향좌를 산역꾼에게 이르기 위해 산으로 올라갔다. 거기서 우리는 이상한 광경을 목격하고 놀라고 말았다. 묫자리 둘레의 큰 소나뭇가지들이 부러져 축축 늘어져있는 것이 아닌가. 어제오늘 바람이라곤 분 일이 없다. 그것이 이 산에만 세찬 바람이 불었단 말인가. 그렇다면 어째서 다른 나무들은 아무렇지도 않은데 여기 묫자리 둘레의 굵직굵직한 나무만이 부러졌단 말인가. 그것도 모두 묫자리를 향해서. 어쩐 영문인지 몰라하다가 마침내 우리는 이렇게 믿었다. 운명하시는 순간 할아버지의 마음은 이 선산 소나무들에게로 와 계셨다. 그러자 여기 묫자리 가까이 섰던 큰 소나무들이 주인을 잃은 설움에 자기자신의 가지를 뚝뚝 부러뜨린 것이다. 한 사람의 정신력의 작용이란 능히 이럴 수도 있는 것이라고.

그로부터 이십년 가까운 세월이 흐른 오늘날까지 할아버지를 생각할 때마다 당신께서 손수 가꾸신 선산에 빽빽이 들어섰던 푸른 소나무와 함께 당신 묫자리 둘레의 큰 소나무들이 주인을 잃은 설움에 굵은 가지를 꺾어 축축 늘어뜨렸던 광경이 눈앞에 선해지곤 한다. 아마 다른 사람들은 이를 믿을 수 없을는지 모른다. 그러나 우리가 현재 무엇을 믿을 수 있고 없다는 그 범위란 모름지기 우리가 이미 믿고 있는 모든것의 극히 작디작은 한 부분에 지나지않는다는 것을 잊어서는 안될 것이다.

1959 팔월

손톱에 쓰다

모 델

 그만 지치고 말았다. 아무리 거리를 싸다녀보아도 이렇다 하게 마음에 드는 얼굴이 없었다. 여느때는 그렇게 흔히 눈에 뜨이더니. 아무래도 포기하고 선생한테 직업 모델이라도 하나 구해 달래야겠다.
 적이 우울해진 미술대학 여학생 둘은 가까운 아무 다방에나 들어가 다리쉼을 하려고 어느 길모퉁이를 돌아설 때였다. 둘이는 약속이나 한 듯이 그자리에 서고 말았다.
 거기 한 사십 나 뵈는 지게꾼 사내가 허름한 옷에 찌들은 조끼를 입고 팔짱을 낀 채 서있었다. 그 별에 그을은 얼굴의 풍성한 구레나룻. 저 수염을— 둘이는 저도모르는 새 서로 얼굴을 쳐다보았다. 자기네가 찾던 모델이 바로 여기 있었다고.
 두 시간에 천환을 주기로 하고 사내를 아틀리에로 데리고 왔다. 아틀리에라야 한 학생집 딴채에 붙은 세평이 될까말까한 마루방이었지만.
 사내에게 자연스런 자세를 취하게 하는 데 약간 애를 먹었다. 그렇지만 둘이는 처음으로 모델을 사용한다는 데 어떤 새로운 정열과 보람을 느끼면서 사내의 수염을 중심한 얼굴 모습을 데쌍했다. 그리고 사내더러 다음날 다시 오도록 당부를 했다.
 돈을 받고 나온 사내는 대견스러웠다. 가만히 앉아서 두 시간 동안에 천환을 벌다니. 줄곧 땀을 흘리며 짐을 날라다 주고도 몇 십 환을 깎으려는 아낙네들과 아귀다툼을 해서 고작 얻어내는 것이 일이백환인데.

아직도 종판 한두 짐은 질 수 있는 시간이었으나 곧장 집으로 향했다.

대문이자 방문인 문을 열고 들어가 돈을 내놓자 마누라가 놀란다. 그만 시간까지 그만한 돈을 벌어오기란 없다시피 했기 때문이다.

사내는 한숨에 오늘 있은 일을 얘기했다.

마누라는 아무래도 믿을 수 없는 듯,

"세상에 별일두 다 있군. 그래 당신곁은 꿀은 그려 뭣하려는 걸까 참."

"그러기 말이요. 낼은 두루마기라두 좀 걸치구 가야겠소. 그 못 입게 된 것이나마 동정을 좀 갈아 두우. 난 다리밑에 가서 머리나 좀 깎구 오리다. 오랜만에 수염두 밀구."

동 정

어 기분 좋다. 처음엔 선술집에서 약주, 다음은 군참새집에서 일주, 그 다음엔 또 바아에 들러 스카치. 섞어 마신 술이라 취기가 더 오른다. 에잇 오래간만에 오늘밤은 맘놓고 취했군. 보너스는 탔것다, 섣달 그믐이니 통금시간은 없것다, 그나 그뿐인가 오늘 경리과장이 자기에게 한 말이 틀림없으렷다. 새해 잡히면서 비게 될 계장자리는 내가 대신 들어앉게 될 가능성이 많다는 것이. 어쨌든 기분 좋다.

그는 적잖이 비틀거리는 걸음으로 케이크집에 들러 고급 과자 한 상자를 사들었다. 고 딱부리 경리과장네 집에는 올망졸망 애녀석들이 많거든.

......짜증은 내어서 무엇하나 한숨은 쉬어서 무엇하나......

큰길에서 집으로 들어가는 골목 어귀에 언제나처럼 늙은 거지가 거적대기를 깔고앉아 손을 내민다. 옆 가게에서 비추는 희미한 불빛속에 손이 떨고 있다. 그는 늘 무관심하게 지나쳐버리곤 했었는데 이날밤은 기분 좋은 김에 주머니에서 돈을 집어냈다. 취한 눈에도 오백환짜리였다. 다시 주머니에 손을 넣어 잔돈으로 바꾸려다 말고, 에라 모르겠다, 그대로 주어버렸다. 그리고 걸음을 옮기다 되돌아서서는 소리쳤다.
"영감, 오늘같은 밤엔 한번 술을 마시구 기분을 내슈."
……니나노오 닐리리야 닐리리야 니나노오 얼싸아 좋와……
집에는 미리 깔아놓은 잠자리가 따뜻하게 녹혀져있었다. 이래서 제집이란 좋은 법이거든. 그는 곧 편안히 잠이 들어버렸다.
다음날 일찌감치 그는 과자 상자를 들고 집을 나섰다.
골목을 빠져 큰길 어귀까지 왔을 때 거기 사람들 몇이 둘러 서 있어 무엇인가 싶어 들여다보았다. 거적대기로 허리께를 가리고 웅크린 채 예의 늙은 거지가 죽어있었다.
문 앞에 나와 찌푸리고 서있는 옆 가게 주인에게 어떻게 된 일이냐고 묻지 않을 수 없었다.
"글쎄 말예요, 늘상 밤에는 요 아래 설렁탕집 굴뚝 모퉁이루 가서 자는 것같더니 지난밤엔 무슨 일인지 내가 아주 늦어서 빈지를 디리는데 이 앞을 왔다갔다 하면서 되지두 않은 소릴 연방 흥얼대는 게 아니겠어요. 그런데 아침에 나와 보니 저모양이 돼있지 뭐예요. ……네, 아주 곤주가 돼있드군요. 어디서 나서 그렇게 마셨는지…"

1960 십이월

내 고향 사람들

——어쩌다 사진관에를 들른다. 증명사진 한 장 찍는데도 사진사는 천정에 낸 유리창 커튼을 장대로 걷었다 닫았다 하며 조명 조절을 한 뒤 빨강과 검정의 두겹 보자기를 몇번이고 뒤집어쓰고 핀트를 맞춰놓고 나서도, 가슴을 좀 펴시오, 고개를 조금만 숙이시오, 턱을 외로 돌리시오, 혹은, 오른쪽으로 돌리시오, 그러다가 급기야, 자 그대루 잠깐만 계십쇼, 찍습니다, 하나아 둘, 하고 한손을 들어 신호를 해보이며 셔터를 누르는 것이나 실은 이 순간부터가 야단이다. 찰각하고 셔터가 한옆으로 열리면서 흰 렌즈가 나타나고는 좀처럼 닫혀지지가 않는 것이다. 따지고보면 불과 몇초도 안되는 동안이다. 그러나 그동안이 왜 그리 긴 것일까. 자꾸만 눈이 깜빡거려지려는 것을 억지로 참고 있건만 사진사의 신호의 손과 함께 열려진 셔터가 당최 닫혀지지가 않는 것이다. 그런대로 혼자 찍을 때는 또 나은 편이다. 어린애 백날 기념 사진이라도 찍으러 한 가족이 가게 되는 날이면 그 과정이 이만저만 거추장스럽지가 않다. 백날 된 어린것을 안은 어머니되는 사람이 중앙에 자리잡은 의자에 앉고, 그 좌우에는 큰애들을 세우고, 맨 뒤에 아버지되는 사람이 선다. 이때 아버지되는 사람은 점잖게, 어머니되는 사람은 정숙하게, 그리고 어린애의 형이나 누이는 어쨌든 웃는 얼굴이 되기를 사진사는 요구한다. 그런데 백날잡이 어린것이 말썽이다. 고것이 계집애가 아니고 사내애인 경우 어머니는 될수록 안고 있는 어린것의 고추가 정면으로 환히 찍힐 수 있게끔 신경을 써야 하는 것이다. 몇번이고 고추

틀 매만져 위치를 바로잡는다. 그런데 고 자랑스런 것을 차고 있는 녀석이 영 얌전히 어머니 품에 안겨있지를 않는 것이다. 아버지되는 사람은 점잖게, 어머니되는 사람은 정숙하게, 형이나 누이들은 기쁜 웃음을 얼굴에 짓고 있어 이제 어린것만 정면을 향해주면 되련만 요놈은 그냥 팔다리짓이요 고갯짓인 것이다. 사진사가 손뼉을 치고 휘파람을 불고 장난감을 흔들어 어린것의 주의를 자기 쪽으로 끌려고 온갖 제스처를 다한다. 잠시 어린것이 정면을 향한다. 이 기회를 놓치지 않고 사진사는 셔터를 누른다. 그러나 어찌 이 무애한 어린 생명체가 그 부자연스러운 부동의 자세를 억지로 지속할 리가 있으리오. 그만 고 자랑스런 고추끝으로부터 난데없는 무지개가 뻗치고 만다. 어머니되는 사람은 이 고추의 배설물을 훔치고 매만져 또다시 위치를 바로잡아주지 않으면 안된다. 이렇게 해서 적은 사진을 현상해놓고 보면 어느 모로나 떨려 있게 마련이다.

—겨울날 지나가던 나그네가 길을 묻는다. 마당귀 양지쪽에 앉아 타작하고 난 짚에서 벼톨을 털고 있던 노인이 턱으로 동구밖을 가리키며, 이 길을 얼마큼 가믄 개울이 나섭넨다, 거기 난간 떨어데 나간 다리가 걸궜는데…… 여기서 노인은 그 다리를 건너 어디로 어떻게 가면 된다는 얘기는 제쳐놓고 딴 말을 꺼내는 것이다.…… 하 참, 그 다리 난간이 왜 그르케 됐는디 압네까, 차손이네 소가 게서 떨어뎄다우, 바루 젠년 이맘때웨다, 가마니 공출을 하레 가다가 다리 위 얼음판에 미끄러뎄쉐다레, 죽구 말았디요, 거저두 모르갔는데 짐을 잔뜩 싣구 있었으니 될 말이웨까, 게다가 새걸 밴 디 야들 달이나 됐디 않갔이요, 허 참, 아까운 소 혝였디요, 점백이였는데 암소디만 황소 맞잽이루 일을 잘 하댔디요, 그런 솔 혝이구 나선 차손이네 집안꼴이 그만…… 노인은 추운 겨울날 길손이 바빠하건 말건 한결같이 무표정한 얼굴로 몇번이고 볏짚을 갈아쥐고 그냥 채질을 계속하면서 중얼중얼 저 할말만 한다.

내가 지금 생각하고 있는 고향은 이렇듯 옛투로 사진을 찍던 시절, 이런 노인네가 살던 곳이다.

김구장을 내가 처음 만난 것은 1943년 가을이다. 태평양전쟁의 양상이 차차 어지러워지기도 했지만 그즈음 나는 몸이 좀 좋지가 않아 시골로 가 살기로 했다. 평양서 서북쪽으로 한 사십리 떨어져 있는 장태동이라는 곳이 내 고향이었다. 이미 시골은 추석도 지난 절기여서 벼가을이 한창이었다. 단순한 소개라면 할아버지댁에나 그밖의 친척들 집에 끼어들어가 지낼 수도 없는 것은 아니나, 다시 생각이 내킬 때까지는 도회지를 떠나있고 싶은 심정이어서 집을 하나 짓기로 했다. 그때 기와공장을 하고 있던 이가 김구장이었다.

온갖 물자가 바를 대로 바르던 시절이었다. 가까스로 평양서 재목을 구해다 치목을 하여 이제 내일모레면 세울 임시해서 문제가 된 것이 기와였다. 그 점 나는 너무 등한히 하고 있었다. 고향에서 굽는 기와라 아무때고 필요할 때면 가져다 쓸 수 있을 것으로만 여기고 있었던 것이다. 그러나 들리는 말에 이제 며칠 후에 넣는 기와가 그해로 마지막 가마라는 것이다. 그리고 그것을 가져갈 자리도 이미 다 정해져있다는 것이었다.

나는 김구장댁을 찾아갔다. 초면이었지만 그는 곧 내가 누구라는 걸 알고는 사랑방으로 들어오라고 했다. 그가 사는 김촌과 우리가 사는 황촌과는 밋밋한 언덕 하나를 사이에 두고 있었는데, 그 언덕에도 면소와 인가가 잇달아 서있어 그대로 맞달린 동네나 다름없었다. 자연 예로부터 세교 관계가 맺어져 내려오고 있었다.

김구장의 연세는 우리 가친과 비슷한 쉰을 하나둘 넘어 보였다. 그 첫인상을 한마디로 말하면 퍽 깨끗하면서도 딱딱해 보였다. 연회색 세루 겹바지저고리에 대님을 단정히 매고, 홀기계로 빡빡 깎은 머리와 약간 앞으로 나온 이마, 그리고 면도자국이 파랗게 윤이 나는 얼굴 모습은 어딘지 차가운 느낌을 주는 것이었다. 그는 세교로 내려오는 친지의 자제를 대하는 관습적인 인사말을 한두 마디 하고는 내가 찾아간 용건을 묵묵히 들었다. 다 듣고 나서도 한동안 말없이 있더니 머리맡에 놓여있는 문갑 서랍을 열고 장부책 한 권을 꺼냈다. 기와에 관한 문부책인 모양이었다. 잠자코 그것을 한동안 들여다보며 무엇을 생각하는 눈치다가 문갑 위에서 벼루를 내려 편지 한 장을 쓰는 것이었다. 그동안 나는 쟁반에 담아 내온 밤과 대추를 씹으면서 방안을 한번 둘러보았다. 아랫목에 사군자 병풍이 쳐있을 뿐 벽에는 족자 하나 걸려있지 않았다. 이 조촐한 방안 분위기와 함께 손때가 옮아 반들거리는 오동나무 문갑이라든가 매일같이 잿수세미질을 하는 듯 광을 내는 놋재떨이가 그대로 이집 주인의 꽉 짜인 규모있는 생활을 말해주는 듯했다. 나는 내가 먹고 있는 대추가 유별나게 달다고 생각했다.

편지를 다 쓴 김구장은 심부름하는 계집애를 시켜 아무개를 좀 이리 들어오래라고 했다. 잠시 후에 행랑에 사는 삼십 남짓한 사내가 왔다. 김구장이 편지를 내주며, 윗골 박초시한테 전하고 오라고 했다.

결국 윗골 박초시네가 가져가기로 한 기와를 나한테 돌리기로 한 것이었다. 나는 황송하고 고마울밖에 없었다. 그러나 김구장은 담담한 언성으로, 급한 쪽이 먼저 써야지 어떻게 하느냐고, 박초시네는 헛간 이엉을 벗기고 넣을 것이니 명년 봄에 가서 해도 괜찮을 것이라는 말을 했다.

이윽고 나는 그곳을 물러나왔다. 김구장이 문간에까지 나와 배웅을 했다. 아무리 손아랫사람에게라도 이렇게 몸소 문간에까지 일어나 나오는 것이 지체있는 사람의 한 범절처럼 돼있는 것이다. 그것을 김구장은 내게도 지켜 보인 것이다.

그후, 입주 상량을 하고 서까래를 깐 지 닷새만에야 기와가 가마에서 나왔다. 그새 낙엽송으로 넣은 평고대가 햇볕에 비틀어져 연함이 들썩했으나 하여튼 미리 흙까지 올려뒀다가 기와가 가마에서 나오는 대로 날라다 지붕을 이고 나니 겨우 한시름 놓였다. 그날 기와를 운반하던 달구지꾼의 말이, 윗골 박초시가 행여나 하고 우차를 몰아가지고 왔다가 그냥 돌아갔다는 것이다. 나는 미안한 생각과 함께 다시한번 김구장에게 대한 감사한 마음을 금치 못했다.

간신히 두벌 흙을 바르고 사람이 들게 된 후 며칠만에 나는 김구장을 찾아가 뵈었다. 마침 평양서 곡식과 바꾸러 술을 갖고 온 사람이 있어서 두 되를 바꿔가지고 그중의 한 되를 들고 김구장을 찾아 갔다. 닭도 한 마리 튀해 삶아 갖고. 곡식에 못지않게 술도 바르고 귀하던 때였다.
 김구장네 대문을 들어서면서 나는 새삼스럽게 집안이 조용함을 느꼈다. 그동안 나는 동네사람들한테서 김구장네에 관한 얘기를 얻어듣고 있었다. 딸 셋은 이미 출가를 하고, 끝으로 난 아들은 현재 서울 모 전문학교에 다니고 있다는 것, 그래 현재 이 큰 집에는 김구장 내외가 심부름하는 계집애 하나를 데리고 살고 있다는 것, 그가 기와공장을 하는 것도 무어 장삿속으로 하는 게 아니고 마침 소유지에서 좋은 흙이 나와 근방에 소용되는 사람끼리 나눠 쓰기 위해 기와를 만들기 시작했다는 것. 말짱하게 비질을 한 안뜰과 낡은 집이기는 하나 깨끗이 치워진 큰 집채가 그대로 주인의 소정한 성벽을 엿보여주고 있었다. 그러나 어딘지 모르게 휑뎅그렁한 느낌을 주기도 하는 것이었다.
 이날도 김구장은 사랑방에 혼자 있었다. 밖에서 인사나 하고 올 참이었던 것이 김구장이 들어왔다 가라는 말에 그냥 돌아설 수가 없었다. 김구장은 솜바지저고리를 입고 있는 탓인지 몸집이 더 뚱뚱해 보였다.
 사랑방에 들어가 앉아서도 우리는 별로 할말이 없었다. 그저 김구장이 나더러 가을에 집을 짓느라고 얼마나 고생을 했느냐는 말 정도였다. 그는 이런 경우 흔히 있을 만한 시국이야기도 꺼내지 않았다.
 그만 일어서려는데 술상이 나왔다. 소반에, 내가 가지고 간 닭고기와 깍두기와 밤대추가 놓여져있었다. 김구장은 석 잔인가 마시더니 자기는 그만두겠다고 하면서 나한테만 권하는 것이었다. 그렇다고 김구장의 낯에 술기운이 오른 것도 아니었다. 홀기계로 바투 깎은 머리에 면도자국이 파란 얼굴은 언제나처럼 차갑게 윤을 내고 있었다. 그런 웃어른 앞에서 나 혼자 술을 받아 마실 수도 없는 노릇이었다. 대추만 씹었다. 저번 와서 먹을 때보다도 더 쇠들쇠들 마른 게 사뭇 달고 맛있었다. 대추 종류가 참 좋다고 했더니 김구장은 선친이 제사 때 쓰려고 심은 거라고 했다.
 조금 후에 나는 그곳을 물러나왔다. 김구장이 문간에까지 일어서 나와 배웅을 했다. 대문을 나서면서 나는 생각했다. 모든 생활면에 꼭꼭 법도를 지키고 있는 김구장은 그렇듯 휑뎅그렁한 집속에 부인과 단둘이 단출한 살림을 해오더라도 별반 외롭다거나 쓸쓸함을 느끼는 일은 없을 것이라고.

김구장네 집 옆 담장을 끼고 난 길은 경사가 져 언덕배기를 이루고 있었다. 높은 길목에까지 올라와 김구장네집 후원을 내려다보았다. 후원 이쪽으로는 노가주나무들이 서있고, 저쪽 한옆에 잎이 진 대추나무 한 그루가 서 있었다. 윗가지가 용마루를 넘는 큰 나무였다.

우리집 앞쪽으로 한 사오십 미터 떨어진 곳에 신작로가 있어서 윗골서 공출하러 가는 소달구지가 줄지어 지나갔다. 며칠 동안 좀 뜸해졌다 싶으면 다시 계속되곤 했다. 언 땅에 삐걱거리는 달구지 바퀴소리가 방안에 앉아서도 들렸다.

양곡뿐 아니고, 가마니와 관솔 공출 달구지도 지나갔다. 양곡과 가마니 공출은 마을에서 동남쪽으로 한 십리 가량 떨어져있는 간이역까지 운반해야 하고, 관솔 공출은 바로 면사무소에 하는 것이었다. 면사무소 앞에다 큰 가마를 만들고 직접 송탄유를 만들어냈다. 동남풍이 부는 날이면 송진 타는 냄새가 우리집 안뜰까지 풍겨오곤 했다.

도시에 못지않게, 아니 시골이기 때문에 오히려 더 전쟁이란 것이 피부에 느껴졌다. 이미 농촌에 농한기란 없었다. 공출이 일단 끝났는가 싶더니 아직 책임수량에 미달이라고 군청과 경찰서에서 독려대가 나와 농민들을 들볶아댔다. 그것도 한두 차례가 아니고 어떤 기간을 두고 파상적으로 나와서는 동네를 벌컥 뒤집어놓곤 했다. 한겨울에 계량이 떨어진 농가가 여기저기 생겼다.

그즈음 나는 김구장에 대한 이야기 하나를 들었다. 아주 계량이 떨어져 곤란을 받는 소작인에게는 식량을 꾸어준다는 것이다. 지주라 자기 앞으로 배당된 공출량을 제하고도 남는 곡식이 있었던 것이다. 이렇게 빈농가에 꾸어준 양식은 다음해 가을에 받는다는 것인데 한줌도 보태어 받지는 않는다는 것이다. 그대신 나중에 또 꾸어갈 일이 있어도 일단 들여놓긴 해야 한다는 것이다.

공출 독려의 물결이 채 자기 전인 이듬해 정월 중순도 지난 어느 날 나는 김구장네 집안에 관한 이야기 하나를 또 들었다. 서울 가모 전문학교에 다니던 아들이 학도병으로 나가게 됐다는 것이다. 어찌하면 좋을지 몰라하는 아들을 김구장이 굳이 학도병에 나가도록 일렀다는 것이다. 어디 숨었다가 붙들려서 탄광이나 군수공장으로 끌려가는 것보다 깨끗이 군대로 나가는 편이 낫다는 게 김구장의 주장이었다는 것이다.

빈농가에 양식을 꾸어줬다가 받는 방법이라든가 아들에게 학도병 나가기를 권한 사고방식은 김구장 자신의 법도있는 생활에서 나온 일면이라고 나는 생각했다.

내가 다시 김구장을 만난 것은 그해 봄이 지나고 여름도 한고비를 넘은 팔월 하순께의 어느 석양판이었다.

공출은 가을 곡식만 하는 게 아니어서 밀보리 때도 긁어갈 대로 긁어갔다. 그리고 농번기에 농사일만 돌보게 하지도 않았다. 끊임없이 관솔 공출을 시키는 한편 소위 보국대라는 미명 아래 수많은 농민들을 스무날 교대로 개천 봉천탄광과 안주 입석탄광으로 부역을 보내는 것이었다. 제날짜에 교대가 되어 돌아오는 일은 거의 없고, 사흘 닷새 심지어는 열흘씩 늦어지기가 일쑤였다. 돌아온 사람들의 말에 의하면 아침 여섯시부터 저녁 여덟시까지 무려 열네 시간의 중노동을 해야 한다는 것이었다. 게다가 급식 사정이 나빠 대개 한 차례 보국대에 끌려나갔다 돌아오면 영양실조에 빠지곤 했다. 그렇게 되어 집에 돌아왔다고 별 수가 있는 건 아니었다. 대개가 감자, 보릿겨 수제비, 강냉이, 호박 풀떼기 따위가 주식물이었다. 어쩌다 면에서 겉피와 대두박이 배급되는 수가 있었으나 거의 뜨고 썩어 제대로 양식이 되지 못했다. 그중에서도 대두박은 돼지도 못 먹을 비료에나 쓸 것이 태반이었다. 이질에 걸리는 사람이 속출했다.

이러한 사정을 눈앞에 보면서도 나는 무엇 하나 이들을 위해 해주지 못하는 한낱 방관인인 창백한 인텔리 청년일 수밖에 없었다. 하기는 부끄러운 이 창백한 인텔리 청년도 그즈음 일종 기식엄엄한 속에 살고 있었던 것이다. 가끔 주재소 주임이 지나가는 길에 들른 것처럼 찾아와서는 몸이 좋잖아 시골에 와 있는 걸로 돼있는 내 기색을 은근히 살피고 돌아가곤 했다. 일본인 본래의 약은 친구여서 그때그때의 계절담을 화제에 올려가지고는 요즘 건강은 좀 어떠냐는 등, 평양에는 상대될 친구도 많을 텐데 이런 촌구석에선 심심하고 갑갑할 것이라는 등, 하기야 이런 전쟁때니 꾹 시골에 묻혀 책이나 읽는 게 상책일지 모른다는 등, 아무렇지도 않게 말을 하면서 한쪽 벽에 붙어있는 책꽂이로 힐끗 눈을 주곤 하는 것이었다. 지난 겨울 이 주재소 주임이 처음 집에 찾아왔을 때 그는 책꽂이를 바라보며, 참 책을 많이 갖고 계시다고 짐짓 감탄해보이고 나서, 어디 자기가 읽을 만한 책이 있으면 한권 빌려달라고 하면서 책꽂이 앞으로 다가가는 것이었다. 한참만에 그는 책 한 권을 뽑아냈다. 가와가미·하지메의 〈가난뱅이 이야기〉였다. 나는 속으로 절끔했다. 저자가 말썽있는 사람이었던 것이다. 본시 쿄또제국대학 경제학 교수로 있으면서 당시 마르크스주의 이론의 선봉을 섰던 사람이었는데 만주사변이 일어나고 그것이 중일전쟁으로 확대되면서부터 군국주의가 대두하기 시작하자 검거 선풍이 부는 바람에 그도 체포되고 그의 저서도 판매금지를 당했던 것이다. 그러나 주재소 주임은 그런 체없이, 이 책이 유명하다는 건 알지만 아직 한번도 읽어보지 못했으니 빌려달라고 하면서 가지고 갔다. 그 다음번에 찾아왔을 때 그는 책을 돌려주지도 않고 그 책에 대한 이야기도 하지 않았다. 아마 판매금지를 당한 책이니 압수해간 셈으로 치는지 모를 일이었다. 그날도 그는 허물없는 잡담 끝에 책꽂이를 바라보며 영문과를 전공했는데 어째서 원서가 별로 없느냐고 하고는 우리나라 작가의 책들을 훑어보며 혼잣말처럼, 읽어봤으면 좋으련만 글자를 몰라 유감이라고 하면서 그냥 책꽂이를 향한 채, 문과를 했으니 소설 같은 것을 쓴 일이 있지 않겠느냐는 말을 했다. 나는 내 저서를 책꽂이에 끼워두지 않고 벽장 속에 따로 넣어두길 잘했다 싶었다. 대학 시절에 낸 두 권의 시집과 졸업 후에 낸 단편소설집이 있건만 평양서 불과 사십리밖에 안 떨어진 고향인데도 누구 하나 그것을 아는 사람이 없었던 것이다. 나는 웃으면서 문과를 했다고 다 시나 소설을 쓰느냐고 얼버무려버렸다. 그러면서 나는 요즘도 더딘 붓으로나마 쓴 작품 초고들을 벽장 속에 챙겨 넣어두곤 한 것을 또한 천만다행하게 여겼다. 이날 주재소 주임이 돌아간 뒤 나는 책꽂이의 책 몇권을 벽장 속으로 치워버릴까 했다. 숄로호프의 〈고요한 돈〉과 〈개척된 처녀지〉 그리고 도꾸나가·스나오, 시마끼·겐사꾸 등의 작품집이 혹시 주재소 주임의 눈에 띄게 되면 어쩔까 하는 생각이 들었던 것이다. 그러나 섣불리 책을 옮겼다가는 오히려 재미 없을 것같았다. 이미 주재소 주임은 책꽂이의 그림직한 책들을 모조리 기억하고 있어서 만약 그중의 한 권이라도 없어지는 날이면 대번 그것을 알아보고 이쪽을 더 의심할 것만 같았던 것이다. 나는 도리어 책꽂이에서 뽑아 본 책도 꼭꼭 제자리에 꽂아 그 위치를 바꾸지 않도록 힘썼다. 그리고 내가 쓴 원고는 그것이 어떤 노트조각이건 그때그때 벽장 속에 넣어두기를 잊지 않았다. 이러한 데까지 일일이 신경을 써야 하는 내자신의 위축된 생활이 한없이 불쾌했으나 어쩌는 수 없었다.

그날도 나는 지난날의 원고뭉치를 꺼내어 펴놓고 이것저것 뒤적여보고 있었다. 언제 햇빛을 보게 될는지조차 알 길 없는 원고들, 그중에는 잉크빛이 부옇게 바랜 것도 적지않았다. 남에게 있어서는 한갓 휴지에 지나지않을지도 모르는 이것들이 그러나 내게는 다시 없이 소중한 것이었다. 어둡고 메마른 세월과 함께 자꾸만 위축해 들어가는 내 생활의 명맥을 그런대로 이어주는 한가닥 삶의 보람은 역시 벽장 구석에서 먼지를 뒤집어쓰고 있는 이 원고뭉치가 아닐 수 없었다. 이날 나는 뒤적이던 원고뭉치 속에서 이런 귀절을 하나 주워 읽었다. 《소야, 이 유순한 소야, 어서 뿔을 갈아라, 그리고 언제나 내 힘에 겨운 일은 네가 좀 대신 해주고, 네가 미처 생각지 못하는 것은 내가 대신해주마, 소야, 뿔을 가진 소야.》 오래 전 소년 시절에 노트해 두었던 글귀였다. 그 잉크빛이 부옇게 날아버린 글자를 더듬으며, 이미 소는 나를 위하여 대신해줄 힘은 고사하고 제몸 하나 건사하기에도 어려울 만큼 지쳐버리고, 나는 또 나대로 그를 위해 아무런 방도도 강구해주지 못하는 한낱 창백한 인텔리 청년에 지나지않는다는 것을 깨닫지 않으면 안되었다. 나는 원고뭉치를 챙겨 벽장 구석에 집어넣고는 뒷산으로 올라갔다. 주체할 길 없는 울적이 가슴속을 휘몰아칠 적마다 하는 버릇의 하나였다. 거기 소나무와 상수리나무 숲 사이를 정처없이 마구 싸돌아다니다 저녁 어스름이 깔리기 시작해야 집으로 내려오는 것이다. 그런데 저녁 어스름이 내리기 시작하기 얼마 전 산속이 석양빛에 환해지는 시각이 있었다. 짧은 동안이긴 하나 주황빛 햇살이 모로 나무줄기 새를 들이비춰 하루의 어느때보다도 숲 안을 밝게 만드는 것이었다. 그럴 때 주황빛 석양 속에 서서 주위의 나무들과 함께 유난히 홀쭉하고도 긴 그림자를 지으면서 지금껏 싸돌아다니기에 피곤해진 자신을 들여다보는 것이다. 그리고 피곤의 정도가 더하면 더할수록 어떤 충족을 느끼는 일종의 자학감에 몸을 내맡기곤 하는 것이다. 이날은 그런 시각 좀전이었다. 별안간 가까이서 총소리가 울려왔다. 그게 김구장의 총소리라는 것을 나는 알았다.

　김구장이 어떻게 요즘 세월에 신규로 총포 허가를 받을 수 있었는지 모를 일이었다. 기왕 허가해준 엽총도 이삼년래 안전보관이란 명칭 아래 소할 경찰서에서 거둬들였다가 수렵기에만 내주곤 하던 것이 작년부터는 전시하 자숙하는 의미에서라고 하면서 일체 수렵 허가를 하지 않았던 것이다. 시기가 시기인 만큼 어떤 구실을 붙여서라도 조선사람에게 화기를 소지케 하지 않으려는 속셈인 것이 뻔했다. 그것을 어떻게 김구장이 신규로 허가를 맡을 수 있고, 더구나 수렵기도 아닌 요즈음 사냥질을 할 수 있었을까. 외아들을 학도병으로 자진 내보낸 데 대한 특전이었을까. 그러나 그가 총 허가를 받게 된 경위나 절차보다도 좀더 내게 불가사의하게 생각킨 것이 있었다. 그것은 대체 그가 무엇하러 총을 갖고 사냥을 하지 않으면 안되었을까 하는 점이었다. 요 며칠째 나는 집에서 먼 메아리를 끌며 울려오는 총소리를 들으면서 도저히 김구장과 총과 사냥을 합치시켜 생각할 수가 없었다. 그것은 지금도 마찬가지였다. 총소리 나는 쪽으로 고개를 돌렸을 때 거기 나무숲 사이로 수렵복을 입은 사내의 모습을 발견하고도 그것이 김구장이라는 실감이 얼른 오지가 않았다. 이쪽으로 비스듬히 등을 돌려댄 자세로 서있기 때문에 얼굴을 볼 수 없어 그런 건 아니었다. 그보다도 김구장이 헌팅캡까지 쓴 완전한 사냥복장을 갖추고 거기 총을 잡고 서있어야만 하는 까닭이 도무지 납득이 가지 않는 것이었다. 그러한 김구장과 이런 자리에서 대면한다는 게 서로 쑥스러울 것만 같았다.

나는 그냥 못 본 체 그 곳을 떠나려 했다. 그때 사냥개가 무엇인가를 물고 김구장 앞으로 다가왔다. 그러자 김구장이 무슨 일인지 퍼뜩 주위를 한번 살폈다. 그 서슬에 나를 보고는 잠시 머뭇거리는 눈치더니 가까이 걸어왔다.

운두가 없고 넓적한 헌팅캡을 써서 그런지 김구장의 키는 더 작아 뵈고 탄대를 띤 몸집이 뚱그레 보였다. 그는 내 인사를 받고는 거기 아무데나 주저앉는 것이었다. 땀이 줄을 지어 흐르는 그의 얼굴에는 어딘가 지겨운 빛이 어려있었다. 그렇건만 그는 헌팅캡을 벗거나 땀을 훔치려고도 하지 않았다.

사냥개가 물고 온 죽은 산비둘기를 김구장 앞에 놓더니 그 옆에 앞발을 모아 벋치고 엎드리면서 긴 혀를 입 새로 빼문다. 흰 바탕에 황갈색 반점이 박힌 포인터였다.

"그동안 익숙해지셨군요."

나는 할말을 몰라 죽은 산비둘기와 쌍발엽총을 내려다보며 이렇게 입을 열었다. 그 말에는 대꾸도 않고 한동안 잠자코 있던 김구장이 불쑥,

"누황도라는 데가 어디쯤 되나?"

하고는 바지주머니에서 여러 겹으로 접은 매일신보 한 장을 꺼내어 폈다. 그 제1면에 〈유황도에 대형 20기〉라는 타이틀이 보였다. 미군 사발대형 폭격기 20대가 유황도를 공격해왔다는 것이다. 김구장에게서 전쟁에 관한 얘기를 듣기는 이때가 처음이었다. 나는 요즘 신문의 전황보도에 의해 안 지리 지식으로 유황도가 어디쯤이라는 걸 설명해주었다. 큐슈 지방 가고시마만에서 백여리쯤 떨어진 섬이라고. 그리고 나서,

"참, 재후한테서는 자주 소식이 있는가요?"

하고 물었다.

김구장의 아들 재후가 훈련을 마치고 북지로 갔다는 말은 풍문에 들어 알고 있었던 것이다.

"언젠가 한번 왔드군."
 잠시 말을 끊었다가,
"손톱하구 머리칼을 잘라서 맽겠다는 말을 했습데."
 아마 이제는 전사하더라도 화장을 하여 유골을 가족에게 돌려보내줄 수 없을 만큼 전국이 급박해졌다는 것이리라.
 이때 숲 안이 갑자기 환해졌다. 주황빛 석양이 들이비친 것이다. 나무들의 그림자가 홀연히 선명한 윤곽을 드러내면서 길게 누웠다. 김구장이 벌떡 일어나 탄대에서 알을 뽑아 총에 재었다. 포인터가 앞장을 섰다. 멀지않은 나무에서 산비둘기가 울고 있었다. 총소리가 났다. 그러나 나는 빗맞았다고 생각했다. 김구장의 총 겨냥이 엉망이라는 걸 이만큼에서도 알아볼 수가 있었다. 사실 나무 위의 산비둘기가 푸드득 날아가버렸다. 김구장이 돌아서 긴 그림자를 끌며 이리로 걸어왔다. 땀에 젖은 둥근 얼굴이 주황빛 석양에 담뿍 물들어있었다. 그런 그의 얼굴 오른쪽 턱 가까이 면도에 벤 자국이 하나 드러나보였다. 나는 눈을 비켰다.
"총알이란 그르케 생각했든 것터럼은 잘 맞디가 않아. 지금 것은 넓게 쫙 뿌리는 산탄인데두 좀해서 맞디가 않거든."
 숲속에 들이비친 석양이 걷히었다. 그러자 숲 안은 별안간 그늘이 짙어지는 것같았다. 김구장과 나는 산을 내려오기 시작했다. 포인터가 저만큼 앞서 가며 때때로 서서는 코로 냄새를 맡는다. 나는 문득 김구장이 아까 쏜 산비둘기를 그냥 두고 내려온다는 것을 깨달았다. 그러나 다음순간 나는 그가 일부러 그것을 내버려두고 오는 것이지 잊은 게 아닐 거라는 생각에 잠자코 말았다. 결국 그의 목적은 사냥에 있는 게 아니지 않은가. 도리어 자기가 쏜 총알에 목표물이 맞지 않기를 바라는 심정인 게 아닌가. 아까 사냥개가 죽은 산비둘기를 물고 가까이 오자 퍼뜩 주위를 한번 살펴보던 일, 그리고 나를 발견하자 마치 죽은 산비둘기를 피하기라도 하듯이 터덕거리며 걸어오던 모양.
"데 기름은 뭿에다 쏜대디?"
 마침 동남풍에 송탄유 냄새가 풍겨왔다.
"윤활유라구 해서 기계의 마찰을 적게 하는 데 쓰일 것입니다."

"다른 나라에서두 데른 걸 쓰나?"
 나는 부지중에 김구장의 얼굴을 바라보았다. 마침 그의 오른쪽에 서서 걷고 있었기 때문에 턱 가까이 나있는 면도에 벤 자국이 눈에 들어왔다. 나는 좀전 그의 이 면도에 벤 자국을 보고 눈을 비볐던 일을 생각했다. 그리고 그때 느꼈던 것처럼 지금까지의 물샐틈없이 법도가 서있던 김구장의 생활에 어떤 틈새가 벌어지기 시작한 징조나 아닌가 했다.

 그날 뒷산에서 김구장의 생활에 어떤 변화가 오지 않았나 한 것은 그저 나 혼자만의 예감에 지나지않았다. 이 예감이 그후 김구장의 생활면에 나타났다고 해서 나는 조금도 내가 선견지명이 있었다고 내세울 마음은 없다.
 그해 가을의 양곡 공출은 좀더 혹심했다. 처음부터 군청과 경찰서에서 독려대가 나와 면에서 살았다. 그리고 시시콜콜히 뒤져냈다. 장님놀이라고 해서 지팡이로 헛간이나 부엌바닥을 돌아가며 두들겨 보아 조금만 색다른 소리가 나도 파헤쳐서 쌀 말이나 감춰둔 것까지 긁어냈다. 관솔 공출도 책임량이 높아가고 보국대도 점점 인원수가 늘어만 갔다. 아직 겨울도 닥쳐오기 전인데 농민들의 얼굴이 부황이 나 누르퉁퉁하게 뜨고 부어올랐다.
 그즈음 동네에 소문이 하나 퍼졌다. 김구장이 전답을 팔아가지고 평양과 영원간의 자동차 운수업을 시작했다는 것이었다. 한동안 이 야깃거리가 될 수밖에 없었다. 김구장의 처사를 좋게 말하는 축이 많았다. 공출이 심해지면서부터 지주라고 별다른 혜택을 받는 것도 아닌 토지를 붙들고 앉았으면 뭘하느냐는 것이다. 그리고 자동차 운수업을 시작한 뒤의 김구장의 하루 수입이 얼마나 된다는, 상당히 높은 숫자의 금액이 떠돌아다녔다. 그런데 이런 풍설이 사람들의 입에 오르내린 지 석달도 못된 이듬해 정월달에 들어서서였다. 김구장이 경영하는 사업체에 일대 춘사가 발생했다. 눈길에 힘없는 목탄 버스가 영원 거의 다 가서 있는 자일령고개를 넘다가 미끄러져 낭떠러지로 전복하는 바람에 승객 십여 명의 사상자를 낸 것이었다. 이런 일이 있은 지 얼마 후 평양에 들어가있던 김구장이 그

뒷수습을 하느라고 사업체는 물론, 남은 논밭을 거의 팔아 넣고 마을로 돌아왔다. 시골 부자란 뻔한 것이어서 이제는 기와공장과 밭 몇 떼기, 그리고 집만이 남았다는 말이 들렸다.

나는 마을로 돌아온 김구장을 먼발치로 본 일이 있었다. 밤이었다. 김촌에 막걸리를 만들어 파는 중늙은이 과부아주머니가 있었다. 건달이었던 아들이 어떻게 지원병으로 나가 지금은 상등병이 돼있는 탓에 밀주를 만들어 파는 것을 주재소에서도 눈감아주고 있는 것이었다. 소주라고는 구경조차 못할 때라 나는 간혹 몰래 이집을 찾아가 그 텁텁한 뜨물같은 막걸리를 몇사발 들이켜고 돌아오곤 했다. 그날밤도 나는 이집을 찾아가 가물거리는 등잔 밑에서 막걸리를 들이켜며 이해 정월 초순께 루손도에 미군이 상륙했다는 보도를 안 후부터 몸 가까이 느껴지는 어떤 초조와 불안과 아지못할 기대같은 것을 되씹고 돌아오는 길이었다. 꽤 매운 밤이었다. 나는 주재소 앞을 피하여 김구장네 집 옆을 지나 언덕배기 높은 길목에서 무심코 고개를 돌렸다. 김구장네 후원이 내려다보였다. 거기 초승달이 뜬 차가운 별하늘에 대추나무가 검은 자태를 드러내고 있었다. 나는 고개를 거두려다 잠시 더 그대로 내려다보았다. 대추나무 밑 어둠속에 희끄무레한 사람의 그림자를 발견했던 것이다. 전체의 윤곽으로써 김구장이라는 걸 알 수 있었다. 그가 지금 위를 쳐다보고 있는지 밑을 내려다보고 있는지는 분간이 안되었다. 그저 한자리에 꼼짝않고 서있는 것만은 분명했다. 나는 문득 그동안 김구장을 한번 찾아가 뵈었어야 했을 거라는 생각이 들었다. 그러나 이 추운밤 대추나무 밑에 홀로 꼼짝않고 서있는 그를 바라보면서 내가 그를 찾아가 할 수 있는 위로의 말이란 대체 어떤 것이어야 할지 알 수가 없었다.

그해 이월 초순께는 미군 비행기 팔십오 대가 고오베 부두를 폭격. 그리고 중순경에는 B 29 백 대가 도꾜를 폭격. 삼월에 들어서는 B 29 백오십 대가 도꾜를 공습. 이어서 며칠 뒤에는 야간에 백삼십 대가 도꾜를 폭격. 다시 사월 중순경에는 두번째로 도꾜를 야간에 폭격.

이러한 사월 하순경 어느날 밤 나는 예의 막걸릿집으로 갔다. 좀 더 몸 가까이 느껴지는 초조와 불안과 어떤 아지못할 기대같은 것을 안고. 그날밤 막걸릿집에는 먼저 와 아랫목에 자리를 잡고 있는 손님 한 패가 있었다. 그 속에 김구장이 있었다. 사업에 실패하고 평양서 돌아온 지 얼마 안되어서부터 그가 술을 마시기 시작했다는 소문은 듣고 있었다. 내 인사말을 김구장은 고개만을 끄덕여 받고는 같이 온 사람들과 하던 얘기를 계속했다. 그는 상당히 취해있는 것같았다. 나는 윗목에 앉아 무우장아찌를 안주로 뜨물같은 막걸리를 마셨다. 그러다가 나는 내 귀를 의심했다. 김구장의 하는 얘기가 귀에 들어왔던 것이다. 아주 노골적인 음담패설. 아무리 취담이라 하더라도 김구장에게서 그런 얘기가 나온다는 것은 영 믿어지지가 않는 것이었다. 홑기계로 빡빡 깎은 머리와 면도자국이 파랗게 윤이 나는, 어딘지 모르게 차갑던 인상, 내가 소주 한 되를 갖고 찾아갔을 때 조그만 잔으로 석 잔인가 마시고는 다시 더 받으려고 하지 않던 절조있는 태도. 그동안 일년 반이라는 세월밖에 흐르지 않은 것이었다. 나는 아랫목 김구장한테로 눈을 주었다. 가물거리는 등잔 불빛에 그늘져진 그의 모습은 분명치가 않았다. 그저 머리가 전처럼 홑기계로 빡빡 깎아져있지 않고, 얼굴도 전처럼 파란 면도자국이 윤기가 나도록 밀어져있지가 않았다. 언젠가 뒷산에서 만났을 때 그의 턱언저리에 면도에 벤 자리가 있었던 것이 생각났다. 그리고 그의 아들 재후의 일이. 나는 물론 북지로 가 있다는 김구장 아들의 소식을 알지 못하고 있다. 아마 김구장 자신도 모르고 있기 쉬울 것이다. 나는 막걸리 몇 사발을 연거푸 들이켜고 그곳을 나와버렸다.

오월에 들어서자 베를린 함락, 무쏠리니 체포. 이튿날 무쏠리니 총살, 그 다음날 히틀러 사망 발표. 하루는 맑게 개인 하늘 저 까마득히 B 29 한 대가 지나갔다. 만주 어디의 일본 기지라도 폭격하고 돌아가는 길이리라. 은빛 기체를 빛내면서 서북쪽으로부터 동남쪽을 향해 거침새없이 날아갔다. 그 꼬리에 흰 솜반을 길게 뽑아놓은 듯한 비행운을 달고 있었다. 주재소 주임이 이것을 보고, 한

대 얻어맞아 기관에서 뿜는 연기라고 하면서 이제 얼마 못 가서 추락될 거라고 한 웃지 못할 얘기도 생겼다.

그런 어느날 동네에 놀라운 사건이 하나 일어났다. 대낮에 김구장이 행랑방에 사는 사람의 아내와 누워있다가 남편에게 발각된 것이다. 얼마 전부터 남편은 자기 아내와 김구장의 관계를 눈치채고 있었다는 것이다. 그랬다가 그날 들에 나가는 체하고 숨어있다 현장을 잡은 것이었다. 김구장은 빠져나와 그길로 어디론가 달아나고 말았다. 행랑방 사내가 안방으로 들어가 엽총을 거머쥐고는, 이 집은 내 집이다, 누구든지 함부로 들어오면 쏜다고 소리쳤다. 총은 곧 주재소에서 와 빼앗아갔다. 그날로 김구장 부인은 자기 맏딸네 집으로 가고 말았다. 저녁때 행랑방 사내는 동네사람들을 불러다 사냥개 포인터를 잡았다. 그 고기를 먹어본 사람들이 하나같이 말했다. 보기와는 달리 고기맛이 아주 싱겁기 짝이 없더라고.

동네사람들의 주선으로 집은 도로 내놓고 밭 두 떼기를 행랑방 사내에게 떼어주기로 하고 일단 사건이 수습되었다고 여겨진 어느 날, 평양에 갔던 동네사람 하나가 이런 말을 갖고 왔다. 길가에서 우연히 김구장을 만났더니 김구장의 말이, 그사람을 그냥 집에 들어가 살게 하디, 하며 돌아서다 말고, 메칠 전에 내 아들놈이 군대에서 도망을 텠대, 하고 속삭이고는 얼굴에 웃음을 떠올리더라는 것이다. 그 웃음의 뜻을 나는 알 수 있을 듯했다. 그러나 그때 김구장의 웃음 표정만은 여러가지로 겹쳐진 채 내 눈앞에 어른거려 딱히 이것이라고 얼른 잡혀지지가 않았다.

1961 정월

가 랑 비

　자정이 지나서부터 뿌리기 시작한 가랑비가 별로 더하지도 덜하지도 않고 줄곧 내리고 있었다. 그는 전투경찰대 이십 명 속에 끼어 출발을 했다. 날이 새기까지는 아직 두어 시간 남짓 있어야 하는 꼭두새벽이었다. 가랑비건만 어느새 어깨와 등허리로 빗물이 촉촉히 배어들었다. 여름철인데도 빗물은, 더구나 밤빗물은 으스스했다. 그래도 그것은 나은 편이었다. 군화에 무겁게 들러붙는 진흙덩어리는 정말 질색이었다. 일일이 떨어버릴 수도 없는 노릇이었다. 점점 커진 흙덩어리가 제물에 떨어져 나가길 기다리는 수밖에 없었다.
　진흙은 빗물에 젖지 않았을 때도 곧잘 덩어리가 졌다. 바로 며칠 전, 그는 아내와 어린 자식을 땅속에 묻었다. 경찰관의 가족이라 하여 〈산사람〉들이 내려와 죽였던 것이다. 그가 달려갔을 때는 이미 시체는 가매장이 돼있었다. 파내어 관에 넣어가지고 다시 묻었다. 무덤을 다지는 산역꾼 신발에 붉은 진흙이 덩어리져 엉겨붙었다. 그것을 산역꾼들은 삽날로 훑어 떼어버리곤 했으나 잠시 후에는 같은 모양으로 덩어리져 들러붙곤 했다. 지금 그는 빗물에 젖어 한사코 덩어리져 들러붙는 진흙을 밟으며 묵묵히 걸음을 옮기고 있었다. 이 무거운 발밑 땅속에도 누구의 시체가 묻혀야만 될 것같았다. 그리고 그것은 자기자신의 시체여야 한다는 생각을 하고 있었다.

날이 새면서 비가 멎었다. 그래도 낮게 깔린 두꺼운 구름이 좀처럼 벗겨질 것같지는 않았다. 목적한 마을이 산을 등지고 엷은 안개 속에 나타났다. 열 집이 될까말까한 동네였다. 일행은 경계태세를 취하며 마을 안으로 들어갔다. 예기했던 대로 산사람들은 이미 도망간 뒤였다. 여인의 목쉰 곡소리가 들려왔다. 거기 집 한 채가 홈싹 불에 타있었다. 잿더미에서는 뿌연 연기와 김이 서리어 오르고, 습기에 찬 공기속에 지푸라기와 나무 탄 매캐한 연기냄새가 풍기고 있었다. 마당에 남자의 시체 하나가 뉘어져있어 그 가슴패기 위에 중늙은이 여인이 엎드려 쉰 목을 짜내어 통곡을 하고 있었다. 스물두셋은 났을까. 비에 젖어 종이처럼 하얀 시체의 얼굴에 눈은 감겨져있으나 반쯤 벌린 입에는 응고되지 않은 피가 빗물에 섞여 한입 괴어있었다. 그 한옆에 노파 둘이 고개를 떨군 채 꼼짝않고 서있었다. 어쩔 도리가 없는 듯. 낮게 드리운 하늘에서 가랑비가 다시 뿌리기 시작했다.
 함께 온 경찰대 동료 하나가 여인을 시체에서 부축해 일으키려 했다. 여인이 시체를 꽉 붙잡고 떨어지지 않으려 했다. 그러다가 자기를 부축해 일으키려는 사람이 동네사람 아닌 경찰대원이라는 걸 알아본 듯 후딱 두 손으로 대원의 양팔을 잡고 몸을 일으켰다. 흙투성이가 된 치마가 흘러내려 허리통이 드러나고, 헤쳐진 저고리 자락에는 흙빛보다 붉은 핏물이 들어있었다. 여인은 산발이 된 머리카락이 엉망으로 젖어붙은 얼굴로 대원을 바라보았다. 눈물에 젖은 쾡한 눈 안쪽으로 잦아든 시선이었다. 대원의 팔을 잡은 여인의 손에 힘이 주어지면서 부르르 떨었다. 그럴수록 여인의 눈은 점점 더 깊이 안으로 잦아드는 눈이 되었다. 거품을 문 여인의 입이 몇 번 움직였다. 그러나 무슨 말이 제대로 돼 나오지를 않고 내심의 한없는 고통으로 일그러진 얼굴 가죽이 실룩거릴 따름이었다. 마침내 여인은 붙들고 있던 대원을 떠다밀쳤다. 그리고는 펄썩 주저앉으며 손에 집히는 대로 진흙을 움켜 대원을 향해 마구 던졌다. 대원이 눈살을 찌푸리며 급히 뒷걸음질쳤다. 가까이 있던 동료들도 몇 걸음씩 뒤로 물러났다. 여인이 도로 시체 가슴 위로 몸을 던졌다. 시체가 흔들리며 입에 가득 괴었던 핏물이 양쪽 입꼬리를 타고 흘러내렸다.

 도롱이를 걸치고 헌 밀짚모자를 눌러쓴 중년사내 하나가 가까이 왔다. 손에 든 삽에 온통 진흙이 묻어있는 것으로 보아 무덤을 파고 돌아오는 성싶었다. 사내는 먼저 경찰대 대장에게 수고하신다는 말을 하고는 침통한 얼굴로 왜 좀더 일찍 와주시지 않았느냐고 했다. 어젯밤까지 두번째나 산사람들이 내려와 동네서 기르던 짐승과 양식은 말할 것도 없고 젊은 사람들을 모조리 끌고 갔다는 것이다. 대장이 사내에게 몇 놈이나 되더냐고 물었다. 다섯 놈이라고 했다. 이어서 사내는 혼잣말처럼 그놈들이 종내 어젯밤에는 부엌바닥에 숨어 있는 사람마저 이렇게 죽이고 갔다고 중얼거리고는, 한 집을 향해 아무개 좀 나오라고 소리를 쳤다. 그 집에서 한 오십 가까운 파리한 사내가 굳어진 표정으로 들것을 메고 나왔다. 두 사내는 가까스로 여인을 떼어놓고 시체를 들것에 올려놓았다. 들것을 맞잡고 일어서는데 여인이 와락 달려들려다가 그냥 그자리에 주저앉아버리고 말았다. 내심의 고통이 다시없는 중량을 갖고 짓누르는 듯이. 곁의 두 노파가 그 중량에 이끌리는 거나처럼 말없이 웅크리고 앉으며 여인의 어깨에 손을 얹었다. 걷는 대로 들것 위의 시체가 혼들렸다. 입에 괴인 핏물이 자꾸 흘러내렸다. 그 위를 가랑비가 한결같이 적시고 있었다. 핏자국이 씻기는 게 아니고 핏물이 더 번져나가고 있었다. 죽창에 가슴을 찔린 시체의 창백한 얼굴에는 아직 육체적인 고통의 빛이 남아있는 듯했다.
 가매장한 그의 아내와 어린 자식의 시체를 들어냈을 때는 이미 썩기 시작한 검푸른 빛깔로 변한 채 그러한 육체적인 고통조차 찾아볼 수 없었다. 똑같이 죽창에 가슴을 찔린 자리에는 진흙이 핏물과 엉기어 굳어져있었다. 산역꾼이 그것을 잡아떼었다. 그자리에 거무칙칙한 자국이 드러났다. 지푸라기 모아 켠 걸로 눈에 메워진 흙을 쓸어냈다. 사람의 눈구멍이 이처럼 깊을 수가 있을까. 그는 공연히 시체를 들추어냈다 싶었다. 산역꾼이 다음에는 반쯤 벌려진 입 안에 찬 흙을 파냈다. 어린것의 아랫니 두 개가 진흙물이 들어있었다. 그 조고만 이가 흙을 긁어내는 나무꼬챙이가 닿을 적마다 빠질 것처럼 간들거렸다. 그는 그만 어서 관에 넣어 묻어버리라고 했다.

　마을에 남은 사람들을 모두 한곳에 모이도록 했다. 노인들과 부녀자와 아이들뿐이었다. 잠시 그치는 듯싶던 가랑비가 도로 이어지는 속에 그들은 너나없이 불안과 공포로 굳어진 얼굴들을 한 채 몸을 움츠리고 있었다. 아이들은 또 어른들 곁에만 붙어 돌았다. 이들에게서 피해상황이나 정보를 옳게 수집한다는 것은 불가능했다. 대개 이런 경우에 그러하듯이 그들은 서로의 눈치만 살필 뿐, 이렇다 할 말들을 하지 않는 것이었다. 후환이 두려운 것이다. 사람들을 거기 세워놓고 집집을 수색하기 시작했다. 혹시 어디 잠복해있는 자나 없나 해서였다.
　어떤 집에 들어가 뒤지고 있으려니까 좀전의 도롱이를 입은 사내가 들어서며 자기 집이라고 한다. 이 사람만은 동네를 위해 일하는 사람으로 믿어졌기 때문에 돌아서 나오기로 했다. 그런데 집 둘레를 뒤지고 있던 대원 하나가 이상한 것을 알렸다. 집 뒤 처마끝에 늘어져있는 참대막대기를 가리키기에 가까이들 가 보니 죽창이었다. 처마밑에 바싹 붙여 매어두었던 것이 어떻게 한쪽 새끼가 풀어지면서 늘어진 것이리라. 사내는 천연스레 토끼 사냥을 하려고 만들어뒀던 것이라고 했으나 당황해하는 빛을 감추지 못했다. 다시 들어가 집을 샅샅이 뒤졌다. 아니나다를까 헛간 구석 검부러기 속에서 칸델라가 나왔다. 사내는 또 이내, 가을철 게 잡을 때 쓰던 것이라고 했다. 이 말에 한 대원이 큰소리로 따졌다. 그래 가을철두 아닌 지난밤엔 무얼 잡느라고 이걸 들고 다녔느냐고. 반 남아 석유가 들어있는 칸델라에는 젖은 물기 때문에 검부러기가 붙어 축축한 채로 있었다. 어젯밤 산사람들을 위해 사용됐음이 틀림없었다. 먼젓 대원이 다시 족쳤다. 아까 죽은 청년두 당신이 일러바쳤지? 사내는 질린 얼굴로 그렇지 않다고 했다. 아무튼 데리고 가서 자세히 조사해보는 수밖에 없었다. 갑자기 사내가 말이 많아졌다. 자기는 아무런 나쁜 짓도 한 게 없다는 말을 연신 곁들여가며 늘어놓는 얘기에서 이런 것을 알 수 있었다. 산사람과 연락을 갖고 있는 건 아무개 엄마라는 것, 그네의 남편은 자진해서 산에 올라갔는데 그가 간밤에 내려와 청년을 찔러 죽였다는 것, 그리고 지난밤에 여편네까지 데리고 갈 참이었으나 비도 오고 하여 경찰대가 그처럼 들이닥칠 줄은 모르고 늑장을 부리다가 미처 못 데리고 달아났다는 것. 하여튼 저리 가서 보자고 했다. 사내가 멈칫 서더니 도롱이를 집에 벗어 두고 오겠다고 했다. 비가 그냥 내리는데 무슨 일인가 했다. 사내는 집 쪽으로 몇 발자국 옮기다가 도롱이를 벗어던지더니 홱 몸을 돌려 산 쪽으로 달아나는 게 아닌가. 서라고 고함을 쳤다. 사내는 허겁지겁 달리기만 했다. 대원 중 누구의 총부리에선가 불이 뿜어졌다. 사내의 머리에서 필렁 밀짚모자가 날아났다. 그와 함께 사내는 한 발을 헛디딘 듯 휘뚱하고 앞으로 꼬꾸라졌다. 대원 하나가 달려가 죽은 걸 확인하고 돌아왔다.

아무개 엄마라는 여자는 곧 찾아낼 수 있었다. 모여선 동네사람들 속에 어린것에게 젖을 물리고 있던 젊은 그 여자는 남편에 관한 것을 묻자 대번 입술을 호들호들 떨기 시작했다. 집에 가 보니 과연 이삿짐 보따리로 뵈는 짐이 몇 꾸려져있었다. 산사람과 내통하고 있는 사실이 드러나면 다른 사람들에게 본보기를 뵈기 위해 즉결처분을 해도 괜찮게끔 돼있었다. 그가 나서서 이 여자는 자기가 처치하겠노라고 했다.
여자가 핏기 걷힌 낯으로 어린애만은 동네사람에게 맡기게 해달라고 했다. 그는 안된다고 한마디로 잘라버렸다. 단호한 그의 말씨에 여자가 더 말을 못하고 어린애를 꼭 안은 채 오들오들 떨기만 했다.
여자를 마을 뒤 골짜기로 향해 앞세웠다. 그러면서 그는 복수심에서 오는 어떤 아지못할 쾌감같은 것을 느끼고 있었다. 너의 남편 되는 작자도 오늘밤 내려와서는 참혹한 꼴을 보고야 말겠지. 더도 말고 내가 며칠 전 내 아내와 어린것에서 느낀 만큼만 네놈도 쓰라림을 맛봐야 한다. 아니 네놈은 네 여편네와 어린것의 얼굴에서 채 사라지지 않은 고통의 흔적마저 읽어야 할지도 모른다.
여자의 걸음이 더디었다. 그는 재촉했다. 여자가 좀 빨리 걸으려다가 고무신 한 짝을 진흙속에 빠뜨려버렸다. 여자는 남은 한 발마저 벗어버리고는 맨발로 걸었다. 낮게 드리운 하늘에서는 여전히 가랑비가 뿌리고 있었다. 여자의 옷은 온통 비에 젖어 몸에 붙고, 아랫도리는 붉은 흙투성이가 돼있었다.

 한 곳에 이르러 그는 여자더러 서라고 했다. 그리고 이쪽을 향해 앉게 했다. 여자는 모든 걸 단념한 듯이 하라는 대로 순순히 좇았다. 그는 카빈총 방아쇠에 손가락을 걸었다. 여자가 소름치듯 하며 눈을 감았다. 하얗게 식은 얼굴에 빗물이 방울져 흘렀다.

 그는 눈을 똑바로 뜨고 이쪽을 보라고 했다. 총구를 바라보게 하고 쏠 작정이었다. 그는 다시 어린애도 이쪽을 향해 안으라고 했다. 어린놈도 앞가슴에다 정통으로 구멍을 뚫어놓고 말 테다.

 여자가 어린것을 포대기에서 뽑아 돌려 안았다. 어린것이 물고 있던 젖을 빼내어 그런지 얼굴을 찡그리며 울려고 했다. 상관 않고 총을 겨누었다. 그러자 어린것의 눈에 그의 모습이 비친 듯, 빗속에 조고만 손을 내저으며 벙글거리는 것이었다. 그러는 어린것의 하얀 아랫니 두 개가 그의 눈에 들어왔다. 그는 방아쇠를 두 번 잡아당겼다.

 ──그애가 올해 열두살 됐을 겝니다. 우리 애하구 동갑이었을 테니까요.
 마흔이 바라뵈는 복덕방 집주름 사내는 이야기 끝에 이렇게 담담히 말했다.
 사내의 허수레한 양복을 바라보며 나는,
 ──그래 경관을 그만둔 지는 오랜가요?
 ──그럼요…… 글쎄 바루 지척에다 두구 총을 두 방석이나 헛맞혔으니 경관 자격이 있습니까.

1961 삼월

송 아 지

이 이야기는 6·25 동란을 겪은 어느 시골 국민학교 어린이가 피난 때 자기 동무의 당한 일을 쓴 작문에 기초를 두고 있다.

《돌이네가 송아지를 사온 것은 삼학년 봄방학 때였습니다.》
 아주 볼품없는 송아지였다. 왕방울처럼 큰 눈에는 눈곱이 끼고, 엉덩이뼈가 앙상하게 드러난 볼기짝에는 똥딱지가 다닥다닥 붙어 있었다. 어디 이따위 송아지가 있어. 돌이는 아버지가 몇 해를 두고 푼돈을 아껴 모아 사온 송아지가 기껏 이런 것이었나 싶어 적잖이 실망과 짜증이 났다.
 그래도 한 달 남짓 콩깍지와 사초를 잘게 썰은 여물에 콩도 한 줌씩 넣어 먹였더니 좀 송아지꼴이 돼갔다.
 그동안 돌이는 아침마다 송아지를 마당비로 쓸어주었다. 어머니가 외양간이나 안뜰에서 쓸면 털이 장독에 날아든다고 하여 집 뒤 도토리나무 밑으로 가 쓸어주곤 했다. 처음에는 나무에 고삐를 매고 쓰는데도 이리저리 날뛰던 것이 차차 익어져서 이제는 제법 의젓하게 가만히 서있다. 아마 비로 쓸어줄 때의 시원한 맛을 아는 모양이었다. 이따금 큰 귀를 쫑긋거리면서 눈을 가느스름하게 뜨고 있는 것이다. 똥딱지가 깨끗이 떨어져나간 볼기짝을 꼬리로 슬슬 치면서.

 어느날 송아지의 코뚜레를 꿰주었다. 코뚜렛감은 벌써 아버지가 장만해둔 게 있었다. 노가주나뭇가지를 잘라다 불에 고리처럼 휘어 가지고 지붕 위에 올려 말려서는 칼로 껍질을 벗기고 옹이를 다듬고 하여 아주 매끈하게 만들어두었던 것이다.
 아버지가 앞집 아저씨와 함께 송아지를 데리고 방앗간으로 갔다. 거기서 뒷허리와 목을 방앗간 도리에다 잡아매고는 앞집 아저씨가 엄지손가락과 둘쨋손가락으로 송아지의 코를 그러쥐었다. 송아지는 큰 눈을 희번덕거릴 뿐 고갯짓도 못했다. 아버지가 신꼬챙이를 송아지 코로 가져갔다. 코를 뚫을 참인 것이다.
 돌이는 여기까지 보다가 그만 돌아서고 말았다. 매애매애애 하는 송아지의 코멘 소리가 들렸다. 조금 후 코뚜레 꿰는 일이 끝난 듯하여 돌아다보니, 송아지 코에서 피가 흐르고 눈에는 눈물이 괴어 있었다. 저것두 사람처럼 눈물을 다 흘린다!
 집으로 돌아온 돌이는 떡갈잎으로 코피를 닦아주려 했다. 송아지가 겁을 먹고 눈 흰자위를 드러내며 고개를 내둘렀다. 임마, 널 좋게 해줄려구 그러는데 왜 이래.
 저녁때 여물은 어른들 몰래 콩을 몇 줌 더 갖다 넣었다.

 뜯어먹을 만한 풀이 돋자《돌이는 학교에서 돌아오는 대로 송아지를 데리고 방죽으로 나갔다가 저녁때가 되어야 돌아오곤 했어요.》돌아오는 길에 언제나 방죽 밑으로 내려가 강물을 먹였다. 한번은 물을 먹여가지고 다시 방죽 위로 올라오니까 고삐가 팽팽해졌는데도 송아지가 자꾸만 앞서 가기에 코뚜레 꿴 코가 아플 것같아 고삐를 놓아준 일이 있었다. 그랬더니 막 달려서 혼자 집을 찾아가는 게 아닌가.
 그로부터 돌이는 강물을 먹여가지고 방죽 위에 올라서서는 고삐를 놓아주고 집까지 달음박질 경주를 하곤 했다. 언제나 이 경주에서 돌이가 졌다. 동네치고 제일 높은 곳에 있는 집까지의 언덕배기를 송아지는 단숨에 껑충거리며 달려 올라가는 것이다. 이럴 때 송아지 꼬리가 약간 뻗쳐지는 것을 재미있다고 생각하며 돌이는 경주에 지고서도 만족해했다.

방죽 안쪽은 논밭이었다. 그 낟알잎을 송아지가 뜯어먹는 수가 있었다. 그러면 돌이는 고삐를 바투 쥐고 송아지의 따귀를 때린다. 힘껏 때리는 시늉을 하지만 실제는 가볍게 툭 소리가 날 뿐이다. 임마, 그건 먹음 못써, 다시 그런 짓 했단 알지? 이렇게 몇번 따귀를 맞고 타이름을 받고 나서도 송아지는 어쩌다 돌이가 한눈파는 틈을 타서는 슬쩍 혀끝으로 낟알잎을 감아들이는 수가 있었다. 돌이는 여전히 시늉만인 센 따귀를 때리면서 뇌까리는 것이다. 임마, 그건 먹음 못쓴대두, 다시 또 그럴 테야 정말?

그런 지 얼마 후부터는 낟알잎을 안 먹게 됐다. 《고삐를 놓고 돌이는 방죽에 앉아 숙제를 하는 일도 있었습니다.》 그러다가 때로는 누워 잠이 들기도 했다. 잠결에 목이 선뜩거려 눈을 뜨면 저녁그늘이 내린 속에 송아지가 혀로 목을 핥고 있는 것이다. 이제는 집에 가자는 듯. 방죽을 내려가 물을 먹이고는 언제나처럼 집까지 달음박질 경주.

《그 무시무시한 6·25가 일어났습니다.》

군대가 한 차례 밀려 내려왔다가 밀려 올라갔다. 그동안에 동네에서는 한 집이 비행기 폭격을 맞아 홀랑 날아가는 바람에 일가가 몰살을 당하고, 동네사람 하나는 포탄 파편에 맞아 다리 하나를 못 쓰게 됐다. 그리고 군대들이 동네에 들를 적마다 곡식을 모아가고, 닭과 개와 돼지를 잡아가고, 소를 끌어갔다.

돌이네 집에 와서 송아지를 끌어가려 했다. 돌이가 송아지 목을 그러안고 놔주지 않았다. 송아지와 함께 얼마를 질질 끌려갔다. 군인이 총부리를 들이댔다. 그래도 돌이는 송아지의 목을 꼭 안은 채 떨어져나가지를 않았다. 지독한 놈이라고 하면서 군인이 그냥 가버렸다.

겨울철에 들어서자 북으로 올라갔던 군대가 도로 밀려 내려왔다. 그 뒤로 중공군이 구름처럼 몰려 내려온다는 풍문이 돌았다. 사실 북쪽에서 먼 천둥같은 폿소리가 들려왔다. 《온 동네가 피난을 떠나기 시작했습니다.》 곡식을 거둬가고, 짐승을 끌어가는 것은 둘째로 하고 저번에 집과 사람이 한꺼번에 날아가버린 일과 다리 하나를 못 쓰게 된 사람의 일이 남의 일같지가 않은 것이었다.

《돌이네도 피난가야 했습니다.》
 떠나는 날 새벽 돌이는 아버지에게,
"송아지두 데리구 가지?"
했다.
 아버지는 그냥 짐만 꾸릴 뿐 대답이 없었다.
 돌이가 재우쳐 물었다. 그제야 아버지는 손만을 잠깐 멈추고 돌이는 돌아보지도 않고,
"안된다, 강 얼음이 아직 엷어서…… 사람이나 겨우 밟구 건널까 말까 한데 소야 되나,"
하고 한숨을 짓는 것이다.
 어제 누구넨가도 소가 미끄러지지 않게끔 얼음 위에 흙과 재를 깔아놓고 나서도 종내 얼음이 엷어 사람만 피난간 일이 있는 걸 돌이도 알고 있었다.
 할수없었다. 돌이는 콩을 담뿍 넣어 쑨 여물을 송아지에게 잔뜩 먹여가지고 예전과 같이 집 뒤 도토리나무 밑으로 가 마당비로 쓸어주고는 도로 외양간에 들여다 매었다. 그리고 콩깍지를 몇 아름이고 안아다 주고, 구유에다는 물을 가득 부어놓았다.
 이걸 보고 있던 어머니가,
"그렇게 해놔두 소용없다. 콩깍진 이제 밟게 되면 못 먹게 되구, 물두 얼면 못 먹을걸."
 문득 돌이는 무엇을 생각했는지 방으로 들어가 공책뚜껑을 뜯더니 그 뒷면 한복판에다 연필에 침을 묻혀가며 큼직한 글씨로 이렇게 썼다.
〈이 송아지에게 콩깍지와 물을 좀 주세요.〉
 떠날 채비를 다 하고 난 아버지가 곰방대에 담배를 담으며,
"이제 군대가 들어오면 대번 잡아먹구 말 텐데……"
 돌이는 다시 연필에 침을 묻혀가지고 좀더 큰 글씨로 한옆에 썼다.
〈군인 아저씨 꼭 부탁합니다.〉

그리고는 칡에 꿰어 송아지 목에 매달았다.
간단히 꾸린 짐을 아버지는 지고, 어머니는 이고, 돌이는 조그만 보따리를 하나 지고 집을 나섰다. 나서기 전에 돌이는 송아지를 향해 말했다. 내 곧 데리러 올게 응.

방죽을 내려 강에 들어서며 돌이는 발로 얼음을 굴러보았다. 딱딱했다.
앞섰던 아버지가 돌아보며,
"살살 걸어, 가운데루 갈수록 살얼음이니까."
강 한가운데는 어른의 한 길이 넘는다. 어서 거기까지 꽝꽝 얼어도로 와서 송아지를 데려갈 수 있게 됐으면 오죽 좋을까 하고 돌이는 생각했다.
강을 반 남아 건넜을 즈음 돌이는 무심코 집 쪽을 돌아다보았다. 뜻밖에도 송아지가 외양간에서 나와 싸리울타리 너머로 이쪽을 바라보고 있는 게 아닌가. 그리고 별안간 송아지가 버둥거리는 것같더니 싸리울타리를 뚫고 달려나오는 게 아닌가. 고삐를 끊은 것이다.
송아지는 쏜살같이 언덕배기를 내려 이리 달려오는 것이었다. 먼 발치로도 꼬리가 뻗쳐져있는 걸 알 수 있었다. 야, 빠르다, 빠르다. 방죽을 지나 얼음판에 들어섰다. 요행 흙과 재를 깔아놓은 데로 달려오긴 하지만 저러다 미끄러져 넘어지기라도 하면 어쩌나. 돌이는 송아지가 달려오는 쪽으로 마주 걸어나갔다.
뒤에서 어머니와 아버지의, 돌이야, 돌이야, 하는 째진 목소리가 연달아 들렸다. 그러나 그 소리가 귀에 들어오지 않는 듯 그냥 마주 걸어나가는 돌이의 얼굴은 환히 웃고 있었다. 이제 조금만 더, 이제 조금만 더.
송아지와 돌이가 서로 만났는가 하는 순간이었다. 우저적 얼음장이 꺼져들어갔다.
한동안 송아지는 허위적거리며 헤엄을 치려고 안간힘을 썼으나 얼음물 속에서 사지가 말을 안 듣는 듯 그대로 얼음장 밑으로 가라앉기 시작했다. 그러한 송아지의 목을 돌이가 그러안고 있었다.

1961 시월

그래도 우리끼리는

　마음을 다져먹고 ALCOLBING이란 약을 사왔다. 알콜이란 발음이 첫머리에 붙었다고 해서 성급하게, 하아 술꾼이라 주독 푸는 약을 써가며 술을 마시려는 모양이구나, 하고 속단하는 사람이 있을는지 모른다. 그러나 천만에. 알콜에 관한 것이긴 하지만 사실은 안티 알콜 즉 금주에 사용하는 약인 것이다. 이 얼마나 갸륵한 일인고.

　돌이켜보면 실로 헤아릴 수 없을 만큼 많은 시간을 술로 허비해 버렸다. 끈덕지게도 매일같이 마셔온 술. 태평양전쟁 말기에 정종 한 홉을 배급받아 마시기 위해 술집 앞에 줄서 기다려야 했을 때도 비가 오나 눈이 오나 하루도 빠짐이 없었다. 아마 애인과의 데이트도 이처럼 성실치는 못했으리라. 오후 다섯시에야 술집문이 열리는데 적어도 반 시간 이상 먼저 가 기다리곤 했다. 줄 앞자리에 서게 되면 잔을 받아 술맛을 즐기고 어쩌고 할 새도 없이 후딱 들이켜고는 다시 줄 뒤꽁무니에 대어선다. 운수가 좋으면 한잔 더 얻어먹는 수도 있다. 형편이 더 차례에 돌아올 것같지 않으면 사람이 덜 서 있는 다른 술집으로 달려가야 한다. 그 추접스런 꼴이라니. 이렇듯 술로 인해 소비한 시간은 줄잡아서 하루 한 시간씩만 쳐도 삼십년 동안에 만여 시간이 되는 것이다. 열 시간에 책 한 권 읽는 셈으로 따져도 천여 권의 서적을 독파했을 시간이요, 그 시간에 작품 구상만 했어도 몇 편의 작품은 좋이 나왔을 것이다. 그뿐이랴, 전에는 그래도 술을 먹고도 밤늦게까지 책을 보거나 원고를 쓸 수가 있었는데 요즘은 술이 들어가기만 하면 아무것에도 손을 대지 못하는 것이다. 불혹의 나이도 지나 이제 지명의 나이에 접어들려 하지 않느냐, 이래서는 안되겠다, 정말 이래서는 안되겠다, 하면서도 이날 이때까지 술을 끊지 못하고 질질 끌어왔던 것이다. 본시 우유부단한 소인이라 타력에 의존하지 않고 자신의 결심만으로는 어쩌지 못하는 것이다. 어쩌다 하루 이틀 술을 거르는 것도 이를 뽑았다든가 또는 감기같은 것이 심해져서 통 술이 몸에 받아지지 않을 때뿐인 것이다. 작심 사흘이라지만 작심 하루도 못 가는 터라 아무래도 타력에 의한 금주법을 써야겠다고 강구한 나머지 사온 것이 ALCOL BING 이었다.

약병과 함께 갑 속에 든 치료방법 설명문이 대단했다. 이 약은 소량의 알콜에 대해서도 알콜 과민증을 초래하여 환자로 하여금 육체적으로 견뎌내지 못하게 함으로써 반 강제적인 금주 상태에 이르게 한다는 것이다. 말하자면 복용중 위스키 15cc 정도의 분량만 섭취해도 얼굴이 상기되고 가슴이 울렁거리고 맥박이 빨라지고 숨이 가빠지다가 조금만 알콜분이 지나치면 혈압이 급강하하고 구토와 함께 현기증을 일으킨다는 것이다. 이렇게 해서 나중에는 술냄새만 맡아도 두통이 생겨 고개를 돌리게 하고 만다는 것이다. 그런데 복용 전 준비와 주의가 꽤는 까다로웠다. 최초의 복용을 시작할 때까지 최소한 열두 시간은 여하한 알콜분이 든 음료도 섭취해서는 안된다. 특히 취했을 때의 복용은 금물이다. 이것이 힘든 조건이었다. 밤에 술을 마시고 집으로 돌아오는 길에 이 약을 사온 터라 다음날 오전 열한시쯤 복용해야 할 참인데 주의사항에 또 왈, 이 약을 복용 후 졸음기가 생기는 수가 있으니 그때는 수면을 취하도록 하라는 것이다. 이게 문제가 아닐 수 없다. 오전 열한시쯤은 직장에 나가있을 시간인데 졸음기가 온다고 소파에 길게 누워 잠을 잘 수도 없는 일. 그러니 취침 전에 복용을 개시해야 할 터이나 저녁이면 또 한잔 걸치고 싶은 생각을 억제치 못해, 에라 오늘 하루만 연기하자고 술집문을 밀고 들어서는 것이다. 다이아진보다 두께가 좀 얇은 모양의 약이 든 병을 테이블 한옆에 놓아둔 채, 하루가 다음 하루로, 다음 하루가 또 그다음 하루로. 지지리도 의지 박약한 줄장부이다.
 그러나 가만있자. 술이 끼친 시간적 낭비가 이루 말할 수 없을 만큼 크기는 하지마는 그것이 다만 낭비만의 헛된 시간이었을까. 나면서부터 허약해빠진 몸이 곧잘 체증에 걸려 고생을 하곤 했다. 그때마다 이건 어떻게 돼먹은 밥주머니인지 다른 약으로는 듣지 않고 따끈한 소주로야만 막혔던 것이 풀려 내려가곤 하는 것이다. 열 소리할 때부터 그랬다. 그후 성인이 되어 술을 대량으로 마시기 시작하면서부터는 체증이 깨끗이 가셔졌다. 감히 장담하거니와 술이 내면적으로 위장이나 그밖의 신체 어느 부분에 어떤 해를 끼치고 있는지는 몰라도 적어도 체증만은 없애주었던 것이다. 술의 덕이라 우선 아니할 수 없다.
 그것만이 아니다. 본디 주변머리 없고 소심쟁이여서 남 앞에 나서기를 꺼려하고 항상 무엇엔가 쫓기고 있는 듯한 심정에 사로잡혀 있는 위인으로, 술만이 이런 불안과 공포에서 구출해주는 것이다. 태평양전쟁 말기에 저녁마다 술집 앞에 줄섰다가 한 홉 술을 구걸하듯이 얻어 들이켜고는 허둥지둥 다음 술집으로 달려가는 가련하고도 추접스런 꼴을 해야만 했던 것도 당시 어쩔 수 없는 불안과 초조를 조금만이라도 덜기 위함이 아니었던가. 구차스런 변명으로만 생각지 마시라. 그무렵 이런 일도 있었다. 영문학자로 지금은 출판사를 경영하고 있는 원형이 자기 조모님 생신날 쓰려고 가까스로 구해놓은 술 중에서 두 되를 들고 나와 같이 공동묘지를 찾아가 이름도 모를 무덤 사이에 숨어서 오징어발을 씹어가며 한꺼번에 그 소주 두 되를 다 쪄웠다. 둘이는 거나해지자부터 아무도 듣는 사람 없는 공동묘지에서 당시의 암담한 시국에 대한 비판을 마음놓고 떠들어대어 오랫동안 쌓였던 울적을 발산시켰던 것이다. 그러면서 몇번이고, 어떻게든 살아야지, 죽지 말구 살아야지, 하고들 목이 메어 외쳤던 것이다. 그러다가 제물에 지쳐서, 그러나 이상스레 좋은 기분으로 이름도 모를 무덤가에 기대어 잠들이 들었다. 으스스 몸에 스며드는 냉기를 느껴 눈을 떠 보니 하늘에 별이 총총했다. 시내 쪽은 등화관제로 어둠에 덮여있었다. 그것은 이곳 공동묘지와 다름없는 죽음과 같은 어둠이었다. 그리고 그 어둠은 둘의 가슴속에도 덮여있었다. 그때 둘이는 술을 조금만이라도 남겨두지 않은 걸 얼마나 아쉬워했던고.

1·4 후퇴 때 처자를 먼저 친척이 마련한 트럭에 끼워서 남쪽으로 내려보내고 혼자 피난민차 꼭대기에 올라탈 때에도 무엇보다 술 한 병을 구해 가슴에 안고 있었다. 차 지붕꼭대기에도 사람이 빼곡하여 간신히 비집고 앉았다. 밤이었다. 진눈깨비가 사정없이 얼굴을 때렸다. 머플러로 머리와 얼굴을 싸매고 외투깃을 바짝 올려세우고 낯모를 사람들의 틈에 조그맣게 박혀앉아 되도록 눈바람을 피하기 위해 고개와 상체를 꺾고 소주병 주둥이를 빨고 빨고 했다. 기차는 당최 떠나지를 않고, 밤이 깊어가면서 눈발은 굵어지고 바람은 세어지고, 급기야 기차가 움직였는가 하면 정거장마다 장시간의 정차, 때로는 가다가 도중에 뒷걸음질을 쳐 먼젓 정거장으로 되돌아오기도 하는 것이었다. 진눈깨비는 머플러를 적시고 외투의 어깨와 등허리를 적셔 내의 안까지 얼음물을 번지어놓고, 초조와 불안과 비분은 겹쳐 가슴을 억누르는 속에서 그래도 조금이라도 추위를 잊게 하고 초조와 불안과 비분을 덜게 해준 것이라곤 25도짜리 술밖에 없었던 것이다.

예술의 신은 단순하다. 모든 것을 제쳐놓고 자기만을 위해 달라고 한다. 마음이 좁은 계집같다. 질투가 심하다. 자기를 푸대접은 고사하고 딴데 한눈만 파는 눈치를 보아도 싹 돌아서고 만다. 그리고는 담을 쌓고 이쪽이 어떻게 되든 아랑곳도 않는다. 잔인하기 이를데없다. 그런데 술의 신은 좀 유가 다르다. 상당히 복잡한 성격의 소유자이다. 자기의 수많은 추종자를 정신병이나 자살 직전에서 건져내주는 은덕을 베푼다. 그러다가 자기를 버리고 가는 자가 있어도 고이 보내준다. 그런가 하면 자기를 좋아하는 적잖은 사람들에게 횡포성을 일으키게 하기도 하고 심지어는 입을 비뚤어지게 하고 팔다리를 못쓰는 병신을 만들어놓기도 한다. 좀 짓궂은 데가 없지않다.

얼마 전 동대문께의 헌책방에 들렀다가 저녁때 어느 술집에서 혼자 술을 마셨다. 얼근히 취해 그만 일어서려고 하는데 눈에 뵈지 않는 누군가가, 한잔만 더 마시지, 하고 속삭였다. 소리는 작고 낮으나 미묘하게 마음속을 흔드는 속삭임이었다. 잠시 망설인 후에, 아니야, 하고 자리에서 일어나고 말았다. 그즈음 금주는 못하더라도 절주만이라도 해야 한다고 마음먹고 있었던 참이었다. 그럴 만한 까닭이 있었다. 어느날 여자 졸업생한테서 편지를 받았다. 문안편지였다. 그래도 옛 선생을 잊지 않고 있다는 게 고마웠다. 그 편지글 속에 사모님도 안녕하시냐고 하고는 《지금이니까 말씀드립니다마는 재학 시절 한때는 선생님을 홀아비 선생님이 아니신가 생각한 적이 있었습니다》하고 나서 자기가 그렇게 생각하게 된 이유로서 수염을 자주 깎지 않더라는 것과 가끔 덟은 와이셔츠를 그냥 입고 다니더라는 점을 들고 있는 것이었다. 이 대목을 읽으면서 절로 얼굴이 화끈거렸다. 다음을 읽는 둥 마는 둥 부리나케 편지함 깊숙이 감추어버렸다. 물론 아내가 남편에게 오는 편지를 일체 뜯어보지 않는다는 걸 알고 있다. 그러나 혹시 만의 일이라도 그것이 아내의 눈에 띄게 되어, 여보 대체 어떤 모양을 하구 다니기에 나까지 망신시키는 거요? 할라치면 대꾸할 말이 없는 것이다. 사실 이것은 전혀 내 탓이지 아내의 탓은 아닌 것이다. 남편의 수염을 깎아주는 아내가 이세상에 있을 것같지 않고, 와이셔츠만 해도 예비로 밀려가는 것이 많지는 않아도 두세 벌은 되니 말이다. 아내는 덧붙여 말할 것이다. 그 다 뭣때문인지 아세요? 술 때문예요, 술, 나이가 부끄럽지 않수? 제자한테 그런 창피까지 당하시면서. 아내의 이 말에도 아무런 대꾸를 할 수가 없다. 아내의 말이 옳은 것이다. 정말 지나치게 몸차림같은 데에 무관심해왔다. 그것이 다른 사람의 경우에는 어떤지 몰라도 술 때문에 더한 것같다. 만취했던 다음날 아침은 면도는 그만두고 세수하기도 싫다. 수염을 한 닷새씩 안 깎는 게 보통이다. 그러다가 수염을 깎을 때는 혼잣속으로 중얼거린다. 무슨놈의 수염은 이렇게 자꾸 자라 성활 먹일까, 숫제 수염이 될 것이 머리카락으로 보충됐으면 얼마나 좋담. 와이셔츠 갈아입는 것도 또 그렇다. 개켜둔 것을 꺼내어 펴서 단추를 일일이 따야 하고 무엇보다도 입으면 빳빳한 깃이 목에 거북스럽고 편안치 않은 게 싫다. 그리고 갈아입은 그날로 소매 끝이 술상에 닿아 덟고

그래도 우리끼리는 159

얼룩지기가 일쑤다. 그렇지만 다시 갈아입는 것이 성가셔서 며칠이고 그냥 입고 다닌다. 그러면서 생각하는 것이다. 은행에 다니는 사람들은 매일같이 면도를 해야 하고 머리에 기름을 발라야 하고 깨끗한 와이셔츠를 입어야 한다는데 그런 은행원이 안되길 잘했다고. 그런데 이건 은행과 아무 관계도 없는 처지에서 제자한테 홀아비같은 몸차림을 하고 다닌다는 지적을 받았던 것이다. 그후부터 일대 반성을 하여 되도록 수염도 자주 깎고 덮기 전에 와이셔츠도 갈아입기에 힘써오고 있다. 그러느라니까 자연 거울을 대하는 도수도 많아지게 마련인데, 그 거울 속에 비친 얼굴을 마주바라보며 새삼 감개무량해지곤 한다. 별것 아니다. 머리에 서릿발이 늘어가고, 그것만이라면 또 괜찮으련만 점점 낙발이 심해져 이마는 위로 넓어지고 정수리께는 번번하여 그야말로 노인의 형상을 여지없이 노정하고 있는 것이다. 나이값을 해서라도 이제부터는 절주만이라도 하여 남에게 추한 꼴을 보이지 않도록 해야지. 그날밤은 제딴은 그런 결심에서 한잔 더 하라는 속삭임을 묵살하고 술집을 나와버렸던 것이다. 버스 정류장으로 가니 마침 떠나려고 하는 차가 있어 올라탔다. 그게 잘못이었다.

 차내는 그리 만원이 아니었다. 한쪽 자리에 가 앉았다. 그리고 눈을 감았다. 술을 먹고 전차나 버스를 타면 눈을 감는 게 습관처럼 돼있었다. 눈을 감고 혼자 도연한 기분을 즐기는 것이다. 몇번이나 정류장에 멎었다 떠났을 때일까, 별안간 차체가 왼쪽으로 급커브를 한다고 느껴진 순간 그대로 나동그라져버렸다. 정신을 차리고 보니 주위는 아비규환. 여기저기 신음소리와 울부짖음소리. 누군가가 부서진 출입구로 끌어내어준다. 파고다공원 좀 지난 곳이었다. 백차가 모여들고, 앰불런스가 달려오고, 들것에 사람을 실어 나르는 광경이 가로등 불빛 속에 보였다. 버스가 전복된 것은 옆골목에서 나오는 택시를 피하다가였다는 것이다. 끌어내어준 사람이 백차를 타고 병원에 가라고 한다. 몸을 움직여보니 등허리가 뻐근하게 결리고 이마가 좀 까져 쓰릴 뿐 제대로 걸을 수가 있어 병원에까지 가지 않아도 될 성싶었다. 딴 버스를 바꿔타고 집으로 돌아오며 생각했다. 좀전에 술집에서, 한잔만 더 마시지, 하던 속삭임.

그리고 그 속삭임과 함께 마음속에 어떤 묘한 암시같은 것이 스치고 지나가 잠시 망설이다 제딴엔 용단을 내어 무엇을 뿌리치듯 그곳을 나와버렸던 일.

쵝근 아메리카 해군사상 최대의 불상사가 일어났다. 핵잠수함 스레셔호가 대서양에서 연습중 실종된 것이다. 원인은 분명치 않으나 깊이 8,400 피트의 해저에서 수압으로 말미암아 폭파 침수된 것으로 추측하고 있다. 승무원은 129명. 수색 활동이 맹렬히 전개되고 있으나 지금까지 발견된 것은 침몰된 스레셔호로부터 해면에 떠오른 것으로 보이는 기름과 흰빛 누렁빛의 장갑과 파편뿐이다. 승무원들의 구출은 차치하고 시체조차 찾을 길이 막연한 것같다.

여기에 살아남은 사람이 셋 있다. 이 배에 탈 예정이었던 한 명의 장교와 두 명의 수병이다. 신문 보도에 의하면 장교는 가족의 병으로 인해 승선치 못했고, 수병 두 명은 배 타기 전날 밤 술을 과음하여 승선 시간에 늦어졌다는 것이다. 관심의 대상은 바로 이거다. 과음이 단순한 과음이었을까. 모르긴 몰라도 심해의 어두운 밑바닥에서 헤어나지 못한 129명의 생령들도 거의 전부가 음주가였을 것이다. 그것도 보통 주량이 아닌 해군 특유의 호주가들이었을 것이 틀림없다. 그들도 승선 전날 밤에, 혹은 가족과 함께 혹은 친구나 애인과 함께 혹은 혼자서 어디서고 술을 마셨을 것이다. 곤드레만드레가 되도록 마신 사람도 더러는 있었을 것이다. 그러나 자기네 임무를 다하다 귀중한 목숨을 잃은 생령들에게 대해 송구스럽기 짝이없는 말이나 결국 그들은 술의 신의 은총을 받지 못한 셈이 된다.

가족의 병으로 인해 승선치 못한 장교는 예외로 치고, 술 때문에 승선치 못하여 오히려 희생된 동료들에 대해 면목없고 불명예스럽게 생각할 두 명의 수병더러 술의 신의 은총으로 살게 되었다고 하는 것은 옳지 않을는지 모른다. 그러나 그들이 고의적으로 폭음을 하고 배 타는 것을 회피하지 않은 이상 역시 술의 신의 은총을 받았다고 볼 수밖에 없는 것이다.

전날 밤 아마 한 수병은 포스마스 항구의 어느 뒷거리 싸구려 술집 카운터 한구석에 자리잡고 앉아 한시바삐 바다에 나가길 원하며 냉수 마시듯 술을 들이켰을지 모른다. 혹시 결혼 전에는 술 못하는 남잔 모든 면에 여유가 없어 싫다던 아내가, 그가 술을 먹고 명랑해지는 것을 퍽이나 좋아하고 허튼소리를 잘 받아주던 아내가 요즘와서 늘 이런 앙탈을 부리지는 않았는지. 제발 술을 끊으세요, 밤낮 이러구만 살 수 있어요? 저축 하나 없이 월부금 붓기에두 진력이 났어요, 어디 완전히 우리 물건 된 게 있어요? 텔레비전두 내달까지 치러야죠? 전기세탁기는 아직두 여덟 달을 더 부어야 끝이 나요, 벌써 돌이 지난 딸애 생각두 해야 할 게 아네요? 우선 당신 술부터 좀 끊으세요, 라고. 다른 한 수병은 아파트 불도 켜지 않은 자기방 창가에 앉아 먼 밤하늘을 바라보며 술을 마셨을지도 모른다. 그는 뭍의 온갖 모진 것에서 받는 말할 수 없는 중압감을 못견더하는 사람은 아니었는지. 네모나게 구획지어진 거리, 거기 즐비하게 서있는 네모진 빌딩, 거기에 무수히 붙은 네모꼴 창구들, 그 안 네모진 방에 놓였을 네모진 뭇 도구들, 그리고 그 속에 사는 인간들의 모진 사고방식. 이러한 모에서의 해방감을 가져다줄 바다를 생각하면서 찔끔찔끔 술을 마셨을지도 모른다. 이렇게 두 수병이 각각 다른 장소에서 다른 심정으로 술을 마시고 있는데 눈에 뵈지 않는 누군가가 그들에게 속삭였다. 두 사람이 제가끔 이젠 술을 그만 마셔야겠다고 생각했을 때 속삭임소리가 들려왔으니 그 시각도 서로 달랐을 것이다. 그저 속삭임의 내용만이 같았다. 한잔 더 마시지. 두 사람의 마음속 대답도 같았다. 아냐, 낼 아침 승선 시간에 늦음 안돼. 속삭임소리가 또 들렸다. 그대가 남달리 바다에 나가구 싶어하는 심정은 이해한다. 그렇지만 한잔 더 마시지. 그 때 두 사람은 똑같이 자기 마음속 깊이에서 조용히 솟아나는 어떤 계시와도 같은 것을 느꼈던 것이다. 한 사람은 잠자코 냉수 마시듯, 다른 한 사람은 찔끔거리며 술을 마셨다. 한잔 더. 두 사람은 묵묵히 그 속삭임소리에 좇았다. 이런 속삭임과 묵시가 왜 하필 이 두 수병에게만 왔는지는 알 길이 없다. 그저 그것은 술의 신의 소관이지 인간이 관여할 성질의 것이 아니라는 걸 추량할 따름.

윌리엄·제임스의 신비주의라는 글 속에 이런 귀절이 있다. 《알콜은 그 숭배자를 사물의 냉랭한 외곽지대로부터 사물의 찬란한 핵

심으로 이끌어준다. 그리고 술 취한 동안 그로 하여금 진리와 일체가 되게 한다.》

일전에 학생들과 함께 선생 몇이 정송강 묘소를 찾은 일이 있다.
 천안까지 기차로 가, 거기서 진천행 버스로 바꿔탔다. 길도 좋지 않기는 하지만 이건 마냥 버스가 기어간다. 충청도 사람들의 유장한 말씨를 닮아서 그런가. 하지만 버스가 느린 탓에 옆에 끼고 가는 산마다 한벌 깔린 진달래꽃을 천천히 완미할 수 있어 노상 갑갑하지만은 않았다.
 이 진달래 감상에서 딴데로 주의를 끌게 한 것이 있었다. 바로 앞자리에 앉은 두 여인의 이야기였다. 이야기를 하는 사람은 창 쪽으로 앉은 여인이었다. 지난 겨울 눈 쌓인 이 길에서 버스가 미끄러져 길 아래로 굴러떨어졌다는 것이다. 여인이 창밖 낭떠러지를 손으로 가리켰다. 이 여인도 그 버스에 타고 있었다. 어린것에게 젖을 물리고 있는 참이었다. 버스가 전복하는 순간 딴 생각은 없었다. 어린것을 살려야 한다는 생각만으로 어린것을 품에 꼭 보듬고 무릎과 가슴을 안으로 꺾어 몸을 동그랗게 했다. 탔던 사람들이 모두 부상을 입고 한 사람은 죽기까지 했다. 그런 속에서 이 여인과 어린것만은 손가락 하나 다친 데가 없었다는 것이다. 숭고하리만큼 아름다운 이야기를 들으며, 공과 같이 둥근 것이 전복되는 차내에서 구르는 광경이 눈앞에 떠올랐다. 어떤 험한 장애물에 부딪쳐도 퉁겨나는 탄력을 가진, 게다가 안팎이 성스러운 것으로 채워지고 둘러싸여져있는 공과 같이 둥근 것이. 반쯤 몸을 일으켜 조심히 앞자리 등받이 위로 넘겨다보았다. 입술을 보일락말락 연 채 어린것이 엄마 무릎 위에 안겨 잠이 들어있었다. 돌이 아직 안돼 보이는 사내애였다. 축복해주고 싶었다. 아가야, 이세상 젤가는 엄마를 가진 아가야, 마음 푹 놓구 자거라, 그리구 구김살없이 무럭무럭 자라거라. 이때 퍼뜩 생각나는 게 있었다. 언젠가의 밤에 있었던 일. 술집에서 한잔 더 마시지, 하는 말을 듣지 않고 나와 버스를 타고 집으로 돌아오는 길에 차가 전복됐던 일. 그때 이마를 가볍게 무엇엔가 스쳤을 뿐 다른 데는 아무런 상처도 입지를 않았다. 그것

그래도 우리끼리는

은 역시 술을 먹고 있었기 때문이 아닐까. 술을 안 먹었던들 버스가 전복하는 순간, 이젠 죽는구나 하고 허둥대다가 큰 부상을 입었을는지도 모를 것을 얼근히 취해있어 심신을 술기운에 내맡기고 있었기 때문에 떼구루루 구른 탓이 아닐까.

진천에서 하룻밤 자고 다음날 아침 청주행 버스를 타고 한 이십리쯤 가 문백이라는 데서 내렸다. 여기서 송강 묘소가 있는 어은동까지 약 3킬로. 국도에서 얼마 들어가지 않아 길 오른편에 국민학교가 있고, 그 교정 한끝에 아름드리 거목이 일여덟 그루 드문드문 서있는 게 보였다. 굵다란 가지들이 죽죽 미끈하게 하늘 높이 뻗어 있다. 대체 무슨 나무일까. 잎이 아직 나있지 않았다. 일행은 그중 제일 큰 나무를 배경하여 기념사진을 찍었다. 그리고 나서 한 나무에 써붙인 패짝을 보니 어럽쇼, 그 흔해빠진 플라타너스가 아닌가. 거리에 먼지를 뒤집어쓰고 서있는, 줄기에는 헌데 자국 투성이요 가지는 인위적인 전정으로 비틀어진 플라타너스도 이렇듯 대기 속에 자연스럽게 자라면 딴 모습으로 보이는구나 하는 어이없는 감탄들을 하며 싱거운 웃음을 웃었다. 마을을 하나 지났다. 거기서부터는 계곡의 오솔길이다. 좌우 산에 낭자하게 편 진달래꽃. 산 몸뚱이가 온통 연분홍 흙으로 덮인 것만 같다. 남녘에서 처음 풍성하게 보는 진달래꽃이었다.

어은동은 계곡 맨끝 좀 두드러진 곳에 자리잡은 20호 가량의 작은 마을이었다. 대추나무 감나무들을 많이 심었다. 담배 건조장이라는, 지붕 한가운데 통풍구를 만들고 그 위에 또 조고만 지붕을 만든 집이 두셋 눈에 띄었다. 송강의 16대 종손이란 분의 집을 찾아가 사랑채 뒷마루에서 잠시 쉬고서 여기 온 목적인 송강의 묘를 찾았다.

산소는 마을에서 3백 미터쯤 서남쪽으로 떨어진 등성이 위에 있었다. 앞에는 둘째아드님 부부의 합장묘요, 그 뒤에 송강이 부인과 함께 합장으로 묻혀있었다. 비석은 돌옷이 끼어 글자가 희미하나 애석으로 만든 상석만은 해방 뒤에 후손이 새로 갈아놓아 아직 돌빛이 생생했다. 상석 앞에 분향을 하고 가지고 온 약간의 음식과 술을 부어 일행이 음복을 한 뒤 학생들은 아드님 무덤 앞으로 내려

보내고 선생들은 송강의 분묘 앞에 둘러앉아 송강에 관한 이야기를 주고받으며 술잔을 나누었다. 술맛이 좋았다. 좀전 쉴 때 마신 물도 그랬지만 진천 일대의 물맛이 그리 좋으니 술맛이 나쁠 리가 없다. 이것만은 자신있게 말할 수 있다. 어느 고장에 가서든 물맛을 보고 그곳의 술맛을 미리 알 수 있는 것이다. 거꾸로 술(주로 막걸리)맛을 보고 그 고장의 물맛을 짐작할 수도 있는 것이다. 여지껏 다녀본 고장의 술맛으로는 전의 것이 제일이고, 다음이 장흥, 그다음이 선산. 충주와 안성 것은 그저 쑬쑬. 그밖에 이곳저곳의 급락의 선을 오르내리는 술 가운데 제주도의 토주만은 완전히 낙제. 물맛도 여기에 준한다. 이곳 진천 술은 장흥 것과 비등하달까. 송강의 권주가가 생각났다.

  흔 盞 먹새근여
  또 흔 盞 먹새근여
  곳 것거 算 노코
  無盡無盡 먹새근여
  ....
  누른히 흰들 ᄀ 눈비
  굴근눈 쇼쇼리ᄇ람 불 제
  뉘 흔 盞 먹쟈 홀고
  흔물며 무덤 우희
  진납이 프람 불 제야
  뉘우촌돌 엇디리

물론 송강이 이 진천 술맛을 생전에 보았으리라고는 생각되지 않는다. 1536년 서울서 태어나 파란곡절이 심한 생애 끝에 임진왜란이 일어난 이듬해인 1593년에 별세하여 선천의 묘소가 있는 고양군 땅에 묻혔었다. 향년 58세. 후에 송시열이 이곳에다 산소자리를 선정하고 이장해온 것은 1665년. 그리고 나서부터 후손들이 이 진천땅에 들어와 살게 되었으니 송강 생전에 이곳 술맛을 보며 읊은 권주가로는 볼 수 없다. 그건 어쩌됐든 송강의 분묘 앞에서 그가 지은 권주가를 입속으로 외며 이처럼 감칠맛 있는 술을 마신다는 것은 또 별미가 아닐 수 없었다. 송강 모양 꽃을 꺾어 셈을 놓아가며 마시는 멋은 못 가졌을망정 그대신 술 한 잔에 산 가득히 핀 진달래꽃을 한 번씩 바라보며 잔을 기울이는 것도 짜장 홍취가 없는 것도 아니었다.

산소를 내려와 황송스럽게도 송강의 종가댁에서 차려내온 국수로 점심 요기를 하고 나서 집 뒤에 있는 사당으로 갔다. 방 안쪽 벽에 위패가 모셔있고 그 좌우에 송강과 후손들의 문집이 옛 냄새를 풍기며 차곡차곡 쌓여져있다. 그리고 송강과 친교가 있던 분들의 서한이며 후손들의 교지가 보관되어 있다. 여러가지 유물 가운데 특이한 것이 둘 있었다. 옥배와 은배. 옥배는 송강이 중국 사신으로 갔을 때 신종황제에게서 선물로 받아온 것이라고 한다. 옥을 깎아 만든 잔으로 크기와 모양이 꼭 홍찻잔같은데, 양쪽에 손잡이가 있고 바깥면은 중국의 산수화가 새겨져있다. 한편 은배는 복숭아를 세로 가른 형상의 이른바 도배라는 것으로 선조임금이 하사한 술잔인 것이다. 웬만한 쪽박만 했다. 요즘 서울거리에서 파는 대폿잔 잔반은 실히 담길 것이다. 선조임금이 이 은배를 하사하면서 아침 조례에 들어오기 전에는 이것으로 석 잔 이상은 마시지 말라고 당부했다고 한다. 이것으로 석 잔이면 서울의 대폿잔으로 다섯 잔 푼수. 송강이 애음한 술의 종류가 어떤 것이었는지는 몰라도 적어도 지금 서울거리에서 파는 그런 뜨물처럼 밍밍한 막걸리는 아니었을 것이 분명하니, 이 은배로서 석 잔도 결코 적은 술이라고는 볼 수 없다. 더구나 조례 전의 아침술에 있어서랴. 미루어 그가 얼마나 술을 좋아했는가와 그 주량이 어느 정도였었는가가 가히 짐작되고도 남음이 있다. 그런데 과연 송강이 선조임금의 분부대로 꼭꼭 석 잔 술만 마셨을까. 기분에 따라서는 그 이상도 마시지 않았을까. 물론 석 잔을 다 마시고도 지금 자기가 마신 것이 두 잔째지 하고 한 잔 더 마시는 그런 소인의 옹졸한 행위는 취하지 않았을 것이다. 그저 마음속으로 임금께, 죄송하오이다, 하고는 다섯 잔이고 일곱 잔이고 마시는 날도 있지 않았을까. 옛 기록에 보면 송강의 성격이 협애하다는 평을 들을 만큼 강직했던 모양이나 한편 기분에 좇는 이토록 약한 구석도 있었던 게 아닐까. 그럼으로 해서 권주가를 비롯해 관동별곡이며 사미인곡이며 성산별곡이며 그밖의 여러

귀중한 작품들을 낳을 수 있은 게 아닐까. 이런 망상에 지나지않는 생각을 하며 은배를 두 손에 받들고 있느라니 좌우 만산의 진달래꽃이 잔 듬뿍이 와 담기는 것같았다.

 아직도 ALCOLBING 은 책상 위에 놓인 채 한 알도 줄지 않고 있다. 내일은 꼭, 내일은 꼭, 하고 다짐하는 마음조차 흐려지고 말았으니 설마 송강을 빙자삼으려는 심사에서는 아니겠지. 아무튼 이 무슨 지지리도 못난 소인의 소위인고.

1963 오월

비 늘

─옛날 한 서생이 명주(지금의 강릉)에 공부를 하러 왔다가 이곳 어느 양가집 낭자의 아름다운 용모에 끌려 몇번인가 시를 써보내어 말을 걸었다. 낭자가 마침내 회답하여 말하기를, 여자가 어찌 함부로 남자의 말에 응할 수 있으리오, 아무쪼록 귀공이 과거에 급제한 뒤에 부모의 승낙을 받아와야만 이루어질 수 있을 것이라고 했다. 서생은 곧 서울로 돌아가 과거공부에 전심했다. 그러는 동안 낭자의 집에서는 사위를 맞게 되었다. 혼례식이 있기 며칠 전 서생을 잊지 못해 하는 낭자는 평소 먹이를 주어 기르던 연못 속 고기를 향해, 너만은 내 심정을 알리라, 하고 헝겊에 쓴 편지 한 통을 던졌더니 잉어 한 마리가 뛰어올라 그 편지를 물고 어디론가 사라졌다. 한편 서울 있는 서생의 집에서 하룻저녁, 찬거리로 잉어 한 마리를 사다가 배를 가르니 그 속에서 헝겊에 쓴 편지 한 통이 나왔다. 그 편지를 본 서생은 부친에게 자초지종을 아뢴 후 승낙을 얻어가지고 낭자의 집으로 달려오게 되었다. 때마침 사위될 사람이 문전에 이르러있었다. 서생은 잉어 뱃속에서 나온 편지와 부친의 청혼서를 낭자의 부모에게 보이니 이를 본 낭자의 부모도 괴이히 여겨, 이는 하늘이 하는 일이라 사람이 어찌 좇지 않을 수 있으랴, 하고 사위될 사람을 돌려보내고 서생을 맞아들였다.

이 이야기는 고려사 〈악지 고구려 속악부〉에 명주가라는 노래의 유래로서 기록돼있는 것이다. 서생이 잉어 뱃속에서 나온

낭자의 편지와 부친의 청혼서를 가지고 낭자의 집으로 달려와
부른 노래가 명주가다. 그러나 이 노래가 생기게 된 유래만 적
혀있고 노래 가사는 전해지지 않고 있다. 그리고 유득공의 〈이
십일도 회고시〉에 인용된 〈강릉지〉에 의하면 여기의 서생과 낭
자는 강릉 김씨의 시조 김주원의 부친 무월랑과 모친 연화부인
이라고 돼있다. 그 연화부인이 손수 먹이를 주어 고기를 길렀
다는 못은 현재 강릉시 남쪽을 흐르는 남대천 인도교 위 둑 밑
에 있는 반석 부근이라 전해지고 있다.
 그런데 여기 또 하나 잉어와 관련된 이야기가 있으니, 이는 경포
호수를 배경으로 한, 옛날 얘기 아닌 최근의 이야기다.
　　　☆
 지난 일요일에는 원형과 같이 금촌 수로로 낚시질을 가기로 약속
이 돼있었는데 원형의 어린애가 홍역이 더쳐서 갑자기 입원했기 때
문에 갈 수가 없게 되어 혼자 나섰다.
 금촌에서 버스를 내려서는 제일 가까운 다릿목 수로를 택했다.
마음먹었던 길이라 나오긴 했어도 혼자서 멀리까지 찾아갈 생각이
일지 않았던 것이다.
 어제의 비 정도론 괜찮을 줄 알았는데 예상외로 물빛이 붉어있었
다. 초심자의 안목에도 입질이 좋을 것같지가 않았다. 낚시꾼이 몇 안
되었다. 그러나 모처럼 여기까지 왔다 그대로 돌아갈 수도 없는 노릇
이어서 다리 아래편에 자리잡고 칸반짜리와 두칸반짜리를 담갔다.
 생각과 틀리지 않았다. 게한테 낚시 하나를 잃으면서 점심때까지
잡은 것이 세네치짜리 붕어 두 마리에 잡어 몇 마리였다. 소풍나온
셈 치자고 도시락을 먹고 담배를 두 대짼가 붙여물었을 때였다. 돌
연 두칸짜리의 찌가 껌뻑거리지도 않고 쑥 물속으로 들어갔다. 대
를 잡는 순간 낚시가 무엇엔가 단단히 걸린 줄만 알았다. 그러나
다음순간 줄이 핑 하고 울면서 꿈틀 낚싯대를 타고 어떤 묵직한 생
물의 움직임이 팔뚝에 전해져왔다. 끝대가 편자모양 휘면서 부러질
것같아 접결에 낚싯대를 놓아버렸다.
 물속의 생물이 낚싯대를 달고 줄기차게 아래로 내려가다가 휘익
돌아서더니 다리밑까지 가서 다시 휘익 돌아서 방향을 바꾸는 것이

다. 그 오가는 거리가 그다지 멀지는 않았다. 주위에 앉았던 낚시꾼들이 모두 일어나 구경을 하고 있다. 얼굴이 뜨거웠다. 이런 경우 원형이나 오형같았으면 멋지게 처리를 했을 텐데.

한참을 물속의 생물이 오르내리더니 낚싯대가 둑 가까이 와 멎는다. 두근거리는 가슴으로 뜰채를 집어 물속의 생물을 위로부터 마구 덮어씌워가지고 둑 위로 내동댕이쳤다. 잉어였다. 꽤 큰 잉어였다. 눈 어림으로도 자가웃은 실했다. 두 손아귀에 잔뜩 차고 남는, 미끄럽게 꿈틀거리며 펄떡이는 이 가슴속까지 울려놓는 선율. 붕어가 아니면 어떠냐. 잉어를 살려갖고 오기 위해 낚싯대를 거둬 챙겼다. 어롱 바닥에 물축인 풀을 깔고 덮고 하여 집까지 돌아와 보니 아직도 펄펄했다. 집안식구들에게 오늘 저녁은 기막힌 생선회를 맛보여준다고 서투른 솜씨로나마 회를 만들었다. 처음에는 먹기 전에 탁본을 떠놨다가 친구들에게 보일까도 했으나 그만두고 말았다. 탁본 뜬다는 자체가 귀찮기도 했지만 설사 탁본을 떠보았댔자 본시 민물고기 낚시에 있어서는 붕어 외의 것은 잡어라고 해서 안중에 두지 않으니 묵살당할 것이 뻔한 일이요, 다음은 아무리 초심자에게 어쩌다 큰 고기가 물리는 수 있다 하더라도 이만한 것을 어떻게 잡았으랴 하고 믿으려들지 않을 것이기 때문이었다. 아예 누구한테 얘기조차 하지 않기로 마음먹었다.

잉어회를 저녁상에 올렸으나 집안사람들은 그다지 구미에 당기지 않는 모양으로, 한 젓가락씩 입에 대어보고는 그만이다. 혼자 소주를 마시며 안주로 삼고 나머지는 냉장고에 간수해달랬다가 다음날 또 안주로 했다.

이런 일이 있은 지 이틀 후 뜻하지 않았던 사람으로부터 편지 한 장을 받았다. 강릉 경포마을 은영이에게서였다.

"촌이라서 뭐 안주가 있어야죠."
주인노파가 이빠진 술사발과 김치보시기를 앞에 가져다 놓았다.
작년 팔월 초순께의 일이다.
경포대를 내려와 호수 기슭을 좀 걷고 나니 설핏하게 날도 기울고 몸도 피곤해 바다 구경은 내일로 미루고 술 파는 집을 찾아 들어갔다. 대개 시골 술파는 집이 그러하듯이 여름철에는 툇마루에 앉아 술을 마시게 돼있는 집이었다.
　속으로, 막걸리에는 안주가 별로 필요치 않지, 하고 있는데 노파가 다시,
"생선이라면 될 수 있지만서두."
"생선이라니 바닷것 말인가요?"
　전복이나 해삼이 있었으면 좋겠다고 생각했다.
"아니죠, 여기 호수에서 잡은 고기지요."
　저런 호수에서 대체 어떤 고기가 잡히나 싶어 물으니까,
"뱀장어, 잉어, 가물치 그런 거죠 뭐."
"그럼 잉어 요리를 하나 부탁할까요,"
하고 저도모르게 요리라는 말까지 붙여 말해버렸다.
　이곳 강릉 경포대를 찾을 때는 아예 큰 기대를 갖지 않았었다. 세상에 널리, 절경이다, 승경이다, 장관이다, 기관이다, 하고 알려진 명승고적일수록 정작 찾아가 보고는 그만 실망할 때가 적지않은 것이다. 차라리 그림엽서로 보았던 편이 나았을걸, 하는 탄식의 소리가 튀어나오기 일쑤다. 그러나 와 보니 경포대의 경관만은 그런대로 수수했다. 대 위의 정자라는 것은 아무데서나 흔히 볼 수 있는 그런 것이었으나, 거기에서의 전망의 구도가 무던했다. 호수와 바다가 가까이 인접해있는 것이다. 서로 이웃해있는 큰 담수의 호수와 망망한 함수의 바다. 그저 이 서남쪽은 그만두더라도 서북쪽 기슭이 동편 호반처럼 해송이 울창했더라면 한층 풍치를 돋울 수 있었으련만.
　그런데 경포대를 내려와 논 사잇길로 해서 호숫가에 섰을 때 그만, 아하아 하는 한숨이 절로 새어나오고 말았다. 정자에서 내려다 보았을 때는 거리가 있어 잘 몰랐는데 막상 가까이서 보니 호숫물은 수초에 덮여 검고 탁하고, 밑바닥은 감탕흙인 것이다. 물이 거울처럼 맑다 하여 경포라 했다는데 이 무슨 일일까 싶었다. 심하게 말하면 구정물이 모인 큰 웅덩이같다고나 할까. 달이 뜨면, 하늘에도 달, 바다에도 달, 호수에도 달, 술잔에도 달, 이렇게 달이 넷이 된다는 말들을 하지만, 하늘과 바다의 달은 어떨는지 몰라도 이

호수의 달만은 황량한 감을 줄 것만 같았다. 그런 물속에서 자란 고기가 뭘 변변하랴 싶으면서도 한번 맛을 보아두고 싶었던 것이다.
 주인노파가 자기집 여남은살 돼뵈는 사내애더러,
"얘, 곰보아저씨한테 가서 잉어 있으면 한 마리 가져오시라고 해라,"
한다. 집에 준비돼있는 게 아니고, 손님의 소청에 따라 딴데서 가져오게끔 돼있는 모양이었다.
 노타이 앞자락을 헤치고 땀을 들이며 담배를 피우고 있으려니까 심부름 갔던 애가 나이 오십줄에 들어섰음직한 사내와 같이 사립문을 들어선다. 사내의 한 손에 지푸라기로 아가미를 꿴 한 자쯤 되는 잉어 한 마리가 들려져있었다. 사내의 얼굴은 심한 곰보는 아니고 이른바 살짝곰보라는 것으로, 코언저리가 조금 얽어있었다.
 흥정이 끝나 값을 치르자 사내가 우물가에 앉아 지푸라기를 풀어냈다.
"회루 하시죠?"
"글쎄……"
 잠시 망설이지 않을 수 없었다. 맛을 보려면 회로 먹어야겠지만 깨끗지 못한 물에서 자란 고기라 혹시 토질병이라도 지니고 있으면 어쩌나 하고 겁이 났던 것이다.
"날루 먹어두 괜찮습니까?"
"괜찮다뿐예요. 못 먹어 탈이지, 먹구 병난 사람은 아직 못 봤습니다."
 사내가 퉁명스럽게 한마디 하고는 칼로 비늘을 긁기 시작한다. 비늘이 여러가지 색깔로 빛난다. 잉어가 요동을 치니까 칼등으로 대가리를 두세 번 때린다. 비늘을 다 긁고 나서 대가리를 잘라냈는데도 입을 뻐끔거린다. 보기엔 안됐지만 싱싱한 생선이라는 느낌이 들었다.
 흙물이 든 광목 고의적삼 밖으로 드러난 사내의 완강한 정강이와 팔뚝을 바라보며, 검은 호수에서 고기잡이를 하며 사는 그에게 은근히 흥미가 갔다. 그래 생선을 다 다루고 돌아가려는 그를 붙들었다.
"할머니, 잔 하나 더 주십쇼. 술이란 대작이 있어야지 심심해서 어디."
 실상은 그렇지도 않았다. 곧잘 독작을 즐기는 편인 것이다.
 사내는 마루끝에 궁둥이를 붙이고 앉아 거의 무표정한 얼굴이었다.
 잉어회는 호수 바닥이 감탕인데도 해감냄새도 별로 없고, 포들포들한 살이 씹으면 보드랍게 입안에 풀려드는 품이 제법이었다.
"저런 곳에서 이런 잉어가 잡히다니 거짓말같군요. 낚시루 잡은 건가요?"
 술잔을 몇번 비운 뒤 이렇게 말을 건네보았다.
"웬걸요. 촉고루 잡은 겁니다. 호수에 수초가 잔뜩 덮여놔서 어디 낚시질을 할 수 있나요."
"호수가 본래부터 저렇지야 않았겠죠?"
 검은 호수 쪽을 내다보며 물었다.
"저렇지는 않았다니요? 본시 물이 저렇게 더러웠느냔 말씀인가요?"
 성난 사람처럼 무뚝뚝하게 되묻고는,
"지금은 저모양이지만 옛날엔 무척 맑았다구 하드군요. 바닥에 깔린 모래알을 셀 정도였다니까요. 깊이두 지금은 허벅다리께까지밖에 안 차지만 옛날엔 어른 어깨까지 찼었대요. 원래가 그리 깊은 호순 아니죠. 게서 빠져죽은 사람은 여태 하나두 없답니다. 그래서 군자호라는 이름이 붙어있죠."
"지금은 그 달구경이라는 것두 그리 신통할 것같지 않아 뵈던데요."
"왜요, 아직두 칠월 기망이나 추석날 밤은 볼 만합니다. 구름이 끼거나 해서 해마다 볼 수 있는 건 아니지만서두 달 뜰 때 호수에 쭈욱 달기둥이 뻗치는 건 볼 만합니다."
 아무리 그것이 볼 만하다 하더라도 지금이 음력칠월 초순머리니 어쩌는 도리가 없었다.
 술을 되반쯤 먹었을 때 사내가 변소에라도 가는 듯 말없이 일어나 밖으로 나갔다 좀만에 돌아오는데 보니 손에 가물치를 한 마리 들고 있는 것이다. 한 자가 좀 넘어 보였다.
사내가 익숙한 솜씨로 또 회를 쳤다.
혹 나중에 술이 취하여 잊어버리기라도 하면 안될 것같아 주머니에서 돈을 꺼내며 값을 물었더니 사내는 정색을 하며,
"이건 제가 내는 겁니다,"
한다.
그 값이 얼마인지는 몰라도 가물치 한 마리를 거저 낸다면 이편에서 술을 먹자고 붙든 것이 되레 안됐다는 생각이 들어 다시한번 값을 받으라고 했더니,
"괜찮습니다. 이걸 시내에 갖구 가봤자 몇푼 못 받습니다. 아까 선생님께 판 건 굉장히 비싸게 판 셈이죠. 깎으실 줄 알구 미리 비싸게 불렀거든요. 이거 한 마리쯤 거저 내두 별 손해가 없습니다. 자, 드십쇼."
유쾌했다. 이쯤되면 술이 얼마든지 받게 마련인 것이다. 자연 긴 술이 되었다. 이곳에 구경 왔던 듯싶은 사람 몇이 해가 있을 때 잠깐씩 들러가고는 어둡자부터 아무도 들르는 사람이 없었다. 옆에 남폿불을 켜놓고 술을 마셨다.
고기잡는 이야기가 나왔다. 그러자 사내는,
"전에 한번 이만한 걸 잡은 적이 있읍죠. 지금 먹은 잉어같은 건 댈 것두 아닙니다, 사뭇……"
하고 양쪽 팔을 반 남아 벌려 보였다.
남폿불빛에 그늘 지우며 벌린 사내의 팔을 보고 웃었더니,
"왜 웃으십니까. 거짓말 아닙니다. 정말 이만 했습니다."
사내가 벌렸던 팔을 눈에 뜨일둥말둥 약간 좁혔다.
"언제요?"
"한 오륙년 됐습니다."
그럴 수도 있을 거라고 고개를 끄덕여주었다. 낚시꾼으로서의 원형이나 오형의 경우를 두고봐도 알 수 있는 것이다. 이 두 친구는 소위 낚시질의 엑스퍼트로 곧잘 낚시대회에서 중량상이니 대어상이니 하는 상을 타는 것이다. 그들은 자기네가 잡은 붕어의 크기를

오른손에다 왼손을 짚어 나타내보이곤 한다. 그런데 손에 그려보이는 그 죽은 고기의 길이가 점점 손바닥에서 팔목을 향해 자라나다가 김장철 전후해서 낚시질 시즌도 끝날 무렵에 가서는 한두 치씩은 커지는 것이다. 죽은 붕어가 반년도 못 되는 동안에 그만큼 자라는 형편이니 지금 이 사내가 잡은 그 잉어가 실제로 얼마나 컸었는지는 몰라도 오륙년이란 세월이 흐르는 어간에 좀 크게 자랐기로 하등 해괴한 일은 아니다. 그것을 황당한 과장벽이라고 탓하기 전에 한 애교로 봐주는 것이 옳을 것이다.
"굉장했지요. 글쎄 그놈이 지나가는데 배가 지나가는 것처럼 물살이 양옆으루 쫙 갈라지지 않겠어요. 여름철엔 잡을 엄두두 못 냈죠. 그놈이 여름철엔 힘이 어쩌나 세지구 날래지는지 당해낼 도리가 있어야죠. 바스락 소리만 나두 쏜살같이 십리는 달아나버리는걸요. 괘니 잘못 건드렸다가는 그물만 찢기기 십상이죠. 모두들 그놈에게 눈독을 들이구 있었는데 해동때 제가 작대기루 때려서 잡았어요. 그땐 사람이 가까이 가두 별루 달아나질 못하거든요. 작대기루 죽어라구 때렸는데두 꼬리루 가슴패기를 치는 바람에 나둥그러질 뻔했어요. 비늘 하나가 자그마치 옛날 오십전짜리 은전만큼은 했으니까요."
이 겉으로 투박하고 무뚝뚝해 뵈는 사내는 이쪽이 재미있어 하는 눈치를 보이자 그냥 계속 그때 이야기로 열을 올렸다.
그만 강릉 시내로 들어가는 마지막 버스 시간을 지내치고 말았다. 아홉시 차가 막차라는 것이다. 버스 지나가는 소리를 듣고야 물어 알았다.
걸어갈 수도 있겠으나 내일 다시 바다에 나올 바에야 아무데서고 하룻밤 자려고 부근에 여인숙같은 게 없느냐고 물었더니, 좀 떨어져있는 해수욕장에 호텔이 있다고 한다. 그리 가겠다고 하며 밖으로 나왔다. 앞 검은 호수가 어둠속에 무겁게 누워있었다. 이 호수가 주위의 어둠을 더 깊게 하는 것만 같았다.
호텔까지 멀지도 않다면서 인사를 차리는 건지 밤중 초행길에 실수라도 하면 어쩌나 싶었던지, 사내가 모셔다드린다고 앞장을 섰다. 그런데 얼마 가지 않아 뭣을 생각했는지 사내가 돌아서며,

"저어, 불편하실지 모르지만 예서 하룻밤 주무시는 게 어떻습니까? 즈이 집으루 모시구 싶지만 너무 누추해서 차마 가시잔 말씀을 못허겠구, 이집이면 그런대루 하룻밤 쉬실 수 있으시겠는데…… 어떠십니까?"
 사내가 자기 집으로 가자면 아무리 취중이라도 사양했겠지만 그가 정해주는 집에서 하룻밤 자고 사례를 하는 것으로 끝난다면 굳이 그 호텔이라는 데까지 찾아갈 필요가 없을 성싶었다.
 사내가 이상스레 발을 꽉꽉 박아디디는 걸음걸이로 길에서 좀 안쪽에 있는 한 집으로 들어갔다 좀 뒤에 나오더니 어둠속에 고개를 내밀며,
 "손님을 치는 집은 아닙니다. 하여간 허락을 맡았으니 푹 쉬십쇼. 해수욕장에 있는 호텔보단 날 겝니다, 낫구 말구요."
 그가 이집이면 하룻밤 쉴 수 있을 거라고 한 말의 뜻은 나중에 가서야 알았다.

 곰보아저씨가 돌아간 뒤 건넌방 토방 앞에 잠시 서있자니까 이집 안주인인 듯한 중년부인이 남폿불을 켜내오고, 딸로 보이는 스물 안팎의 소녀가 이부자리와 모기장을 안아 내오고 하여 취중이긴 하나 밤중에 난데없이 괴로움을 끼친다는 데 미안한 생각이 들며 그제야 좀 경솔하게 곰보아저씨의 말을 좇지 않았나 싶었다. 그러면서 바깥주인이 나오면 인사를 하려 한동안 방에 앉아있었으나 나타나지를 않아 내일 아침으로 미루고 그대로 자리를 펴고 모기장을 친 다음 자리에 들고 말았다.
 이튿날 아침 일어나 자리를 개고 있는데 문밖에서, 세수하세요, 하는 소리의 말소리가 들렸다. 낮고 잔잔한 목소리였다. 이미 토방에 양칫물과 세숫물 놋대야가 놓여있었다. 금방 우물에서 길어온 듯한 찬물에 세수를 하고 나서 타월로 얼굴을 훔치고 있는데 소녀가 대야를 가지러 왔다. 그래 소녀에게,
 "저어, 아버님한테 인사를 드려야 할 텐데,"
 하고 부친을 불러달라는 뜻을 전했다.
 "안 계세요."

"어디 출타하셨나?"
"아뇨. 아주 안 계세요."
"그럼 돌아가셨단 말인가?"
 소녀는 눈을 삼박거리며 이쪽을 보았다.
 푸른기가 도는 까맣고 맑은 눈에 둥그스름하고 귀염성있는 턱을 한 소녀의 얼굴을 마주보며, 새삼 바깥주인 없는 집에서 하룻밤이나마 잔 것이 송구스러워 어젯밤 이리로 오게 된 경위를 얘기하고 사과를 표한 뒤,
"호텔이 예서 멀지 않다는 걸 그만…… 허긴 어느 일등 호텔에서보담두 편히 자긴 했어두."
 인사치레가 아닌 사실이었다. 유난히 잠자리를 타는 편인데도 어젯밤은 베개고 뭐고 다 편안한 속에서 단잠을 잤던 것이다.
 방에 들어와 노타이를 입고 손가방을 챙겨가지고 좀 이르나 바다에 나갈 채비를 하고 있으려니까 생각지도 않았던 조반상이 나왔다. 더 폐를 끼치는 셈이 되었지만 그만큼 대가를 치르리라 마음먹고 상을 받았다. 헐기는 했어도 자개소반에 식기도 격에 맞는 것들이었다. 그러고보면 침구의 누비이불이며 옷거죽이며 베갯모도 한물 가기는 했어도 조촐한 것들이었다. 곰보아저씨가 이집이면 하룻밤 쉴 수 있다고 한 것도 이집 살림이 이만하다는 것을 두고 한 말이리라.
 그런데 숭늉을 갖고 온 소녀가 또 뜻밖의 말을 하는 것이었다.
"저, 여기 며칠 계실 예정이시면 그냥 저희 집에 묵으셔두 괜찮으세요. 몹시 불편하시지만 않으시면요."
 잔잔하고 낮은 음성이었다.
 소녀를 다시한번 쳐다보았다. 시골에 묻혀사는 처녀답게 그을은 낯빛과 거칠은 손. 그러나 그네의 몸가짐 전체에 교양의 태가 엿보였다.
 하여튼 소녀의 말에 잠시 망설이지 않을 수 없었다. 무슨 목적이 있어서 떠난 여행이 아니긴 했다. 동해안 어디에 마음에 드는 곳이 있으면 며칠 쉬어갈 참으로 무작정 떠나왔던 것이다. 멀지 않은 곳에 해수욕장이 있고, 어둡지만 그런대로 이끌리는 호수가 앞에 있

고, 게다가 우연히 하룻밤을 신세지게 된 이집 모녀의 유다른 호의
도 곁들어 마음이 쏠리긴 했으나,
"어디 그럴 수야……"
하고 말을 얼버무렸다.
"아녜요. 저흰 괜찮아요. 선생님만 좋으시면요. ……어머님두 그
렇게 말씀하세요."
 며칠 머무르기로 했다.
 수영복을 꺼내들고 가벼운 마음으로 집을 나섰다.
 해수욕장은 북쪽으로 한 두어 마장쯤 떨어진 곳에 있었다. 호수
를 오른편에 끼고 가느라면 대여섯 채의 인가와 함께 꽤 키가 높은
소나무들이 서있는 솔밭이 나서고, 그 뒤로 둑이 가로질러있다.
아직 레일은 깔지 않았으나 다음해부터 서울과 통할 기찻길이 놓일
철둑인 것이다. 이 둑 넘은 곳에 해수욕장이 있었다.
 사장의 모래알이 좀 굵기는 하나 깨끗했다. 그리고 물이 지금까
지 본 어느 바다보다도 맑고 투명했다. 기슭에 움직이는 물그림자
를 그대로 밑 모래바닥에 투영시켰다. 밀려드는 물머리가 맑디맑은
초록색이었다. 물에 들어서면 몸에 감기는 물빛도 같은 초록색이었
다. 다만 이 해수욕장의 흠은 모래사장이 길기는 한데 폭이 좁은
것과 바다가 급경사져있어 기슭에서 사오 미터만 들어가도 어른의
한 길이 넘는 점이었다.
 광목 두 폭 넓이를 네귀에 막대로 버틴 차일을 하나 빌려가지고,
잠깐씩 바다에 들어가있다가는 나오곤 했다.
 해수욕장 뒤 둔덕에 호텔이 있었다. 어느 정도의 설비를 갖춰야
호텔이란 명칭을 붙이게 되는지 그 규정은 알 수 없으나 호텔이란
이름이 무색하게 판자로 지은 단층 바라크였다. 이런 호텔이라면
경험이 있는 것이다. 전해 여름 변산해수욕장에 갔을 때 이런 호텔
에 들어보았던 것이다. 통풍을 위한 것이라면서 벽과 벽 사이를
엉성한 판자로 밑으로만 반 막아놓았기 때문에 밤이면 옆방 사람의
코고는 소리, 잠꼬대 소리, 이 가는 소리, 심지어는 숨소리마저 바
로 곁에서 자는 사람의 것처럼 들려 밤중에 잠이 깨면 좀처럼 다시
들 수가 없었던 것이다. 생각다 못해 솜으로 귀를 틀어막고 잤다.

그것도 가까운 방에서 밤새껏 술을 마시며 젓가락 장단에 온갖 잡탕 노래를 불러대는 데는 솜으로 귀를 틀어막는 정도로는 아무런 효과도 보지 못했던 것이다. 그런 생각을 되살리며 이곳 호텔을 바라보니 어제 하룻밤이나마 여기서 자지 않은 게 여간 다행스럽게 여겨지지가 않았다.

 첫날 단번에 너무 몸을 태웠다가는 고생하기 때문에 점심을 먹고 조금 더 있다가 집으로 돌아오고 말았다.

 호수를 끼고 돌아오면서 지금까지 마주 대하고 있던 바다의 그 맑고 투명함에 비해 호수는 또 너무나도 어둡고 침울하게만 느껴졌다. 죽어가는 호수. 그러나 그 죽음 앞에 고즈너기 자신을 내맡기고 있는 듯한 호수. 뭔가 아섭고 측은한 마음이 가슴 뿌듯이 괴어왔다.

 안방 툇마루에 앉아있던 주인아주머니가 일어서 맞으며, 우물에 가셔서 물었으세요, 한다. 비누를 꺼내들고 뒤울안으로 가니 소녀가 바께스에 우물물을 걷고 있다. 긴 참대막대 끝에 맨 두레박이다. 줄을 맨 것보다 편리해 보인다. 물을 다 길어가지고 갈 때까지 기다려야만 했다.

 뒤울안에는 우물 뒷쪽으로 크지않은 감나무가 서너 그루 서있고, 그 뒤로 토담이었다. 거기 호박덩굴이 올려있었다.

 씻으세요, 하고 물을 다 길은 소녀가 바께스를 들어 두 감나무 사이에 쳐놓은 홑이불휘장 안으로 들여다 놓는다. 말리기 위해 홑이불을 그렇게 해놓은 것이려니 했더니 바다에 갔다 온 뒤의 목욕 자리로 만들어 놓았던 것이다. 휘장 안에는 맨발로 올라설 수 있게 반반한 디딤돌까지 놓여져있었다. 모녀의 세심한 친절이 새삼 미안할 만큼 고마웠다.

 차고 시원한 물이었다. 마음속까지 그냥 정갈하게 씻겨지는 느낌이었다. 벌거벗은 어깨를 조그만 돌같은 게 때리고 땅에 떨어졌다. 위 감나뭇가지를 치어다보았다. 얼른 분간이 되지 않았으나 도토리알만한 열매가 여기저기 달려있었다. 푸르고 오달진 열매였다.

 방으로 돌아와 셔츠와 팬츠를 갈아입고 누워서 책을 좀 보다가 낮잠을 한잠 자고는 마을 앞 호숫가로 나갔다. 움직이지 않는 검은 호면. 하늘에 흐르는 흰 구름도 호심 속에 비치는 것이 아니고 호면 위에서만 겉도는 듯했다.
 열댓살 난 소년이 하나 조그만 배를 타고 삿대질을 하며 안으로 들어가고 있다. 물에 잠기는 삿대의 부분이 한 석 자 가량이나 될까. 삿대 끝에 검은 흙이 묻어 올라오곤 했다. 한곳에 이르러 소년은 배에서 내리더니 닭둥우리같이 생긴 것으로 물속을 이곳저곳 덮치는 것이다. 고기를 잡는 모양이었다. 무엇이 잡히나 지켜보며 담배를 붙여물었다.
 얼마 있으려니 뒤에서 인기척이 났다. 곰보아저씨였다. 들에 나갔다 돌아오다 여기 서있는 것을 보고 온 듯, 머리에 밀짚모자를 쓰고 손에는 연장을 들고 있었다. 사실 그는 고기잡이는 부업이고 농사가 본업이었던 것이다. 얼굴에 돋아있는 땀이 곰보자국 때문에 코언저리에만 더 많이 나있는 것처럼 보였다.
 "저 애가 고기 잡구 있는 저걸 뭐라구 하죠?"
 "가리라는 겁니다."
 "뭐 잡히는 것같지가 않군요."
 "지금은 저걸루 안됩니다. 고기들이 얼마나 날래다구요. 족고나 주낙을 놔야죠."
 "대낚시질을 할 수 있는 곳이라면 참 좋겠는데요."
 그러나 이건 자신을 두고 한 말은 아니었다. 낚시질에 몰입해있는 원형과 오형을 생각했던 것이다. 만약 호수의 수심이 알맞게 깊고 수초도 적당히 있어 낚시질에 적합하고, 그리고 이 두 친구가 곁에 있다면 그들로 하여금 이 넓은 호숫가 어디고 마음에 드는 곳에 자리를 잡게 하여 붕어 아닌 잉어 낚시질이나마 한번 마음껏 시켜보고 싶었던 것이다. 그리고 그것은 곧 이 호수가 어째서 고만한 조건조차 갖추지 못한 채 쇠잔한 몸을 삭막하게 눕히고 있을까 하는 안타까움이기도 했다.
 "이 호수 둘레가 얼마나 될까요?"
 검은 호수를 한번 둘러보며 곰보아저씨에게 물었다.
 "한 십리 되죠. 이것두 옛날엔 삼십여리나 됐다는데…… 저기 논들이 있잖습니까?……"

경포대 쪽 논들을 곰보아저씨는 손을 들어 가리켰다.
"저 논들이 있는 안쪽까지 물이 차있었다니까요. 그래서 배다리를 놓구 경포대하구 저쪽을 건너다녔대요. 옛날엔 정월 대보름날 밤 그 배다리를 밟으면서 달 구경하러 서울서까지 사람들이 내려왔다 드군요. 제가 어렸을 때만 해두 지금같지는 않았었는데 해마다 흙모래가 밀려들어와 메워지구 있어요."
"이쪽이 젤 사태가 심할 것같군요. 저 맞은편은 나무가 저렇게 우거졌으니 일없을 거 아녜요?"
"그렇죠. 허지만 지금 저 논들이 있는 한가운데루 개울이 흐르구 있어요. 아마 글루 젤 많이 쏠려들걸요."
소년이 고기잡이를 하고 있는 저만치 앞쪽에서 무슨 고긴가가 호면 위에 솟아올라 번득 빛났는가 하자 첨벙 소리를 내며 물속으로 도로 들어가버렸다. 꽤 큰 고기였다. 제법 센 물살이 일어 퍼지는 것같았으나 물위에 뜬 수초 때문에 곧 지워지고 말았다.
이날은 곰보아저씨와 막걸리 한 되를 마시고, 헤어질 때 그에게서 잉어 한 마리를 사갖고 돌아왔다. 누구든 생선 다루기를 좋아할 리 없어 뒤껻 우물가로 가 손수 할 참으로 대야에 옮겨담으러니까 소녀가 와 자기가 하겠다고 한다.
"아니 내가 하지. 공연히 손에 비린내 묻힐 것 없어."
"그러기에 제가 하겠어요."
주인아주머니가 부엌 뒷문으로 내다보며,
"걔한테 맡기세요, 생선을 워낙 많이 만져봐서 잘 해요,"
한다.
"회루 잡수시겠어요? 고아 잡수시겠어요?"
소녀가 물었다.
"어머님하구 같이 맛을 보라구 사온 거니까 좋두룩 하지."
"저흰 염려 마세요. 선생님 좋으신 걸루 하세요."
"그럼 조림을 해서 같이 먹을까."
방에 들어가 보니 손가방 옆에 아까 갈아입고 벗어놓은 런닝셔츠와 팬츠가 빨아말려 곱게 개켜져있었다. 우물에서 목욕할 때처럼 맑고 시원한 것이 몸속을 씻어내리는 기분이었다.

저녁상을 가져온 소녀에게 이름을 물어냈다. 이은영이라고 했다.

은영이네 집에 묵은 지 둘쨋날.
처음엔 딴 사람으로 보았다. 한 여자가 오른손을 이마에 얹고 지금 무디게 햇빛을 반사하고 있는 검은 호수 쪽을 향해 서있는 것이었다. 무엇을 멀리 기다리기라도 하듯이.
그것이 은영임을 알고는 그리로 발길을 돌렸다. 왜 저러고 서있는 것일까. 어제보다 좀더 오래 바다에 있다가 돌아오는 길에서였다.
불과 이틀이긴 하나 한집에 있는 은영이를 은영이로 얼른 알아보지 못한 것은 무슨 탓일까. 반쯤 뒷모습으로 된 자세 때문일까. 그러나 그런 시각의 위치에서 오는 변화만은 아닌 성싶었다.
그보다는 무엇인가는 알 수 없으나 미동도 않고 서있는 그네의 내부에 가득 찬 어떤 생각이 지금 강렬히 내비쳐짐으로 해서 보통 때의 은영이가 아닌 딴 사람으로 보이게 하는 것만 같았다. 방해를 않고 그대로 둬두고 싶었다. 그냥 지나쳐버렸다.
이날 곰보아저씨한테서 은영이네 집에 관한 이야기를 들었다.
은영이아버지가 이름모를 병으로 세상을 떠난 지 삼년째 된다고 했다. 본시 주문진에서 어선을 가장 많이 갖고 있던 선주였다. 그러던 것이 육칠년 전 동해안 일대를 휩쓴 태풍으로 한꺼번에 배 세 척을 잃었다. 재물의 손실보다도 많은 인명을 죽였다는 충격이 강하게 박혔다. 남은 배를 죄다 팔아버리고 거기서 손을 뗐다. 은영이아버지가 집증 잡히지 않는 병으로 시름시름 앓기 시작한 것이 그 무렵부터였다. 그리고 죽기 일년 전 병 요양을 위해 은영이네 식구는 이 경포로 왔던 것이다.
"잉어피가 좋다구 해서 숱한 잉얼 사들였지요."
그래서 주인아주머니가 은영이더러 생선을 많이 다뤄봐서 잘한다고 했구나. 그건 그렇더라도 그런 물고기를 집에 들임으로 해서 모녀에게 공연히 죽은 남편이나 아버지 생각을 불러일으키게 하지나 않았나 하는 염려스런 마음도 일었다.
"그런데 두 모녀가 현재 뭘루 생계를 이어가는가요?"

"걔 아부지가 병들어가지구 이리루 올 때는 논 스무 마지길 샀었죠. 남은 재산을 몽땅 긁어파서 산 거라나요. 그게 지금은 서너 마지기밖에 안남았어요. 그것마저 또 언제 남의 손에 넘어갈지 모르는 형편이죠. 원래 품을 사서 짓는 농사가 뭣이 남습니까. 게다가 두 사람 다 시쳇사람같지 않게 마음씨가 착허구 야무지지가 못해서 쏨쏨이가 헤퍼요. 글쎄 옛날 밑에 부리든 어부들 가족이 찾아오믄 빈손으루 돌려보내는 일이 없으니까요, 지금두."
곰보아저씨가 한손으로 다른쪽 팔을 위아래로 쓸면서,
"선생님께 이런 말까지 드려서 뭣헙니다마는 나중 떠나실 땐 방값을 섭섭치 않게 치르십시요. 그댁에선 사양하드래두 말입니다. 사실 선생님을 그댁으루 모신 것두 물론 해수욕장 호텔보다 낫다는 생각에서 그랬지만 그댁한테 좀 도움이 될까 하는 생각두 없지않았지요. 단 하룻밤 주무시드래두 말예요."
두 모녀만이 아니라 그 얘기를 하는, 이 곁으로 투박하고 무뚝뚝해 뵈는 사내도 시쳇사람같지 않게 착하다는 생각에 마음이 흐뭇해 왔다.
저녁때, 안마당에 멍석을 펴고 주인집 모녀와 함께 삶은 옥수수를 뜯으면서 처음으로 그네들과 긴 얘기를 주고받았다. 곰보아저씨의 말을 들은 때문도 있고 하여 오래 전부터 알아온 사이처럼 이 두 모녀에게 호감과 친밀감이 가져졌다.
"은영이 서울 한번 놀러 안 오겠어?"
스스럽지 않게 이런 말이 나왔다.
잠시 후에야 은영은,
"제가 어떻게요,"
한다.
"제가 어떻게라니. 아침에 버스만 타면 오후에 서울 와닿는걸 뭘."
"말씀 마세요. 앤 어떻게 해서든 대학공불 더 시킬려구 서울 가라구 해두 말을 안 듣는 애예요."
주인아주머니가 말했다.
"아 그렇지, 아버지구실을 해야 하니까. 그렇게 어머니 곁을 떠날 수가 없음 어머님을 모시구 같이 오면 되잖어? 누구보구 집을 좀

봐달라구 하구서."

"어마, 저희 어머니가 서울을 가세요? 여기서 강릉 다녀오시는데두 언제나 흙을 한움큼 손수건에 싸가지구 코를 막구야 차를 타시는데요. 차멀밀 이만저만 하셔야죠."

은영이 나직이 웃었다. 예서 강릉 시내까지는 시오릿길밖에 안되어 십오분 가량만 버스를 타고 있으면 되는 거리인 것이다. 주인아주머니도 어두워가는 그늘 속에서 미소를 짓고 있었다.

"그럼 내년에 모시구 와. 내년이면 기차가 서울까지 통한다니까. 사실 여행이야 기차루 해야 되지."

"저희 어머넌 기차구 뭐구 멀리 간다는 데 공포증을 갖구 계세요."

주인아주머니는 그대로 웃고만 있었다.

은영이네 집에 묵은 지 세쨋날.

새벽녘부터 비가 내렸다. 빗소리가 굵어졌다 가늘어졌다 하며 쉬지 않고 내렸다. 하루를 방안에서 보냈다. 비오는 날 방안에서 혼자 책을 뒤적이거나 또는 하는 일 없이 누워 뒹구는 맛도 그리 나쁘지는 않다. 더구나 간섭하는 사람 없는 이날 이 방은 다시없이 좋았다. 은영이가 잠시 들어와 등피를 닦고 나갔을 뿐이다.

저녁나절에는 빗소리를 들으며 소주를 조금씩 마셨다. 밤에 마시기 위해 사다둔 소주였다. 눈이나 비가 오는 날은 술이 몸속에 푹푹 젖어들어 또 별미다. 빗소리가 작아졌을 때는 간간 어머니와 주고받는 은영이의 말소리가 들리는 수가 있었다. 그 반지랍지 않고 잔잔한 목소리는 귀로만 들리는 게 아니고 온몸 전체로 스며들어오곤 했다. 듣는 사람으로 하여금 마음을 포근히 다사롭혀주는 목소리였다. 여기 와서 처음 그네의 음성을 들었을 때부터 그걸 느껴왔던 것이다. 기분좋게 술기운에 젖은 몸을 눕힌 채 그네의 목소리를 전신으로 들으며, 저런 은영이에게 장차 좋은 청년이 나타나주기를 마음속으로 바랐다. 주변에서, 평소에 좋게 여겨지던 청년들을 하나하나 꼽아보았다. 그러나 어떤 점에서 모두 은영에겐 안 어울릴것같았다. 더 좋은 남자이어야 한다는 생각이었다.

그러다가 잠이 들었던 모양이다. 비가 좌악좍 쏟아지는 속에 우장도 우산도 없이 앞 호숫가에 혼자 서있었다. 언제나같이 검은 호수. 무겁고 두꺼운 호면에는 빗발자국도 제대로 나지 않았다. 거기에 사위로부터 토사가 빗물에 실려 밀려들었다. 호수 바닥이 점점 위로 올라왔다. 보니까 주인집 모녀가 검은 호수 한가운데에 손을 잡고 서있는 것이었다. 비는 그냥 억수로 퍼붓고 잇달아 토사가 사면에서 마구 밀려들어왔다. 모녀를 향해, 어서 이리 나오라고 소리를 쳤다. 모녀는 들었는지 못 들었는지 한곳에 그대로 조용히 손을 잡고 서있는 것이었다. 자세히 보니 입가에 미소까지 띠고 있다. 순간 소리를 지르고 있는 자신이 왠지 부끄러워졌다. 잠이 깨었을 때는 어느새 어스름이 방안에 깔리고 밖에서는 그냥 빗소리가 들렸다.

일어나 남포에 불을 켰다.
은영이 빗속에 저녁상을 갖고 건너왔다.
"상은 벌써 봐놨었는데 하두 곤히 주무시길래……"
밥상을 들여놓고 돌아서려는 그네를 불러세웠다.
이쪽을 향한 그네의 머리와 얼굴에 묻은 빗물이 어스름 속에 빛을 띠고 있었다.
"아니, 아무것두 아냐."
그러나 그네는 자기를 불러세운 까닭을 알아보기라도 하려는 듯이 까만 눈을 얼른 떼지 않았다.

은영이네 집에 묵은 지 네쨋날.

아침 자리에서 일어나는 참 밖으로 나와 호숫가로 갔다. 비가 그치고 개인 하늘 밑에 엷은 안개를 서리운 호수가 무겁게 누워있었다. 호수기슭을 따라 걸음을 옮겼다. 어제의 비로 해서 호수 가장자리는 검누른 흙물빛이었다. 언젠가는 밀려든 토사로 인해 둘레가 차차 죄어들고 바닥이 점점 높아지다가 종당엔 없어지고 말 호수. 경주가 생각났다. 경주는 이와 반대로 그냥 밑으로 밑으로 침몰해 들어가 묻혀버리고 말 것같은 느낌을 주는 고장인 것이다. 가을철에 그곳에 가 보라. 낙엽 아닌 경주 자체가 가만히 골짜기로 떨어져 들어가는 듯함을 맛보게 될 것이다. 거기 비하면 이 호수는 봄에서 여름철에 걸쳐 제 운명의 정체를 말없이 내보여준다고 할까. 정월 대보름날 밤 배다리를 밟으며 달 구경을 하던 것도 이미 옛날의 일, 달이 뜨면 달이 넷 된다던 것도 이젠 지난날의 이야기, 그저 봄철의 눈석임물과 여름철 빗물이 실어오는 토사로 말미암아 바닥 감탕흙이 점차로 쌓여올라와 마침내 머지않은 장래에 한갓 호수였던 자리로 변하고 말리라. 지금 호수는 그러한 자기의 운명을 자연에 내맡긴 듯 묵연히 검은 몸을 눕히고 있는 것이다.

호수기슭을 좇아 한참 가다가 돌아설 참으로 발길을 돌려 몇 걸음 걷지 않아서다. 한 곳에 눈이 머물렀다. 호수 위에는 아직 안개가 걷히지 않고 있었다. 거기에 은영이 서있는 것이었다. 지난 저녁 꿈속에서처럼. 어머니와 함께가 아니고 혼자였다. 안개에 싸인 그네는 정말 호수 안에 서있는 것같았다. 야릇한 감회가 솟았다.

휘엇이 후미진 호숫가에 그네는 미소를 짓고 서있었다.

"아침진지두 안 잡수시구 어딜 가셨나 했어요."

"응, 아침 호수를 좀 보구 싶어서."

은영이 푸른기가 도는 까만 눈을 호수 쪽으로 돌리며,

"선생님 이 호수가 좋으세요?"

"좋으냐구? 은영이는?"

이 말은 어제 꿈을 꾸고 난 뒤 저녁상을 갖고 온 그네에게 물으려다 만 말이었다.

"돌아가신 아버지께서 가끔 이 호숫가에 나와 앉아계시군 했어요. 저두 아버질 따라나와 곁에 앉아있군 했죠. 아무 말씀두 없이 호수 쪽만 바라보시다가 혹 고기라두 물 위에 솟아오르면, 또 뛰어오르는군, 하고 중얼거리실 때가 있었어요. 전 물을 튀기면서 힘차게 솟아오르는 고길 볼 때마다 왠지 눈물이 나서 견딜 수가 없었어요."

잠시 숨을 돌리듯 말을 끊었다가,

"고기들이 이 호수를 벗어나려구 몸부림치는 것같이만 보였거든요."

어제의 꿈도 꿈이지만 전일 호숫가에 그네가 무슨 생각엔가 깊이 잠겨 서있던 모습이 떠오르며 좀 의외다 싶었다.

"그럼 은영인 이 호술 싫어하는 모양이군."

호수 쪽으로 눈을 준 채 그네는 마치 호수에게나 말하듯이 입을 열었다.

"전 이 호수가 싫어요. 아무리 친해지려구 해두 안돼요."
 그네의 어세가 지금까지와는 달리 약간 높아져있었다.
 호숫가를 떠났다.
"그렇지만 가까이 지낸 것을 그렇게 미워해서 될까. 친해지두룩 해야지."
"정말 그렇게 생각하세요?"
"그럼. 은영이가 미워하면 이 호수가 더 가엾지 않어?"
 좀 장난기를 섞어 한 이 말에 그네는 웃으면서 무슨 대꾸라도 있을 줄 알았는데 낯을 굳히며 입을 다물어버렸다.
 이날 오후 늦게 해수욕장에서 돌아오는 길에 수박 한 통을 사갖고 와 은영이 모녀와 같이 먹으면서 내일은 여기를 떠나야겠다는 말을 했다. 은영이모친은 여러가지로 불편해서 고생 많으셨겠다고 했다. 은영이는 말없이 수박씨를 한손에 뱉어 쟁반에 옮기곤 하면서 무슨 생각에 잠겨있는 듯했다. 시선이 공허한 한 곳에 머물러 있었다. 그네의 입에서 수박씨 하나가 쏙 빠져나와 밑에 받치고 있던 손 밖으로 튀어났다. 그제야 은영이 생각에서 깨어나 튀어난 수박씨를 집어 쟁반에 담으며 이쪽을 향해 열적은 미소를 지어보였다. 그리고 금방 자기가 생각하고 있었던 것을 엿보임당하기라도 한 듯이 얼굴이 차차 물들어져갔다.
 저녁을 먹은 후, 은영이 모녀가 앞마당에 멍석을 펴놓은 자리에 가 끼어앉았다. 내일이면 헤어질 사람들이었다.
"비가 그치니 또 찌는군요."
 바람 한점 없는 밤이었다. 부채질하는 보람도 없었다.
"그러게 말이에요. 며칠 안 있어 말복이니까 이젠 아침저녁 선기가 날 때두 됐는데 이렇게 덥군요. 하긴 늦게까지 더워야 곡식이나 감이 잘 된다니 참아야죠."
"참 이곳은 감나무 없는 집이 없던데요. 그런데 저기 열린 감은 언제 감구실을 하죠? 눈깔사탕만한 게."
"이제 크겠죠. 작년엔 헛꽃만 피더니 올해 첨 열매가 달렸어요. 애 아부지가 살아계셨으면 좋아하셨겠는데…… 아주 일어나지 못하게 될 때까지 나물 돌봐줬죠. 생선뼈나 창잘 뿌리에 묻어주면서요.

"……그런데 참 애가 선생님더러……"

무엇에 제지나 당한 듯 은영이모친이 말을 뚝 끊었다. 은영이가 어머니의 치맛자락이라도 잡아당긴 모양이었다.

"말씀드리면 어떠니, 이제 가실 분인데…… 글쎄 애가 선생님더러 즈이 아부지같은 데가 있다지 않아요? 선생님이 오신 첫날밤부터 그렇게 생각했대요. 나삐 생각 마세요."

정작 말을 하다보니 안되었는지 말소리를 떨구었다.

"아 그래요? 나삐 생각하긴요. 영광일지 모르죠."

이 모녀가 자기에게 대해 어떤 생각을 하건 어떤 말을 하건 조금도 마음에 걸리지가 않을 것같았다.

"그래 어디가 닮았지?"

웃음섞인 말을 은영에게 건넸다.

"몰라요. 그렇게 어디어디 하구 말할 수 있는 건 아네요."

"음, 알 수 있어, 무슨 말인지. 그래 은영인 아버님을 무척 따랐던 모양이지?"

대답이 없었다. 어둠속에 그네의 표정도 살필 수 없었다. 분위기가 이상히 가라앉았다.

"감나무 첫 열매는 남자가 따야 한다던데."

은영이모친이 조용히 말문을 텄다.

"여자가 따면 어떤가요?"

"첫감 여자가 따면 해 걸러 연다나요."

"그런 얘기가 다 있어요? ……형편이 닿으면 제 손으루 한번 따보구 싶군요."

정말 그러고 싶었다. 그것이 한갓 믿지 못할 속신에 지나지않는다 하더라도 이 착하고 외로운 모녀를 위해서라면 그러고 싶었던 것이다.

"제 손이 걸거든요. 전에 농사를 지어본 일이 있는데 감자알이 웬만한 수박만큼이나 굵구, 옥수순 또 지게에 그냥 올려놔두 양쪽 지겟가지 밖으루 대치썩이나 나올 정도루 컸어요."

은영이와 주인아주머니가 소리죽여 웃었다.

"정말입니다. 큰 것두 큰 거지만 맛은 좀 좋았나요. 아무튼 감자

한 개나 옥수수 한 자루면 장정이 한 끼 너끈히 때울 수 있었던걸 요."
모녀는 또 소리죽여 웃었다.
저녁때 곰보아저씨와 작별술을 좀 많이 마셨다고 해서 취중에 만들어낸 말만은 아니었다. 태평양전쟁 말기에 시골로 소개 나갔을 때 그야말로 피땀을 흘려 지은 곡식을 공출이란 명목하에 홀랑 빼앗기고 허덕이는 농민들을 보고서 생각난 것이 더도 말고 그만큼 큰 감자와 옥수수였다. 참으로 그들에게 적어도 감자나 옥수수만이라도 그만한 크기로 달려 양식 보탬을 해줬으면 얼마나 좋을까 하고 마음속으로 바랐는지 몰랐다. 그것이 십팔구년이 지난 이날 그런 투의 말이 되어 나왔던 것이다. 아마 이 모녀의 집 감이 앞으로 더할나위없이 크고 맛있는 열매가 맺어지기를 바라는 마음에서 이런 말이 돼 나왔는지도 몰랐다.

이튿날 떠날 때다. 곰보아저씨의 귀띔이 아니더라도 미리 이곳 해수욕장 호텔의 숙박료를 알아뒀다가 계산을 해 내놓았더니 은영이 모친은, 이럴 줄 알았으면 애당초 자기 집에서 묵으시게 하지 않았을걸 그랬다고 하면서 반을 도로 내주는 것이다. 그러나 이쪽에서 보면 호텔료만큼 다 치러도 오히려 싼 셈이었다. 이름만의 호텔에서보다 얼마나 더 정다운 대우를 받으며 심신을 쉴 수 있었던가. 억지로 돈을 방안에 들여뜨리고 달아나다시피 떠나버렸다.
버스에 오르며 고개를 돌리니 집 앞에 은영이 이쪽을 향해 서있는 게 보였다. 차가 움직여 달리는 뒷유리창 밖 뿌연 먼지 저쪽에 그네는 그냥 이쪽을 향해 꼼짝않고 서있는 것이었다.
차가 굽잇길을 돌면서 그네의 모습은 가려지고, 호수가 창 가득히 들어왔다. 지금 검은 호수는 해맑은 아침 햇살을 둔하게 반사시키고 있었다. 햇빛을 고이 받아들인다든가 또는 굳이 거부한다든가 그 어느쪽도 아닌 그저 무관한 형태였다.
눈에 보이지 않는 은영이의 서있는 모습을 호수 저쪽에 그리며 담배를 꺼내어 물었다. 바람이 차창으로 몰려들어 세번 만에야 불을 댕겼다.

서울에 돌아온 길로 원래 편지쓰기를 무엇보다도 싫어하는 성미지만 애들에게 엽서를 빌려, 폐는 끼쳤으나 생각지도 않았던 즐거운 여행을 했노라는 글발을 은영이에게 띄웠다.
곧 은영이한테선 회답이 있었다. 이제 다시 단조로운 생활로 되돌아갔고, 그동안 짧았지만 자기 집은 오랜만에 생기있었던 날들이었다고 하면서 자기네를 폭리하는 밥장수로 취급한 것이 불만이라는 말이 들어있었다.
그리고는 다시 편지 왕래도 없었다. 가을이 되어 거리에 감이 나오기 시작하고서 한두 번 은영이네 감도 익었겠구나 하는 생각을 했을 뿐이었다.

그러한 은영이로부터 근 일년이나 된 이날 편지를 받았던 것이다. 꽤 긴 편지였다.
《선생님과 온 댁내가 두루 안녕하시온지요. 어머니와 저는 별일없이 지내고 있습니다.
작년 가을 감 딸 때는 혹시나 하고 선생님을 기다렸습니다. 오실 리 없다는 것을 알면서도 기다려짐을 어쩌겠습니까.
그동안도 여러번 서신을 올리고 싶은 생각이 있었지만 주책없는 짓일 것같아 이때까지 안하고 있었습니다. 이제와서 이렇게 불쑥 글월을 올리게 된 것도 오늘 일이 하도 이상해서입니다.
오늘 아침 어머니는 볼일이 계셔 주문진에 가셨습니다. 볼일이란 전에 아버지가 살아계실 때 밑에 데리고 있던 한 뱃사공이 바다에서 죽었다는 소식을 듣고 가신 것입니다. 양식이 어려운 때라 쌀을 좀 많이 갖고 갔으면 하시면서도 어쩌는 도리가 없어 겨우 소두 한 말밖에 못 가지고 가셨습니다. 떠나실 때 어머니께 마당흙 한줌을 수건에 싸드렸죠.
어머니가 버스 타시는 걸 보고 돌아와서입니다. 이것저것 잔일들을 해치우고 나니 점심때가 되어 혼자 찐 감자를 몇개 먹고 잠시 툇마루에 앉아있었습니다. 그러다가 그만 깜빡 졸았어요. 보통때는 그런 일이 통 없었는데 오늘은 유난히 노곤했던가봐요. 어느새 제가 잉어가 돼있었어요. 마음대로 헤엄쳐 다녔습니다. 참 상쾌했어요. 그런데 어쩌다 보니까 선생님이 둑에 앉아 낚시질을 하고 계시는 거예요. 어찌나 반갑던지요. 물속에서 아무리 선생님을 불러도 못 알아들으시데요. 그래 선생님께 잡혀드려서 저라는 것을 알리려고 선생님의 낚시를 꽉 물었어요. 그리고는 잠이 깨었습니다. 꿈이긴 하지만 하도 이상해서 적어 보냅니다. 혹 선생님 낚시질을 다니시는지요.

이 얘기만 쓰려 했었는데 용기를 내어 한가지 더 말씀드리기로 합니다. 저 정혼했어요. 상대방은 전에 살던 주문진에서 고기잡이를 하는 집입니다. 저희 집은 할아버지 적부터 큰 선주로 내려왔습니다. 그래서 저는 어부들 틈에서 자랐죠. 바다에서 가끔 비극이 일어나곤 했습니다. 지금도 제 귀에는 남편이나 아들을 잃은 가족들의 곡성이 남아있습니다. 아버지는 될수있는대로 저를 딴 생활 속에서 키우고 싶어하셨습니다. 그렇지만 아버지는 아버지대로 당신을 병들게 한 사고가 생기기까지 그 사업을 버리지 못했고, 저를 또한 따로 떼어 내보내시지도 못했습니다. 어쩌는 수 없는 일이 아니겠어요.

얼마 전 그집에서 청혼을 해왔을 때 어머니는 며칠 동안 거기에 대해 아무 말씀도 안하시더니 하루는 저더러 어떻게 생각하느냐고 물으시드군요. 허락하기를 원하신다는 걸 알았습니다. 저는 응해버렸습니다. 당사자가 마음에 들고 안 들고는 문제 밖이에요. 그저 그속에 적응되어 살면 될 것같아요. 제게 주어지지 않은 것을 그리워하고 슬퍼하고 울고 그러고 싶진 않아요. 그런 것은 별 의미가 없어 뵈어요 제게는요. 전들 서울로 공부하러 가기 싫었겠어요. 단지 그것과 함께 생길 여러가지 무리가 싫었던 거예요.

선생님, 이 앞의 호수 아시죠. 그리고 저더러 하신 말씀 기억하고 계시겠죠. 가까이 지닌 호수니 친해지도록 하라던 말씀 말입니다. 그것이 차츰 이루어져갔습니다. 지금은 친해질 정도가 아니라 호수와 곧잘 얘기를 주고받습니다. 선생님도 아시다시피 언젠가는 자취만 남기고 말지도 모를 호수입니다. 그렇게 되면 그렇게 되는 수밖에 없지 않겠습니까. 그런데 사람들이 그것을 막기 위해 이 호수로 흘러드는 강줄기를 딴데로 돌릴 계획을 세우고 있다는 소문이 떠돌고 있습니다. 굉장한 비용과 노력을 들여서까지 그렇게 해야 하는 이유를 저는 모르겠습니다. 아무래도 자연에 맡기는 게 제길 아닐까요. 그리고 이 호수가 사태에 메꿔진다고 그것으로 끝이 나는 걸까요. 메꿔지면 메꿔진 대로 거기서 다시 또 시작되는 게 아닐까요.

가을로 결혼날짜를 정할 예정입니다. 오늘 꿈을 꾸지 않았더라면 이런 글도 안 올리게 되었을지도 모릅니다. 새 생활로 접어들기 전 마지막 어리광같은 거라고 여겨주세요. 잉어이긴 했지만 마음대로 헤엄쳐다닌 것도 생각하면 제 헌 비늘을 털어버리기 위해서였는지도 모르지요. 다행히 제가 결혼을 하더라도 어머니를 모시고 있기로 저쪽과 내약이 되어있습니다.

공연히 쓸데없는 말을 길게 늘어놓았나봅니다. 그럼 내내 안녕히 계십시오.》

답장은 내지 않았다.

검은 호숫가에서 은영이더러 이 호수와 친해져야 한다고 한 말은 안할 말이 아니었을까. 이쪽의 그때의 기분만으로 한 말이 아니었던가. 그 무심하게 한 말이 은영이의 운명을 좌우해버린 것같기만 했다. 며칠을 두고 하는 일이 도무지 손에 붙지가 않았다.

……지금은 아주 친해져서 호수와 곧잘 얘기를 주고받습니다. 사태로 해서 메꿔지면 메꿔지는 수밖에 없지 않겠습니까. 아무래도 자연에 맡기는 게 제길 아닐까요. 그리고 메꿔지면 메꿔지는 대로 거기서 다시 시작되는 게 아닐까요. …… 은영이의 말소리는 한결같이 낮고 잔잔했다. ……잉어이긴 했지만 마음대로 헤엄쳐다닌 것도 생각하면 제 헌 비늘을 털어버리기 위해서였는지도 모르지요. ……

——전해오는 말에, 창령 조씨는 그 시조가 용의 아들인 잉어와의 사이에서 태어났다 하여 잉어고기를 입에 대지 않는다고 한다. 잉어로 인해 인연이 맺어져 오늘날의 후손이 생기게 된 강릉 김씨네는 잉어고기를 먹는지 어떤지. 그것은 어찌 됐건 앞으로 나는 잉어고기 먹는 걸 삼갈까 하고 있다.

1963 칠월

달과 발과

새끼 게는 늘 즐거웠습니다.

보료같이 보드라운 물이끼가 깔린 바위 위에서 동무들과 뛰놀기도 하고, 햇빛이 화사하게 내리쬐는 강기슭에 나가 해바라기를 하기도 합니다. 담뿍 햇볕을 쐬면서 입으로 거품을 내뿜어 거품방울마다 무지개를 어리게 하는 장난도 합니다.

새끼 게는 또한 물속 마름 밑에 가 엎드려 오가는 물고기들을 구경하길 좋아합니다. 생김새도 어쩌면 그리 가지각색인지. 몸매가 둥글넓적한 것, 아주 납작한 것, 길고 날씬한 것, 입이 크게 째진 것……

구경을 하고 있으면 송사리떼들이 그 조그만 주둥이로 새끼 게를 와 쫍니다. 하는 대로 내버려두다가 눈을 쪼는 놈이 있을 땐 가위를 들어 무는 시늉을 합니다. 송사리떼들이 쪼르르 달아나버립니다. 시간 가는 줄도 모르고 이런 장난을 새끼 게는 되풀이합니다.

새끼 게는 언제나 명랑했습니다.

허물벗음. 그동안 안으로 이룩돼오던 새끼 게의 새 몸이 낡은 등딱지를 젖히고 나왔습니다. 굳지 않아 말랑거리는 살갗에 와닿는 물의 감촉이 간지럽도록 생생했습니다.

구멍 밖으로 나섰습니다. 여럿여럿 동작은 빨리할 수 없었으나 더없이 흡족한 느낌이 새끼 게에겐 들었습니다.

전과 다름없는 것들이지만 새로운 기분으로 둘러보며 걷고 있었습니다. 그때 마침 지나가던 자라 새끼 한마리가 이런 말을 하는 것을 새끼 게는 들었습니다.
"짜식, 고나마 모로 기는 것도 제대로 못 기는구나."
새끼 게는 한참 그게 무슨 소린 줄을 몰랐습니다. 말뜻을 알고서 자라 새끼의 걸음걸이를 유심히 바라보았습니다. 그리고 자기도 조심히 걸어보았습니다. 사실 자기의 걸음은 이상했습니다.

구멍 속에 들어박혀 생각을 해보고 또 생각을 해보았습니다.
왜 나는 모로 기어다녀야 하나. 물고기들처럼 휙휙 마구 헤엄쳐 다니지는 못한다 하더라도 왜 하필이면 모로밖에 기어다니지 못하는 것일까.
아무리 생각해도 창피스럽기만 했습니다.

마침내 엄지 게를 찾아가 물어보기로 했습니다.
엄지 게는 어이없는 듯 헛웃음을 웃고 나서,
"어디 너만 그러냐?"
그도 그렇다고 깨달은 새끼 게는,
"그럼 우리들은 왜 모두 모로 기어다녀야 해요?"
"그야 조상들이 그랬으니 우리들두 그러는 거지."
그것으로는 마음이 마뜩치가 않았습니다.
다른 엄지 게를 찾아갔습니다.
그 엄지 게는 새끼 게의 말을 듣자 대뜸,
"괜헌 소리! 가서 동무들허구 놀기나 해!"
그리고 새끼 게가 더 무슨 말을 하려 하자 엄지 게는 큼직한 발로 우악스럽게 새끼 게의 몸을 움켜잡더니 뒤로 자빠뜨려놓는 것이었습니다.
여린 몸을 한참 바둥거리다 일어났습니다. 그러자 엄지 게는 다시 좀전처럼 자빠뜨려놓습니다. 이렇게 애써 일어나면 자빠뜨리고 일어나면 자빠뜨리고…… 종내 새끼 게는 기진맥진하여 배꼽을 위로 내놓고 자빠진 채 울음을 터뜨리고 말았습니다. 그러나 엄지 게는 붙들어 일으켜줄 염도 않고 돌아서 자기 구멍으로 들어가버리는 것이었습니다.
　새끼 게는 그 엄지 게가 무서웠습니다. 그리고 세상이 무서워졌습니다. 울음을 그쳤습니다.

　새끼 게는 상류를 향해 걷고 또 걸었습니다. 연한 발톱이 아리고 쓰라렸지만 그냥 걸었습니다. 멀리 떨어져 혼자가 되고 싶었습니다.
　얼마나 왔을까. 양쪽 둑에 갯버들이 무성한 곳에 이르렀습니다.
　혼자 살 만한 고장같앴습니다.

　으슥한 갯버들 밑동 옆에 힘들여 구멍을 파 집을 만들었습니다. 그리고는 고단해 곯아떨어져 잠이 들었습니다.
　밤중에 누군가가 몸을 건드려 눈을 떴습니다.
　"나 좀 재워줘."
　계집애 장어였습니다.
　"넌 집이 없니?"
　"바위틈이 싫어서 그래. 날 좀 여기 있게 해줘."
　그런데 장어 계집애는 가만히 자지를 않고 허리를 이리지리 휘저으며 그 미끈거리고 끈적거리는 몸을 비벼대는 것입니다.
　"좀 가만히 있지 못해?"
　"응. 그럴게."
　그러나 다음날도 장어 계집애는 아침에 나갔다 밤늦게야 들어와서는 슬쩍슬쩍 몸을 비벼대곤 하는 것이었습니다. 견딜 수가 없었습니다.
　"날 건드리지 말래두."
　그러자 장어 계집애는 해롱거리면서,
　"그렇게두 싫니?"
　그리고는 어처구니없게도,
　"그지 말구 그 가위루 여길 좀 물어줘,"
하며 허리를 꾸부려 들이대는 것이었습니다.
　한번 혼을 내주리라고 가위로 힘껏 물었습니다. 그러나 매끄러워 가위 밖으로 빠져나갔습니다. 장어 계집애는 킬킬대며 좀더 단단히 물어달라고 조르는 것이었습니다. 새끼 게는 한옆에 몸을 움츠리고 뜬눈으로 새우다시피 했습니다.
　다음날 그곳을 떠나기로 했습니다.

　다시 걷고 걸어 강이 두 갈래로 갈리는 데까지 이르렀습니다. 앞에 산이 막아서면서 산 왼쪽으로 벌판을 끼고 올라간 본줄기와 산 오른쪽 가장자리를 타고 접어든 샛강이 갈라져있었습니다.
　샛강으로 들어섰습니다.
　얼마 가지 않아 샛강은 좁아져갔습니다. 거기 따라 바닥도 모래보다는 조약돌이 많아져갔습니다. 드디어 맑고 깨끗하고 찬 물이 소리를 내며 흐르는 계곡에 다다랐습니다.
　날도 저물고 하여 거기 한 큰돌 밑을 찾아 들어갔습니다. 그러나 세차게 면상을 걷어채였습니다. 한 놈이 아니고 두세 놈이 연신 그러는 것입니다.
　다른 돌틈을 찾아가 보았으나 역시 가재란 놈한테 걷어채여 쫓겨나곤 했습니다.
　하는수없이 한데서 쪼그린 채 별을 보다가 잠이 들었습니다.

　다음날 아침 일찍 일어난 새끼 게는 다시 위로 걸어올라갔습니다.
　얼마를 가다 물소리가 커지기에 보니 꽤 높이 둔덕진 곳에서 물이 떨어져내리고 있었습니다.
　가까이 가 물 떨어지는 밑으로 들어가 보았습니다. 잔등 위로 빠르게 떨어지는 물을 받는 것이 시원했습니다.
　한참을 그러고 있으려니까 물 아닌 것이 잔등에 와 떨어지는 게 있었습니다. 피라미새끼들이었습니다. 고것들이 기를 쓰고 밑에서 뛰어올라 둔덕진 위까지 가려다가는 미치지 못하고 도로 떨어져내려오곤 하는 것입니다. 그런데 물살 새로 자세히 보니 간혹 한 놈씩 위까지 넘어오르기도 합니다.
　나도 한번 올라가봐야지. 둔덕의 안쪽 벽을 타고 새끼 게는 기어오르기 시작했습니다. 쉬운 일이 아니었습니다. 가까스로 물살이

제일 센 꼭대기 근처까지 가서는 밀려떨어지고 말았습니다. 자꾸 거듭해보았으나 번번이 실패였습니다. 어떤 땐 맨처음만큼도 못 올라가 미끄러지기도 했습니다. 날은 어두워오는데 새끼 게는 지치고 말았습니다.

집을 만들 곳도 없고 가재에게 사정하기도 싫었습니다. 어디고 마음먹은 대로 되는 일은 하나도 없었습니다. 새끼 게는 그만 흐르는 물에 몸을 맡겨버렸습니다.

채 완전히 굳지 않은 몸이 돌부리에 부딪치곤 했으나 아픈 줄을 몰랐습니다. 단지 모든 것에 졌다는 생각만이 가슴 가득했습니다. 볼품없이 져서 자빠진 채 버둥거리는 자신의 모습이 눈앞에서 자꾸자꾸 커져가는 것이었습니다.

살던 곳에 돌아오니 잠자리는 편했으나 그전과 같은 새끼 게는 아니었습니다.

다시는 보료가 깔린 듯한 바위에서 동무들과 논다든가 햇살 고운 강기슭에 나가 해바라기를 즐기는 일도 없어졌고, 마름 밑에서 물고기들 오가는 구경을 하며 송사리떼와 장난치는 일도 하지 않게 되었습니다.

되도록 아무와도 어울리지 않으려 마음썼습니다. 더구나 그 우악스럽고 심술궂은 엄지 게와는 만나지 않도록 피해가며 살았습니다.

먹을것을 못 먹는 것도 아닌데 어쩐지 새끼 게는 여위어만 갔습니다.

그날밤 새끼 게는 강둑 수수밭 한 이삭에 올라가있었습니다.

이따금 바람이 좀 세게 불어왔습니다. 그때마다 수숫대가 흔들리며 잎이 와삭와삭 소리를 냅니다.

동녘이 훤해지면서 달이 떠올랐습니다. 처음보는 희고 큰 달이었습니다. 마치 하늘에 큰 구멍이 뚫린 것만 같았습니다. 정말 저만한 구멍을 하늘에 뚫고 그 속에서 살았으면.

수숫잎이 와삭거리며 바람이 불어왔습니다. 수수알 뜯어먹을 것도 잊고 정신없이 달만 바라보고 있던 새끼 게는 그만 붙들고 있던 수수이삭을 놓쳐 밑으로 곤두박이치고 말았습니다.
온몸이 결려 한참 옴짝을 할 수가 없었습니다.
그러는 새끼 게의 귀에는 사방에서 후후후 비웃는 소리가 들리는 것같았습니다.

날로 물속이 맑고 투명해져갔습니다.
온갖 물고기들의 살갗에 윤기가 돌았습니다.
같은 게들도 모두 몸이 올차졌습니다.
그속에서 새끼 게의 모양만이 초라해보였습니다.

혼자 쓸쓸히 강바닥을 가다가 새끼 게는 한 자리에서 오므작거리는 지렁이 한 마리를 발견했습니다.
다가가 좀 먹고 있는데 어찌된 영문인지 지렁이가 휙 위로 올라가는 것이었습니다. 그와 함께 지렁이를 물고 있던 새끼 게의 몸도 위로 솟구쳐오르는 게 아니겠습니까. 어느 날쌘 물고기 못잖게 헤엄쳐 올라가는 느낌이었습니다.
몸이 물 밖에 나서며 햇볕이 눈부셨는가 하자 둑에 서있는 사람이 눈에 비쳤습니다. 깜짝 놀라 물었던 것을 놓았습니다. 정신이 아찔했습니다. 배를 위로 하고 둑기슭에 떨어졌던 것입니다.
사람이 손을 내밀며 달려들었습니다. 새끼 게는 발딱 몸을 일으키기가 무섭게 한옆으로 달리다가 잽싸게 반대편으로 방향을 바꾸어 물속으로 들어갔습니다. 새끼 게 자신도 상상못했던 숙달된 동작들이었습니다.
"에이 재수없다!"
사람이 투덜거렸습니다.
물속 깊이 달려간 새끼 게는 숨을 돌리며 실로 오랜만에 미소를 지었습니다. 모로 기지 않았던들 잡히고 말았겠지.
그러자 새끼 게에게는 생각키는 게 있었습니다. 언젠가 엄지 게가 자기를 자꾸만 뒤로 자빠뜨려놓던 일. 그때 엄지 게가 자기를 괴롭힌 뜻이 문득 지금까지와는 다르게 새겨지는 것이었습니다.
새끼 게는 또한번 미소를 지었습니다.

이 새끼 게가 겨울을 날 고장으로 옮겨가기 전 어느날 그만 양쪽 발을 몽땅 잃게 되었습니다. 구멍을 쑤셔 잡으러 온 사람한데였습니다.
영락없는 하나의 돌조각이 되어버리고 말았습니다.

정말 새끼 게는 움직임을 잃은 돌조각이었으나 그러나 생각할 수는 있었습니다. 오히려 어느때보다도 더 많은 것을 생각할 수 있었습니다.
새끼 게에게는 바위에 깔린 물이끼의 보드라운 촉감이 만져졌습니다.
거품 방울마다 어린 무지개의 색깔이 차례로 무늬져 비쳐왔습니다.
마름 밑에서 구경하던 물고기들의 생김새가 하나하나 떠올라왔습니다.
상류 산골짜기 낙수터에서 기어오르다 떨어지고 기어오르다 떨어지고 하는 자기의 지친 꼴이 눈앞에 다가왔습니다.
그리고 모든것에 졌다는 생각만으로 가득 차 흐르는 물에 몸을 내맡겼던 일이 되살아왔습니다.
이 모두가 그당시보다 더 선명하게 새겨져오는 것이었습니다.
그러나 새끼 게는 지금 생각합니다. 난 정말 진 걸까?

사람이 새끼 게의 발을 떼어간 뒤로 휑하니 넓어진 구멍 밖에 스산한 비가 뿌리고 있었습니다. 밤이었습니다.
게들이 겨울을 나기 위해 강 아래로 내려가는 기척이 들려왔습니다.
누가 하나 구멍 안으로 들어섰습니다.
"모두 아래루들 내려간다. 넌 안 갈래?"
전의 그 엄지 게였습니다.
새끼 게는 눈을 감고 잠자코 있었습니다.
엄지 게는 흠칫 놀라 그자리에 서는 눈치더니 좀만에 발을 내밀어 새끼 게의 몸을 흔들어보는 것이었습니다. 그리고 혼잣말을 중얼거리는 것이었습니다.
"아니, 죽어 껍데기만 남았군. 에잇 못난 놈!"
　새끼 게는 눈을 내리감은 채 잠잠히 있었습니다.
　엄지 게가 간 뒤 구멍 밖에서는 여전히 빗소리에 섞여 게들이 강 아래로 옮겨가는 기척이 들려왔습니다.
　새끼 게에게는 보였습니다. 흐르는 물에 떠서, 혹은 강바닥을 기어서 내려가는 게들의 모양이. 그 기어서 내려가는 속에 예의 엄지 게가 끼어있었습니다.
　그리고 새끼 게에게는 확연히 보였습니다. 그 엄지 게 옆에 같이 기어내려가고 있는 자신의 모습이. 모로 기는 걸음걸이였습니다.

1963 십일월

내 일

내 일

내 일

　몇 살 때 일인지는 모르겠다. 어머니 등에 업혔던 기억이 분명한 걸 보면, 네살이 아니면 기껏해야 다섯살밖에는 안되었을 때 일이라고 생각한다.
　밤중에 어머니 등에 업힌 채 잠이 들어있었다. 아마 그즈음까지 앉아계셨던 외할머니댁에라도 갔다 돌아오는 길이었으리라. 어느 거리 모퉁이를 돌며 잠이 깨었다. 그러자 무서운 물건이 눈앞에 보여, 으악 소리를 지르고 말았다. 바로 어머니 발밑으로부터 시커먼 것이 솟아나와 한없이 길게 뻗어나가는 것이 아닌가. 어머니가 얼른 앞으로 돌려안으면서 손으로 눈을 꼭 가려주었다. 그것이 더 무섭고 싫어서 그냥 악을 쓰며 울어댔다.
　이렇게 그림자에 놀라보기는 뒤에도 한 번 있었다.
　일곱살 때, 내일 처음으로 학교에 간다는 그 전날 밤이었다. 베갯머리에 새로 사온 양복과 란도셀을 얌전하게 포개어 놓고는 자리에 들어가 누웠다. 잠이 오지 않았다. 양복은 며칠 전에 한번 입어보고는 학교 가는 날 입는다고 장롱 속에 넣어두었던 것이고 란도셀도 방안에서 몇번 메고 활갯짓걸음을 쳐보았으나 역시 학교 가는 날 메고 나서야 자랑스러울 것이라고 내일이 되기만 기다리는 물건이다. 그날밤 늦게야 잠이 들었다가 어떻게 밤중에 눈이 띄어졌다. 미닫이 쪽부터 바라보니 아직 깜깜이었다. 오늘밤은 왜 이렇게 길

까, 어서 내일이 되어주었으면. 그러는데 갑자기 미닫이가 훤해지
면서 창살 하나하나가 또렷또렷해졌다. 아, 날이 밝았다, 하고 가
슴을 울렁거리는 참에 거기 난데없는 윗도리와 아랫도리가 따로따
로 떨어져나간 시커먼 괴물이 미닫이 밖에 바싹 다가와 서는 것이
아닌가. 기급을 해서 이불 속에 머리를 틀어박고 말았다. 어머니
가, 애는 왜 그림자만 보면 놀랄까, 하며 품에 끌어다 안아주었다.
그날밤 그처럼 놀라게 한 것은 다른 게 아니었다. 구름에 가렸던
달이 벗어나면서 안뜰에 널어놓은 빨래를 비춘 것이었다.

소학교때 소풍에 대한 기억 하나.
어쩐 일인지 학교에서 소풍 가는 날은 대개 비가 오지 않으면 흐
리거나 바람이 드세게 불었다. 참 공교로운 일이 아닐 수 없었다.
그래서 어른들은 이런 농담을 하곤 했다. 가뭄이 들어 곡식이 탄다
고 걱정할 필요는 없어, 애네 학교에서 소풍만 가면 될걸 뭐.
그날도 그렇게 이름이 있는 소풍 전날이었다. 가을철이라 운동장
한옆에 서있는 포플라나무가 황금빛으로 물들어가고 있었다. 쉬는
시간마다 운동장에 나와서는 이 포플라나무 위에 펼쳐진 하늘에 눈
을 주곤 했다. 한결같이 구름 한점 없는 푸르고 높은 하늘이었다.
바람도 없었다. 이따금 생각난 듯이 떨어지는 포플라잎도 한껏 조
용하고 한가로웠다. 이런 날씨면 내일 소풍은 만점일 것이었다.
오후 첫째 시간이 끝나고 쉬는 시간이었다. 운동장에 나와 쳐다
보는 하늘은 여전히 맑게 개인 바람 한점 없는 날씨였다. 이렇게
내일의 즐거움을 마음속에 그리며 하늘을 쳐다보고 있는데, 상급반
의 굵직한 애 하나가 술래잡기를 하느라고 달려오다가 떠다박질러
그만 모로 나자빠지고 말았다. 그바람에 그쪽 팔꿈치를 삐었다.
오금이 저리도록 아픈 동침질. 그 침을 이튿날도 한 차례 또 맞
아야 했다. 어찌나 아픈지 이날은 빈혈증까지 일으켰다. 잠시 거기
누웠다가 할아범 등에 업혀서 돌아오는 길에 아직 어지러운 눈을
반쯤 뜨고 쳐다보는 하늘은 어제나 다름없이 맑게 개어있어, 바람
기조차 없는 햇살이 눈두덩에 간지럽도록 보드랍고 따사했다.

중학교때는 수학을 좋아하지 않았다. 숙제를 해가는 것이 질색이었다. 그런데 수학 선생이 아주 영 묘한 분이어서, 숙제를 못해간 날만을 골라서 지명을 하고 숙제를 해간 날은 그냥 지나쳐버리는 것이었다. 아무리 그럴 듯한 제스처를 해보아도 쓸데없었다. 숙제를 못해간 날은 짐짓 얼굴에 활기를 띠우고, 오늘은 저를 한번 시켜봐주십시오, 하는 표정을 지어보이고 숙제를 해간 날에는 부러, 오늘은 제발 지명을 말아주십시오, 하고 풀이 죽은 낯으로 연필 끝을 만지작거리거나 지우개로 책상 모서리를 문지르고 해봐야 소용이 없었다. 그리고 이와 반대의 짓을 해봐도 속아넘어가지를 않는 것이었다. 이 선생은 칠판 위에서만 인수분해를 하고 방정식을 푸는 게 아니라 사람의 마음속까지 풀어내는 재주를 가졌는가 싶었다. 무서웠다. 이 무서운 한 시간이 또 어찌나 길게 느껴졌는지. 풀던 문제가 남았으면 끝마치는 종이 울어도 그냥 휴식시간까지 내리 하는 것이었다. 무섭고 싫은, 그리고 한량없이 긴 이 수학 시간이 한 주일 시간표에 얼마나 많은 분량을 차지하고 있었던가.

수학 시간을 이렇게 생각하게 된 것은 그러나 중학에 입학하자부터의 일은 아니었다. 좋아하는 편은 아니었으나 그래도 보통정도로는 따라갔다. 그게 삼학년이 되면서부터 싫어진 것이었다. 그즈음 어떤 소년 하나를 알게 된 것이다. 학교가 다른, 이쪽보다 한살 아래인 소년이었다. 아주 계집애처럼 예뻤다. 이 소년에게 편지를 써 보내야 하는 것이었다. 수학 숙제를 해야 할 시간에 어떻게 하면 좀더 아기자기하고 달콤한 어구로 편지를 쓸 수 있을까 하는 궁리를 해야만 하는 것이었다.

소년은 만날 적마다 그 계집애처럼 흰 볼을 물들이면서, 저번에 받은 편지 속에서는 이러이러한 구절이 참 아름답다는 말을 했다. 이 말을 듣는 게 다시없는 행복이요 즐거움이었다. 수학 숙제를 못해가지고 가서 그 지옥같이 무섭고 싫은 기나긴 시간을 참고 견딘 대가도 이걸로 넉넉히 보상되고도 남음이 있다는 느낌이었다. 그리고 이 다시없는 행복과 희열 속에 약간 떨리는 손으로 그날 새로 써갖고 온 편지를 소년의 손에 쥐어주는 것이었다.

소년과 이러한 관계가 이듬해 봄철까지 계속되었다. 그러한 어느

날이었다. 그날도 전과같이 약속한 장소로 갔다. 웬일인지 소년이 약속한 시간이 되어도 나타나지 않았다. 반 시간이나 지나도 오지 않았다. 전에도 간혹 늦는 적이 있었으나 십오분 이상은 넘겨본 일이 없었다. 한 시간 가량이나 기다리다 못해 소년의 집으로 찾아가 보기로 했다. 언제인가 소년의 집을 먼발치로 알아두었던 것이었다. 그리고도 직접 집으로는 한번도 찾아가지는 않았다. 어쩐지 소년의 부모에게 자기를 보이고 싶지 않은 것이었다. 그만큼 몰래 소년을 독차지하고 싶었던 것이다. 그러나 그날만은 집으로 가서라도 소년을 만나지 않고는 못배길 심정이었다. 그것은 다름이 아니었다. 전번에 만났을 때, 소년은 으레 그 흰 볼을 물들이면서 그전에 받은 편지 속에서는 어느 구절이 곱고 아름답다는 말을 해야 할 것인데, 딴말을 한 것이다. 즉 어느 책을 보니까, 그속에 아주 기가 막히게 곱고 아름다운 말이 많이 들어있더라는 것이다. 소년과 헤어지는 길로 그 책을 사다가 읽었다. 그리고는 사흘 동안이나 머리를 쥐어짜가지고 어제는 밤을 새우다시피까지 하면서 그 책에는 없는 새로운 말로 편지를 써가지고 왔던 것이다. 그것을 무슨 일이 있어도 이날 소년에게 전하지 않으면 안되는 것이다.

　소년의 집이 있는 골목 가까이 이르러서였다. 거기 뜻밖의 광경을 발견하고 걸음을 멈추었다. 지금 저쪽에서 이리 걸어오는 것은 틀림없이 소년이었다. 그런데 혼자가 아니고 웬 소녀 하나와 같이 오고 있는 것이다. 전선주 뒤에 몸을 숨겼다. 가까이 오는데 보니 아주 못생긴 소녀였다. 말상인 데다가 얼굴 한가운데가 안으로 우그러져들어갔다. 소년과 소녀가 서로 바꾼대도 짝이 기울 것이었다. 소년의 집이 있는 골목 어귀에서 둘이는 걸음을 멈추었다. 그러자 소녀가 소년의 손에다 무엇인가 쥐어주었다. 조그마한 꽃봉투였다. 소년이 눈부신 눈으로 소녀를 한번 쳐다보고는 손에 받은 것을 재빨리 호주머니 속에 집어넣으며 골목 안으로 달려들어갔다.

　즐거움에 못이겨 하는 듯이 골목 안으로 사라지는 소년의 뒷모습을 바라보며, 자기 호주머니 속에 고이 간직해가지고 왔던 편지를 손아귀에 있는힘을 다하여 마구 구겨버렸다.

그뒤 한 여자를 좋아하게 된 것은 대학 이년때 일이었다.

그해 봄에 여학교를 갓 나온 소녀였다. 지난날 어떤 소년에게 한 것처럼 편지질은 하지 않았다. 그대신 직접 만났다.

소녀는 음악을 좋아했다. 이쪽도 음악을 꽤 좋아하는 편이어서 친구들끼리 모인 자리에서는 곧잘 세레나데 중에서는 모짜르트의 것이 으뜸이라거니, 베토벤의 제9심포니에서는 제3악장이 제일이라거니 하고 떠들어대곤 했다. 그러나 이 소녀의 음악감상에는 비교도 안되었다. 알고 있는 곡명도 엄청나게 많았지만 첫째 그것을 감상하는 태도가 보통이 아닌 것이다.

좋은 레코드가 있다는 다방을 찾아가 몇 시간이고 한자리에 앉아 거기다 온 정신을 파는 것이었다. 간혹 지금 레코드에서 풀려나오는 곡에 대한 해설 비슷한 것을 속삭이는 수도 있었으나, 대개는 눈을 감고 숨소리마저 죽이고서 그냥 도취경에 빠져버리는 것이다. 혹시나 이 소녀가 그대로 잠이 든 거나 아닌가 의심이 날 때도 있었다. 그러나 그런 게 아니었다. 살며시 감은 눈꺼풀이 눈썹과 함께 가벼이 움직이면서 보일락말락 고개가 흔들려지는 것이었다. 그것은 마치 지금 레코드에서 흘러나오는 리듬을 좇아 소녀의 고개가 흔들린다기보다는 오히려 소녀의 그 보일락말락한 고갯짓에 따라 레코드의 리듬이 풀려나오는 것만 같았다.

다방에서의 음악감상이 끝나면 그길로 대학거리로 가서 가로수 밑을 거닐었다. 두 사람이 대학거리에 닿을 때쯤은 대개 날이 저물어있었다. 소녀는 또 이렇게 저녁그늘이 내리깔린 가로수 밑을 거닐기를 무척 좋아했다. 그래서 입버릇처럼 이런 말을 했다. 이 가로수길이 열 배 스무 배 더 길게 벋어나갔다면 얼마나 좋겠느냐고.

될수록 천천히 걸었다. 가끔 사람의 그림자가 지나가곤 했으나 호젓한 가로수길은 두 사람의 것이었다. 어느 가로수 그늘 밑에서 조용히 소녀의 어깨에다 팔을 얹는다. 소녀는 별반 몸을 피하는 기색도 없이 발걸음을 옮겨놓다가 혹시 지나가는 사람이 있으면 약간 걸음을 빨리하여 자연히 어깨에 얹힌 팔을 떨구는 것이었다. 사람이 지나간 후에는 다시 소녀의 어깨에 팔을 얹는다. 그러면서 문득 소녀의 입술을 갈망하고 있는 자신을 발견한다. 그러나 곧 이러한 욕망은 이 깨끗한 소녀에 대한 모독이라고 자기자신을 꾸짖어버리는 것이다. 그리고는 소녀의 말대로 이 가로수길이 열 배 스무배가 아니라 그냥 무한히 벋어나가주었으면 하는 생각만을 한다. 그만큼 소녀를 사랑한 것이다.

그러나 마침내는 어떤 어처구니없는 일로 이 소녀한테 실연을 당하고 말았다.

그날도 어느 새로 양곡을 수입해왔다는 다방에서 소녀를 기다리고 있었다. 약속한 시간에 소녀가 나타났다. 언제나처럼 그 샛하얀 윗니가 가지런히 드러나뵈는 미소를 지으며 앞에 와 앉았다. 차를 시켰다. 그리고 이제 소녀가 예의 음악감상 자세로 들어갈 차례가 되었는데도 어쩐 일인지 소녀는 안정을 얻지 못해하는 태도였다. 어디 몸이라도 편찮으냐고 물었으나 소녀는 외면한 채 고개만 옆으로 저었다. 아무튼 음악을 듣는 동안에 기분이 전환될 것이라고 생각하며 소녀가 오늘 이 다방에 와 듣고 싶어하던 라흐마니노프의 피아노콘체르토 제2번을 레지에게 부탁했다. 그러나 웬일인지 소녀는 조금도 레코드에 귀를 기울이지 않는 눈치였다. 다음엔 소녀가 가장 좋아하는 쇼팽의 왈츠 제7번을 틀게 해보았다. 그러자 소녀는 더욱 더 마음의 자리를 못 잡고 안절부절한 태도로 양미간까지 찌푸리면서 다방을 나가자는 것이었다. 마음이 울적할 때에는 외기를 쐬는 것도 좋다는 생각에 대학거리로 가 거닐자고 했더니 소녀는 곧장 집으로 가야겠다는 것이다. 몸이 이만저만 불편하지 않은 것같아,

"그러면?"

하고 소녀에게 물었다. 다음번에 만날 날짜와 장소를 정하자는 것이다.

그랬더니 소녀는 눈을 내리깐 채,

"편지하겠어요,"

하고는 뒤도 돌아보지 않고 총총걸음을 쳐 마침 거기 와 멎은 버스 속에 몸을 싣고 마는 것이었다.

사흘 후에 학교로 부친 소녀의 편지를 받았다. 내일이야 틀림없 겠지, 내일이야 틀림없겠지 하고 초조히 기다리던 편지였다. 그런 데 그 내용이 어이없었다. 다시는 만나지 말자는 것이었다. 그 이 유인즉 그날 다방에서 만났을 때, 웃는 이쪽 잇사이에 고춧가루 낀 것이 왜 그리 더럽게 느껴졌는지 모르겠다는 것이다. 그것을 보고 나서는 그렇게 좋아하던 음악도 영 귀에 들어오지 않더라는 것이 다. 이틀 동안이나 곰곰히 생각해보았으나 한번 그렇게 대수롭지 도 않은 것이 더러운 걸로 느껴진 감정을 어쩌지 못하겠노라는 것 이다. 그러니 다시는 안 만나는 것이 자기 감정을 속이지 않는 게 되겠다는 것이다. 끝으로 대학거리 가로수 밑에서 혹시 이편이 요 구했다면 허락했을지도 모르는 자기의 입술을 생각할 때 그렇게 되 지 않은 것만도 천만다행한 일이라고 했다.

며칠을 두고 거리로 쏘다니면서 술만 마셨다. 일부러 이는 닦지 도 않았다. 그러한 어느날 술집 걸상 위에 쓰러져 밤을 새운 자기 자신을 발견했다. 그것은 하잘것없이 누추하고 가엾은 꼴이었다. 다시는 거리로 나가지 않고 집에 들어박혀있었다. 그리고 병인처 럼 끙끙거리다가 달려든 것이 책이었다. 사다가 책꽂이에 꽂아만 두었던 원서를 하나하나 독파해 나갔다. 콘사이스를 처음부터 끝까 지 외다시피 눈을 거친 것도 이때였다. 이렇게 시간이 경과함에 따 라 차차 소녀에게 대한 견해도 달라져갔다. 그네가 취한 태도에는 잘못이 없다. 아무리 하찮은 일일지라도 거기에 어떤 더러움을 느 꼈을 경우에는 서로 만나지 않는 게 좋은 것이다. 오히려 그것을 먼저 말할 수 있은 소녀의 용기가 가상타 할 만한 것이다. 이쯤 소 녀에게 대해 생각하게 됐다.

졸업을 얼마 앞두고서였다. 하루는 책방에 들러 신간 서적 몇권 을 사들고 명동거리를 지나다 이 소녀를 만났다. 만났다고 해야 이 편에서만 먼발치로 본 것뿐이었다. 그네는 이미 짧은 치마를 입은 소녀가 아니고 긴 치마를 두른 가정 부인이었다. 어떤 남자와 같이 음식점에서 나오는 길인 듯 남자가 연방 이쑤시개로 잇세를 후벼내 고 있었다. 그러자, 곁에 따라오던 그네가 무엇을 발견했는지 핸드 백에서 손수건을 꺼내어 사내의 입언저리를 훔쳐주는 것이었다. 한번에는 깨끗이 훔쳐지지 않은 듯 두세 번 연달아 훔쳐냈다. 이 아름다운 광경에 어쩔줄 몰라 옆골목으로 급히 몸을 피해버리고 말았다. 그리고 닥치는대로 아무 술집이나 찾아들어갔다. 이런 때 술을 배워둔 고마움을 알았다.

그런 지 얼마 뒤였다. 어금니 한 개가 쑤시고 아파서 치과에를 갔다.

치과의사는 좀전부터 손님 한 사람과 무슨 이야기를 주고받던 중인 듯,

"사람의 신체에서 중요한 부분치구 어디 더럽지 않은 게 있나요. 생각해보세요, 그렇잖은가. 우리의 입두 그중의 하나지요. 그러기에 남녀가 입을 맞춘다는 것두 말예요, 서루가 아름다운 것을 가져다댄다느니보담은 더러운 곳이라두 이렇게 서루 가져다댈 수 있을 만큼 가까운 사이란 걸 말하는 거지 뭡니까. 그런 연후에 비로소 거기에 어떤 새로운 감정이 생겨나는 거죠."

이 말을 받아 손님은 또 아주 화학적인 어구로 대답을 했다.

"말하자면 염산과 양잿물이 합쳐서 소곰이 되는 이치와 마찬가지 군요."

치료대에 앉은 채 문득 아지못할 웃음이 뱃속으로부터 치밀어 올라와 견딜 수가 없었다. 잠시 의사가 치료하던 손을 멈추지 않으면 안될 만큼.

그로부터 십오년간이란 세월. 젊은 날의 낭만이 부서져나가면서 마치 다람쥐가 쳇바퀴를 돌아가는 것과 같은 생활의 연속.

삼년 전에 뜻한 바 있어서 손때 묻은 몇권의 노트와 함께 대학교수의 자리를 떠났다. 전공해온 학문을 좀더 의의있게 살리는 일을 해보리라는 것이었다. 아직 이땅에는 번역문학이란 게 제대로 서 있지 않다. 처녀지 그대로이다. 여기에 보습을 넣어보리라. 그러기 위해서는 우선 자기가 전공한 낭만주의 작품을 하나 붙들고 씨름을 해보리라. 서재에 들어앉았다. 그러나 일년이 못되어 난관에 부딪치고 말았다. 얼마큼 앞세웠던 생활비가 거의 다 말라버린 것이었다. 늙은 할멈 하나를 두고 사는 단출한 혼잣 살림살이였지만 그동

안 물가가 엄청나게 뛰어오른 것이었다. 생각다못해 아랫방과 건넌방에 사람을 들였다. 그리고는 처음의 의욕을 잃지 않고 작품 번역에 온 정력을 다 기울였다. 뜰아랫방에 고등학교에 다니는 학생이 있어서 가끔 영어를 물으러 들어오는 수가 있었다. 그런 데까지 신경이 씌어서 일체 외인이 곁에 얼씬 못하게 했다.

이렇게 하여 다시 일년쯤 뒤에 번역도 일단 끝내고 이제 추고에 들어가려고 하면서였다. 몇군데 출판사와 교섭을 해보았다. 그 결과 낙담을 하지 않을 수 없었다. 출판사마다 하는 소리가, 거참 헛수고를 하셨군요, 일반의 독서 경향이 어떤지를 모르구 계시군요, 아마 그런 책은 초판에 이백 부두 이편저편일 겝니다. 그리고 어떤 출판사에서는, 선생의 네임밸류두 있구 허니 이런 것을 한번 번역해보시면 어떻습니까? 하고, 일시적인 흥미 본위의 팜플렛을 내보이는 것이었다. 얼굴을 붉히고 돌아서 나오고 말았다. 그러나 얼마 후에는 다시 그 출판사를 찾지 않으면 안되었다. 얼굴이 뜨거운 일이었으나, 우선 식생활을 위해서 하는 수 없었다. 한 가지 두 가지 그러한 일감을 맡아서 하는 동안 이제는 부끄러움도 잊어버리고 말았다. 타성에 젖어버린 것이다. 마치 감탕밭 속에 한 발자국 두 발자국 빠져들어가면서 내가 이래서는 안되겠다, 내가 이래서는 안되겠다, 하면서도 어느새 빠져들어갈 데까지 다 빠져들어가 나중에는 거기 안주해버리는 심정과도 같은 것이었다.

이태 동안이나 온갖 정력을 다 기울여 이루어놓은 원고 뭉텅이는 서재 한구석에서 날로 두터운 먼지만 뒤집어쓰고 있었다. 추고에는 손도 대지 않고 있는 것이었다. 그만 지치고 무관심해진 것이다. 남은 것은 권태뿐이었다. 어느새 뜰아랫방 학생이 자기 공부방이나처럼 마음대로 서재에 드나들게 됐다. 내버려두었다. 도리어 출판사에서 맡아온 일시적인 시사물이나 흥미물을 번역해나가다가 미심한 곳이 있을라치면 이 학생을 시켜 사전을 찾아보게 했다. 이제는 사전 뒤지는 것조차 귀찮아진 것이다. 하루는 이 학생이, 선생님 머리에 새치가 보인다고 하면서 뽑아버리라느냐고 했다. 그냥 두라고 했다. 그까짓 새치쯤에 관심이 갈 리가 없었다. 이렇게 권태와 무관심의 그날그날은 마치 아무것도 들어있지 않은 하나의 두

껍디두꺼운 책과도 같은 것이었다. 넘기고 넘기어도 한결같이 흰 종잇장뿐인 책. 인간에 있어 차라리 불안이라든가 초조라든가 절망이라든가 공포라든가 하는 것이 이보다는 나은 것이다. 거기에는 아직 삶에 대한 몸부림이 따르는 법이니까. 데카당도 그렇다. 그속에는 아직 어딘가 낭만이 깃들어있다. 그저 인생을 좀먹는 건 모든 사물에 대한 권태와 무관심 그것인 것이다. 하루는 담배를 피우려고 구멍가게에서 십환에 두 갑짜리 성냥을 산 일이 있었다. 돌아서서 무심히 성냥을 그으려다가 손을 멈추어버리고 말았다. 지금 손에 든 성냥갑 황에는 이미 누가 한번 성냥개비를 그어내려간 자국이 나있는 것이었다. 그것을 살 때 구멍가게 주인은 새 성냥봉지를 뜯어서 두 갑을 꺼내 주었던 것이다. 물론 다른 한 갑에는 아무런 자국도 나있지 않았다. 이상한 일도 다 있다고 생각했다. 새로 산 성냥에 그런 자국이 나있다는 게 어쩐지 불쾌하기도 했다. 며칠을 두고 이 성냥갑 일이 머리를 떠나지 않았다. 이렇게 무엇에 관심을 가져보기란 실로 오래간만이었다. 그만큼 그동안의 생활이 권태로웠던 것이다.

  단지 이러한 무관심과 권태 속에서 그래도 아직 어떤 생을 느끼게 해주는 한 가지 물건이 있었다. 그것은 술이었다. 이것만이 쌓이고 쌓인 잿더미에다 불씨를 일으켜주는 것이다.

  근자에 어떤 젊은 여자 하나를 알게 된 것도 이 술 덕분이라고 할 수 있었다.

  영문과를 중도에 그만두었다는 것이었다. 이편이 대학 교수로 있을 때 몇 잡지에 쓴 영문학에 관한 노트를 읽었다는 것이었다. 그러나 그보다는 어느 음식점에서 술이 취해있는 모습이 더 인상적이었다는 것이다. 같이 온 손님이 있는데도 불구하고 혼자 고개를 숙이고 무어라 시같은 것을 웅얼거리는 모습이 서글프도록 가슴에 울려오더라는 것이다. 처음엔 그네의 말이 무슨 말인지 몰라 어리벙벙했다. 그러나 생각해보니 술이 취해가지고 간혹 혼자 웅얼거리는 시구가 있었다. 예이츠의 A Drinking Song 이었다. 흔히 젊은사람들과 술좌석을 같이했을 때는 으레 그들한테 이쪽이 대끼게 마련이었다. 왜 선생은 그 달콤한 외국 낭만주의 문학만 주무르고 있느냐, 어째서 그렇게 현대의식이 결핍돼있느냐, 왜 시선을 현실로 못 돌리느냐, 그리고 왜 불안하고 부조리한 현실과 과감히 대결하려들지 않느냐는 것이다. 그러면 그저, 당신네들이 부럽소, 할 뿐이다. 참말로 그들이 부러운 것이다. 무엇에 불안을 느끼고 부조리를 느낀다는 그들의 정열이 부럽기 짝이없는 것이다. 청년들은 다시, 왜 선생은 이 허무하고 비극적인 현실에서 도피하려드느냐, 왜 이 암담하고 절망적인 현실에 저항하려 하지 않느냐, 왜 그러한 현대문학을 소개하지 않느냐는 것이다. 그러면 그저 내가 전공한 것은 낭만주의 문학이니 할 수 없다는 말을 한다. 청년들은 한층 기세를 돋구어, 선생은 이제 낙오자가 되는 수밖에 없다, 시대에 뒤떨어진 낙후자라는 낙인을 면치 못하리라는 것이다. 그리고는 다시금 현대의 불안이 어떠니 절망의식이 어떠니 실존주의가 어떠니 하고 떠들어대는 것인데, 그때쯤 되면 이쪽도 술기운으로 해서 어느 정도 생기가 도는 판이라 몇마디 지껄이고 싶어지는 것이다. 알겠다, 그대들의 취미만은 알겠다, 그러나 자기의 취미를 가지고 남을 강요하지는 말아라, 그대들이 말하는 불안이니 절망이니 하는 어구들이 불행하게도 내게는 아무런 실감으로 오지 않는다, 그것은 그대들이 말하는 어구들이 아직 그대들 자신에 의해 육체화가 돼있지 않기 때문이다, 따라서 그대들의 그러한 어구들이 내게 있어서는 어렸을 때 어머니 등에서 그림자를 보고 놀랐던 공포나 불안만큼도 설감을 못 갖는 것이다, 그러나 나는 조금도 그대들의 취미를 나무라고 싶지는 않다, 유행하는 넥타이를 목에 매고 다니듯이 얼마든지 그대들의 구미에 맞는 어구들을 혀끝에 걸고 다녀도 좋다, 그저 그대들의 그 취미를 남에게 강요하지만은 말아다오, 스포츠로 치면 현대적 스포츠는 복싱밖에 없다, 강타 한 대에 쓰러져 코와 입과 귀에서 피를 철철 흘리는 그 드릴한 맛이야말로 현대적이다, 여기 비기면 연식 테니스같은 것은 스포츠가 아니다, 그저 전세기의 유물에 지나지 않는 애들의 장난이다, 그래 올림픽 경기 종목에 어디 테니스가 들어있는가 어떤가 봐라, 하는 식으로 나오면 곤란한 것이다, 물론 사람이란 제각기의 취미를 갖는 게 좋다, 그저 자기의 취미를 갖고 남을 강요하지는 말아다오. 이렇게 지껄이고 나서는 다시는 청년들이 무슨 말을 하든 대꾸를 않는다. 실은 지금껏 지껄인 것만 해도 후회가 나는 것이다. 모처럼 흥감해진 술기분이 아까운 것이다. 이런 때 절로 입에서 흥얼거려져 나오는 것이 예의 A Drinking Song의 시구다. Wine comes in at the mouth,/And love comes in at the eye;/That's all we shall know for truth,/Before we grow old and die: ……

아마 이렇게 술 취한 꼴을 젊은 여자가 어느 음식점에서 본 모양이었다.

"그러구보면 거기두 제법 한잔 할 줄 아는 것같군."

그러자 그네는 그 맑고도 안으로 그늘이 담긴 큰 눈을 들며,

"선생님두, 제가 어떻게 술을 마셔요."

"그처럼 남 술 취한 꼴에 관심을 가지니 말이지."

"저희 아버지가 약주를 좋아하셨어요. 저녁때는 저와 겸상을 하구 앉으셔서 약줄 잡수셨어요. 오빠와 언니두 있구 동생두 있었지만 꼭 저와만 겸상을 했지요. 약주 한잔 드시구는 저를 건너다보시며 무슨 말씀을 한마디 하시구, 한잔 드시구는 무슨 말씀을 한마디 하시구 하다가 취기가 도시면 말씀은 한마디두 안하시구 그저 저만 건너다보시는 거예요. 어린 마음에두 그것이 어찌나 서글프게 보이든지 꼼짝않구 마주앉아있군 했지요."

"아버님이 아직 생존해 계신가?"

"사변 전해에 돌아가셨어요. 사업에 실패하시구 저녁마다 그렇게 약주를 잡수시다가 돌아가셨어요."

알고보니 이 젊은 여자가 어느 음식점에서 이쪽의 술 취한 모습에 관심을 가졌다는 것은 다른 게 아니었다. 거기서 자기 아버지의 모습을 찾아낸 것이었다. 이것은 세상에 흔히 있는 일이어서 그닥 신기할 것도 없는 것이다.

그러나 다음번 이 젊은 여자를 만나 그네 자신에 관한 사연 이야기를 듣고는 처음에 받았던 인상이 달라질 수밖에 없었다.

얼마 전에 젊은 여자는 이태 동안이나 끌어오던 약혼을 파혼해버렸다는 것이다. 상대는 오빠의 친구로 소학교 시절부터 늘 집에 드

나들던 사람이라고 했다. 마침 오빠가 수영선수인 데다가 그 청년이 수영을 좋아해서 따라다니는 동안에 그네도 여학교 시절에는 어엿한 수영선수로 뽑혔었다는 것이다. 그러는 동안에 자기는 언제고 이 청년과 결혼을 하지 않으면 안된다는 생각이 들게 됐다는 것이다. 어떤 점에 마음이 끌려서가 아니라 덮어놓고 자기는 이 남자와 결혼을 해야 한다는 생각이었다. 이태 전에 약혼을 했다. 그러고 나서도 별다른 감정의 변화는 일지 않더라는 것이다. 전과 같이 청년이 집에 찾아오고 같이 나가 차도 마시고 극장 구경도 갔다. 아무런 새로운 감정이 느껴지지 않았다. 한번은 여학교 동창을 만나 셋이서 극장에를 갔다. 도리어 마음이 편했다. 줄곧 그 친구와만 이야기를 주고받았다. 옆의 약혼자가 무료해하리라는 것은 염두에도 없었다. 친구와 헤어지면서 이런 말을 했다. 네 휘앙세를 한번 소개해주렴. 그즈음 그 친구도 약혼을 했던 것이다. 그랬더니 그 친구가 귀에다 속삭였다. 그이는 누구 제삼자가 끼이는 걸 좋아하지 않어. 이 말은 친구의 약혼자가 제삼자 끼이는 걸 좋아하지 않는다는 것보다도 친구 자신이 그걸 좋아하지 않는다는 말로 들렸다. 도무지 알 수 없는 감정이었다. 도리어 이편은 누구고 제삼자가 끼이는 것이 마음 편해 좋은 것이다. 그러는 동안 차차 약혼자가 찾아와도 혼자 집을 나와버리는 수가 많았다. 혼자 거리를 쏘다니는 편이 오히려 마음이 홀가분해 좋았다.

  이렇게 이태 동안이나 끌어오던 약혼생활에 드디어 파탄이 왔다. 그네가 독감이 들어 한주일 가량 자리에 누워있은 일이 있었다. 약혼자가 찾아왔다. 방으로 들어서면서 뒤에 무엇인가 감추어가지고 들어왔다. 직감적으로 꽃이라는 걸 알 수 있었다. 방으로 들어선 약혼자는 머리맡으로 눈을 주었다. 거기 있는 꽃병에는 며칠 전에 동생이 소풍 갔다가 꺾어온 꽃들이 꽂혀있었다. 아름답지 않고 향기도 없는 들꽃인 데다가 꺾어온 지도 여러날이 되어 볼품없이 시들어있었다. 그러자 약혼자는, 야 그꽃 참 이쁘다, 하고 탄성을 지르며 자기가 갖고 온 꽃은 등뒤에다 몰래 내려놓는 것이었다. 그네는 눈을 딱 감아버리고 말았다. 그리고는 약혼자가, 열은 좀 어떠냐, 무엇을 좀 먹어보았느냐고 묻는 것을 일체 대꾸도 하지 않았다. 한참만에 약혼자가 돌아간 뒤 그네는 비로소 눈을 뜨고 자리에서 일어나 약혼자가 거기 내려놓고 간 꽃을 마구 비벼서 뜰로 내던져버렸다. 그리고 그 자리에서 간단히 파혼 편지를 써보냈다.

파혼한 뒤에도 그네는 가끔 길가에서 약혼했던 청년을 만나는 것이나, 조금도 별다른 감정은 들지 않는다는 것이었다. 여지껏과 마찬가지로 그저 예사로이 대해진다는 것이었다.

이야기를 마친 젊은 여자는,

"이상한 여자죠? 상대방은 아주 착하고 얌전한 사람이었는데…"
했다.

"이상할 것두 없지. 짐작할 수 있는 일이야."

이 젊은 여자도 인생의 어떤 면에서 권태와 무관심을 맛본 것이다. 이러한 젊은 여자라면 서로 만나도 피차 아무런 부담을 느끼지 않아도 될 것이었다. 그래서 다음에도 다시 만날 약속을 했다. 그저 거기에는 조건이 있었다. 첫째 상대방의 생활에는 절대로 관여하지 말 것, 그리고 어느편에서든지 약속한 시간에 나타나지 않을 때는 그 한 번만으로 서로가 다시는 만날 필요가 없다는 선언이 된다는 것. 이 의향에 젊은 여자도 찬의를 표하면서 한가지 조건을 더 첨가했다. 약속한 시간에서 반 시간 이상은 기다리지 말자는 것이다. 좋다고 했다.

이렇게 해서 두 사람의 사귐은 시작되었다. 두 편에서 다 약속한 시간에서 십분 내지 이십분 쯤 늦는 수가 있었다. 그러나 서로 아무런 초조감도 느끼지 않았다. 약속한 대로 삼십분이 지나면 그만이라는 생각이었다.

그러한 어느날 젊은 여자가 한강에 나가지 않겠느냐고 했다. 약혼한 후로 이태 동안 한번도 강에 나가보지 못했다는 것이다. 그러나 이편은 망설일밖에 없었다. 전혀 헤엄을 칠 줄 모르는 것이다. 그런 말을 했더니 젊은 여자는 보트를 타자는 것이다. 보트도 저을 줄 모르는 터지만 따라나섰다.

저녁 무렵인데도 꽤 사람이 많았다. 보트도 상당히 떠있었다. 젊은 여자가 한참 보트를 저어다니다가 강 한가운데에 이르더니 한번 저어보지 않겠느냐고 했다. 아무나 대번에 저을 수 있다는 것이다.

저어보고 싶은 생각이 났다. 자리를 바꿔앉으려 일어서는데 보트가 금방 뒤집힐 것처럼 휘뚱거렸다. 순간, 바로 어제 뜰아랫방 학생네 학교애 셋이 보트를 타다가 뒤집혀 죽었다는 말이 머리를 스치고 지나갔다. 노를 젓느라고 능금처럼 상기가 된 얼굴을 들고 젊은 여자는, 일없으니 앉은걸음을 쳐 오라고 했다. 설사 빠지는 일이 있더라도 젊은 여자에게는 자신이 있는 것이다. 그러나 다시한번 생각하지 않을 수 없었다. 알고 있기에는 물에 빠진 사람이 우선 물을 먹을 대로 다 먹게 내버려두었다가 나중에 아주 정신을 잃은 다음에 건져낸다는 것이다. 그렇지 않았다가는 물에 빠진 사람이 무어나 손에 와닿는 것을 마구 붙잡고 늘어지기 때문에 도리어 건지려던 편이 위험하다는 것이다. 그래서 일부러 물에 빠진 사람을 물속에 처박아 물을 한껏 먹여가지고 다리를 끌고 나온다는 것이다. 자기가 그렇게 된 장면을 한번 눈앞에 그려보았다. 다른 사람 아닌 이 젊은 여자한테 머리를 물속에 처박혀 꼴깍꼴깍 물을 한 배나 먹은 후 나중에는 발목을 잡혀 끌려나올 꼬락서니라니. 생각만 해도 창피한 노릇이다. 절로 소름이 끼쳐졌다.

"왜그러세요? 어디 편찮으세요?"

"아니, 강바람이 찬데. 술 생각이 나는군."

"매일 저녁 약주 잡수세요?"

"그럼. 오늘은 좀 일찌감치 한잔 생각이 나는데. 그만 돌아가지."

이튿날은 웬일인지 뜰아랫방 학생에게 머리의 새치를 좀 보아달라고 했다.

"어유, 그동안 무척 많아졌네요."

"좀 골라서 뽑아줄 수 없나?"

학생은 언제인가 자기편에서 뽑아주겠다고 했을 때는 그만두라고 한 일이 있는 걸 생각해낸 듯,

"안되겠는데요, 이제는 너무 많아서."

그리고 능청맞은 소리까지 덧붙이는 것이다.

"숫제 선생님은 머리가 세는 편이 관록이 붙어서 좋아요. 한번 수염꺼정 길러보세요. 더 멋이 있을 테니."

그러나 이날 수염만은 깨끗이 깎았다. 그리고 술을 두어 잔 걸친

후에 약속한 장소로 갔다. 젊은 여자가 와있지 않았다. 약속한 시간에서 오분이 지났다. 전에는 이십분이 지나서 나타나기도 한 그네였다. 그렇건만 자꾸 시계를 들여다보았다. 이날 젊은 여자는 약속한 시간에서 십분도 넘기지 않고 왔다.

어느 중국 음식점으로 갔다. 전작이 있는 데다가 배갈을 한 홉이나 마셔 바야흐로 취경에 들어가려고 하는데,

"선생님 주량이 대단하시죠?"

"왜 겁나나? 오늘 주정을 좀 헐까?"

"허세요."

"아버님과 겸상을 하구 앉았든 기분과는 다를걸."

"아무런대두 좋아요."

"내 나이가 안심된다는 거지?"

"선생님꺼정 그런 속된 나이 타령이세요?"

술기운이 점점 얼굴로 올라옴을 느끼며,

"머리가 이렇게 세어가니 안 그럴 수 있나."

"머리는 젊은 사람두 세던데요."

"아니지, 나이는 속이지 못해. 어젯밤 중학교 은사를 만났는데 내 나이가 마흔셋이란 걸 대번에 알아맞히든데."

어젯밤 꿈속에서였다. 교실로 들어가니까 마침 생도들이 율동을 하고 있었다. 지도하는 선생은 지난날 수학을 가르치던 선생이었다. 이 선생이 지금 아주 기기묘묘한 몸짓을 해가면서 율동을 지도하고 있는 것이었다. 그런데 끝마치는 종소리도 나기 전에 생도들을 해산시키고는 이리로 오면서 다짜고짜 자네 나이가 마흔셋이지 하는 것이다. 당황해서, 서른넷이에요, 했더니 선생은, 바보녀석같으니라구 본시 수학을 못하기는 했지만 그래도 자기 나이 숫자를 거꾸로 부르는 녀석이 어디 있느냐고 꾸짖고 나서, 네 나이는 서른넷이 아니고 마흔셋이라고 다시 한번 일러주는 것이었다. 할수없었다. 선생 자신은 수학이 아닌 율동을 가르치고, 이제는 시간도 되기 전에 생도들을 해산시킬 만큼 변했으면서도 이쪽의 나이만은 꼭 잊지 않고 있는 것이다.

앞에 놓인 잔을 비우고 나서,

"그런데 이봐요, 나는 학생시절에 수학을 제일 잘못했어. 그러나 말이지, 오늘 아침 숫자풀이를 해봤지. 우리 두 사람의 나이를 갖구 말이야. 내가 스물한살 적에는 거기는 이세상에 태어나지두 못했어. 내가 스물두살 때 겨우 조고만 입으루 어머니 젖꼭지를 빨구 있었구. 그때 우리 둘의 나이를 비기면 내가 스물두 배나 위였어. 그런데 이 뱃수가 점점 줄어들다가 작년에는 꼭 두 배, 그리구 올해부터는 한 배 허구 얼마큼씩 남는데, 영원히 이 한배 허구 얼마큼씩 남는 숫자는 그냥 계속돼. 그래서 이런 어처구니없는 생각을 해봤지. 우리의 나이 숫자를 거꾸루 놔봤단 말이야. 그러면 거기 나이는 스물둘 그대루 있지만 내 나이는 서른넷이 되거든. 그러나 이건 꿈속에서두 허용되지 못했어."

엔간히 취한 김에 마구 지껄여대는 것이다.

젊은 여자가 문득,

"참, 선생님은 왜 여태 결혼을 안하세요?"

"우리 피차 상대편의 생활태도는 간섭 않기루 했겠다."

"저는 제 얘기를 죄다 허지 않았어요?"

"그야 자진해서 헌 거지. ……한마디루 말해서 내가 여태 결혼을 못한 건 내가 로맨티시스트였기 때문이야. 젊어서는 내딴에 순수한 로맨티시스트라 그랬구, 지금은 또 낙백한 로맨티시스트라 그렇구."

"연애는 몇번이나 해보셨어요?"

"허, 또 간섭이야? 한 번 해봤지. 대학생 시절에."

"그래 어떻게 되셨어요?"

"내편에서 실연을 당했어."

"왜요?"

"기맥힌 연앨 하다가 기맥히게 실연을 당한 셈이지."

"어째서요?"

"내 잇새에 고춧가루가 끼어있었어. 그것이 더럽다구 다시는 만나지 말자는 거야."

"어머나!"

젊은 여자가 핸드백에서 손거울을 꺼내어 자기 잇새를 들여다보았다.

"이리 좀 빌려줘요."
"선생님은 제가 봐 드릴게요. 우리 친구 중에는 이런 애가 있어요. 좋아하는 사람과 영화구경을 갔다가 그사람이 어둠속에서 손을 와 잡는 바람에 싫어졌대요."
"그건 좀 정신적인 데가 있군 그래. 내가 듣기에는 젊은 사람들이 극장같은 데서 처음 보는 여자의 손목을 잡구 어쩌구 해서 연애가 성립되는 수가 많다던데. 아무튼 신비로운 건 여자야. 약혼한 지 이태나 된 여자가 꽃송이를 가지구 파혼두 허구."
"신비로운 건 애정이에요. 억지루는 안되니까요."
음식점을 나와 버스 정류장까지 바래다주는 도중에,
"참, 아까 내가 주정헌다구 해놓구 못했군 그래. 이제라두 헐까?"
"허세요."
술이란 자리에서 일어나면 더 취기가 도는 법이다.
"저, 이봐요, 내가 생각허기에는 말이지, 지금 거기는 약간 지리한 여행을 허구 돌아온 사람같은 생각이 들어. 다음 기차를 기다리기 위해서는 대합실이 필요해. 그 대합실이 나거든. 알겠어?"
"재미있는 말씀이에요."
"대합실이란 편리한 물건이지. 아무때나 떠나구 싶을 때 떠날 수 있으니까."
"허지만 그렇게 생각하신담 선생님 자신의 자존심을 꺾으시는 게 되잖아요? 그리구 제 자존심두 무시허시는 게 되구요."
을지로 입구에서 젊은 여자는 약수동행 버스에 올랐다. 그리고는 손잡이를 잡고 이쪽을 내다보는 것이었다. 그 맑고도 안으로 그늘을 담은 큰 눈을 한번도 깜빡이지 않고 내다보는 것이었다.
이날밤은 걸어서 사직동 집까지 돌아왔다. 어쩐지 걷고 싶은 밤이었다.
다음날 맑은 정신이 들자 먼저 지난밤의 자기 언동이 불쾌했다. 동시에 어떤 불안과 초조감이 왔다. 희미한 차내 불빛 속에서 한번도 깜빡이지 않고 내다보던 그 시선. 다시는 자기 앞에 나타나지 않을지도 모르는 것이다.
이 불안과 초조감은 다음번 만나기로 약속한 시간까지 마음 한구석에 자리잡고 떠나지를 않았다. 그러면서 문득 이런 것을 느끼는 것이었다. 이 불안과 초조가 있는 한, 자기에게도 생활이 되살아온 증거라고. 그러고보면 사실 자기는 요즈음 무엇에 대한 관심을 갖기 시작한 것이다. 일전에 보트를 타러 한강에 갔을 때만 해도 그렇다. 물에 빠진 자기의 초라한 꼴을 상대방에게 보일 것을 창피해할 만큼 자신에 대해 관심을 갖게 된 것이다. 그리고 늘어가는 흰머리와 나이에도 마음을 쓰게 된 것이다. 어제 다방으로 젊은 여자를 만나러 가면서 술 두 잔을 걸친 것도 어떤 불안과 초조가 앞섰기 때문에 그것을 카무플라지하기 위해서 한 일이 아니었던가. 이렇게 자기에게도 낭만이 되살아온 것이다.

다음번 만나러 가면서도 술을 두어 잔 마셨다. 이날도 젊은 여자는 제시간 안에 왔다.

"이봐요, 약속 시간에서 삼십분을 기다리는 건 너무 길어. 앞으루는 십오분만 기다리기루 허지?"

젊은 여자편에서도 기다리는 시간에 대해 같은 불안과 초조를 느끼고 있는지 어쩐지 알아보려는 것이다.

"아무렇게나요. 그러나 약속한 시간에 못 오더라두 그 다음날 한 번 더 같은 시각에 와 보기루 해요. 부득이한 사정으루 못 오는 수두 있을 테니까요."

불안과 초조가 하룻동안 더 연장되는 셈이다. 좋다.

이날밤 버스 정류장까지 바래다주는 도중에서 젊은 여자는,

"저 어젯밤 이런 꿈을 하나 꾸었어요."

버스를 탔는데 보니 옆자리 하나가 비어있더라는 것이다. 꼭 곁에 와 앉아야 될 사람이 앉아줬으면 하고 조바심을 하고 있는데 누가 와 앉더라는 것이다.

"그게 누군 줄 아세요?"

"이전의 약혼자?"

"선생님두."

이날밤은 젊은 여자의 뒤를 따라 버스에 올랐다. 술기운이 도와 용기를 냈던 것이다. 장충단 공원앞에서 내렸다. 고개를 넘은 곳에 젊은 여자의 집이 있다는 것이었다.

그로부터 두 사람은 이 고갯마루터기까지 와서야 헤어지곤 했다.
　어느날 밤, 젊은 여자는 이 고갯길을 걸으면서,
"저 선생님, 사람에게 틈새가 생긴다는 말을 아세요?"
했다.
"무슨 말인데?"
"파혼을 허구 나서 얼마 안 돼서예요. 하루는 버스에서 내려 집으루 돌아오는데 누가 뒤따라오는 기색이 보이지 않겠어요? 돌아다 보니 어떤 낯모를 청년예요. 모른 척 빨리 걸었죠. 그랬드니, 여보세요, 하구 부르지 않어요? 그냥 못 들은 척했죠. 이번에는 꼭 할 말이 있다구요. 아니꼬운 생각이 들었지만 할말이 무슨 말이냐구 했드니, 다방으루 가서 얘기를 하자는 거예요. 다방에는 뭣허러 가느냐구, 할 말이 있거든 예서 하라구 했죠. 그랬드니, 내가 어딘가 외로워 보인다나요. 그래 다방으루 가 차나 마시면서 얘기를 허자구요."
"대낮에?"
"그럼요."
"거 용감한 사내로군. 아마 이편이 아름다우니까 그랬겠지."
"아니에요. 누구나 다 당하는 일이에요. 그저 그때 내 몸에 어떤 틈새가 생겼던 것뿐예요."
"그 틈새를 알아보는 눈이 굉장허지 않어? 그런 일을 당허면 무섭지?"
"낮인데요 뭐. 하여튼 그런 땔수록 이쪽이 침착만 험 돼요."
"그럼 밤중에 이렇게 으슥한 고갯길에서두 침착만 허면 되나? 내가 무섭잖어?"
"선생님은 달러요."
"다르다니? 나는 남성이 아니란 말인가?"
　젊은 여자는 나지막이 웃으며,
"선생님두 참. 아무튼 요즈음 저는 이상해요. 웬만한 젊은 사람은 어린애같이 뵈서 못견디겠어요."
　이상해진 것은 젊은 여자편만이 아니었다. 이편도 마찬가지였다. 길거리에서 지나가는 여인들을 보고 퍼뜩, 혹시나 하는 수가 있었다. 어딘가 젊은 여자와 닮은 데가 있다고 생각한 것이다. 그것은 눈이거나 코거나 입이거나 어떤 때는 키와 몸집에서까지 그런 것을 느끼고 그 여자가 다 지나쳐버릴 때까지 눈을 떼지 않은 적도 있었다. 이런 일은 여태 없었던 일이다.

하룻저녁은 젊은 여자와 같이 어느 음식점으로 들어가 술이 엔간히 취해가지고,

"오늘 또 주정을 해두 좋아?"

하니, 젊은 여자는 그 언제나 맑고도 안으로 그늘이 담긴 큰 눈을 이리 주며,

"허세요."

"저번에 나는 대합실이구 거기는 다음 기차를 기다리는 손님이라구 한 적이 있지?"

"그래서요?"

"기다리는 기차가 연착이 돼줬으면 좋겠어."

"어째서요?"

"대합실이 텅 빌 테니까."

"그래 얼마 동안이나 연착이 됐으면 좋겠어요?"

"내 대합실에 새 손님이 들어와 앉을 때꺼지만."

"에고이스트."

"좀더 에고이스트가 될까? 영 기차가 와주지 않았음 좋겠어."

"그보다는 기차가 와두 타지 않음 되잖어요?"

"그럴 수가 있을까?"

"방향이 다른 기차면 안 타는 거죠."

이만큼에서 술을 멈췄더면 무난했을 것이다. 그것이 그만 빗나가고 말았다. 젊은 여자에게 술을 권했던 것이다. 그랬더니 그다지 사양 않고 맥주잔을 받아드는 것이다. 그러나 젊은 여자는 한 모금 맛을 보고 나서는 얼굴을 찡그리며, 쓰고 지려서 못 먹겠다고 했다. 참, 처음 먹는 사람에게는 맥주가 도리어 쓴 법이라고 위스키 두 잔을 청했다. 그리고는 마시는 시범이라도 보이듯이 단숨에 잔을 들이켰다. 젊은 여자는 여전히 얼굴을 찡그리고 몸서리를 치면서도 이 술은 향그러워서 먹을 수 있다고 조금씩 조금씩 한 잔을 다 비

웠다.
"브라보오!"
다시 두 잔을 청했다.
"전 더 못해요."
"왜 그래? 지난날 아버님과 겸상을 허구 앉아서 대작하던 실력을 발휘해보지? 자아, 한 잔만 더."
"싫어요. 아주 온몸이 째릿째릿해 못견디겠어요."
여기서 그만뒀어도 괜찮았을 것이다. 그것을,
"그럼 내가 다 먹지,"
하고 새로 가져온 위스키 한 잔을 또 단숨에 들이켰다. 그리고 냉수 대신에 맥주 몇 컵을 연거푸 마셨다. 술이란 섞어 먹으면 좋지 않은 것이다. 더우기 경험한 바에 의하면 약한 술을 먹은 뒤에 독한 술은 좀 괜찮지만 독한 술과 약한 술을 마구 뒤섞어 마시는 것은 아주 좋지 않은 것이다. 대번에 머릿속이 핑 돌았다. 그리고 술 기운에 지껄여지는 대로,
"내가 이렇게 술잔이나 먹구 용기를 내는 건 평소에는 약자가 돼서 그런지 모르지. 그러나 약자가 좋은 거야. 강자는 못써. 세상 나쁜 짓은 강자들이 도맡아 하거든. 거기 아버님두 약자였지. 그러기에 저녁마다 술 없이는 못 사셨지. 그게 좋거든. 결국 약자들끼리 모인 우리 주당은 말이지, 평화애호자야. 그리구 세계에서 제일 가는 다수당이지. 글쎄 세계에 무슨 당 무슨 당 해야 우리 주당만큼 당원 수가 많은 당이 있나 봐. 그래 우리 주당에서는 이렇게 생각하구 있어. 원자탄이니 수소탄이니 하는 것을 만드는 비용으루 말이지, 술을 만들어서 그것두 제일 고급주루 만들어서 온세계 사람들에게 골고루 먹인단 말이야. 그러면 자연히 전쟁방지가 되거든. 술이 곤드레만드레가 돼가지구는 전쟁을 못헐 테니까. 허기야 술이 취해서 코가 터지구 대가리가 깨지구 하는 수야 있겠지. 그러나 말이지, 그건 원자탄이나 수소탄이 주는 피해에 비기면 문제가 안 되거든. 이런 의미에서 우리 주당은 평화애호자란 말이야. 알겠어?"
본격적인 횡설수설이 시작된 것이다.
젊은 여자는 위스키 한 잔에 볼을 익혀가지고 그 입귀 바로 끝에

패이는 보조개를 지으며,
"안주 드세요."
"안주? 무슨 안주 말이야? 지금 안주는 거기야. 거기만 내 앞에 앉어있으면 안주가 되는 거야. 그렇게 미소를 짓구 앉어있으면 일등 안주란 말야. 미소를 짓지 않어두 좋아. 그냥 덤덤히 앉었어두 좋구, 화를 내구 앉었어두 좋구, 울구 앉었어두 좋아. 그저 내 앞에 앉어있어만 주면 되는 거야. 아, 참, 인제야 알겠군. 거기 아버님이 말이지, 저녁마다 거기와 겸상을 허구 약주를 드신 심경을 인제야 알겠어. 아버님두 거기를 안주루 삼은 거야. 자, 그럼 안주가 좋으니……"
젊은 여자 앞에 놓인 위스키 잔을 끌어다 마시고 나서,
"그런데 말이지, 거기 아버님두 사업에 실패를 허시구 나도 사업에 실패를 헌 사람이거든. 그러나 말이야, 거기 아버님은 종시 사업을 복구시키지 못허시구 돌아가셨지만 나는 요즘 다시 사업을 복구시키기 시작했어. 낭만이 되살아온 거야. 그동안 먼지만 뒤집어쓰고 있던 원고뭉치를 다시 매만지게 됐어. 참 기특한 일이지. 오늘은 백오십장이나 추고를 했어. 대단한 열의지. 그런데 참, 거기는 빛깔 중에서 무슨 빛깔을 좋아하지?"
말의 두서나 연결이 있을 리가 없었다.
그러나 젊은 여자는 한결같은 미소를 지닌 채,
"바이올렛."
"바이올렛? 보랏빛 말이지? 꽃말이 뭐드라? 오오라, 충실, 충실이란 거지. 그러나 말이야, 나는 보랏빛에서 충실이란 것보담은 도리어 불안정성이란 걸 느끼는데. 불안정성, 그래서 좋거든. 그런데 이봐요, 세상에 못쓸 빛깔은 뭔지 알어? 흰빛깔이야, 흰빛깔. 사람들은 흰빛이 순결허다구 좋아허지만 이놈의 빛은 고약해. 아마 이놈의 빛깔루만 연속된 생활을 가져보지 못한 사람은 이해허기 곤란할 거야. 권태 그것이거든. 그리구 말이지, 이놈의 빛깔은 또 언제나 마지막을 말하는 빛깔이거든. 봐요, 인생의 마지막에는 이렇게 머리에 흰 털이 생기구, 계절의 마지막에두 흰 눈이 내리지 않나. 그래서 말이지, 나는 이 흰빛깔에다 물을 들이기 위해서 술을

마시는 거야. 술에는 빛깔이 있거든. 온갖 빛깔이 다 그속에 간직돼있거든."
"선생님은 약주 잡순 뒤가 재밌어요."
몽롱해진 취안을 들며,
"허, 그건 강자가 약자를 동정허는 소리군."
"선생님은 늙지 않으셨어요. 염려 마세요."
"허, 그건 또 강자가 약자를 위로허는 소리. 그렇잖으면 색맹이 돼서 그렇든가. 아, 참, 거기가 색맹이 돼줬으면 좋겠다. 강자래두 색맹이면 무섭지 않거든. 그래 언제까지나 색맹이 돼줬으면 좋겠다. 그래서 자기가 탈 기차가 와두 못 알아봤으면 좋겠다."
젊은 여자는 그 맑고도 안으로 그늘이 담긴 큰 눈에 술탓인지 물기까지 어리운 채 여전히 입귀에 보조개를 지으며,
"자요, 이걸루 땀을 씻으세요."
얼굴에 땀이 내배어있었다. 젊은 여자가 내주는 연보랏빛 꽃무늬가 놓여있는 손수건을 받아 이마를 닦느라니 취중에도 문득 손수건에서 손수건 임자의 체취같은 것이 코끝에 향긋거렸다. 그러자 부끄럼도 모르고 얼굴을 손수건에 묻어버리고 말았다.
어떻게 해서 이날밤 집으로 돌아왔는지 모른다. 이튿날 할멈의 말이 동네 반장이 데려다 주었다는 것이다. 통행금지 시간이 거의 다 되어 저 앞 파출소에서 집을 찾아내라고 야단을 치고 있는 걸 마침 반장이 지나가다 보고 부축해 왔다는 것이다. 그러고보니 어제 음식점을 나와 한사코 이쪽이 장충단고개까지 가겠다는 걸 젊은 여자가 억지로 택시에 올려태운 기억이 어렴풋이 났다. 술이 아직 덜 가시어 머리가 지끈거리기도 했지만 그보다도 부끄러운 생각에 마음이 무거워 온종일 자리에서 일어나지를 못했다.
이러한 어느날 밤, 기어코 어떤 결정적인 행동을 젊은 여자에게 범하고 말았다. 이날은 별로 술도 취해있지 않았다.
어두운 고갯길을 걸어 올라가면서,
"저, 이봐요, 나두 어젯밤 꿈을 하나 꾸었는데 말이지, 어두운 밤이 있어. 장소는 어딘지 분명치 않지만 아마 여기 어디쯤이었는 것 같애. 우리 두 사람이 마주 서있었어. 그래 내가 말을 했지."

"뭐라구요?"

"저, 다른 데는 말구 눈에다가 꼭 한번 입을 맞추고 **싶은데** 허락하겠느냐구."

거짓말이었다. 그런 꿈은 꾼 일이 없었다. 그러나 **꿈** 아닌 현실에서 더 절실히 그것을 갈망하고 있었다.

"그래 제가 뭐라구 대답했어요?"

"저, 그른데, 이봐요, 우리 두 사람은 어떤 면에서 **약간씩** 인생에 지쳐버린 독소를 가진 사람들이야. 그렇지 않어?"

젊은 여자는 고개를 이리 준 채 말이 없었다.

"그래 두 독소, 두 개의 극물이 합치면 말이지, 극물 아닌 딴 물건이 생긴다는 이치를 알어? 쉽게 말하면 염산과 양잿물이 합쳐서 소금이 된다는 이치를."

"그게 무슨 말씀이세요? 어서 꿈얘기나 하세요. 그래 제가 뭐라구 대답했어요?"

고갯마루터기가 거의 다 가까워왔다.

"그 대답은 이제 하지."

자연스럽게 젊은 여자의 어깨로 팔이 돌아갔다. 별반 힘을 주지 않았는데도 그네의 몸이 품으로 들어왔다. 여기서 다시 꿈이야기와는 다른 행동을 하고 만 것이다. 눈이 아니고 바로 입술에다 이쪽 입술을 가져다댄 것이다. 나굿하니 젖은 입술이었다.

다음순간 젊은 여자는 잽싸게 몸을 돌려 종종걸음을 쳐 저만치 가더니 이번에는 달음질로 변하여 고개를 넘어 저쪽으로 사라져버리는 것이었다. 어디서 꼭 본 듯한 걸음걸이라고 생각됐다. 지난날 어떤 소녀가 마지막으로 헤어지면서 버스에 오르던 걸음발같기도 했다. 그리고 지난날 어떤 소년이 소녀의 편지를 받아 쥐고 어쩔줄 몰라 자기집 골목으로 뛰어들어가던 그런 달음질같기도 했다.

돌아섰다. 여위고 어렴풋한 그림자가 발밑에 밟혔다. 이 그림자와 함께 내일의 불안을 향해 걸음을 옮기기 시작했다. 이 불안이 계속하는 한 생활은 지속되는 것이다.

다시 내일

언제부터인가 뜰아랫방 고교생이 서재를 제 공부방처럼 사용하고 있었다. 앉은뱅이책상까지 들여다놓고 학교에서 돌아와서도 곧장 이리 책가방을 들고 들어오는 것이다.

이 고교생이 장난이 좀 심했다. 제 마음대로 책꽂이에서 책을 뽑아 보다가는 한번도 제자리에 도로 꽂는 법이라곤 없었다. 이편에서 주의를 주면 한다는 소리가, 아직 그건 다 읽지 못한 책이노라고, 이제 다 읽으면 어련히 제자리에 꽂겠느냐는 것이다. 그러나 이건 말뿐이고, 결국은 보다못해 이쪽이 정돈을 해놓는 수밖에 없곤 했다.

나쁜 버릇이 또하나 있었다.

벽장 속에 넣어둔 면도기를 꺼내어 쓰고는 면돗날도 뽑아놓지 않고 그냥 내버려두기가 일쑤인 것이다. 나중에 이쪽이 쓰려고 보면 온통 녹이 나있는 것이다. 한번은 한 개밖에 남지 않은 면돗날을 못쓰게 만들었기에 좀 언짢은 말을 했더니 아주 천연덕스러운 얼굴로 언젠가처럼, 선생님은 숫제 수염을 기르시는 편이 관록이 있어 보여 좋으실 거라는 것이다.

이 고교생이 얼마 전부터 낯에 무엇이 내돋기 시작하더니 얼굴을 한꺼풀 덮어씌우고 말았다. 연신 포킷용 거울을 책상 위에 세워놓고 두 손가락으로 짜내는 것이나 연달아 이마며 볼때기에 뻘긋뻘긋한 것이 끊이지 않고 내돋았다. 여드름인 것이다. 봄철도 아닌 한여름이 겨운 이제 가을로 접어들려는 절기에 여드름이 성하다니 모를 일이었다. 마침내 얼굴이 여드름 짜낸 푸릇푸릇한 자국으로 한벌 씌워졌다.

그런데 이 고교생이 며칠 전부터는 또 새로운 버릇이 하나 생겼다. 원고지를 마음대로 집어다가 거기에 무엇인가 열심히 쓰고 있는 것이다. 아마 학교에 낼 작문 숙제라도 쓰고 있는 모양이었다.

대개는 이 고교생이 학교에서 돌아오면 이쪽은 밖으로 나오고 만다. 그것이 한 일과처럼 돼있었다. 고교생은 이것을 출근이라는 말로 불렀다. 학교에서 돌아온 뒤에도 이쪽이 미처 외출을 하지 않는 때는 곧잘, 선생님 오늘은 결근이세요? 하는 것이다.

이날도 번역 원고를 정리하다가 고교생이 학교에서 돌아온 것을 보고 밖으로 나갈 채비를 차리고 있는데, 이날은 유별나게 책가방을 내려놓기가 바쁘게 예의 원고지에다 펜을 달리고 있던 그가 문득 손을 멈추며,

"저 선생님, 출근하시기 전에 잠깐 이걸 좀 봐주세요,"
하는 것이다.

그리고는 빼곡하게 쓴 원고지 서너 장을 집어들었으나 그것을 이쪽으로 건네지는 않고,

"제가 읽을게요. 듣기만 해주세요.……금일의 조건은 불안합니다. 우리는 불신의 조서를 가슴에 안은 채 푸른 수의를 입고 있는 영원한 미결수입니다. 사면은 절망의 석벽이요, 수족에는 실의의 쇠고랑이 채워져있습니다. 이 오늘을 정착한 비극적인 감방 속에서 우리는 과연 무슨 희망의 정맥을 심장에다 반환하여야 하겠습니까? 이미 내일이란 것은 우리 영거 제너레이션에게는 한낱 화폐개혁을 치르고 난 뒤의 구화폐와도 같이 무의미합니다. 냉각한 절망의 석벽이 온갖 미래를 차단하고 있는 것입니다. 여기에는 일월도 없습니다. 허무만이 얼음장처럼 깔렸을 따름입니다. 그러나 같은 미결수의 푸른 수의를 입은 공동운명체의 일원인 그대여, 우리는 최후로 저항을 해야 하겠습니다. 이것만이 오직 우리에게 남겨진 유산인 것입니다. 그러기 위하여 우리는 독버섯의 의지가 필요합니다. 우선 냉각한 절망의 석벽과 더불어 암흑의 대화를 거래해야 합니다. 석벽아, 한치만이라도 좋으니 좀 물러서달라. 석벽은 아무 대꾸가 없습니다. 석벽아, 그러면 차라리 바싹 다가와 나를 아주 짓눌러버려달라. 그래도 석벽은 아무런 대꾸가 없습니다. 마침내 손톱으로 석벽을 할퀴기 시작합니다. 손가락 끝에서 피가 흐릅니다. 나 자신이 흐릅니다. 오, 공동운명체의 일원인 그대여, 그대만이 나의 이 피의 의미를 이해할 것입니다. ……어떻습니까, 선생님?"

"거 학교에 낼 작문치구는 힘든 말만 따왔군."

"어렵죠? 그럼 됐어요."

"그 글의 제목이 뭔데?"
"학교에 낼 작문이 아니구 청춘백서예요."
"청춘백서?"
"여학생에게 줄 편지 말예요."
"음, 그럼 연애편지로군."
"그래서 선생님의 머린 낡아빠졌다는 거예요. 연애편지가 머예요? 우리 영거 제너레이션은 그런 케케묵은 단어는 사용치 않아요. 그저 청춘백서라쯤 해두지. 그래 이렇게 청춘백서를 베껴서 여학생들에게 한 통씩 나눠주거든요. 우리에겐 사랑의 분산이 필요해요. 그러면 되레 겉으론 얌전을 빼던 앨수록 주위를 살피구는 냉큼 받아 넣거든요. 하기는 저희들두 남자 못잖게 호기심이 발동할 테니까요."
　이 정도로 말상대를 해주고 밖으로 나오려는데 고교생은,
"잠깐만 기다리세요. 오늘 여기 어떤 애한테서 답장이 왔는데 한 구절만 들어보세요. ……어젯밤 저는 한잠도 잠을 이루지 못했어요. 밤새도록 눈앞에 그 푸른 수의가 어른거리고, 귀에는 발목에 채인 쇠고랑이 차가운 돌바닥에 끌리는 소리가 들렸어요. 저도 깨달았어요. 이제부터는 저에게도 태양이니 구름이니 달이니 꽃이니 하는 것이 없어졌어요. 고국이라는 것도 없어졌어요. 그저 영원한 이방인일 따름이에요. 절망이란 이름의 고도에 귀양간 종신미결수일 따름이에요. 우리를 둘러싸고 있는 것은 차디찬 주검의 석벽이요, 석벽 저쪽에서는 허무의 미친 물결이 울부짖고 있어요. 이것으로 마지막이다, 어서 뛰어들어라, 어서 뛰어들어라, 하고. 먼 훗날 우리의 몸은 한낱 물거품이 되어 어느 알지못할 해안 기슭을 핥고 있을 테죠. 그러면 그래도 좋아요. Que sera sera. 오, 나의 푸른 수의를 입은 그대여, 저는 지금 허무의 여신 앞에 산 제물이 된대도 조금도 후회 않겠어요. ……어떻습니까, 선생님? 제법 센스가 있죠? 사실은 이런 답장을 받아 읽는 게 재미거든요. 청춘백서를 돌르구 나서 무어 안타까이 내일이나 답장이 오려나 모레나 오려나 하구 기다릴 필요는 없어요. 으레 누구한테서구 이런 답장이 오게 마련이니까요. 더구나 이런 답장은 무심히 여기구 있다가 받아 읽어야

더 재미가 있는 법이거든요. 아마 선생님은 제너레이션이 틀려서 이런 심정은 이해하기 곤란하실 테지만."

여기서 고교생은 저 할 이야기는 다 했다는 듯이 책상 앞으로 돌아앉으며,

"에잇, 이십세기 후반기에 들어선 오늘날에 타이프라이터 하나 벤벤히 못 가진 무지 속에서 살다니 신세 따분하다."

이렇게 혼잣말로 중얼거리고는 다시 분주히 예의 청춘백서 베끼기에 몰두하는 것이다.

생각해보면 이 고교생의 경우와 지난날 이쪽의 중학시절에 있던 일이 그다지 다를 바 없었다. 그때 이쪽은 어떤 소년을 위해 수학 숙제도 제쳐놓고 밤이 깊도록 아름다운 말을 고르기에 골똘했던 것이다. 그저 다른 것은 그때 이쪽이 쓰던 말과 지금 이 고교생이 사용하고 있는 어휘가 다를 뿐인 것이다. 그리고 그때 이쪽은 한 소년을 독차지하기 위해 그의 부모까지 만나기를 꺼려했건만, 이 고교생은 대상을 하나에만 국한하지 않고, 그리고 그 대상자에 대한 꿈의 기록을 아무런 주저없이 제삼자에게 공개하고 있다는 점이 달랐다. 그러나 그러한 서로의 행위의 차이도 따지고보면 각자가 자기의 희열을 보다 더 많이 느끼기 위한 수단에 지나지않는다는 데 생각이 미칠 때, 구태여 그것을 별개의 감정 발로로 간주할 필요는 없을 것이다. 결국 정도의 차이는 있을망정 누구나 한번은 겪어야 하는 여드름의 현상과 같다고나 할까.

그런데 이십대 전후에 생기는 여드름의 생리가 사십대에 이르러 다시 재현하는 수도 있는 것인가. 이날 젊은 여자와 만나기로 돼있는 다방을 찾아나서는 심정은 지난날 어떤 소년을 통해 아름다운 꿈을 찾던 심정이나 그뒤에 처음으로 어떤 소녀를 알게 되어 같이 음악감상도 하고 대학거리 가로수 밑을 거닐던 때의 심정과 다름이 없었다. 오히려 더 불안하기까지 했다.

그동안 젊은 여자를 알고 나서부터 그네를 만나기 전에 미리 술을 한두 잔씩 해야만 한 것도 실은 이 초조와 불안을 짐짓 은폐해보려는 데서 온 행위가 아니었던가. 그뿐이 아니었다. 민숭민숭해서는 감히 엄두도 내지 못할 언동을 술기운을 빌어서 감행할 수 있

있던 것이다. 이것이 사십대가 지녀야 하는 위축된 행동성의 일모였던가 하는 데 생각이 미치자, 한편 부끄럽고 서글프기까지 한 것이었다.

지금 이쪽은 마음을 다져먹고 있었다. 오늘부터는 젊은 여자를 만나기 전에는 술을 입에 대지 않기로. 거기에는 한가지 이유가 또 있었다.

어젯밤 젊은 여자의 기억이 새로운 것이다. 꽃이파리처럼 나긋이 젖은 촉감이었다. 그러나 이 몸속에 스며든 촉감을 그냥 온전히 자기가 차지해도 무방하냐 하는 문제는 아직 의문이 아닐 수 없었다. 어젯밤 젊은 여자는 말 한마디 없이 장충단 앞 고갯길을 처음에는 종종걸음으로 나중에는 반 뜀박질로 사라져버렸다. 밤중이라 얼굴의 표정도 헤아릴 수 없었다.

과연 젊은 여자는 오늘 약속한 시간에 만나기로 돼있는 장소까지 나와주려는가. 나와서는 어떠한 자세와 표정을 지을 것인가. 그것을 술을 마시지 않은 맑은 정신으로 대하고 싶었다.

젊은 여자는 약속한 시간에서 삼십분이 지나도록 나타나지 않았다.

정전이 되어 촛불을 켜놓은 다방 안은 구석구석 그늘이 져있었다. 그 속에 앉아 그녀를 기다리는 동안 몇번 술 생각을 했는지 모른다. 한 잔만이라도 들이킨 기분이면 기다리는 데도 덜 초조할 것이었다. 위스키티 생각까지 했다. 그러나 끝내 커피 한 잔을 받아놓고는 약속한 시간에서 삼십분이 지나고 남도록 그냥 자리를 뜨지 못하고 있었다.

눈을 창밖으로 주었다. 저물어가는 남산이 마주 바라다보였다. 산 밑까지 불규칙한 고저를 이루며 잇닿아있는 흑갈색 지붕들과 거기 밋밋이 솟아있는 검푸른 산봉우리. 그리고 그위에 아직 저녁빛이 남아있는 잿빛 하늘. 이것들이 어떠한 순서와 어떠한 모양으로 어둠에 묻혀버리는가를 바라보았다. 먼저 흑갈색 지붕들이 차차 고저를 잃고 어둠속에 깔려버리면서 전등불들이 대신 어떤 위치를 차지하기 시작한 뒤에도 산봉우리는 흑암색으로 어엿한 자세를 유지하고 있었다. 그러나 어둠편에서 서서히, 그러나 어느덧 제 빛깔을 흑암

색으로 변해가지고 이 산봉우리를 품에 넣어버렸다. 그리고는 간신히 하늘과 접촉된 어느 선에다 빨간 표시등을 하나 달아놓았다. 이러한 바깥 풍경에 정신을 주고 있는 동안, 이상스럽게도 초조하던 마음이 적이 누그러짐을 느꼈다.

다방 안에 전등이 들어왔다. 그와 함께 유리창은 투명성을 잃고 바깥 풍경 대신에 다방 안 그림자를 비쳐놓았다. 그 속에 이쪽의 얼굴도 있었다. 흰 머리카락이 유난히 눈에 띄었다. 그만 자리를 떠야 한다는 생각이 들었다.

이때 젊은 여자가 나타난 것이다. 그러자 혼자 놀랐다. 유리창에 얼룩지는 그림자 한끝이 언뜻 눈에 스치자마자 그것이 그네라는 걸 알아본 것이었다. 이렇듯 젊은 여자의 사소한 몸짓 그림자 하나로써도 그것이 그네라는 걸 알아볼 수 있을 만큼 된 자신에 스스로 놀란 것이었다.

그러나 이 놀라움을 혼잣속으로 음미하면서 그냥 눈은 유리창으로 준 채 있었다.

앞자리에 와 앉은 젊은 여자도 눈을 유리창 속으로 가져왔다. 눈과 눈이 마주쳤다. 서로 말없이 눈을 바라보았다. 지금 젊은 여자의 눈은 그림자 속에서도 여느때의 그 안으로 그늘이 담긴 눈이 아니요, 어디까지나 안으로 더욱더 빛을 담은 그런 눈이었다. 이런 그네의 시선을 이쪽이 감당하지를 못해 자꾸 밀려날 것만 같았다. 그것을 간신히 지탱하면서 이쪽도 눈으로 이런 말을 중얼거렸다. 지난밤의 내 행위는 결코 술탓이 아니오, 그것만은 알아주오.

다방을 나왔다.

말없이 장충단 앞 고개까지 걸었다. 어딘가 무거운 마음이었다.

"선생님, 노하셨어요?"

고갯마루터기에 이르러서야 젊은 여자가 걸음을 멈추며 말했다.

"갑자기 어머니가 편찮으셔서 늦어졌어요."

말이 지니고 있는 효능이란 미묘한 것이다. 예사로울 수 있는 이 한두 마디의 말이 두 사람 사이에 가로막혀있는 무거운 장벽을 무너뜨려버리는 소임을 해준 것이었다.

"그렇다구 선생님이 늦게 오시면 싫어요. 다방같은 데 여자 혼자

오두머니 앉았는 모양은 보기에 참 숭해요."
 이상한 일이 아닐 수 없었다. 전에 두 사람 사이에는 이 이상의 대화를 주고받은 일이 있는 것이었다. 그러나 이날 그네의 이 몇마디 말이 풍겨주는 호흡은 달랐다. 여태까지 느껴보지 못한 이 젊은 여자의 여성 그것을 느끼게 해주는 것이었다. 물론 그것은 강한 농도의 것은 아니었다. 그러나 오래간만에 맑은 정신으로 감지할 수 있는 여성 그것이었다.
 지금까지 적지않은 여자의 몸을 거리에서 산 일이 있었다. 그러나 그것은 일방적인 욕망의 단순한 발척행위에 지나지않았다. 처음에는 지금 자기가 안고 있는 여자가 참다운 여성을 제공해주기를 바랐다. 그리고 여자가 어떤 애무의 자세를 취하고 있는 동안은 그네의 여성이 온전히 이리 주어진 것으로 믿으려 했다. 그러나 일단 그 자세가 끝나는 순간 그것은 한낱 부질없는 이쪽의 허욕이었음을 깨닫지 않으면 안되는 것이었다. 그런 여자는 언제나 여성의 이름을 빈 한 개의 도구에 지나지않았던 것이다.
 지금 젊은 여자에게서 풍겨진 여성은 이와 달랐다. 아직 피부로 만질 수 있는 성질의 것은 아니었다. 그러나 그것이 손에 잡히지 않는 것이면 것일수록 더욱더 가슴속으로 스며드는 향기와도 같은 것이었다.
 이날밤, 젊은 여자와 헤어져 어느 음식점에서 혼자 잔을 기울이면서도 이 향기와 같은 그네의 여성과 대좌하고 있었다.

 다시는 젊은 여자의 손잔등 한번 스쳐보는 일 없이 만남이 계속되었다. 하기는 그동안도 그네의 꽃이파리와 같은 촉감은 몸속에 살려오고 있었다. 그리고 그네에게서 보다 더 구체적인 여성의 표시를 갈구하는 마음은 있었다.
 그러나 한결같이 그 안으로 그늘을 담은 맑고 큰 눈으로 대해주는 그네에게 이쪽의 남성을 발로시킬 수는 없었다. 술을 먹은 뒤면 좀더 적극적일 수 있으리라는 것은 알고 있었다. 그렇지만 술이나 그밖의 어떤 힘을 빌린다는 것이 순수한 감정에 상처를 주는 것같아 망설여지는 것이었다.

하루는 어느 식당에서 같이 저녁을 먹다가였다. 젊은 여자는 왜 정식을 청하고, 이쪽은 비프스테이크를 주문했다.
식사 도중에 젊은 여자가, 이것 참 맛있네요, 하며 치즈쪼가리같은 것을 젓가락으로 집어 이쪽 접시에다 옮겨주는 것이다. 민어알이었다. 무심코 포크로 찍어 입에 넣었다. 그리고 나서야, 아차 하는 생각이 들었다. 그 민어알쪼가리 한끝은 벌써 젊은 여자가 조금 베물어먹은 잇자국이 나있는 것이었다. 그것을 모르고 입에 넣은 것은 아니었다. 젊은 여자가 그것을 이쪽 접시에 옮겨놓을 때 이미 보아 알고 있었던 것이다. 그것을 그만 무심코 입에 넣어버린 것이다. 그리고 나서야, 아차 젊은 여자의 잇자국난 부분은 나이프로 잘라내고 먹었어야 하지 않았을까 하는 생각이 든 것이었다. 젊은 여자를 건너다보았다. 양볼에 약간 상기된 빛을 떠올리고 있었다. 그네도 지금 자기가 한 일에 대해 생각이 미친 모양이었다. 한입 베물어먹은 음식을 건넨 데 대한. 물론 그네가 한 행동도 전혀 무심결에 나온 것임에는 틀림없었다. 본시 이런 일이란 서로 무심결이 아니고는 될 수 없는 일인 것이다. 입에 넣은 민어알을 가만가만 씹기 시작했다. 그리고 혀끝에 그 약간 아릿하면서 잔득거리는 미각과 더불어 무심히 가져다준 두 사람만의 비밀한 세계를 목 안으로 삼켜버렸다.
그 뒤, 가로수 잎이 하루하루 윤기를 잃어가고, 스치는 바람결이 한결 매끄러워지기 시작한 어느날 오후, 둘이는 정릉 쪽으로 소풍을 나갔다.
골짜기를 흐르는 물빛에도 첫가을빛이 어려있었다. 거기 널려있는 둥글둥글한 바윗돌을 짚고 계곡물을 건너 등성이로 올라갔다.
어떻게 돼서 그런 일이 생겼는지는 모르겠다. 등성이 한중턱 으늑한 곳에 두 사람이 자리를 잡고 앉자마자였다. 젊은 여자가 양손을 뒤로 짚고 고개를 활짝 뒤로 젖혀 하늘을 쳐다보았을 때, 그네의 턱밑에서 목으로 흐르는 부드러운 선 한가운데 박힌 까만 점 하나가 눈속으로 들어왔다.
그러자 별안간 젊은 여자는 몸을 움츠리며 한 손을 들어 무엇을 막는 시늉을 하면서,

"어마, 선생님의 그 눈!"
하는 것이다. 나지막하나 꾸짖는 듯한 언성이었다.

그제서야 깨달았다. 이쪽이 저도모르는 사이에 젊은 여자에게 어떤 여성을 요구하는 자세와 그런 눈을 하고 있었던 것을.

젊은 여자의 눈빛이 달려져있었다. 저번에 다방 유리창에 비쳤던 그 안으로 온통 빛을 띠운 그런 눈이었다.

무엇을 잡으려다가 그 붙잡을 물건이 허탕이어서 이미 그리로 쏠려진 몸의 중심을 걷잡을 수 없을 때처럼 거기 아무렇게나 드러누워버렸다. 위에 푸른 하늘이 있었다. 그러나 마음은 딴 것을 더듬고 있었다. 왜 좀 적극적으로 나가지 못하는가. 아직 그네는 먼곳에 있는 게 아니다. 팔을 내밀기만 하면 손에 잡힐 곳에 있다. 주저 말고 한번 더 팔을 내밀어라. 그러나 좀처럼 팔이 말을 듣지 않는 것이었다.

젊은 여자가 조용히 말했다.

"이대루가 좋아요. 그저 이렇게 선생님 곁에 있으면 만족예요."

이쪽의 셈정을 엿보이지나 않으려는 듯이 저쪽으로 돌아누웠다.

"저두 모를 일예요. ……남성이란 건 싫어요."

그대로 꼼짝않고 누워있었다.

주위는 고요했다. 계곡 저편 위에서 빨랫방망이소리가 맑은 공기를 울리면서 무척 가까이 들렸다. 거기 비하면 젊은 여자의 말소리가 어쩐지 더 멀리서 들려오는 것만 같았다.

그만큼 다시 말을 잇는 젊은 여자의 음성은 마치 자기자신에게나 속삭이는 것처럼 조용했다.

그네는 까닭없이 성의 접촉이라는 것에 혐오를 느낀다는 것이었다. 따라서 어린애를 좋아하지 않는다는 것이다. 먼저의 약혼자와 헤어진 것은 무엇보다도 애정이 가지지 않은 데서 온 것이지만 피차의 어린애에 대한 취미가 다르다는 것도 그중의 한 원인이었다는 것이다. 약혼자는 그네와는 반대로 병적일 정도로 갓난애를 좋아했다는 것이다. 길을 가다가도 갓난애를 보면, 그것이 어머니 등에 업혀있건 안겨있건 발걸음을 멈추고 한참씩 바라본다는 것이다. 바라볼 뿐만 아니고 가까이만 있으면 어린것의 머리고 빰이고 만지고야 만다는 것이다. 젊은 여자편에서는 곁에서 기다리기가 멋적어 가던 길을 그냥 가버리곤 했다는 것이다. 혹시 책같은 데서 갓난애의 사진을 발견해도 다음 장을 넘길 생각은 않고 넋잃은 사람처럼 그것만 들여다본다는 것이다. 어쩌다가 사진관에 걸린 갓난애의 사진에서 특히 마음에 드는 것이 있으면 아침 저녁으로 꼭꼭 그 앞을 지나다닌다는 것이다.
"자연 그러한 약혼자가 제게는 아무 상관없는 딴사람으루 여겨질 밖에요. 암만해두 모를 일이에요. 생리적으루 남과 다른 데두 없는데. 그래두 혹시 어디 결함이 있어 그렇잖나 해서 의사헌테 상의해 본 일두 있어요. 허지만 신체에는 아무 이상이 없다구요. 아마 저 혼자만이 타구난 생리같애요. 이세상 마지막 여자루 태어난."
좀전에 먼 빨랫방망이소리가 가까이 들리고 그네의 말소리가 멀리서 들려오는 듯하던 것이, 차차로 빨랫방망이소리는 귀에 들어오지 않고 그네의 말소리만 귀에 들렸다. 그러면서 귀와 마음을 어떤 초점으로 모아갔다. 그리고는 이 초점을 붙들고 놓아주지나 않을 것처럼 눕혔던 몸을 일으켰다. 그리고는 다시 이 초점을 폭발이라도 시키듯이,
"아니지. 그건 마지막 여자여서가 아니구, 안직 여자 이전의 여자이기 때문이란 게 옳아. 여태 자기의 남성을 만나지 못한 여자라는 게. 인제 그 남성만 만나게 되면 자연 애두 낳구 싶어질 테지."
무엇에 화가 난 사람처럼 이렇게 내뱉고는 벌떡 일어나 등성이를 내리기 시작했다.
계곡물가에 이르러서야 한 손에 잡풀을 움켜쥐고 있다는 걸 깨달았다. 지금 분명히 자기는 무엇에 화를 내고 있는 것이다. 그러자 그렇게 화를 내고 있는 자신에게 다시금 울화가 치밀었다. 손에 쥔 잡풀을 허공에 냅다 뿌렸다.
한길가에 있는 목로집을 찾아들어가 약주 두 사발을 들이켰다.
그대로 젊은 여자가 있는 곳으로 돌아가고 싶지 않았다. 왜그런지 열적은 생각이 드는 것이었다. 좀전에 자기는 무엇 때문에 화를 내지 않으면 안되었던가. 그리고 여기까지 혼자 내려와 술을 마시지 않으면 안되었던가. 겸연쩍었다. 정릉 안쪽으로 난 큰길을 따라

걸음을 옮겼다.
 열칠팔세쯤 된 소녀 둘이 나란히 서서 걸어오는 게 보였다. 둘이 다 단풍물이 들어가는 시닥나무와 들국화가지를 한 다발썩 들고, 무슨 이야기를 주고받으며 걸어오는 것이다. 웃음 띤 얼굴이며 걸음새가 조금도 산에 왔다 돌아가는 사람의 피로가 깃들어있지 않은 싱싱한 표정이요 동작이었다. 두 소녀가 바로 앞까지 와서는 좌우로 갈라지며 길을 비켜주는 것이다. 서로 주고받던 이야기도 끊고 얼굴의 웃음마저 지워버리면서. 그러자 이쪽이 두 소녀에게 대해 부당한 침입자나처럼 느껴졌다. 그네들이 길을 비키기 전에 이쪽에서 먼저 길을 내어주었어야 옳았으리라는 생각이었다.
 굽잇길을 돌아 빨간 스웨터를 입은 소녀가 하나가 또 이리 걸어오는 것이 눈에 띄었다. 나이도 좀전의 두 소녀 또래였다. 역시 들국화와 시닥나뭇가지를 한 다발 안고 있었다. 그것을 보자 이 소녀가 걸어오는 거기쯤에서 길이 막히기라도 한 듯이 발길을 돌려 계곡으로 내려서고 말았다. 일종의 자격지심에서 온 것인지도 몰랐다.
 아낙네들이 빨래를 하는 아래에서 계곡물을 건너 등성이로 올라갔다. 젊은 여자가 있는 곳과는 굽이 하나를 격한 등성이였다. 크지 않은 소나무가 드문드문 서있었다.
 마루터기에 올라셔니 그 너머에도 다복솔이 듬성듬성 깔려있었다. 그리고 저쪽 멀리에 푸른 하늘이 드리워져있었다.
 어쩐지 가슴이 답답했다. 무엇에고 부딪치고 싶은 심정이었다. 저도모르게, 와아 하는 소리를 지르며 비탈을 뛰어내리기 시작했다. 솔포기 뒤에서 삭정이 줍던 노파가 깜짝 놀라 허리를 펴 쳐다보고는 슬쩍 한편으로 피해버리는 것이 눈에 들어왔다. 아마 머리에 흰 터럭을 인 사내의 하는 짓을 예삿사람의 일로 보지 않았는지도 몰랐다. 그것이 도리어 유쾌했다. 유쾌한 대로 그냥 달려내려가다가 제바람에 걸음이 멈춰지는 데 가서야 아무렇게나 주저앉아버렸다. 그리고는 거기 드러눕고 말았다. 푸른 하늘에 눈이 부셨다. 눈을 감았다.
 인기척이 나더니 누가 곁에 와 앉는다. 보지 않아도 젊은 여자라는 걸 알 수 있었다.

"재가 부르는 소리두 못 들으시구 막 달리시데요."

그네는 처음부터 먼발치에서 보고 있었던 것이다. 또 한 가지 부끄러움을 엿보인 듯싶어 눈을 감은 채로 있었다.

좀만에 그네는 가라앉은 목소리로,

"언젠가 선생님은 저더러 색맹이 돼줬음 좋겠다구 하셨죠? 그런데 실상은 그렇잖어요. 요즘 저는 모든 게 새롭게만 보이는 걸요. 저 하늘두, 이 소나무들두, 그리구 거리의 가로수나 전선주까지두, 그리구 집에 있을 땐 장독대나 세숫대야까지두, 그리구 거울에 비친 제 얼굴까지두. 그리구 말예요, 제가 탈 기차가 어느것이라는 것두 똑똑히 보여요. 아니 전 지금 분명히 제가 타야 할 기차를 타구 있는 거예요. 대합실에 앉았는 게 아네요."

금방 생각킨 말이 아닌, 벌써부터 가슴에 품겨져 온기를 가진 말이었다.

그냥 눈은 감은 채로 있었다. 그러면서도 자기도 그네의 모습을 떠올려보려 했다. 그러나 좀처럼 명확한 그네의 영상이 떠오르지 않는 것이었다. 도리어 좀아까 길가에서 본 소녀들의 얼굴 윤곽이며, 웃을 때 위아랫입술이 짓던 입의 둘레며, 그리고 한 소녀의 입술 사이로 드러났던 하아얀 송곳니며, 그리고 또 그네들이 안고 있던 시닥나무의 단풍물과 들국화의 빛깔이며, 한 소녀가 입었던 빨간 스웨터 빛, 그러한 것들이 하나하나 똑똑히 머릿속에 되살아왔다.

문득 코끝이 향긋했다. 젊은 여자가 손수건으로 얼굴의 땀을 씻어주는 것이다. 지금 이 수건의 빛깔이 무언지는 몰라도, 언제인가 식당에서 땀을 훔치라고 내준 일이 있는 연보랏빛 꽃무늬가 있는 손수건이 머리에 떠올랐다. 그제야 오늘 젊은 여자가 입고 있는 옷빛깔이 머릿속에 나타났다. 하늘빛 스웨터에 짙은 남색 플레어스커트. 이렇듯 눈에 젖은 가까운 사람의 것일수록 도리어 얼른 생각나지 않는 수도 있는 것인가. 그러는 동안에 차차로 그네의 그 안으로 그늘이 담긴 맑고 큰 눈이 이쪽 눈꺼풀 속에 들어왔다. 그리고 이 눈과 마주 대하고 있는 동안, 아까 저쪽 등성이에서 두 사람 사이에 자리잡았던 감정과는 색다른 감정이 흘러들어옴을 느꼈다. 팔올 내밀면 잡을 수도 있는 그네를 굳이 잡지 못해한 안타까움같은 것은 이미 거기에는 없었다.

그날은 집에서 원고 정리를 하고 있는데 지난날 대학에서 가르친 일이 있는 학생 셋이 찾아왔다. 벼르고 벼르다가 찾아왔다는 것이다. 그리고 약주를 한잔 대접하고자 하니 밖으로 나가자는 것이다. 술 먹기에는 아직 시간이 좀 이르지 않느냐고 했다. 뜰아랫방 고교생의 이른바 출근시간도 퍽 전이었던 것이다.
그보다도 이날은 출근시간이 되어도 외출을 하지 않고 일을 좀 하려던 참이었다. 젊은 여자가 오늘 저녁은 자기의 외조모의 생신이라 늦게야 나오게 돼있는 것이었다. 그러나 세 학생은 계획이 있어 그러니 어서 나가자는 것이다. 모처럼 찾아온 이들 지난날 제자들의 소청을 물리칠 수가 없어서 따라나섰다.
세 학생이 미리 계획을 짜갖고 왔던 게 사실이었다.
우선 종로까지 걸어나가, 화신 뒤 어떤 조그마한 옛날 음식점에서 술을 마셨다.
학생들은 그러나 별로 술을 들지 않았다. 졸업반인 데다가 신사복을 입어 얼핏 보기에는 학생같지 않은 그들이었지만, 그래도 지난날의 은사 앞이라 조심성이 있어 그러려니 해서 이쪽에서 술을 권해 보았다. 그러나 이들 세 젊은이는 어느 선을 넘어서지 않는 것이다. 그렇다고 이쪽에다 마구 술을 앵기는 것도 아니었다. 이쪽이 어느 정도 취기가 돈 것을 보고는 그곳을 나가자는 것이다. 밖은 아직 훤히 밝은 초저녁때였다.
다방에로들 갔다. 학생들이 무엇을 들겠느냐고 해서 밀크커피를 청했다. 그랬더니 레지에게 이 밀크커피 하나만 가져오라는 것이다. 학생들의 호주머니 속이 밭아 그러지 않나 싶어 자기가 살 테니 한 잔씩 들라고 했다. 그러나 자리값으로 선생님만 한잔 들면 그만이라는 것이다.
음악을 듣는 것도 아니었다. 묵은 재즈만이 연방 되풀이되고 있었다. 사실 시간을 보내기 위해서 자리를 빌리고 있는 것이었다. 손목시계를 들여다보고 들여다보고 하더니, 여섯시 반쯤 자리를 일어서는 것이다. 그새 밖은 어스레한 저녁그늘이 내려깔려있었다.
 학생들의 계획이란 다른 게 아니었다.
 관철동을 지나 청계천을 건너 얼마쯤 올라가다가 을지로 3가에 이르러 어떤 골목으로 들어서는 것이었다. 그리고 거기 벽돌 담장이 둘린 어떤 대문 앞에 가 걸음을 멈추더니 벨쪽지를 누르는 것이다. 좀만에 열대여섯살 난 계집애 하나가 고무신을 끌고 나와 대문 틈새기로 밖을 살피더니 빗장을 뽑아주었다.
 학생들이 늘 드나드는 집임에 틀림없었다. 현관에다 구두를 벗어 놓는 게 아니고 모두 손에다 들고 들어가는 것이다. 오는 도중에 학생들이 몇번인가, 오늘 저녁만은 모든 걸 자기네에게 일임해달라는 부탁도 있고 하여, 그들이 하는 대로 좇았다.
 복도를 왼편으로 돈 곳에 도어가 있고, 그 한옆에 남녀의 구두가 언뜻 보기에도 여남은 켤레 놓여있었다. 앞선 학생 하나이 도어를 열었을 때에야 여기가 무엇 하는 곳이라는 걸 알았다. 소문에 듣던 아르바이트 홀인 것이다. 지금 전축에서 흘러나오는 음악에 따라 몇 쌍의 남녀가 홀 안을 돌고 있었다.
 열댓평은 될까. 천정 한가운데에 길쭉이 달려있는 형광등 하나로는 그늘을 어찌지 못하는 넓은 마루방에, 창문마다 붉은 커튼이 무겁게 드리워지고, 그 밑으로 벽을 따라 띄엄띄엄 긴 의자가 놓여있어서 거기에도 남녀가 몇 앉아있었다.
 이윽고 곡이 끝나자 세 학생이 맞은편 긴 의자로 인도했다.
 거기 껌을 씹고 있던 두 여자가 앉은 채로 세 학생과 간단한 인사를 주고받았다. 학생 하나이, 이분은 우리 은사라고 하니까 두 여자는 껌 씹던 입을 그냥 놀리면서 잠깐 자리에서 일어났다가 도로 앉아버리는 것이다. 한 여자는 한복이요, 한 여자는 투피스를 입은, 둘이 다 학생티가 가시지 않은 여자들이었다.
 다시 음악이 시작되었다.
 두 학생이 각각 여자 하나씩을 안고 돌기 시작했다. 곁에 남은 학생이, 지금 춤은 탱고라고 일러주었다.
 두 학생의 춤추는 모양을 쫓다가 문득 눈에 들어오는 한 사람이 있어서 그리로 눈이 쏠렸다. 아는 사람이어서가 아니었다. 앞을 지날 때 보니 머리가 반 남아 벗겨진 나이 오십도 넘어 보이는 사내였다. 춤에 관해서는 지식이 없는 터라, 그 사내의 춤이 잘 추는 것인지 어떤지는 몰라도, 하여튼 젊은 사람들 틈에 끼어 돌아갈 수 있다는 것만도 신기한 느낌이 들었다.
음악이 끝나고 새로운 곡이 걸렸다.
남았던 학생이 춤에 참가하고 다른 학생 하나가 쉬었다. 그 학생이 이번 춤은 무슨 춤이라는 걸 가르쳐주지 않아도 그것은 요즈음 유행되고 있는 맘보라는 것을 알 수 있었다. 오십대의 사내를 지켜보았다. 춤이란 것은 괴상한 물건이었다. 어쩐지 이번 춤은 그 사내에게 어울리지가 않아 보였다. 하체를 흔드는 동작에 어딘가 부자연스러운 데가 있었다. 젊은 축들을 보았다. 그들은 그렇지도 않았다. 오십대 사내에게로 갔던 눈이 자꾸 마룻바닥으로 피해지곤 함을 어찌할 수 없었다.
다시 레코드가 바뀌자, 새로 대변해서 남았던 학생이, 이번 것은 춤 중에서 가장 조용한 블루스라고 했다.
역시 춤이란 그 종류에 따라 연령과 관계가 있는 성싶었다. 이 춤만은 오십대 사내에게 조금도 어색해 뵈지가 않았다. 오히려 상대편에게 뺨을 가져다대는 동작도 젊은 축들의 그것보다 자연스러워 보이는 것이었다.
곧 이어 왈츠가 한 곡 끝나고는 쉬는 시간이었다. 학생들은 두 여자와 모여앉아 이야기를 주고받는 것이었다. 좀 떨어져있는 이쪽까지 이야기의 내용은 들리지 않았으나, 중간중간 〈유〉라는 말이 번번이 귀에 들려왔다. 실은 이 유라는 말은 좀전에 한 춤이 끝나고 다음 춤이 시작되기까지에 잠깐씩 공백이 생겼을 때에도 그들에게서 들을 수 있었던 말이었다.
처음 생각에는 두 여자의 성이 유가가 아닌가 했다. 세 남학생의 성이 모두 유가가 아니란 건 알고 있었다. 본시 남의 이름을 기억 못하기로 유명해서 지난날 이태석이나 가르친 세 학생의 이름을 일일이 외고 있지는 못하지만, 그들의 성이 한결같이 모두 유가는 아니라는 기억만은 있었다.
그러나 두 여자의 성도 유가가 아니라는 게 밝혀졌다. 두 여자편에서도 남학생들더러 〈유〉라는 말을 쓰고 있는 것이었다.
 급기야 이 〈유〉라는 말이 성의 柳나 兪도 아니요 劉나 庾도 아닌, 바로 영어의 you라는 걸 알아차릴 수 있었다. 그러고보니 실로 묘한 말을 사용하고 있는 것이다. 무슨 씨니, 그대니 당신이니 하는 말보다, 이 you가 얼마나 더 융통성있고 편리한 단어이냐.
 좀만에 학생들이 이쪽으로 오더니, 이제 음악이 시작되면 선생님도 한번 춰보시라고 하면서 트롯이면 당장 될 수 있다고, 슬로우 슬로우 퀵퀵의 스텝까지 짚어보이는 것이다. 이것이 바로 오늘 저녁 학생들의 계획이었음에 틀림없다. 외롭게 혼자 사는 선생님을 데리고 나와 이러한 세계를 구경시키는 데만 그치지 않고 실제로 그 세계에 뛰어들어가 보게 함으로써 따분한 생활에 어떤 레크리에이션을 주자는 것이리라. 그렇다면 이해 안되는 바도 아니나, 창졸간에 어떻게 할 수 없는 일이었다.
 학생 하나가 저쪽에 앉았는 예의 오십대 사내를 턱으로 가리키며, 저분도 얼마 전까지 엉망이더니 요새와서는 제법 잘 춘다는 말로, 선생님은 원래 음악에 대한 조예도 깊고 하여 대번에 될 수 있을 거라고 하면서, 춤이란 리드하는 편이든 파트너든 어느 한쪽만 잘 추면 절로 되는 것이므로 상대편이 리드하는 대로 좇아만 가보라는 것이다. 그러나 그 꼴이 말이 아닐 것이었다. 말막음으로, 이제 정식으로 배워가지고 춰보겠노라고 했다. 하기는 블루스같으면 한번 배워가지고 춰보고 싶은 생각이 없지도 않았다.
 음악이 다시 시작되었다.
 인제 또 춤을 춰보라고 강권할는지 몰라 은근히 켕기었다. 두 여자 중에 어느 누구고 앞에 딱 와서 춤을 추자고 하면 어쩌나 하고 겁도 났다. 시계를 보니 일곱시 이십분이었다. 아직 젊은 여자와의 약속 시간은 사십분 가량 남은 셈이었다. 그러나 한시바삐 이 you족에게서 떠나고 싶었다.
 마침 자리에 남았던 학생이 그것을 눈치라도 챈 듯이 밖으로 나가자는 것이다. 아까 맨처음 춤에서 남았던 학생이었다. 밖은 아주 밤이 돼있었다.
 전찻길로 나오더니 학생이 길가 대중식당으로 앞서 들어가는 것이다.
 여기서 학생은 약주 두 사발을 마셨다. 주근깨가 깔린 안면이 빨개졌다. 그리고는 더 술은 들지 않는 것이다. 그대신 말이 좀 많아졌다.
 좀전의 두 여자도 학생이라는 것이다. 그것은 벌써 짐작이 갔던 일이었다. 그리고 그 여자들도 셋이 한 짝패가 돼있는데, 오늘 저녁 한 애(이 남학생의 파트너인 여학생)는 무슨 일로 오지 못했다는 것이다. 그런데 이편 남자 셋과 저편 여자 셋의 관계라는 것이 기이했다. 서로 돌아가며 한번씩 연애를 다 해본 사이라는 것이다. 그러고도 서로 마음에 터럭끝만큼도 미련의 찌끼를 남기지 않고 있다는 것이다.
 "선생님은 아마 이해하기 곤란하실 겝니다. 우리에게는 단지 계산과 결재가 있을 뿐이에요. 적당히 마시구, 적당히 놀구, 적당히 연애를 하구, 그뿐입니다. 무엇에든 과분하게 열중하지를 않지요. 그랬다가는 뒤에 반드시 불쾌한 미련이 따르게 마련이니까요. 그저 무어나 계산과 결재에 의해서 적당히 하는 게 뒤가 깨끗해 좋아요."
 말수가 좀 많아졌다고 생각했던 것도 이쯤에서 그치고 말았다.
 그리고는 남은 술을 이쪽이 마저 다 들기를 기다려 술값을 치르고 자리를 일어서는 것이다.
 밖으로 나와서는 어딘가 또 같이 가자는 것이다. 시간을 보니 여덟시 칠분 전이었다. 누구와 약속한 시간이 다 됐다고 하는데도 학생은 어느새 지나가는 택시를 불러세우더니 문을 열어잡고, 어서 타시라는 것이다. 이날 젊은 여자와 만나기로 돼있는 다방이 종로 4가와 5가 사이라 그 방향으로 가는 것이면 타도 무방하다는 생각에 올라탔다. 그러나 학생이 운전수에게 명한 것은 서울역이었다. 갑자기 서울역에는 뭣하러 가자는 건가 의아해하면서도 미처 차를 세우지 못하고 있는 사이에 어느덧 차는 퇴계로를 지나 남대문을 향하고 있었다.
 사실은 서울역까지 가는 게 아니었다. 남대문을 지나자 학생은 차를 세우는 것이었다. 그리고는 홀떡 먼저 내리더니 전찻길을 가로질러 맞은편 양동 쪽으로 건너가는 것이다.

이것까지도 오늘 저녁 계획 속에 들어있었는지 어쨌는지는 모른다. 그저 지금 이 학생이 여기까지 자기를 데리고 온 목적만은 알 수 있었다.

학생은 건너편 인도로 올라서자 거기 길가에서 하숙집 손님을 부르고 있는 한 소년에게, 너 오늘 이 선생님을 잘 모셔야 한다, 하고는 이쪽더러 돈 삼백환만 달라는 것이다. 손에 집히는 대로 오백환짜리를 내주었더니 이백환 거스름돈을 꺼내주며,

"이런 곳일수록 미련이 남지 않아 좋습니다."

하고는 어떤 애 하나를 앞세우고 거기 골목 안으로 사라져버리는 것이었다.

시계를 보니 여덟시가 갓 넘어있었다. 지금이라도 자동차를 잡아타고 가면 젊은 여자를 만날 수 있을 것이었다. 그러나 웬일인지 이러한 기분으로 그네를 만나고 싶지가 않았다.

담배를 피워물고 남대문을 지나, 어두컴컴한 지하도를 건너 시청쪽 한길로 나섰다.

손에는 학생이 거슬러준 이백환이 그냥 쥐어져있었다. 계산을 따져서 결재를 내려야만 했다. 을지로에서 학생이 술값 육백환을 내었다. 그리고 이쪽은 택시값 삼백환과 현금 삼백환을 내었다. 수지 결산이 꼭 맞아떨어지는 것이다.

그러나 마음의 결산은 좀처럼 쉽게 들어맞지 않는 것이었다. 무엇인가 잃어버린 자리가 생긴 느낌이었다.

아직도 종로 4가와 5가 사이 어떤 다방에 앉았을지도 모르는 젊은 여자를 생각했다. 그것은 상당한 거리였다. 팔을 내밀어서는 도저히 잡힐 리 없는 먼 거리였다. 그러나 이렇게 거리를 두고 떨어져있다는 것이 도리어 그네의 순수한 영상을 가슴에 안겨주는 것이었다. 그리고 이 영상을 가슴에 안고 걷는 동안, 그것은 점점 더 절실하게 가슴에 새겨지고, 그러면서 좀전에 비어졌던 마음 한구석이 충실해져옴을 느낄 수 있었다.

이날밤은 이 젊은 여자의 영상과 더불어 사직동 집까지 걸었다.

어느날 오후, 장충단에서 한남동으로 넘어가는 고갯길을 거닐면

서 젊은 여자가,
"선생님, 전 요즘 이런 걸 생각해봤어요."
"뭔데?"
"교외에다 말예요, 조그마한 집을 하나 짓구, 거기서 살구 싶어요."
"혼자서?"
"혼잔 왜 혼자예요, 선생님과 같이지."
 젊은 여자의 볼이 엷은 장미빛으로 상기돼있었다.
"집은 적어두 괜찮아요. 안방 한 칸에, 서재로 쓸 건넌방 한 칸이면 넉넉해요. 뜰에는 화단이 있구, 그리구 닭이나 몇 마리 기르구. 너무 초라한 설계죠? 허지만 이 집은 대합실이 아니구 영원한 〈우리의 집〉인 걸요. 정이 들 거예요. 그런데 말예요, 선생님……"
 그리고 앞만 바라보며,
"애는 낳지 않기루 해요. 애초에 낳는 행위는 하지 말기루 해요. 그게 행복스러울 거예요. 선생님은 안 그러세요?"
 고개를 이리 돌렸다. 그리고 이쪽의 표정을 읽은 듯이,
"왜 그렇게 이상한 웃는 얼굴을 하세요? 아직두 여성 이전의 여자라는 거죠? 여성 이전의 여자건, 이세상 마지막 여자건 아무런 대두 좋아요. 그저 선생님과 같이 있기만 하면 돼요. 참말예요. 이런 심정을 선생님만은 알아주실 거예요. 이런 제 심정을 알아주실 분은 이세상에 선생님 한 분뿐이란 걸 알아요. 처음부터 그걸 느꼈어요. 그래서 선생님이 좋아졌는지두 몰라요."
 이런 일이 있은 지 며칠 뒤 저녁 무렵이었다.
 젊은 여자가 술을 마시고 싶다고 했다. 그네가 자청해서 술을 먹겠다고 한 것은 이것이 처음이었다.
 어느 음식점 2층방으로 올라갔다.
 정종 두 홉 가량 마시더니 젊은 여자는 약간 숨가쁜 음성으로,
"선생님은 왜 약준 안 드시구 저만 바라보세요? 제 술 먹는 꼴이 추해 보이죠?"
 그렇지도 않았다. 추태만 부리지 않을 정도라면 오히려 여자가 담배를 피우는 것보다는 술 먹는 편을 좋아하는 것이다. 더구나 지

금 젊은 여자의 술기로 해서 물기 도는 눈과, 그 언저리에 어린 엷은 분홍빛이 다른 때에 볼 수 없었던 아름다움을 자아내고 있었다. 그러한 젊은 여자를 바라보며 미처 잔을 비울 생각도 잊고 있었던 것이다.

"선생님, 제가 오늘 술 먹구 싶어진 건 다름아네요. 술을 마신 눈으루 선생님을 한번 바라보구 싶어서예요."

그리고는,

"좋아요. 아무때 보나 선생님이 좋아요."

담담하게 이렇게 말하고는 그 다음순간,

"어마, 선생님, 또 그 눈!"

하고, 저번 정릉 산등성이에서처럼 꾸짖는 듯한 언성을 지르는 것이다.

퍼뜩 깨닫고 보니 젊은 여자의 입술에 눈을 멈추고 있는 것이었다. 루즈를 바르지 않는 그네의 입술이 지금 술기로 해서 발그레하니 물이 들어있었다. 거기에 온기까지 느껴졌다. 언제인가 감촉되었던 그 꽃이파리같이 나긋하면서도 차갑던 입술이 지금은 어떤 향기로운 온기까지 지니고 있어 보였다. 그리고 그러한 그네의 입술에서 저도모르는 새 여성을 느끼고 있었던 것이었다. 그것을 젊은 여자편에서도 깨달은 것이다.

"가끔 남자들한테서 이상한 눈으루 바라보일 때가 있어요. 얼굴을 바라보는 듯하면서 기실은 딴 것을 바라보는 그런 눈으루 말예요. 그럴 때마다 전 어떤 모욕감을 느껴요. 허지만 그건 나와 아무 상관두 없는 남자들이니 괜찮어요. 그저 선생님마저 그런 눈을 하시는 건 싫어요. 그건 그만큼 제가 선생님을 좋아하기 때문예요. 궤변같지만 진정이에요. 제가 선생님을 좋아하기 땜에 그렇다는 건. 전에 약혼했던 남자와 애를 낳구 싶지 않은 건 애정이 없는 탓이라구두 헐 수 있어요. 허지만 선생님의 경우는 달러요. 선생님이 좋아지면 좋아질수록 그런 남녀의 행위는 싫어요. 그런 행위가 있은 담엔 어쩐지 선생님이 지금처럼 좋아질 것같지가 않어요. 참말이에요. 이건 조금두 소녀들이 갖구 있는 수치심이라든가 센치에서 나온 말이 아네요. 제 친구들은 그걸 싫다구 하면서두 어떤 호기심을 갖구 있는 것 같지만, 전 호기심조차 없어요. 그저 애정의 표시로는 키스 정도면 족하다구 봐요. 그것두 진하지 않은 키스 정도루 말예요. 전 이런 생각을 해봤어요. 며칠 전에 말씀드린 교외〈우리의 집〉에서 말예요, 선생님은 건넌방 서재에서 일을 하시구 전 밖에서 밥을 짓구 빨래를 허구, 틈틈이 선생님의 노트 정리나 해드리구, 그리군 하루종일 아무말두 주고받지 않는 대두 좋아요. 그저 서루 곁에 있기만 허면 돼요. 그리구 또 이런 생각두 해봤어요. 어쩌다 선생님이 편찮아 자리에 누우시면 제가 옆에서 간호를 해드리거든요. 그게 무척 즐거울 것 같애요. 이건 저 혼자만의 병적인 생각인진 몰라요. 그리구 정신연령 미달자의 꿈인지두 모르구요. 그건 아무런대두 좋아요. 그저 이런 여자가 이세상에 하나 있다는 것만은 사실이에요. 그리구 이런 여자가 지금 선생님을 좋아하구 있다는 것두 사실이에요."

그네는 열심이었다. 이어서,

"그래 선생님은 어떻게 생각하세요? 이런 여잘 전대루 그냥 좋아할 수 있으세요?"

그러나 곧 뒤이어,

"아네요. 이 자리에서 대답지 마세요. 선생님의 대답이 어떤 것일지 몰라 두려워요. ……선생님, 이렇게 해요. 한 주일 동안 만나지 말기루요. 그동안 선생님이 이 문젤 생각하셔가지구 대답해주세요. 저두 그동안 생각해보겠어요. 선생님을 괴롭게 하는 여자라면 차라리 선생님 앞애 다시는 나타나지 않는 편이 낫지 않을까 하는 문젤 갖구 말예요."

음식점을 나와 장충단공원 앞 고개에 이르기까지 거의 젊은 여자 혼자만 말을 했다.

"이렇게 정상적인 여성이 아닌 제가 선생님을 좋아한다는 건 그릇된 일인지 몰라요. 그리구 진작 제가 이런 여자라는 걸 말씀 못 드린 게 잘못인지두 몰라요. 허지만 그런 말을 하기가 무서웠어요. 그렇다구 선생님께선 조금두 절 동정허실 필요는 없어요. 그리구 제게 대한 아무런 의무감도 느끼실 필요 없구요. 동정이나 의무감에서 오는 애정이란 받는 편에서 가련하니까요. 결국 전 혼자 살

몸인 것같애요. 지금 같애서는 혼자 살 수두 있어요. 그렇지만 우리나라 여성의 처지가 어디 그래요. 그래서 언제이구 남이 하는 결혼을 해야 하구 애를 낳야 된다면 애정 없는 상대라야 될 것같애요. 그렇게 되면 그땐 제게 별루 타격이 없겠지요. 애정이 없는 남자와의 그런 행위라면 거기 따르는 환멸두 그리 대단치 않을 테니까요. 그 대신 애정만은 딴 곳에, 나 혼자만의 세계에다 간직해두구 살겠지요. 그래두 그것이 남편에게 대한 불충실이라구는 생각지 않어요. 벌써 남편 자신이 내게 불충실한 행위를 한 사람이니까요."

젊은 여자와 헤어져 을지로 6가까지 걸어오다가 마침 모터리 부근에 꼬치안주집이 눈에 띄어 그리 들어갔다. 혼자 조용히 생각을 정리해보려는 것이었다.

그러나 안으로 들어가 어디 빈 자리가 없나 하고 둘러보고 있는데, 저쪽 한구석에 앉았던 청년 하나가 반쯤 윗몸을 일으키고 손짓을 하는 것이다.

다른 청년이 아니었다. 곧잘 술좌석에서, 선생은 왜 그렇게 현대의식이 결핍돼있느냐, 왜 불안하고 부조리한 현실과 과감히 대결하려들지 않느냐고 면박을 주곤 하는 청년 중의 하나였다.

혼자가 되고 싶은 마음에 고개로만 인사를 받고 한쪽 빈 자리로 가 앉았다. 그랬더니 청년편에서 심부름하는 애에게 자기 술과 안주를 들려가지고 마주 와 앉는 것이다. 잠시 대작을 해주고 나가는 수밖에 없다고 생각했다.

그러나 그게 그렇게 안 되었다. 청년이, 어떻게 여기까지 나오셨느냐고 하면서, 우선 한잔 드시라고 부어주는 잔을 비우고, 그 잔은 돌리고, 다시 그 잔이 건너오고 하는 동안에 그만 자리를 떠야 할 기회를 놓쳐버리고 만 것이었다. 술 때문이 아니고, 청년이 벌여놓은 이야기 때문이었다.

청년은 이미 이쪽보다 더 술기운이 돌아있었으나 이날밤의 이야기는 예의, 이 허무하고 비극적인 현실을 직시하라느니, 이 암담하고 절망적인 현실에 저항하라느니 하는 따위의 생경한 관념어의 나열이 아니요, 크고 작전간에 자기 체험에서 얻어진 육체화된 말들이었다.

"우리 삼십대를 좀먹구 있는 자의식이란 물건은 참 고약하드군요."
 청년은 오늘 저녁 어떤 여자와 기막힌 대면을 하고 오는 길이라는 것이었다. 그리고 이것이 마지막 대면일 거라는 것이다.
"사랑하던 여잔데요."
 서로 사귀어온 지는 반년이 넘는다고 했다. 그런데 지금으로부터 두어 달 전이었다는 것이다. 점심때 어느 중국음식점에서 상을 사이에 두고 마주앉아있다가 퍼뜩 여자를 한번 포옹하고 싶은 충동을 느꼈다는 것이다.
"그러나 못허구 말았지요. 여자편에서 거절한 게 아닙니다. 아마 여자편에서는 내가 하는 대루 응했을 거예요. 결국 내편에서 못헌 거죠. 포옹하구 싶은 충동을 느낀 다음순간입니다. 여자를 가 안으려면 내가 움직여야 한다는 생각이 들었어요. 여자와의 거리는 불과 석자도 못됐지요. 상 모서리를 돌기만 하면 되니까요. 그걸 종내 못허구 말았지요. 불과 석자도 못되는 거리건만 내가 여자한테루 움직여 가는 동안에 포옹하구 싶던 감정이 사라질 것같앴어요. 그러한 자신이 눈앞에 떠오르자 그만 좀전에 포옹하구 싶던 충동이 자취를 감추구 말드군요."
 이런 일이 있은 뒤로는 아무래도 자기는 그 여자를 진정으로 사랑하고 있지 않은 탓이 아닌가 하는 의문이 생기더라는 것이다. 자연 만나는 도수가 떠갔다. 그러다가 이 한 달 동안은 이럭저럭 한번도 만나지를 않았다는 것이다.
"그런데 좀아까 우연히 요 앞에서 그 여잘 만났지요. 반가웠습니다. 실상은 이 한 달 만나지 않은 동안에두 그여잘 잊구 있은 건 아니에요. 뭐라구 할까요, 일종의 자학행위라구나 할까요. 어디 얼마 동안이나 만나지 않구 견디나 보자 하구요. 그리구 이런 심리두 있었어요. 여자편에서두 날 좋아한다면 자기두 날 만나지 못해하는 괴로움이 있을 게다. 그걸 혼잣속으루 생각하면서 즐기기두 했지요. 말하자면 부질없는 감정유희를 하구 있은 셈이죠. 그런데 말예요. 이 한 달 동안에 그 여자의 몸에 큰 변동이 생겨있지 않겠어요?"
 같이 다방으로 들어가 차를 시켜놓고도 여자는 눈을 내리깐 채로만 있더라는 것이다.

"한참만에야 여자가 무슨 결심이나 한 듯이 입을 열드군요. 간단히 말해서 자기는 이미 나와 만날 자격을 잃은 여성이라는 거예요. 같은 회사에 있는 어떤 청년과의 사이에 벌써 끊지 못할 관계까지 맺었다나요. 처음에 주저하던 빛과는 달리, 말을 꺼내기 시작하자 솔직하게 그런 얘길 하더군요. 그게 이 한 달 동안에 된 일이라구요. 문득 고개를 숙이구 있든 여자가 급히 손수건을 꺼내어 얼굴을 가리드군요. 그리구는 어깨를 가늘게 떠는 게 아니겠어요. 이때처럼 그 여자가 사랑스럽게 보인 적은 없습니다. 물론 여자편에서는 지금두 날 사랑하구 있다는 말은 한마디두 하지 않았습니다. 그리구 지금 사귀구 있는 남자와의 사이가 불행하다는 말두 한마디 없었습니다. 그러나 이 여자가 지금 사랑하구 있는 사람은 나라는 걸 느꼈지요. 그걸 내 온 전신으루 느꼈지요. 그러자 불현듯 여자를 포옹해주구 싶은 충동을 느꼈습니다. 언제인가 중국음식점에서 느꼈던 것보담 더 강렬했습니다. 그러나 못하구 말았지요. 주위에 사람들의 눈이 있어서가 아닙니다. 충동을 느낀 다음순간 그러한 행동을 하려는 나 자신이 눈앞에 떠오른 때문이에요. 그것은 내가 정말루 여자를 포옹할 수 있어서 그런 충동을 일으킨 게 아니구 오히려 그러한 행동을 할 수 없기 때문에, 다시 말하면 그러한 충동을 충동으루서만 즐기기 위해서 일으켰었다는 걸 깨달은 때문이에요."

청년은 여기서 앞에 놓인 술잔을 단숨에 비우고 나서,

"다시는 그여잘 안 만날 겝니다. 허지만 그 여잘 잊지는 않겠지요."

이쪽도 술이 엔간히 취한 김이라, 청년의 이야기를 들으면서 무어라고 한마디 중얼거린 모양이었다.

청년이 벌겋게 충혈된 눈을 들며,

"뭐라구요? 미련이라구요? 그렇지요. 미련처럼 좋은 건 없습니다. 미련과 회한이 없는 인생이란 삭막하니까요. 자 선생님, 그럼 자의식에 좀먹힌 삼십대의 넋두리에 꽃을 피우기 위해서 술을 듭시다. ……그리구 저, 선생님의 그 사십대의 엘레지, A Drinking song 이나 들어봅시다."

한참 더 잔을 주고받고 나서야 그곳을 나왔다.

밖으로 나와 오래간만에 약간 어지러워진 걸음발을 몇 발자국 옮겨놓는데, 눈앞에서 무엇이 번쩍했다. 스냅인 것이다. 이 녀석이 남의 취한 꼴을 찍어 어떡할 셈이냐고 고개를 들자, 지금 번쩍한 플래시는 자기를 찍은 게 아니고 앞에 가는 어떤 소년 소녀를 찍은 것이었다. 그러자 스냅표를 받아들고 옆 가게로 들어가는 소년의 옆 얼굴을 보고는, 저놈이 누구야 하고 걸음을 멈추고 말았다. 뜰 아랫방 고교생인 것이다.
 같이 가던 소녀도 걸음을 멈추고 소년이 나오기를 기다리고 있었다. 진홍 네커치프를 한 소녀였다. 오라, 네가 그 허무의 여신한테 산 제물이 된대도 후회 않겠노라던 그 애냐. 그럼 가만있자, 고교생 네놈두 인젠 사랑의 분산보다두 집중을 하게 됐단 말이지. 그래 네놈들은 대체 저 you 족 모양 계산과 결재파냐, 그렇지 않으면 미련파냐. 고교생 고놈이 나오면 물어봐야겠다.
 술 취한 기분에 혼잣속으로 이렇게 중얼거리고 있는데, 변소에라도 다녀나오는지 뒤늦게 나온 청년이 한팔을 이쪽 겨드랑 밑으로 넣어 부축하듯이 하고는, 선생님 우리 어디 가서 다시 한잔만 더 합시다, 하며 잡아끄는 것이었다.

 취했던 푼수로 보아서는 언제인가처럼 파출소에 들러 집을 찾아내라는 망발도 부리지 않고 무사히 집으로 돌아왔다.
 이튿날 아침에도 비교적 머리가 무겁지 않았다. 아마 한가지 술만 먹은 탓이리라. 그저 명치끝이 쌀쌀 아픈 것이 약간 주채 기운을 한 듯했다.
 조반을 한술 뜨고는 추고할 원고뭉치를 가지고 다시 자리로 들어갔다. 이제 정리할 원고가 오륙십장밖에 더 남지 않은 것이었다. 그리 바삐 서두를 필요도 없는 원고였으나, 왜그런지 오늘로 일단 추고를 끝마치고 싶었다. 두어 시간 남짓 걸려 일을 끝냈다.
 백 장석 꿰맨 원고뭉치를 차례대로 포개어 놓았다. 자가웃이 넘는 높이였다. 이 원고가 언제 활자화가 되는지는 알 수 없는 일이었다. 혹은 영영 햇빛을 못 본 채 좀에게 쏠리어버릴는지도 모를 일이었다. 그리고 다른 사람의 눈에는 이 원고뭉텅이가 한갓 낭비된 시간의 누적으로밖에 비치지 않을는지 모른다. 그러나 자신에게는 소중한 것이 이 속에 깃들어있는 것이다. 그것은 이년이란 세월 동안 여기에 부어진 노력의 계산에서 오는 것은 아니었다. 원고가 이루어지기까지에 기울인 노력이란 것도 물론 허수로운 것은 아니지만, 그보다는 이 속에 그동안 잃어버렸던 생활을 다시 찾은 흔적이 깃들어있는 것이었다. 결국 이 원고가 햇빛 구경을 하고 못하고가 문제 아니고, 이 속에 한 사람의 중년 사내의 소생된 생활이 숨을 쉬고 있다는 것이 얼마든지 귀한 것이다. 거기에는 젊은 여자의 아지 못할 힘이 관여되어있었다. 펜을 들어 원고 맨 겉장에다 적어 넣었다. 〈여기 서려있어라, 어느 젊은 여자의 고운 숨결은.〉

담배를 피워물었다.

앞으로 일주일. 분명히 따져서 엿새 동안. 이 동안 어떤 초조와 불안이 계속하는 한, 생활은 지속되는 것이다.

배를 깔고 엎드린 채 새 원고지를 앞으로 끌어당겨다 폈다. 무엇이고 쓰고 싶어진 것이다.

《잠시 낭만을 해보려 하오. 누가 이건 낡아빠진 낭만이라고 비난을 해도 할 수 없는 일이오.

우선 며칠 전에 거기서 말한 우리의 생활 설계도를 이야기해볼까 하오. 여기서 나는 거기를 거기라는 말로 호칭해 부르기로 하겠소. 그대라고 부르기는 어색하고, 당신이라 부르기는 쑥스러운 감이 있소. 그렇다고 you 라는 말은 또 우리가 사용할 어휘가 아닌 성싶소. 그러니 여지껏 써오던 대로 거기라 부르기로 하겠소.

거기와 나는 교외 어느 한적한 곳에 자그마한 집을 하나 장만하기로 하오. 안방 한 칸에 부엌 한 칸, 그리고 서재로 쓸 건넌방 한 칸, 이렇게 단 세 칸으로 된 그야말로 일간두옥이라고 할 수 있는 작은 집이오. 그러나 깨끗하고 조촐한 집이라야만 하오. 향도 정남향으로 앉아 양지발라야 하고.

거기의 말대로 닭을 몇 마리 기르도록 하지요. 세 마리 이상, 다섯 마리 이내, 너무 많아도 성가셔서 못쓰오.

그런데 여기서 나는 좀 사치를 부려야겠소. 뜰에는 꽃밭만 말고 등나무도 꼭 한 그루 있어야겠소. 집은 작지만 뜰은 넓을수록 좋

소. 그 넓은 뜰 한옆에 등나무 덩굴이 올려있어야 하오. 애송이 것
은 안되오. 적어도 밑동이 두어 줌 넘는, 어느 편인가 하면 늙은
것이라야 하오. 그늘이 세 평 내지 네 평은 드리워질 수 있는 것
말이오. 그 그늘진 시렁 밑에 언제나 작은 탁자 하나와 의자 두 개
가 놓여져있소. 거기 것과 내 것이오. 생각해보니 이만 것을 가지
고 사치라고는 할 수 없겠군요.

　계절은 지금과 같은 가을철이오. 거기와 나는 아까부터 등나무
시렁 밑에 나와 앉아있소. 거기는 내가 입을 스웨터를 짜고 있고,
나는 새로 나온 잡지책을 뒤적거리고 있는 중이오. 한낮이 기운 맑
은 햇살이 등나무줄기와 물들어가는 잎 사이로 흘러들어 여러가지
무늬를 그려놓고 있소.

　주위는 한껏 조용하오. 문안의 소음과 진애도 저쪽 짙은 잿빛 속
에 잠겨 아득하오. 이따금 어디선가 돌 깨는 소리가 아스랗이 들려
오오. 그러나 그것은 조금도 귀에 거슬리는 신경질스러운 소리는
아니오. 등나무 새로 흘러드는 투명한 햇살이 소리없이 무늬를 이
동시키고 있소. 이런 속에서 거기 무릎에 놓인 털실 꾸리가 풀리면
서 옷에 스치는 소리와 내가 넘기는 책장의 마른 종잇장소리가 제
일 큰 소리요. 거기와 나는 별로 말을 주고받지도 않소. 그러면서
도 우리들의 가슴속은 충족할 대로 충족해있는 것이오.

　잡지책 활자를 더듬기에 가벼운 피로를 느낀 나는 고개를 드오.
앞 탁자 위에는 벌써 아까 우리가 마시고 난 찻잔 두 개가 놓여있
소. 우리는 하루에 커피 두 잔만을 마시기로 하고 있소. 모닝커피
한 잔과 점심 뒤에 한 잔과. 될수록 저녁때는 안 마시기로 하오. 그
대신 저녁때에 나는 술을 마시오. 간혹 거기서 대작을 해주기도 하
오.

　지금 탁자 위 빈 찻잔에 햇살무늬가 내려와 하늘거리고 있소. 그
햇살이 눈에 부시오. 잠시 눈을 감았다 떠보오. 어느 틈에 날아왔
는지 베짱이 한 마리가 찻잔 언저리에 와 앉아있소. 꼼짝않고 앉아
있소. 그 연록색 그림자가 찻잔에 어렸소. 머리의 가늘고 긴 촉수
를 가만가만 움직이오. 아주 한가롭기 짝이없소.

　나는 그만 나도모르는 새 다시금 스르르 눈을 감아버리오. 그랬

다가, 구우구구 하는 거기의 닭 부르는 소리에 정신이 들어 눈을 뜨고 마오. 그동안 깜빡 졸았던 모양이오. 발밑에 잡지책이 떨어져 있소.

지금 거기는 하얀 앞치마를 두르고 닭에게 모이를 주고 있는 중이오. 저녁을 짓기 전에 먼저 닭에게 모이를 주는 것이 우리들의 한 일과요.

약간 바람이 있소. 아침저녁에는 제법 사늘한 기운을 띤 바람이오. 한창 피어있는 코스모스가 기운 저녁 햇빛 속에 귀여운 몸짓들을 하고 있소. 울타리 대신으로 뜰과 집 둘레로 돌아가며 심어놓은 코스모스요. 그것들이 지금 건듯 부는 바람결에도 제가끔의 귀여운 몸짓으로 화사한 물결을 이루고 있소. 주로 진분홍빛 꽃송이오.

여기서 나는 또 좀 사치를 부려야겠소. 몸이 편찮아 자리에 누운 것이오. 서재로 쓰는 건넌방에 말이오. 무슨 대단한 병이 나서가 아니고 그저 감기 기운을 한 것뿐이오. 어째서 감기 기운을 하게 됐는지는 모르겠소. 혹 등나무 밑에서 잠이 들었던 탓인지도 모르오. 그러나 이건 안될 말이오. 그렇게 되면 밖에서 잠든 나를 담요 같은 것이라도 내다가 몸을 가리워주지 않은 거기의 잘못도 있게 될 테니까요. 아, 이제야 생각나오. 내 부주의에서 온 것이오. 지금까지 깜빡 잊고 있었지만 우리는 닭만 아니고 비둘기도 한쌍 기르고 있는 것이오. 바로 들창 밖에 둥우리를 매달아놓았소. 아침에는 비둘기 소리에 눈을 뜨고 저녁에는 비둘기가 서로 목과 목을 비비고 상대편 날갯죽지 속에 고개를 묻고 잠들 듯이 우리도 그렇게 잠이 드는 것이오. 그런데 바로 어젯저녁 이 비둘기가 뵈지를 않소. 가끔 낮에 모이를 주으러 나가는 방향으로 찾아가보았지만 아무데도 보이지를 않소. 하는수없이 집으로 돌아왔더니 그동안 비둘기편에서 먼저 돌아와 의좋게 둥우리 속에 들어가 있지를 않겠소. 기실은 이때 셔츠바람으로 들판을 싸다닌 것이 빌미가 되어 감기 기운을 한 것이오. 게다가 이날은 술까지 먹었었으니까요. 물론 대단한 감기 기운도 아니오. 그렇지만 자리에 누운 것이오. 그러니 이것만은 사치가 아닐 수 없소.

어쩐지 지금(이 글을 쓰고 있는 지금)도 한 잔 하고 싶소. 원래

낮술은 좋아하지 않는 터이지만 오늘만은 한잔 하고 싶소. 벽장 속에서 술병과 잔을 꺼내다 머리맡에 놓고 한 잔 따라 마시오. 이따끔 쌀쌀 아프던 명치끝이 쓰라리오. 한 잔 더 마시오. 차차로 쌀쌀거리던 것이 멎어버리오. 좋은 기분이오.

계속하겠소. 그래 나는 〈우리의 집〉에서 감기 기운으로 자리에 누웠소. 거기는 내 머리맡을 떠나지 않고 예의 편물을 하고 있소. 자리에 누워서 쳐다보는 거기의 얼굴은 새로운 맛이 있소. 첫째 내리뜬 속눈썹이 여느때보다 길게 보이고, 그것들이 가지런히 위로 향해 굽은 모양까지 더 분명하오. 그 밑으로 도톰하게 솟은 콧봉우리가 마련해놓은 두 개의 사과 씨 모양의 귀여운 비공. 이것도 정면으로 볼 때와는 달리 딴 맛이 있소. 엷은 복숭아빛을 한 콧날개 안쪽이 더 깊은 데까지 보이오. 그것이 예쁘오. 그런데 가만있어요. 밑에서 바라보지 않고는 도저히 볼 수 없는 부분이 있소. 언제인가 정릉 산등성이에서 한번 본 일이 있는 부분 말이오. 턱이 그리는 부드러운 선이 목을 향해 흘러내려가는 그 한복판에 까만 점이 하나 찍혀있는 것이오. 좁쌀알만큼 작소. 그것이 이렇게 밑에서 쳐다보면 여간 더 인상적이 아니오. 이것만은 아마 내가 처음으로 찾아내고 앞으로도 나만이 알 수 있는 부분이 아닌가 하오. 이렇게 나는 자리에 누워있으면서도 밑으로부터 거기의 얼굴을 음미하기에 지루한 줄을 모르오.

그러나 거기는 내 머리맡에만 붙어앉았을 수는 없소. 한 가정의 주부니까요. 빨래 널어 놓은 것도 거두어들여야 하고, 닭이나 비둘기도 돌보아줘야 하오. 그러나 나는 거기가 너무 오래 내 곁을 떠나있는 것처럼 느끼곤 하오. 문을 열어잡고 밖을 내다보오. 그러면 거기는 바람을 쐬어선 안된다고 문을 닫아버리오. 나는 그만 심술을 부릴 생각이 나오. 책장 옆에서 술병을 꺼내오오. 그제야 거기는 방으로 뛰어들어오오. 밖에 있으면서도 어떻게 방안의 내 행동을 일일이 알고 있는지 모르겠소. 실은 그것을 내가 눈치채고 있기 때문에 이렇게 술병을 꺼내온 것이오. 거기는 큰 눈을 더 크게 떠 보이며, 내 손에서 술병을 빼앗아가오. 감기가 낫기까지는 술을 마셔서는 안된다는 것이오. 그건 나도 모르는 바 아니오마는 떼를 써보오. 꼭 한 잔만 먹고 말겠다고. 그러면 거기는 그 입꼬리 바로 끝에 보조개가 패이는 미소를 지으며 나더러 〈어른 애기〉라고 하오. 정말 나는 어린애가 됐는지도 모르오. 우리 두 사람의 나이를 합쳐가지고 둘로 쪼갠 서른두살 반의 나이보다도 엄청나게 어리디 어린 사람이 돼버렸는지도 모르오. 마침내 거기는 어린애나 달래듯이, 그 미소 머금은 얼굴을 내 얼굴로 가까이 가져오오. 실상은 내가 진작부터 바란 것은 술이 아니라 이것이었는지도 모를 일이오. 그 안으로 그늘을 담은 맑고 큰 눈이 내 눈앞에 다가와 있소. 그 동자에 내가 들어가 있소. 나는 약간 부끄러워지오. 얼른 그 두 눈에다 차례로 내 입술을 가져다 대오. 눈을 감으라는 신호요. 그리고는 다른 부분을 뛰어넘어, 내가 발견한 턱밑의 그 까만 점에다 내 입술을 찍고 마오. 이걸로 나는 나 혼자만이 지닐 수 있는 또하나의 비밀한 즐거움을 내 가슴속에 적은 셈이 되오.

　다시금(이 글을 쓰고 있는 지금) 술이 먹고 싶어졌소. 머리맡에 놓인 술병을 끌어다 두 잔을 연거푸 마시오. 뱃속이 훈훈한 게 아주 좋은 기분이오. 그러나 이것은 결코 좋은 현상은 아니오. 내일쯤은 명치끝이나 위장에 더 심한 진통이 올 게 뻔하오. 그러나 또 한 잔 마시오. 아무도 와서 말리는 사람이 없소. 지금 여기는 교외의 〈우리의 집〉이 아니고 시내 사직동 집이오. 유리창으로 내다보이는 것은 먼지 낀 앞집의 검은 지붕과 그 위로 조각난 회색 하늘이오. 다시 또 한 잔 마시오. 아무도 와 말리는 사람이 없소. 할멈도 그림자를 보이지 않소. 언제나 내가 집에 있을 때는 되도록 조용하게 해주기 위해서 몸을 숨기고 있는 할멈이오. 뜰아랫방 고교생도 학교에 가고 없소. 그렇건만 결코 주위가 조용치가 않소. 조금 떨어진 곳에서는 전차의 삐꺽거리는 소리와 함께 자동차의 클랙슨소리가 느닷없이 들려오고 있소. 아, 지금 앞집 아낙네의 앙칼진 목소리에 뒤이어 어린것의 악쓰는 울음소리가 들려오오. 오늘도 이 아낙네는 시어머니한테 잔소리를 들은 모양이오. 시어머니한테 잔소리들은 앙갚음으로 자기 어린것을 울려놓는 것이 이 여인의 유일한 화풀이인 듯하오. 그러나 웬일인지 주위가 이렇게 소란스러우면서도 나는 고독하오.

또 술을 마시오. 그리고 나는 고독하지 않기 위해 교외 〈우리의 집〉으로 가기로 하오. 〈우리의 집〉에서는 거기와 나 단 둘뿐이오. 그러면서도 조금도 적적하지가 않소. 우리에게는 애도 없소. 낳지를 않는 것이오. 저녁이면 비둘기가 서로 목을 꼬아 비비며 상대편의 날갯죽지 속에 고개를 묻고 잠들 듯이 우리도 그렇게 잠이 들곤 하오. 그러나 그것뿐이오. 우리는 애 낳을 행위를 하지 않는 것이오. 그대가 그것을 원치 않기 때문이오. 나는 때때로 괴로워하는 수밖에 없소. 그러나 번번이 그대에게 제지를 당하고 마는 것이오. 그러는 동안 나는 차차 나의 남성을 잊어버리고 마오. 이렇게 되어 그대와 나는 이세상 남녀 이전의 남녀, 혹은 이세상 남녀의 마지막 남녀가 되는 것이오. 그것이 조금도 서글프지가 않고 오히려 통쾌하오.

술을 또 마시오. 술에는 정말로 빛깔이 있소. 그것이 좋아서 나는 술을 마시오. 나는 어렵지 않게 무지개도 될 수가 있소. 무지개는 항상 가까운 듯하면서 멀리 걸리는 법이오. 그래서 나는 아무리 먼 데서라도 그대의 영상을 바라볼 수가 있소. 그러한 당신을 안주 삼아 술을 또 마시오. 지금 나는 술이 엔간히 취한 모양이오. 어느새 거기를 그대니 당신이니 하고 부르고 있으니 말이오.

술을 또 마시오. 술에는 정말 온갖 빛깔이 있어서 좋소. 무지개빛만이 아니오. 무지개빛깔에 다른 빛깔이 섞이면 껌정이 되기도 하오. 한 주일 후면 그 밝고 조촐한 〈우리의 집〉이 가스등 하나 없는 캄캄한 껌정이의 대합실로 바뀔지도 모르오. 앞으로는 누구하나 들어와 앉아줄 리 없는 텅 비인 어두운 대합실 말이오. 그러나 나는 자신이 있소. 그럴수록 거기의 영상이 더 똑똑히 내 몸속에 새겨지리라는. 그것은 마치 어두운 암실에서야 사진의 현상이 제대로 되는 것과도 같은 것이오.

상당히 취기가 돈 것같소. 자질구레한 사설을 더 늘어놓았댔자 무엇하겠소. 앞으로 한주일 동안, 분명히 따져서 엿새 동안 내게 초조와 불안이 계속되는 한, 내게도 생활이 지속되는 것이오.

그만 쓰겠소. 그리고 이 글을 여기서 찢어버리기로 하겠소. 그것이 내게 남은 마지막 낭만의 한 아름다운 행위가 아닐까 하오.》

1956 섣달―1957 십일월

〈해 설〉

일상적 경험과 소설의 수법
— 황순원의 단편들

권 영 민

[1] 작가 황순원의 작품 세계를 하나의 특징을 들어 설명하기란 곤란하다. 그의 소설이 보여 주고 있는 다양한 수법과 폭넓은 경험을 포괄할 만한 말을 쉽게 찾아낼 수가 없기 때문이다. 그는 소설이 요구하는 가능한 모든 방법을 시험해 왔고, 소설적 형상화가 가능한 모든 주제를 다루어 왔던 것이다.

그러나 이 변화의 작가가 보여 주는 소설의 세계를 편의상 몇 단계로 나누어 볼 수는 있다. 6·25를 전후한 시기까지의 단편 위주의 작품 활동을 제 1 단계로 생각한다면, 장편 『카인의 後裔』(1953) 이후 『日月』(1964)에 이르기까지를 제 2 단계로 볼 수 있고 그 이후의 활동을 제 3 단계로 생각해 봄직하다. 이러한 단계의 설정은 단편소설에서 장편소설의 영역으로 장르적 확대를 지향해 온 작가의 태도에서 그 실마리를 찾을 수 있고, 또한 주제 의식의 심화 확대라는 측면에서도 그러한 판단을 가능하게 하는 징후를 발견할 수 있다.

황순원이 장편소설에의 의욕을 작품으로 실현하기 시작한 것은 『카인의 後裔』(1953년 잡지 『文藝』에 연재하다가 이듬해 단행본으로 출간)에서부터인데, 그 뒤 『人間接木』(1957) 『나무들 비탈에 서다』(1960) 『日月』(1962~1964) 등으로 이어지는 역작을 통해 그의 작가적 면모가 새롭게 인식될 수 있었던 것은 사실이다. 이 무렵에 발표된 단편으로서 「내일」(1957) 「링반데룽」(1950) 「너와 나만의 시간」(1957) 「안개구름끼다」(1950) 「내 고향 사람들」(1961) 「그래도 우리끼리는」(1963) 「비늘」(1963) 등은 초기 단편에서와는 달리 작가 자신의 일상적 경험을 폭넓게 수용하고 있으며, 짙은 인간미를 풍기고 있다. 이들 작품들의 소재의 영역은 대체로 6·25의 전쟁 체험과 관련되어 있는 것과 일상적인 자기 생활의 주변에 연결되어 있는 것으로 구분되지만, 이러한 소재 영역 자체가 이들 작품의 소설적 성격을 크게 좌우하는 것은 아니다. 이들 단편소설이 지니고 있는 속성은 그 소재의 방향이 어떠하든지간에 스토리에 내재하는 짙은 서정성과 인간미, 그리고 그것을 소설적으로 형상화하는 수법에 의해 규정되고 있기 때문이다.

[2] 『너와 나만의 時間/내일』로 묶어지고 있는 황순원의 단편들은 그의 의욕적인 장편들 사이에 끼어 있는 것이지만, 예리한 감각과 폭넓은 일상 경험을 담고 있다. 물론 몇몇 작품은 소박한 주제 의식 때문에 소설적 긴장을 유지하지 못하고 있는 점이 지적될 수 있을 것이다. 그러나 이러한 지적은 작가 자신의 삶에 대한 애착을 지나치게 가벼이 보아 온 탓에서 비롯된 것이 아닌가 생각된다. 소설이라는 것이 가장 자유롭고 포괄적이며 느슨한 문학 양식임을 염두에 둔다면, 황순원의 소설들이 보여 주는 이야기의 짜임새가 결코 허술한 틈을 보여 주는 경우가 많지 않다는 사실을 확인할 수 있을 것이다.

황순원의 초기 단편들이 보여 주는 문체의 간결성과 감각적 인상은 흔히 시적 서정성의 확보라는 말로 평가된다. 그러나 하나의 스토리를 이야기해야 하는 서사문학의 측면을 고려할 경우, 이것은 크게 중요시될 수 있는 성질의 것이 아니다. 敍事란 원래 행위(움직임)와 시간과 의미의 요소를 갖추고 있는 것이며, 일련의 사건으로 연결되는 스토리를 이야기하는 것으로 만족된다. 소설이 요구하는 기본적인 속성은 바로 이와 같은 서사성의 확립이기 때문에, 소설에서의 서정성이란 서사성에 수반되는 하나의 정서적 반응이나 그 경향을 뜻하는 것이라고 할 수 있다. 황순원의 소설이 그 서정성을 특징으로 하고 있다는 사실은 어떤 의미에서 서사성 자체가 그만큼 약화되어 있음을 말해 주는 셈이다. 초기의 단편소설이 경험적 현실의 공간에서 유리된 허구의 세계에 지나치게 경도되어 있고, 신화적 속성이 중요시되었다는 점은 비슷한 관점에서 논의될 수 있을 것이다.

그러나 『너와 나만의 시간/내일』을 중심으로 하는 단편소설들을 보면, 소설의 내용이 일상적인 체험의 영역에 깊이 빠져들어 있음을 알 수 있다. 오히려 작품의 세계에 대한 작가의 거리가 매우 밀착되어 있는 경우가 대부분이다. 그만큼 작가의 시선이 삶의 현실 쪽으로 선회하고 있음을 뜻하는 것이다. 이러한 변화는 황순원에게 있어서는 대단히 중요한 의미를 갖는 것인데, 그가 장편소설의 양식에 관심을 갖게 되면서부터 이미 예상되었던 바이다. 장편소설이란 삶의 총체적인 의미를 모색하는 데에 유력한 쟝르이다. 전후의 세태 자체가 인간 관계의 중요한 상호 연관성이 모두 파괴된 상태로 드러나고 있을 때, 이것을 전형적으로 표출해내기 위해서 황순원은 장편의 양식을 채택하게 되었으며, 그런 속에서도 삶의 단면을 인상적으로 기술하는 단편소설들을 꾸준히 발표했던 것이다.

황순원의 단편들이 일상적인 경험의 세계를 대상으로 하고 있다는 것은 현실적인 삶의 다양성을 소설의 세계 속으로 끌어들이기 시작했음을 뜻한다. 이것은 삶의 현실적 의미를 지극히 긍정적으로 파악하고 있는 작가의 인생관과도 직결되지만, 소설의 세계가 가장 확실하게 도달할 수 있는 영역이 경험적 현실일 수밖에 없다는 사실을 놓고 볼 때, 당연한 귀결이라고 할 수 있는 것이다. 그렇기 때문에 우리가 주목해야 하는 것은 소설이 그려내고 있는 일상적인 경험의 내용은 물론 아니다. 그것이 어떠한 소설적 형상화의 과정을 그렸으며, 그 표현의 생명력이 어떠한 것인지를 밝혀내는 일이 중요한 것이다.

[3] 『너와 나만의 시간/내일』을 중심으로 한 황순원의 단편들은 사건의 추이를 보여 주고자 하는 경우가 드물다. 인상적인 사건의

일면을 제시하면서, 서로 다른 에피소드를 결합하는 간접적인 접근법을 활용하고 있다. 소설 속의 사건이나 어떤 상황은 그 진전을 보이기보다, 그 사건이나 상황의 공간적 확대를 꾀함으로써 자연스럽게 주제의 심화를 기하고 있다. 이러한 기법상의 요건은 황순원이 위대한 작가라기보다는 뛰어난 스타일리스트일 수 있음을 말해 주는 것이다.

그의 소설 중에서 가장 분명하게 드러나고 있는 공통적인 특징은 소설의 서술 구조가 〈나〉라는 일인칭의 등장 인물을 통해 액자화하고 있다든지 또는 〈나〉의 위치가 액자화의 단계를 벗어나고 있다 하더라도 액자소설의 유형에 근접하는 형태를 보이는 경우가 많다는 점이다. 「내 고향 사람들」「가랑비」등은 액자의 틀이 분명한 것이며, 「내일」「링반데룽」「안개구름끼다」등은 그 틀이 느슨해진 것들이다. 이들 소설에는 이야기의 외부에 또하나의 서술자의 시점이 설정됨으로써, 마치 핵심적인 스토리의 전후에 사진을 넣는 액자와도 같이 틀이 짜여져 있다. 그리고 〈나〉의 입장이 전제되어 있는 것이다. 액자의 틀이 엄격하게 지켜지고 있는 소설 「내 고향 사람들」을 보면 〈김구장〉이란 인물이 스토리의 핵심을 이루는 실제적인 주인공이며, 나는 사건 행동에 참여하지 않고 관찰의 거리를 유지하고 있다. 〈나〉는 〈김구장〉의 행동을 관찰하고 그것을 내 나름으로 파악하여 보고하는 셈이다. 「가랑비」의 경우에는 소설의 서두에는 액자의 틀이 나타나 있지 않지만 이야기의 결말에 이르러서야 비로소 액자의 틀을 보여 준다.

——그애가 올해 열두살 됐을 겝니다. 우리 애허구 동갑이었을 테니까요.
　마흔이 바라뵈는 복덕방 집주름 사내는 이야기 끝에 이렇게 담담히 말했다. 사내의 허수레한 양복을 바라보며 나는,
——그래 경찰관을 그만둔 지는 오랜가요?
——그럼요…… 글쎄 바루 지척에다 두구 총을 두 방석이나 헛맞혔으니 경관 자격이 있습니까.

이러한 소설의 끝장면에서 「가랑비」의 내용이 결국은 복덕방 집 주름 사내가 들려 준 이야기임을 알 수 있으며, 〈나〉의 입장이 단순한 전달자 또는 보고자의 위치에 놓여 있음을 쉽게 확인할 수 있는 것이다.

 액자의 틀이 느슨해졌거나 거의 그 형태가 해체되어 버린 소설들은 〈나〉라는 일인칭 주인공이 스토리의 내용상 중요한 위치에 놓여 있다. 객관적인 현실에 대한 인식뿐만 아니라 내부의 세계를 조명하는 주관적인 관찰과 경험 방법이 〈나〉를 통해 가능해진다. 액자 소설에서 볼 수 있었던 액자와 그 내부의 이야기에 나오는 〈나〉와 일인칭 서술 주체의 위치가 변화됨으로써, 내부의 이야기가 액자의 껍질을 벗어나 단일적인 일인칭 고백 형태로 나타나기도 하고 〈나〉의 입장이 관찰자로서의 기능이 강화된 상태로 드러나기도 한다. 소설 「내일」「모든 영광은」「그래도 우리끼리는」 등에서 〈나〉는 주동적인 일인칭 형태로서 모든 행위의 주체이면서 동시에 서술자의 기능을 담당하고 있다. 주로 회상의 매개에 의해 과거와 그 이전의 경험을 현재 속에 재현시키고 있기 때문에 독백적인 언술이 강하게 나타나며, 자아의 내면 세계가 강조된다. 자전적인 속성이 두드러지다는 것도 하나의 공통적인 요소가 될 것이다. 이 소설들에서는 〈나〉의 입장이 비록 소설의 허구적 공간에 내세워진 가상적 인물이라 하더라도 삶의 현실에 자리잡고 있는 작가 자신의 경험적 개성과 곧잘 일치하고 있다는 점에 주목할 필요가 있다.

 「내일」의 경우에 〈나〉의 입장은 행위의 주체이면서 동시에 서술적인 중개자로서의 이중적인 존재이다. 그런데 〈나〉는 자아의 변모와 발전의 과정을 보여 준다. 〈나〉의 경험과 사고를 보다 성숙한 입장에서 회상하고 있기 때문에, 서술하는 자아와 경험한 자아와의 차이를 드러내고 있는 것이다. 〈만남〉과 〈사랑〉의 테마를 놓고 이미 원숙한 삶의 단계에 들어서 있는 자아가 그 이전의 단계나 지나가 버린 삶을 재생해 놓고 현실의 상태에 견주어 보고 있다. 이에 비하면 「그래도 우리끼리는」과 같은 작품에는 작가 자신의 현실적 자아가 상당히 농후하게 개입해 있으며, 작가 자신과 소설의 내용에 거리를 발견하기 어렵다.

돌이켜보면 실로 헤아릴 수 없을 만큼 많은 시간을 술로 허비해 버렸다. 끈덕지게도 매일같이 마셔온 술. 태평양전쟁 말기에 정종 한 홉을 배급받아 마시기 위해 술집 앞에 줄서 기다려야 했을 때도 비가 오나 눈이 오나 하루도 빠짐이 없었다. 아마 애인과의 데이트도 이처럼 성실치는 못했으리라.

이와 같은 고백적 진술은 허구적인 자아인 소설 속의 〈나〉에 해당되는 것이라 하더라도 작가 자신의 경험적 자아의 모습이 그대로 투영되어 있다. 소설의 내용 자체도 허구의 세계라기보다는 기록적인 현실성에 근거한 것으로 생각되는 것이다.

④ 황순원의 소설에서 등장하고 있는 〈나〉라는 일인칭의 서술자(또는 주인공)가 작가의 경험적 개성과 곧잘 일치되고 있다는 것은 몇 가지 측면에서 문제시할 수 있다.

우선 서술 방식의 측면에서 야기될 수 있는 문제로서 〈나〉의 자전적 근원성이 어느 정도까지인가 하는 점이다. 소설 속의 〈나〉는 허구적인 개성 가치를 지니고 있는 중간적인 존재이다. 흔히 서사적 자아라는 말로 지칭되기도 하지만, 넓은 의미에서 소설 표현의 주체인 셈이다.

문학의 경우에 일인칭의 서술 또는 그 서술의 주체는 크게 서정적 자아, 서사적 자아, 역사적 자아로 구분된다. 시의 경우에 볼 수 있는 〈나〉는 서정적 자아요 수필이나 일기 편지 전기 등에서의 〈나〉는 역사적 자아이다. 소설에 있어서는 스스로 자신의 이야기를 말해 주는 주동 인물로서의 〈나〉뿐만 아니라 단순한 관찰자, 부수적인 참여자로서의 〈나〉도 서사적 자아에 해당된다.

황순원의 경우에 소설 속의 〈나〉는 서사적 자아로서의 가공적인 개성 가치를 지니고 있지만, 상당 부분이 역사적 자아(경험적 자아)와의 관계가 불분명하다. 역사적 자아는 사실적인 현실의 기록을 중시하고 거기에 대해 이야기하는 입장에 서 있게 마련이며, 서술 주체의 실제적인 인간(작가)과 그대로 일치한다. 이러한 역사적 자아가 서사적 자아에 상응하여 충동함으로써, 황순원의 소설은 경험적 현실을 지향하고자 하는 충동이 허구적인 현실 영역에 깊이 개입되고 있다. 경험적 역사적 자아와 허구적 서사적 자아의 충동에 의해 그의 소설이 성립되고 있다고 말할 수도 있을 것이다. 그렇기 때문에 황순원의 소설의 각 장면은 상황의 극적 제시보다 〈나〉의 편집자적 논평이나 요약에 의해 구체화되고 있는 경우가 많다. 작중의 인물과 작가와의 거리가 거의 없다시피한 일인칭 소설의 경우를 보면 경험적인 자아의 간섭이 눈에 띄게 나타나고 있으며, 자기 심경의 고백적 서술이 지문의 상당 부분을 차지하고 있다.

소설에서의 일인칭 서술자의 설정은, 황순원의 경우 비록 경험적 자아와 서사적 자아가 상응 관계에 놓여 있다 하더라도, 〈나〉라는 인물이 언제나 자기 고백적이면서 또한 극화된 작중 인물로 형상화되고 있다는 점이 특징적이다. 일인칭의 서술 방식에 입각할 경우에 빠져들기 쉬운 感傷性을 벗어나기 위해 〈나〉의 입장을 회고적인 순간에만 세워두지 않고 경험의 현실성에 맞부딪치게 한다. 〈나〉 자신의 과거 체험이 현재의 시점에서 되돌아보아지기도 하고, 〈나〉와는 다른 사람의 이야기(새로운 에피소드)가 〈나〉의 체험 속에 끼어들기도 한다. 소설 「링반데룽」에서는 공수병에 걸려든 친구의 형상을 경험적 현실로 부각시키면서도, 〈나〉와 〈설희〉라는 여인 사이의 환상 방황을 허구적 공간 속에 배치해 놓고 있다. 「모든 영광은」이라는 작품에서도 「나」의 무료한 일상 생활 속에 술집에서 만난 한 사나이의 전쟁 체험을 삽입하여 놓음으로써 사건의 극적 추이를 보여 주고 있다.

그러나 이와 같은 특징에도 불구하고 50년대 후반에 발표된 황순원의 단편소설들은 그 당시에 문제시되었던 그의 장편소설보다 확실히 서사적 자아로서의 작가 자신의 삶의 객관적 형상화가 완벽하지 못하다는 점을 지적할 수 있을 것이다. 말하자면 객관적 진실성이 요구되는 소설의 양식에서 작가의 자기 말소리가 미약하다는 뜻이 되겠다. 이것은 소설 속의 〈나〉의 속성이 작가 자신의 투영으로 나타나고 있다는 말과도 마찬가지 의미를 지닌다. 이 시기의 단편들이 자신의 신변적인 일상 경험에 근거하고 있다는 것뿐만 아니라 그 서술의 방법에 있어서도 그러한 요소가 많다. 그렇기 때문에 〈나〉의 과도한 출현이 그만큼 소설의 세계에서 문제시되고 있는 객관성이라는 일반적 기준을 벗어나고 있으며, 그의 단편소설들이 시대적 상황과 관련되어 읽혀지지 않는다. 그의 장편소설이 보여 주고 있는 문제의식과 시대성을 생각한다면, 단편에서의 자아의 표출이 오히려 낭만적 경향으로 퇴행하고 있는 것처럼 보이기도 하는 것이다.

일상적인 체험의 영역에서 사소한 이야깃거리를 더듬고 있는 50년대 후반기의 황순원의 단편은 초기 단편이 보여 주고 있는 시적 서정성에서 벗어나고 있지만, 자기 체험의 테두리를 결코 이탈하지 않는다. 삶의 현실에서 얻어지는 단편적인 인상들을 모아 놓음으로써 자기 생활의 흔적처럼 소설이 이루어지고 있는 것이다. 이러한 특징은 어떤 의미에서 작가 황순원의 匠人氣質에서 비롯된 것일 수 있으며 작가로서의 태도 문제일 수 있는 것이다. 그러므로 그가 지니고 있는 현실적 관심은 장편 『人間接木』 『나무들 비탈에 서다』 등을 통해 얼마든지 확인할 수 있으며, 그의 인간미와 체취는 그의 단편들을 통해서 쉽게 접근할 수 있다는 점이 우리에게는 커다란 기쁨이 된다. 작가가 자신의 문학적 영역을 끝까지 지켜 나가야 한다는 것은 당연한 논리임에도 불구하고, 우리는 황순원을 제외하고는 그러한 작가를 쉽게 찾아낼 수 없는 것이다.

황순원 전집 4
너와 나만의 時間/내일

초판 1쇄 발행 1982년 8월 20일
초판 2쇄 발행 1986년 4월 25일
재판 1쇄 발행 1991년 4월 25일
재판 15쇄 발행 2025년 6월 27일

지은이 황순원
펴낸이 이광호
펴낸곳 ㈜문학과지성사
등록번호 제1993-000098호
주소 04034 서울 마포구 잔다리로7길 18(서교동 377-20)
전화 02) 338-7224
팩스 02) 323-4180(편집) 02) 338-7221(영업)
전자우편 moonji@moonji.com
홈페이지 www.moonji.com

ⓒ 황순원, 1991. Printed in Seoul, Korea

ISBN 89-320-0145-6 03810
ISBN 89-320-0105-7(세트)

이 책의 판권은 지은이와 ㈜문학과지성사에 있습니다.
양측의 서면 동의 없는 무단 전재 및 복제를 금합니다.